I0823494

M

Mercedes Ron

Marfil

Primera edición: mayo de 2019
Octava reimpresión: diciembre de 2021

Travessera de Gràcia, 47-49. 08021 Barcelona

Printed in Spain – Impreso en España

ISBN: 978-84-17671-48-8
Depósito legal: B-7.694-2019

Compuesto en Compaginem Llibres, S. L.

Impreso en Black Print CPI Ibérica
Sant Andreu de la Barca (Barcelona)

GT 7 1 4 8 B

A mi padre, gracias por enseñarme
que ni siquiera el cielo es el límite

Prólogo

Si alguien me hubiera preguntado qué demonios estaba haciendo allí, podría haber dado ochenta mil respuestas diferentes y ninguna habría sido la correcta. Ni la verdadera, puestos a ser exactos.

Mi trabajo exigía tanto de mí que a veces me preguntaba por qué seguía haciéndolo, por qué no lo dejaba y, entonces, al pensar lo que supondría tirar por la borda todo el esfuerzo, toda la dedicación, simplemente callaba a mi conciencia y seguía con lo mío.

Los hombres que había allí me habrían matado sin dudarlo si hubiesen podido oír mis pensamientos, pero desde hacía años mi mente era mi único refugio seguro, e incluso de vez en cuando debía controlar mis pensamientos para que nadie leyese en mis ojos las dudas que a veces me embargaban.

Cuando se hacía lo que yo hacía... dudar podía significar la muerte.

Desde la distancia me aseguré de que mi puntería fuera precisa. Nadie me cubría, estaba solo... aunque a mi alrededor fuésemos más de quince hombres.

En cuanto empezaron los disparos supe que todo se iría a la mierda. Pero uno..., un disparo en concreto lo cambiaría absolutamente todo.

1

MARFIL

Dos semanas después.

Miré la moneda de doscientos pesos colombianos que tenía entre los dedos. Mientras esperaba a que Liam llegase solo pude pensar en una cosa: esas dos caras formaban un todo y nunca llegarían a verse de frente. Parece una tontería, una moneda es una moneda, pero en aquel instante no pude evitar sentirme identificada con ella. ¿Tenía yo dos caras completamente opuestas que nunca llegarían a fundirse en una sola? A veces era complicado entenderme a mí misma. Si me viese desde fuera, en la mayoría de las situaciones de mi vida, estoy segura de que lo único que se me pasaría por la cabeza sería: ¿pero qué demonios haces?

Mi hermana Gabriella muchas veces afirmaba que haber pasado toda nuestra infancia y adolescencia metidas en un internado a siete mil kilómetros de distancia de nuestro hogar nos iba a dejar secuelas. Yo por suerte ya había dejado aquella etapa atrás, a ella por el contrario aún le quedaban dos años intensos de normas estrictas y días nublados. Le faltaban apenas unos meses para cumplir los dieciséis y sus únicas preocupaciones eran que nunca había besado a un chico y que si seguía rodeada de mujeres iba a terminar convirtiéndose en lesbiana. Solo pensar en la cara de mi padre al sopesar siquiera esa opción me sacaba una sonrisa.

Secuelas..., podría estar hablando de ellas durante horas. La más importante aún conseguía despertarme por las noches con el corazón encogido y las lágrimas cayendo por mis mejillas como si tuviese cuatro años, no veinte. Era increíble cómo algunos recuerdos podían quedar grabados para siempre en tu memoria y luego otros podían desaparecer sin dejar ni rastro. Según Pixar —sí, los estudios de animación que hicieron la película *Del revés (Inside Out)*—, nuestro cerebro elimina aquellos recuerdos que no sirven para nada y retiene aquellos que considera más importantes. Y ahí es cuando yo me pregunto: ¿servía de algo recordar cómo mataron a mi madre delante de mí?

Está claro que, diga lo que diga Pixar, el cerebro hace lo que le da la gana.

Mientras divagaba sin sentido, fui consciente de que el grupo de tíos que había en la barra a mi derecha no me quitaba los ojos de encima. No lo dudé, levanté la cabeza y los miré sin apartar la vista. Mi intención había sido intimidarlos, o al menos que fueran menos descarados, pero dos de ellos se echaron a reír y el tercero, alto y de pelo castaño, me mantuvo la mirada sin titubear.

Odiaba ser la primera en apartar la mirada, me daba igual con quien fuese. Solo una persona en todo el planeta conseguía intimidarme lo suficiente como para hacerme agachar la cabeza y que dejara incluso de pestañear si hacía falta; y esa persona se encontraba demasiado lejos de donde yo estaba como para tener que recordarla siquiera.

Empezó entonces la batalla de miradas más épica de la historia. Bueno, tampoco fue para tanto, me gusta dramatizar, pero sí que fue de las intensas. Cuanto más lo miraba, más curiosidad sentía, y cuanto más me miraba él, más segura estaba de lo que empezaba a pasársele por la cabeza. ¿Podría hacer con él lo mismo que con el resto? Sería divertido...

—Eh, Mar —dijo una voz grave detrás de mí, aunque fue el tacto de su mano en mi espalda lo que me hizo pegar un salto y desviar la mirada.

¡Mierda! Acababa de perder.

Me giré para recibir a mi mejor amigo, y la frustración se evaporó nada más fijar mis ojos en los suyos. Liam Michaelson medía casi uno noventa, tenía el pelo negro como la noche, ojos celestes... Todo un donjuán. Y no, no era gay. Y sí, era mi mejor amigo. Cosas más raras se han visto.

—¿Llevas mucho esperando? —preguntó mirando por encima de mi cabeza a los tíos del final de la barra.

—Lo justo como para que te toque invitarme a una copa.

Técnicamente yo aún no podía beber alcohol y menos comprarlo, pero lo de los carnets falsos estaba ya tan normalizado que me parecía patético que esa ley aún siguiera vigente.

Liam me sonrió con dulzura y llamó a la camarera para que nos sirviera una copa.

—¿Y a qué se debe que me hayas tenido media hora aquí esperándote? —dije haciendo girar las aceitunas de mi martini.

Liam se llevó su cerveza a los labios y puso los ojos en blanco.

—No quieras saberlo.

—¿Virginia? O no, espera... ¿Rose?

—Tessi —dijo sin que yo pudiera evitar echarme a reír.

—¿Tessi? ¿La llamas así por alguna razón que desconozco o...?

—Ella quiere que la llame así. Qué mujer tan insoportable, joder.

Liam era un tío que, bueno... era un tío. Fin. Los tíos por regla general solo quieren pasar un buen rato y, también por norma general, las mujeres queremos eso y muchas cosas más, aunque yo no me incluya... Pero entendía que Virginia, Rose y... Tessi quisiesen algo más con mi mejor amigo. Era un partidazo... si le quitabas esa afición de tirarse a todo lo que se movía, claro.

Liam y yo nos conocimos durante mi primer año en la facultad. Por aquel entonces era una novata de la cabeza a los pies y no solo en lo que a la universidad se refiere, sino a la vida en general. Venía de haberme pasado ocho años estudiando fuera, rodeada de chicas y de monjas; solo me pasaba dos meses de verano en mi casa de Luisiana. Los dos estudiábamos economía en la Universidad de Columbia, aquí, en Nueva York. Él tenía tres años más que yo, lo que significaba que ya estaba cursando su último año.

Tuve que luchar contra mi padre para que me dejase mudarme a Nueva York por mi cuenta y, aunque aún me costaba creerlo, ya llevaba dos años viviendo sola. Puede decirse que me desmadré un poquito cuando me encontré con tanta libertad; tantos años reprimida no habían sido nada saludables y perdí un poco la cabeza, aunque me gustaba pensar que esa época había quedado atrás... más o menos.

Liam fue el primer chico que besé. Tenía dieciocho años recién cumplidos y con él descubrí de lo que era capaz cuando se trataba de conquistar a un hombre. Mi padre siempre me tuvo bastante escondida y me trataba como si fuese su pequeño tesoro al que nadie podía acceder, aunque Liam accedió... y en profundidad.

No llegamos a acostarnos, pero sí hicimos algunas cosas hasta que nos dimos cuenta de que en realidad encajábamos mejor como amigos. Por muy buena que yo estuviese para él, y por muy bueno que él estuviese para mí y para el mundo entero.

Después de Liam intenté llevar una relación más en serio con un chico llamado Regan, hasta que me enteré de que entre él y sus amigos se habían apostado diez mil dólares para ver quién era el primero en llevarme a la cama. Sí, sí, diez mil dólares. Patético. A partir de ese momento me convertí en una Marfil que nadie conocía hasta entonces, ni yo misma. Que lo que mi padre había estado repitiéndome sobre los chicos desde que tenía uso de razón hubiese terminado siendo verdad me cabreó mucho más de lo que os podéis imaginar. Tomé cartas en el asunto y desde entonces se hacía lo que yo decía: no había lugar para medias tintas.

—El tío de la barra viene hacia aquí —dijo Liam, media hora y tres martinis después—. ¿Me hago pasar por tu novio?

Me reí mientras me terminaba la bebida.

—Sería divertido, pero no —dije esperando a ver qué hacía.

Sentí a alguien a mi espalda, pero me hice un poco de rogar. Liam, en cambio, se giró para mirarlo.

—¿Quieres algo, amigo?

—En realidad venía para decirle una cosa rápida a tu amiga.

Me giré hacia él con una sonrisa divertida. Era bastante guapo, más aún de lo que esperaba ahora que lo tenía tan cerca.

Él pestañeó un par de veces cuando nos miramos cara a cara.

—Joder... eres incluso más hermosa de cerca.

Supe que Liam estaba poniendo los ojos en blanco otra vez sin ni siquiera tener que darme la vuelta para comprobarlo.

—¿Querías algo? —dije con tranquilidad. Los piropos no significaban nada para mí.

El chico titubeó un par de veces, pero se sacó una tarjeta del bolsillo de su camisa y me la tendió.

—Me encantaría invitarte a cenar —dijo ya un poco más calmado y firme ante su propuesta.

Miré la tarjeta.

HARRY WILSON – ARQUITECTO

Seguramente no tenía ni idea de que tenía veinte años. Eso me pasaba por ir de copas en Wall Street.

—Lo pensaré —respondí.

Harry me sonrió y vi que tenía un hoyuelo en la mejilla izquierda. Le devolví la sonrisa y se despidió con un gesto de la mano. Ni siquiera me había preguntado mi nombre...

Me guardé la tarjeta en el bolso y me volví hacia mi amigo, que me miraba entre divertido y molesto.

—A veces me horroriza que te parezcas tanto a mí.

Negué con la cabeza, divertida.

—Sabes perfectamente que no nos acercamos ni queriendo.

Liam negó con la cabeza nuevamente.

—El hombre que termine follándote será un tío afortunado.

Lo miré censurándolo con la mirada.

—Calla o descubrirás mi tapadera.

—Eres como una mantis religiosa. Lo sabes, ¿no?

—Yo no me como a nadie, simplemente cojo lo que quiero y se acabó.

—¿Y no te importa que vayan diciendo por ahí que te han follado sin descanso?

Sí, me molestaba.

—Si tienen que mentir para sentirse más hombres, pues que mientan. Si alguien quiere saber la verdad, que venga y me pregunte.

Liam soltó una carcajada.

—A veces creo que no tienes ni puta idea de dónde te estás metiendo. Llegará alguien que te vuelva loca y, cuando eso pase, te tragarás todas esas ideas feministas que tanto te gustan.

—No tiene nada que ver con el feminismo. Los hombres han usado a las mujeres desde el principio de los tiempos; cogen de ellas lo que quieren y se marchan. ¿Qué tiene de malo que yo haga lo mismo? No quiero que disfruten con mi cuerpo, solo quiero disfrutar yo.

Liam me miró como si fuese una ingenua.

—Cualquier hombre de la tierra disfrutaría solo con mirarte, Marfil. Aunque solo les dejes que te toquen, para ellos es como si hubiesen ganado la lotería, créeme.

Me quedé callada unos instantes.

—Con la única persona que estaría dispuesta a hacerlo sería contigo, pero porque somos amigos.

Liam se atragantó con la cerveza.

—Cuando sueltas cosas como esa es cuando me doy cuenta de que todavía sigues siendo una cría. Anda, vamos, te llevo a casa.

No mentía cuando decía que al único hombre al que estaría dispuesta a ofrecerle mi cuerpo era Liam. De todo el planeta, como él decía, era el único en quien confiaba lo suficiente. Me lo había planteado muchas veces, porque, aunque en lo relativo a todo lo que viene antes del sexo me manejaba bastante bien, temía llegar hasta el final. Mi padre me había inculcado desde que tenía uso de razón que la virtud de una mujer lo era todo; las monjas en el internado no se habían reprimido en detallar lo que nos pasaría si cedíamos a la lujuria... La virginidad parecía algo que volvía loca a la gente de mi entorno y, aunque en el fondo de mi alma quería revelarme y, a mi manera, lo hacía, era incapaz de dar ese paso todavía.

Liam me llevó a mi piso en su Audi color gris. Se lo había comprado hacía poco y los asientos aún olían a coche nuevo. Al contrario que la mayoría de los estudiantes, yo no vivía en el campus de la facultad. Mi padre me permitió mudarme a Nueva York e ir a la universidad siempre y cuando fuese él quien me procurara un lugar donde vivir.

Mi apartamento, que no compartía con nadie, estaba situado en una de las zonas más caras de la ciudad, a quince minutos de la facultad, en lo que todo el mundo conocía como el Upper East Side. Puede sonar presuntuoso, pero vivir en uno de los mejores edificios de Nueva York no podía importarme menos. Toda mi vida había estado rodeada de lujos y, aunque muchos pensasen que era idiota por querer estudiar cuando estaba claro que mi padre iba a dejarme una fortuna, siempre tuve claro que intentaría abrirme camino por mí misma.

Se me daban muy bien los números, así que estudiar economía siempre fue el plan B, aunque durante prácticamente toda mi adolescencia le rogué a mi padre ingresar en la escuela de ballet de Nueva York. Su respuesta siempre fue un no rotundo y, aunque no sirvió de nada, esa fue la única vez que decidí plantarle cara en serio. Después del resultado me juré no volver a pasar por lo mismo. Aún temblaba al recordar su reacción. De todos modos, seguía bailando en casa. Si para algo me servía tener un piso para mí sola era para poder bailar todo lo que me diera la gana.

Me despedí de Liam con un beso en la mejilla y le prometí vernos algún día antes del fin de semana.

Al entrar en mi edificio, saludé a Norman, el conserje, y crucé el recibidor hasta llegar al ascensor. Vivir sola en Nueva York podía resultar peligroso, sobre todo siendo mujer, pero en aquella zona la gente era muy tranquila; la mayoría eran familias con hijos cuyos progenitores trabajaban en Wall Street ganando cantidades obscenas de dinero. Mi padre era uno de ellos.

Había decorado mi apartamento de una manera bastante sencilla, siempre que no tuviésemos en cuenta los cojines de color rosa chillón. Mi lema era: «cuanto menos tengas, menos tendrás que ordenar» y lo seguía a rajatabla. El piso no era muy grande: tenía dos habitaciones, dos cuartos de baño y un salón con cocina americana. Al final de un largo pasillo se encontraba la zona del servicio y, como no tenía, había aprovechado para montar allí mi pequeño estudio de baile, donde prácticamente pasaba todo el rato que estaba en casa. Había mandado que colocaran una barra para poder bailar y grandes espejos que me devolvían la mirada siempre que procuraba relajarme al compás de la música.

En una de las paredes del salón, mi mejor amiga, Tamara, había empezado a pintar un mural precioso, lleno de dibujos sin relación alguna pero que podía contemplar sin descanso. En él se aglomeraban frases de libros, imágenes nuestras, letras de canciones, flores preciosas y sobre todo muchos muchos ojos, de todos los tamaños, con todo tipo de expresiones... A Tami le encantaban las miradas de las personas y a mí me alucinaba su capacidad para plasmarlas casi a la perfección en cualquier superficie plana, siempre que tuviese a mano algo que pintase. Una vez me dibujó un minion en una servilleta del Starbucks utilizando solo la pajita y la espuma de mi Frappuccino.

Dejé mi bolso sobre la encimera de la cocina y fui directa a la nevera. Se me daba fatal cocinar, era totalmente nula. Recuerdo que una vez intenté prepararme un pastel de carne siguiendo la receta de la madre de mi hermana y, de lo poco acostumbrada que estaba a cocinar, me olvidé de que lo había metido en el horno y casi incendio la cocina.

Prefería pedir algo a domicilio.

Como tenía un examen de microeconomía la semana próxima, decidí sentarme a estudiar. Puse música clásica de fondo y dejé que las horas pasaran casi sin darme cuenta. Cuando abrí los ojos comprendí que me había quedado profundamente dormida y además en una postura nada práctica. Me incorporé como pude en el sofá, deseando que alguien me levantara como si fuese una niña y me llevase hasta la cama.

No tuve tanta suerte.

Dejé el libro sobre la mesita y me arrastré hasta el dormitorio. Cuando ya estuve acurrucada bajo mi edredón blanco, aquella sensación de soledad volvió a embargarme. No era miedosa..., bueno, un poco. Siempre había convivido con gente a mi alrededor, en casa siempre estaban los criados; Lupita, el ama de llaves, cuidaba de mí como si fuese mi madre. También estaban Louis, Peter o incluso Logan cuando mi padre estaba en casa. En el internado había compartido habitación con cuatro chicas, incluyendo a Tami, y casi nunca estábamos solas... Aquel piso a veces se convertía en el centro de todos mis miedos. ¿Nunca os ha pasado que vuestra mente empieza a divagar y el más mínimo ruido se convierte en una película de terror en vuestra cabeza? Odiaba esos días...

Cerré los ojos mientras me cubría con las mantas y empecé a contar en silencio; uno, dos, tres, dieciocho, cuarenta y cuatro, cuarenta y cinco, doscientos seis...

En algún momento entre el doscientos seis y el quinientos cuarenta y tres por fin conseguí dormirme.

El viernes llegó casi sin darme cuenta. Me invitaron a una fiesta en una discoteca de la ciudad, pero decliné la oferta. No porque no me gustase salir, todo lo contrario, pero aquella noche prefería quedarme en casa bailando o viendo una película. Después de pasarme más de dos horas y media junto a la barra haciendo *pliés*, me puse una camiseta blanca ancha encima del maillot y me quedé mirando la tarjeta del tal Harry con incertidumbre.

Podía llamarlo y preguntarle si le apetecía venir a cenar. Me ahorraría tener que salir a comprar algo o volver a pedir pizza al local de la esquina. Pero entonces recordé que ni siquiera me había preguntado mi nombre. ¿Qué iba a hacer?, ¿llamarlo y decir: «Hola soy la chica del bar»?

Ni de coña.

Fuera todavía era de día, así que me calcé mis zapatillas de deporte preferidas, me puse unos leggins, una camiseta de manga corta y me propuse salir a correr. Normalmente corría una hora todos los días, aunque no lo hacía por la mañana porque odiaba madrugar. Además, me gustaba ver la puesta de sol que se reflejaba en la laguna Reservoir de Central Park.

Me despedí de Norman con una sonrisa y salí al cálido día de abril. Central Park siempre era un hervidero de gente, sobre todo de familias que aprovechaban para llevar a los niños al parque, sacar a los perros y dar de comer a los patos. Cuando el sol empezó a bajar por el horizonte, la zona fue despejándose y quedamos los muchos que salíamos a hacer deporte. Conocía a unos cuantos, nos saludábamos con un gesto siempre que nos cruzábamos por allí. Solo una vez tonteé con uno y me juré no volver a hacerlo. Era horrible tener que cambiar mi ruta de running para no tener que cruzarme con ligues pasados.

Decidí regresar a casa andando. El día había dejado lugar a una noche preciosa, nada fría, y las luces de los rascacielos se reflejaban en el agua que había a mi derecha. Amaba esa ciudad. Muchos podían decir que era una locura, que la gente no paraba y que el aire estaba contaminado. Yo había vivido toda mi vida rodeada de campo y estar allí, en cambio, me hacía sentir como si formase parte de algo único y especial.

Me detuve en una de las muchas fuentes que había esparcidas por el parque para beber un poco de agua. Aquella vez me había alejado más de lo normal y estaba muerta de sed. Me incliné sobre la fuente, me recogí la larga cola de caballo en una mano para no mojarme el pelo y entonces sucedió.

No me dio tiempo ni a soltar un grito.

Una mano me aferró por la cintura tirando de mí hacia atrás y la otra me cubrió la boca con un paño humedecido que olía de una forma increíblemente desagradable. Intenté resistirme con todas mis fuerzas, el pánico se adueñó de mi cuerpo y de mi cabeza. Por mucho que hubiese intentado hacer, lo que fuera que contenía el paño húmedo actuó deprisa. Empezaron a pesarme los ojos, mis articulaciones dejaron de tener fuerza. Sentí cómo caía hacia atrás, desmadejada sobre el pecho de alguien alto y musculado.

—Métela en la furgoneta.

Eso fue lo último que escuché antes de perder el conocimiento.

2

MARFIL

Abrí los ojos en una habitación de hospital. No había nadie a mi alrededor, solo los pitidos de las máquinas me hacían compañía. Al bajar la vista a mi cuerpo, vi que llevaba una bata de color verde, una vía intravenosa en la mano izquierda y una venda que me cubría la palma derecha.

Mis latidos se aceleraron, pero al no estar conectada a ningún aparato que los registrara, solo yo fui consciente del martilleo incesante de mi corazón.

¿Qué había ocurrido?

Entonces alguien abrió la puerta y una enfermera se acercó hasta mi cama.

—Señorita Cortés... ¿Cómo se encuentra?

Pestañeé varias veces, aturdida.

—¿Dónde estoy? ¿Qué ha pasado? —Fui a bajarme de la cama, no sé adónde pretendía ir, pero mi instinto parecía querer obligarme a salir corriendo, huir, ponerme a salvo...

¿A salvo de quién?

—Tranquila, estás a salvo...

Noté que mis ojos se humedecían y mi mente volvía a traerme las imágenes de mis últimos recuerdos. Yo corriendo, deteniéndome a beber agua, alguien cubriéndome la boca, oscuridad y luego...

Antes de que pudiera despegar los labios para preguntar qué había pasado, la puerta de mi habitación se abrió y, para alivio mío, mi padre entró y corrió hasta llegar a mi lado.

—Marfil... —dijo estrechándome contra sus brazos.

Enterré la cabeza en su pecho y aspiré el aroma que desprendía su piel y su perfume. El *Eau Sauvage* de Dior se mezclaba con el humo del tabaco que seguramente había estado fumando sin descanso.

—Menos mal que has despertado —dijo mi padre acariciándome el cabello.

Viviendo siempre tan lejos, mi relación con él nunca había sido muy estrecha, pero nunca me había alegrado tanto de que me estrechara entre sus brazos como entonces.

Cuando me hube tranquilizado me explicaron lo que había ocurrido.

—Te secuestraron, Marfil —dijo mi padre con los labios apretados.

Me habían encontrado inconsciente en una de las puertas exteriores de aquel hospital en Nueva Orleans, a una hora y media de mi casa en Baton Rouge; por suerte, llevaba encima la cartera, lo que permitió a los médicos identificarme y comunicarse con mi padre.

—No dejaron nada, ni una nota; tampoco pidieron un rescate. Me enteré de que algo iba mal cuando llamé el lunes para hablar contigo y me saltó el buzón de voz unas cinco veces.

¡Lunes!

Dios mío, había estado secuestrada casi tres días.

—Cuando comprobé que no estabas en el apartamento y que nadie te había visto regresar desde que saliste a correr el viernes por la tarde, supe que algo terrible tenía que haber ocurrido.

Negué con la cabeza, sin entender absolutamente nada.

—La policía quiere hablar contigo. Hay dos agentes afuera. Estaban esperando a que despertaras.

Mi padre salió de la habitación y regresó acompañado de ambos agentes. Me incorporé, nerviosa, cuando empezaron a hacerme preguntas.

Mi padre no me quitaba los ojos de encima, nunca lo había visto tan nervioso y serio en mi vida.

—No recuerdo nada... —dije notando que la boca empezaba a secárseme y que me sudaban las manos—. Solo recuerdo el momento en que me abordaron...

—¿No recuerda haber estado consciente en ningún momento? —me preguntó uno de los agentes. Negué con la cabeza intentando exprimirme el cerebro, pero nada, no recordaba nada—. Cualquier cosa que pueda decirnos será de gran ayuda, señorita Cortés.

Miré a mi padre nerviosa y luego a la enfermera.

—Lo siento... —dije con voz temblorosa.

Mi padre dio un paso al frente, mirándome fijamente a los ojos.

—¿Hay alguna posibilidad de que te hicieran algo...?

Me empezó a temblar el labio y me lo mordí intentando controlar el terror que embargaba mi cuerpo. No quería pensar en eso, era horrible saber que no había tenido control sobre lo que ocurría a mi alrededor, que había estado en manos de lo que podían haber sido asesinos o violadores... Podría haber pasado cualquier cosa...

—Contesta.

Levanté la vista de la cama y miré a mi padre asustada.

—No recuerdo nada... —repetí, odiando no saber lo que podían haberme hecho.

—Quiero que le hagan un estudio completo, ahora mismo.

Los policías miraron a mi padre y luego a mí. Parecían incómodos, como si el hecho de que pudiesen haberme violado les espantara tanto como a mí.

—Le dejo la tarjeta aquí mismo, cualquier cosa que recuerde, por insignificante que sea, no dude en llamar y notificarlo a la comisaría.

Asentí sin hablar por miedo a que me temblase la voz.

Cuando se marcharon, la enfermera me pidió que la acompañara. Al parecer iba a tomarse muy en serio las peticiones de mi padre. Una parte de mí estaba tranquila porque si me hubiesen violado, yo sentiría algo, por nimio que fuese, y ese no era el caso.

Cuando me pidieron que me sentara en una camilla de ginecología y colocase las piernas en los cabestrillos, tuve que contenerme para no gritar deseando escapar de aquella pesadilla.

La doctora que me examinó fue muy amable y me trató con mucho tacto.

—Ya habíamos comprobado si había restos de semen o sangre cuando te hallaron inconsciente, pero no encontramos nada. En tu caso no existía ningún tipo de signo que pudiese indicar que hubiese habido agresión sexual, pero tu padre nos ha exigido que volviésemos a comprobarlo... —me explicó mientras me examinaba.

Entendía que mi padre quisiese asegurarse, yo también necesitaba saber que no me había ocurrido nada de lo que se me pasaba por la cabeza en aquellos instantes.

—Sigues siendo virgen —me aclaró y, por cómo lo dijo, me hizo sentir un poco extraña—. Aquí está el informe y los resultados de las pruebas de VIH.

¿Sida? Abrí los ojos espantada, pero la médica me sonrió con dulzura.

—Tranquila, lo hemos hecho solo para quedarnos tranquilos. A pesar del susto y la mala experiencia, estás perfectamente. No tienes que seguir preocupándote.

Asentí y al rato me trajeron ropa para poder cambiarme y quitarme la bata del hospital. Quería salir de allí, quería irme a casa y olvidar todo lo que había pasado.

A la salida del hospital nos esperaba Peter, el chófer, para llevarnos a casa. Mi padre fue sentado en el asiento del copiloto sin dejar de hablar por teléfono. Yo, por el contrario, apenas podía creerme que hacía cuatro días mi máxima preocupación había sido el parcial de microeconomía.

No pude evitar mirar hacia ambos lados cuando me bajé de la limusina y subí los escalones de la inmensa mansión blanca con grandes columnas que me había visto crecer. Lupita, la cocinera y la mujer que había velado por mí desde que era un bebé, salió a recibirme con lágrimas en los ojos. Me abrazó con fuerza contra su cuerpo y yo le devolví el abrazo procurando no volver a echarme a llorar.

—¡Señorita Marfil! —dijo limpiándose las lágrimas con el delantal—. ¡No sabe usted lo preocupados que estábamos todos!

—Estoy bien, Lupita, ya estoy en casa —dije para tranquilizarla, aunque contenta al ver que me hallaba a salvo dentro de aquellos altos muros.

—Te prepararé algo caliente para cenar, ¿de acuerdo? Tú ve a darte una ducha, niña.

Mi padre había desaparecido pasillo abajo, con el teléfono pegado a la oreja y cara de tener mil cosas que hacer. Agradecí que fuese él quien tuviese que averiguar qué es lo que había ocurrido y por qué demonios me habían secuestrado sin pedir nada a cambio.

Mientras me daba una ducha, no pude quitarme de la cabeza la sensación de que aquello no había acabado todavía. Algo me decía que ese secuestro era para poner a mi padre sobre aviso.

Pero ¿sobre aviso de qué?

No era ningún misterio que mi padre tenía muchísimo dinero, por eso no tenía sentido que no hubiesen pedido un rescate. ¿Por qué si no iban a secuestrar a la hija de Alejandro Cortés?

Después de ducharme, Lupita me trajo una sopa caliente y estofado de carne con patatas asadas. No me di cuenta de lo hambrienta que estaba hasta que el aroma a comida caliente llegó hasta mis sentidos. Cené en la cama con la tele puesta de fondo y mil cosas en la cabeza. Liam me había mandado un millón de mensajes y lo llamé para que se quedara tranquilo.

—¡Cuando tu padre me llamó casi me da un puto infarto, joder! —exclamó totalmente alterado—. Se pensaba que yo había tenido algo que ver con tu desaparición. Dios santo, Marfil, casi me muero de la angustia.

—No se lo tengas en cuenta. Aparte de Tami, eres uno de los pocos amigos de los que he hablado aquí, en casa. Si no habías sido tú, las opciones que quedaban eran bastante escasas.

Liam quiso saberlo todo, quería que le describiera lo ocurrido, lo que recordaba y lo que no, pero eso era lo último que quería hacer. Necesitaba descansar, los ojos me pesaban y odiaba notar que el miedo no desaparecía a pesar de estar segura en casa.

—No te preocupes, ya hablaremos cuando regreses a Nueva York.

¿Cómo demonios me habían trasladado de Nueva York a Nueva Orleans en tan poco tiempo?

No pude seguir dándole muchas vueltas, los ojos se me cerraron sin darme cuenta y me sumí en un sueño profundo e inquietante.

El día me recibió tormentoso, como si quisiera reflejar mi estado de ánimo particular. Me asomé por la ventana para contemplar la extensión de reluciente campo verde que rodeaba la casa de mi padre. Siempre había disfrutado volviendo a casa; saber que había sido mi madre quien había hecho posible que un lugar tan grande se convirtiera en una estancia tan acogedora y hogareña me producía una sensación de intensa calidez.

Me vestí rápidamente con unos leggins y una sudadera y bajé a desayunar a la vez que buscaba en el móvil un vuelo para viajar lo antes posible a Nueva York. No podía seguir perdiendo clases. Además, iba a tener que hablar con el profesor de microeconomía y rezar para que me dejara hacer el parcial que me había perdido. Lo sé, debería estar más preocupada por lo que me había ocurrido unas horas antes, pero era incapaz de recordar nada; aparte del susto, no podía temer algo que no podía visualizar.

Cuando entré en la cocina, me encontré a Lupita pelando patatas. El aroma a café impregnaba la estancia, lo que significaba que mi padre debía de estar en casa. Nunca había conocido a alguien tan adicto a la cafeína; yo, por el contrario, no había heredado esa pasión por aquella bebida oscura y desayunaba siempre un vaso de leche caliente con miel. Lupita me sonrió al verme llegar y, antes de que pudiera contar hasta diez, ya tenía el desayuno delante de mis narices.

—Tu padre ha pedido que en cuanto acabes vayas a verlo al despacho, cariño.

Asentí llevándome unos cereales a la boca. No tardé mucho en desayunar. Tras darle las gracias a Lupita, salí de la cocina y crucé el salón, amueblado con sofás de color marrón chocolate, una gruesa alfombra persa, la televisión de sesenta pulgadas y la larga mesa donde cenábamos en ocasiones especiales: Navidad, mi cumpleaños o el de Gabriella cuando no lo pasaba con su madre, Acción de Gracias...

Para llegar al despacho de mi padre tenía que cruzar un largo pasillo; un pasillo que detestaba con toda mi alma ya que de sus paredes colgaban todo tipo de cabezas de animales disecados. Mi padre era un experto cazador, se gastaba fortunas recorriendo los pasajes más remotos para buscar piezas únicas que luego colgaba en la pared.

Aún podía recordar la vez que decidió llevarme con él. No solo me obligó a matar un ciervo, sino que luego me «bautizó» impregnándome con su sangre de la cabeza a los pies. Sus amigos y él se rieron al verme llorar; yo aún tenía pesadillas.

Mi hermana y yo éramos fieles amantes de los animales y que nuestro padre se dedicase a darles caza por simple diversión era algo que nos repugnaba.

Llamé a la puerta antes de entrar. Mi padre estaba sentado ante su inmenso escritorio y enfrente de él se encontraba Logan Price. Logan se había encargado de la seguridad de mi padre desde que yo tenía uso de razón. Siempre que mi padre iba a alguna parte Logan lo acompañaba. Era algo tan normal que nunca me detuve a preguntarle de qué peligros debía protegerlo. Mi padre, colombiano de nacimiento, era un multimillonario que había emigrado a Estados Unidos con tan solo veinte años. Era un hombre brillante, había hecho una fortuna prácticamente de la nada. Compró terrenos en la época en que los precios estaban regalados y cultivó viñedos que a día de hoy siguen abasteciendo gran parte del sur del país. Criaba caballos también y tenía muy buena relación con el presidente colombiano, con el que mantenía largas charlas mientras se fumaba un puro delante de su inmensa chimenea.

Sí, Alejando Cortés era un hombre de éxito, pero muy reservado y apenas hablaba con mi hermana y conmigo sobre su trabajo o sus interminables viajes. Había conquistado a mi madre durante su estancia en Rusia. Se casaron al mes de conocerse y al año y medio me tuvieron a mí. Justo sobre la chimenea que había a mi derecha, en su despacho, había una fotografía enmarcada de ella. Paulina Kozlova había sido una belleza deslumbrante, una mujer hermosa de pómulos altos, labios llenos y seductores, rubia como el oro y de grandes ojos color esmeralda. Yo me parecía a ella, solo que había heredado el pelo negro de mi padre. Siempre que miraba aquella foto sentía un pinchazo en el corazón. Odiaba tener de ella solo un recuerdo: sus ojos sin vida devolviéndome la mirada y la sangre impregnando el suelo a su alrededor...

Logan se giró hacia mí cuando cerré la puerta a mi espalda. Incorporándose me saludó con un seco: «Buenos días, señorita Cortés» mientras me retiraba la silla para que tomara asiento.

Mi padre apoyó los codos en la mesa y me miró con decisión.

—Hemos estado hablando sobre lo que ha ocurrido, Marfil, y la única conclusión a la que hemos llegado es que te han secuestrado y te han traído hasta aquí sin pedir nada a cambio simplemente para mandar un mensaje. Un mensaje para recordarme lo fácil que ha sido llegar hasta ti y que podrían volver a hacerlo en cualquier momento.

No hubo ningún «¿Cómo te encuentras, hija?». Mi padre fue directamente al grano, como siempre. Me apreté las manos con fuerza, intentando no mostrar cuánto me asustaba la posibilidad de que algo así volviese a ocurrir.

—Pero ¿por qué? ¿Qué quieren conseguir con eso?

Mi padre se echó hacia atrás impasible.

—Hay mucha gente que me odia, Marfil, y podrían querer hacerme daño a través de ti.

Logan seguía de pie junto a la ventana y se giró hacia nosotros con expresión seria.

—Hasta que averigüemos quién ha sido y qué buscaba secuestrándola, debería tener a alguien que pueda protegerla, cuidar de que esto no vuelva a repetirse.

No...

Mi padre me vio venir antes incluso de que abriera la boca.

—Me rogaste que no te pusiera protección, Marfil, y fui un necio al consentirte. No hice caso de las advertencias de mi equipo de seguridad y ahora mira lo que ha pasado. ¡Podrían haberte matado... o violado!

Tragué saliva sintiendo la sangre correrme velozmente por el cuerpo.

—Pero...

Mi padre se puso de pie y fue hasta el bar que había junto a su escritorio.

—No hay peros que valgan, Mar —dijo abriendo la botella de whisky y sirviéndose una copa—. No voy a correr riesgos contigo. Nunca debí haberlos corrido.

Miré a Logan y luego a mi padre. Ambos estaban serios, decididos.

—No puedo llevar una vida normal y corriente si tengo un guardaespaldas pegado a mis talones, papá.

—¿Prefieres que lo que ha ocurrido se repita?

No tuve un argumento de peso para contradecirlo y odié tener que quedarme simplemente en silencio.

—Hasta que aclaremos lo ocurrido, tendrás custodia las veinticuatro horas del día. Yo también he reforzado la mía y tu hermana Gabriella la tendrá cuando regrese a casa durante las vacaciones. De momento en el internado está segura, pero no pienso permitir que vuelvan a arrebatarme a una de mis hijas.

— ¡¿Pretendes que esté vigilada durante todo el día?!

Logan se adelantó a mi padre y contestó por él.

—Solo hasta que aclaremos lo ocurrido, señorita Marfil —repitió dando un paso al frente—. Ya tenemos a los mejores detectives investigando quién ha podido secuestrarla.

¿Detectives?

—¿No es mejor que lo lleve la policía?

—La policía es lenta, hija, y tiene mucho trabajo. Prefiero pagar por unos servicios que esperar a que se hagan por amor al arte.

Cerré la boca sin ningún tipo de argumento que rebatiera lo que ellos decían. No podía arriesgarme a que volviese a ocurrir algo semejante. Había luchado mucho por convencer a mi padre de que no hacía falta que me pusiese protección y toda esa lucha acababa de quedar en nada.

—Ya hemos contratado a uno de los mejores agentes. Sirvió en las fuerzas aéreas durante cinco años y se condecoró con honores. Es una suerte que haya querido aceptar este trabajo.

Suspiré sabiendo que la batalla estaba perdida.

—No quiero que en la facultad se sepa que es un guardaespaldas, papá.

—Ya hemos pensado en eso. Estará de incógnito, nadie sabrá cuál es su trabajo a no ser que tú lo digas. Carla ya ha informado a la facultad, podrá acompañarte haciéndose pasar por estudiante. No tendrás que preocuparte de nada, será como si no estuviese allí. Te lo prometo.

Eso me animó un poco más, aunque dudaba de que un tipo que había servido en el ejército pasase desapercibido en un ambiente lleno de estudiantes jóvenes.

—Tu apartamento tiene un anexo para el servicio con dos habitaciones y un salón, también he mandado que alguien lo haga habitable para el señor Moore.

Mierda, mi espacio para bailar.

No podía evitar sentirme frustrada y cabreada. No es que no valorara lo que mi padre estaba haciendo por mí, pero me jodía verme obligada a tener a alguien pegado a mis espaldas. No quería vivir con miedo, no quería tener un recordatorio constante de que podían volver a hacerme daño o al menos intentarlo, pero sabía que, ante tales circunstancias, no había nada que yo pudiese hacer.

—¿Cuánto crees que tardarás en averiguar quién está detrás de esto?

Mi padre volvió a tomar asiento.

—No lo sé, pero te aseguro que es mi prioridad.

Asentí deseosa de irme de allí.

—¿Puedo irme?

Mi padre asintió y volvió a fijar la mirada en su ordenador.

Señor Moore, seas quien seas..., ya me caes mal.

3

MARFIL

Mi padre lo arregló todo para que al día siguiente Logan me acompañara a Nueva York, donde el señor Moore estaría esperando para recogerme. No fue posible ir en avión privado porque mi padre partía también hacia Puerto Rico muy temprano.

No pude evitar sentirme segura con Logan sentado a mi lado en los asientos de primera clase. No era muy fan de los aviones, siempre prefería ir con alguien. Entonces me di cuenta de que, aparte de por volar, también tenía miedo por lo sucedido, que seguía aún muy presente en mi cabeza. Solo quería llegar a casa y que todo volviese a la normalidad, pero al recordar dónde habían conseguido secuestrarme comprendí que aquella ciudad que tanto amaba ahora se había convertido en mi enemiga.

Al bajar del avión y conectar los datos de mi iPhone recibí un mensaje de Liam diciéndome que la cena de aquella noche corría por su cuenta, que no me preocupara por nada y que él cuidaría de mí como si fuese su chica. Me hizo sonreír. A veces me preguntaba por qué demonios no estábamos juntos, pero nada más pensar en la bonita amistad que nos unía, cualquier idea de ir más allá se me borraba de la cabeza.

No tenía especial interés por compartir mi apartamento con un desconocido y, si ese tal Moore iba a dormir a partir de ahora en mi casa, mejor tener a Liam conmigo. Sabía que no podía retenerlo, pero le pediría que se quedase al menos hasta que me sintiese a gusto. Los guardaespaldas me ponían muy nerviosa, eran como un recordatorio constante de que algo malo podía estar a punto de ocurrir.

Cuando mi madre murió, mi padre se volvió superestricto con la seguridad. A él siempre lo acompañaba Logan, aunque fuese para ir a comprar una botella de agua. Gabriella y yo habíamos tenido más libertad, encerradas en el internado no nos hacía falta ningún guardaespaldas. Además, al contrario que nuestro padre, conocido por muchos, nosotras siempre habíamos estado ocultas ante el ojo público.

Al mudarme a Nueva York las cosas cambiaron, ya no era como en Inglaterra, aunque mi padre fue más permisivo de lo que podía esperar. Pero ahora que me habían secuestrado no iba a haber persona en la tierra que lo convenciera de quitarme la escolta, lo cual me molestaba y aliviaba a partes iguales. No os voy a mentir, todo aquel asunto me asustaba, y más miedo me daba saber que no se había solucionado. Los motivos de mi secuestro aún eran un misterio y algo me decía que lo peor no había pasado, sino que estaba por venir.

Intenté dejar aquellos pensamientos a un lado y seguí a Logan por el largo pasillo que nos daba la bienvenida a Nueva York. Habían pasado tantas cosas en tan poco tiempo que de repente solo me apetecía darme un baño de agua hirviendo y meterme en la cama para despertarme y comprobar que todo había sido una pesadilla.

—Señorita Marfil, yo no la acompañaré hasta el apartamento, mi vuelo sale dentro de dos horas, pero el señor Moore se hará cargo de usted de ahora en adelante, ¿de acuerdo?

¿Que se haría cargo de mí? De repente me sentí como si tuviese tres años y medio.

Asentí en silencio hasta que llegamos a una puerta automática que se abrió para dejarnos pasar al vestíbulo, lleno de familiares y hombres bien trajeados que llevaban cartelitos con apellidos escritos entre las manos. Busqué mi nombre hasta que di con él.

A medida que me iba acercando a quien de ahora en adelante iba a ser mi guardaespaldas, mi corazón empezó a latir de forma acelerada sin sentido ni lógica. Logan se adelantó y le estrechó la mano como si ya se conociesen. Yo, en cambio, sentí como si me hubiesen arrebatado el aire de los pulmones.

Nunca hasta ese instante un hombre había conseguido que mi cuerpo reaccionara como lo estaba haciendo en ese momento. Jamás. Podría describirlo, pero creo que me quedaría corta.

—Señorita Cortés —dijo tendiéndome la mano—, soy Sebastian Moore, de ahora en adelante me encargaré de su seguridad.

Tardé unos segundos de más en levantar la mano para estrecharle la suya y cuando nos tocamos sentí un cosquilleo en el estómago. ¿Eso era de lo que Liam me había hablado cientos de veces? ¿Eso era lo que los hombres sentían cuando me veían a mí?

Me sentí torpe, me sentí pequeña, insignificante... una sensación que me era totalmente desconocida. Sebastian me devolvió la mirada como quien mira un banco de un parque, totalmente indiferente.

Me apresuré a cubrirme los ojos con mis gafas de sol. Necesitaba ordenar mis pensamientos y sobre todo no demostrarle lo mucho que me había afectado conocerlo.

—La dejo en buenas manos, señorita —dijo Logan antes de volver a estrecharle la mano a Sebastian.

Sebastian... Ay, joder. ¿Hasta su nombre tenía que ser increíblemente sexi?

Vi que Logan le decía algo al oído, pero tampoco me importó mucho. Sebastian Moore ocupaba todos mis pensamientos.

Era alto, como me gustaban a mí —de esos hombres que pueden levantarte sin problema con un solo brazo, de esos que hay que besar de puntillas, como Liam—, aunque Sebastian le sacaba varios centímetros. Iba vestido de traje y corbata, podría haber pasado por uno de los muchos neoyorquinos millonetis que vivían en mi barrio, aunque él era diferente a todos ellos, él era increíblemente joven.

¿Cuántos años tendría? ¿Veinticinco? ¿Veintiséis? De repente me moría de curiosidad por averiguarlo todo sobre él.

Su pelo era castaño claro, tenía un poquito de barba, de esa que pica cuando la tocas. Tenía la mandíbula cuadrada, y su cuerpo era atlético, se le marcaban los bíceps debajo de la chaqueta...

«Marfil, por Dios, ¿qué te está pasando?»

Lo seguí cuando me indicó que el coche nos estaba esperando fuera. A pesar de que cuando estaba con mi padre siempre nos llevaba y nos recogía un chófer, en Nueva York yo solía moverme en taxi o Uber y muy de vez en cuando en metro. Esta vez, en cambio, un Audi de color negro esperaba en el aparcamiento del aeropuerto.

Sebastian caminó hacia el asiento del conductor y yo me detuve en el del copiloto. Antes de que abriese la puerta me habló por encima del capó del coche.

—Preferiría que te sentases detrás —dijo sin apenas titubear.

Yo pestañeé un par de veces. Primero porque no me había llamado de usted, lo que era agradable pero a la vez extraño, y segundo porque no se había ofrecido a abrirme la puerta. No es que fuese una princesita ni nada por el estilo, pero estaba tan acostumbrada al protocolo que existía entre los empleados de mi padre y yo, que me pilló desprevenida. Lupe era la única a la que se le olvidaban de vez en cuando los formalismos y solo cuando estábamos a solas.

Hice lo que me pedía y me senté detrás. Lo observé desde mi posición y a través del reflejo del espejo retrovisor. No parecía tener problema para orientarse, y en apenas tres minutos ya habíamos salido del aeropuerto y estábamos en la avenida Gran Central con dirección a Manhattan. Todavía teníamos que atravesar todo Queens, lo cual nos llevaría más de media hora. ¿Pensaba hablarme?

—Me gustaría saber qué órdenes exactamente te ha dado mi padre... —dije después de un cuarto de hora de silencio sepulcral.

Sebastian desvió los ojos de la carretera y los fijó en mis gafas de sol por un instante efímero.

—¿Órdenes?

De repente esa palabra parecía haberse convertido en un insulto.

—Bueno... indicaciones, órdenes, mandatos; como quieras llamarlo.

—Tengo la obligación de protegerte y de mantener a tu padre informado sobre cualquier imprevisto que surja mientras estés conmigo.

Mientras estés conmigo... no al revés... claro, era yo quien estaba con él.

No quise seguir hablándole. Primero porque me estaba empezando a chirriar un poco su frialdad, y segundo porque su voz grave de barítono me daba escalofríos.

Llegamos a mi calle en un tiempo récord. Estaba claro que la velocidad no entraba dentro de los campos de seguridad de los que se iba a encargar. Cuando dejamos el coche en el aparcamiento recordé, al ver que venía conmigo hasta el ascensor, que iba a compartir apartamento con él.

Joder.

El silencio dentro del pequeño cuadrado del ascensor me horrorizaba. Creo que en toda mi vida no había pasado tanto tiempo callada en compañía de alguien. Liam estaría orgulloso.

Sebastian se me adelantó y se sacó una llave del bolsillo. Me abrió la puerta y me dejó pasar a mí primero.

La caballería no había muerto, pero ¡¿ya tenía una copia de mis llaves?!

Un momento.

¿Ya había estado allí?

Mi apartamento parecía estar como siempre. Comprendí de repente que había sido a apenas unas manzanas de allí donde me habían secuestrado por Dios sabe qué razón. La última vez que me había ido de allí mi única preocupación había sido un examen y si debía o no llamar al tío ese del bar cuyo nombre ya había olvidado.

Dejé mi bolso sobre la isla de la cocina y, sintiéndome inquieta e incómoda, me giré hacia mi nuevo compañero.

—Esto es muy raro —dije sin poderme aguantar más.

Sebastian se quitó la chaqueta y la colgó del perchero que había junto a la puerta. Vi entonces que llevaba una pistola colgada de un cinturón de esos de poli.

—Tú haz como si yo no estuviera.

¡Sí, claro! Pero si casi ocupaba toda la habitación.

—Mira, no sé tú, pero si vas a vivir aquí y, si encima vas a tener que estar pegado a mí las veinticuatro horas del día, hay cosas que necesito saber...

—Puedes preguntarme cualquier cosa que tenga que ver contigo y tu seguridad.

—¿Cuántos años tienes?

«Ay, Dios, ¿en serio, Marfil?»

Sebastian frunció levemente el ceño.

—Eso no tiene nada que ver contigo ni con tu seguridad.

—¿No vas a contestarme?

—No.

Apreté los labios, molesta.

—Me resulta raro tener un guardaespaldas, te advierto que me va a costar acostumbrarme a ti.

—Lo harás.

Me quité las gafas de sol, comprendiendo de forma tardía que aún las llevaba puestas. Nuestros ojos se encontraron en los metros que nos separaban. Los suyos eran marrones... y de espesas pestañas negras...

Tuve el impulso de desviar la mirada, intimidada, pero me mantuve firme.

—Entonces ¿hago como si no estuvieras?

Sebastian pareció contento con esa idea.

—Exacto. Simplemente avísame cuando vayas a salir.

Genial.

—No sé si habrás visto que en la habitación contigua a la tuya había...

—No he tocado tu estudio de baile, tranquila.

—Paso mucho rato ahí dentro. Sé que teóricamente esa habitación pertenece al ala del servicio y que para entrar voy a tener que cruzar la salita, pero me gustaría seguir practicando como he hecho hasta ahora.

—La habitación es tuya, no me importa que entres.

Eso ya era algo, había temido no solo que mi padre mandase eliminarla del mapa, sino que Sebastian la hubiese cogido como dormitorio o algo por el estilo. Era consciente de que me estaba haciendo un favor, la otra habitación era mucho más pequeña y por mi culpa seguramente estaría mucho menos cómodo, pero no pensaba abandonar mi rincón preferido. Al fin y al cabo, ese era mi piso.

—Pues... me voy a mi habitación.

No esperé a que me respondiera, me ponía demasiado nerviosa, así que le di la espalda y entré en mi dormitorio.

Mi cuarto estaba hecho una leonera, tal y como lo había dejado antes de salir a correr.

Por alguna razón inexplicable me dio no solo por ordenarlo, sino que me volví hasta maniática. No sé si fue porque me sentía incómoda o porque no podía salir al saloncito y tirarme en el sofá como siempre. Aquello me ponía un poco histérica, pero me puse a ordenar —¡ordenar!— hasta que la habitación quedó impecable.

Miré el móvil que había dejado sobre mi mesita y leí que Liam llegaría dentro de una hora. Al menos iba a poder reconquistar mi salón. Me metí en la ducha y me vestí con algo más cómodo. Me puse mis vaqueros preferidos y una camiseta blanca de algodón. Cuando me miré en el espejo me detuve unos segundos de más para observarme con más detenimiento.

¿Qué vería Sebastian cuando posaba sus ojos sobre mí?

Desde que tenía uso de razón todos los que me rodeaban me habían halagado, piropeado y hecho la pelota. Las chicas en el internado o me odiaban o me temían. Tardé en ganarme la aceptación de la clase y de las monjas, aunque estas habían sido las peores; «¡Eres el pecado en la tierra!», me habían dicho en incontables ocasiones, y yo, ingenua de mí, no entendí nada hasta que conocí a Liam y por fin me lo explicó.

—¿Eres consciente de lo hermosa que eres? —me había preguntado una vez, tumbados los dos en mi cama, yo en bragas y camiseta de manga larga y él vestido con un simple pantalón de chándal, cuando me había acariciado por primera vez.

—Sé que lo que veis no tiene nada que ver con lo que soy —contesté, sin sentirme halagada.

Sí, era guapa, pero cuando serlo hace que la gente no vea más allá de tu apariencia, la belleza se convierte en la peor enemiga, sobre todo cuando se tiene una personalidad como la mía.

Después descubrí el poder que eso me otorgaba y aprendí a aprovecharme de él. Si los hombres iban a tratarme como un objeto y no como a un ser pensante y con cerebro, yo no iba a tratarles de forma diferente.

Salí de mi habitación descalza, como si estuviese cometiendo algún delito. Había permanecido allí dentro más de lo que mi personalidad inquieta podía soportar. Sentía curiosidad por volver a verlo. ¿Estaría en el salón?

El salón estaba desierto, pero al fijar la vista en el largo pasillo y ver la luz tenue que se filtraba por debajo de la puerta, comprendí que sería ahí donde él pasaría la mayor parte de su tiempo.

Suspiré y me acerqué a la nevera. Debería haber hecho la compra hacía ya dos días. No había absolutamente nada en el apartamento, hasta el papel higiénico se había acabado. Fui hasta mi cuarto, comprobando la hora mientras me calzaba las zapatillas, y empecé a anotar mentalmente lo que necesitaba comprar en la tienda. Fuera no hacía frío, así que dejé el abrigo en el perchero y cogí mi bolso.

Me detuve unos segundos delante de la puerta.

¿Tenía que avisarlo de que iba a la tienda? Estaba solo a una manzana de allí...

Mi instinto me recomendó avisarlo.

Recorrí el pasillo y llamé a su puerta de forma vacilante.

Aquello resultaba de lo más extraño.

La abrió unos segundos más tarde. Tenía la camisa blanca remangada hasta los codos, lo que me permitió ver que todo su brazo derecho estaba lleno de tatuajes. También llevaba puestas unas gafas de ver de pasta negra que le daban un aire intelectual que me produjo un cortocircuito mental.

Me obligué a mí misma a centrarme en lo importante.

—Necesito ir a la tienda a comprar algunas cosas.

Sebastian asintió.

—Dame un segundo, por favor.

Me dio la espalda y no pude evitar echar un vistazo a aquella estancia. Jolines, no tenía nada que ver con el trastero que había sido hacía una semana. Desde mi posición solo llegué a ver un sofá negro de cuero y una bonita alfombra de color blanco. Sebastian se sentó un segundo en el sofá, delante del portátil que tenía abierto, tecleó algo con rapidez y después lo cerró con una mueca en los labios.

¿Había interrumpido algo importante?

—Detrás de ti —dijo invitándome a moverme. Me había quedado prendada de sus ademanes varoniles.

Le di la espalda y crucé el pasillo hasta la puerta de mi apartamento. Ya fuera, en la calle, se me hizo muy extraño que se colocara a mi lado. La seguridad que había llevado mi padre siempre iba detrás de él o incluso delante. Sebastian caminaba junto a mí como si fuese un amigo.

—¿Esto siempre va a ser así? —pregunté mientras cruzábamos la puerta del pequeño supermercado.

—¿Así cómo, Marfil?

Su manera de pronunciar mi nombre me produjo demasiadas emociones como para poder ignorarlas, aunque hice todo lo que estuvo en mi mano para seguir hablando como si allí no pasase nada, como si el chico que estaba a mi lado recorriendo la góndola de los champús, el maquillaje y los tampones fuese simplemente uno más.

Tampones… mierda, los necesitaba.

¿Iba a tener que comprar tampones delante de él?

Joder.

—Tenerte pegado a mí incluso para ir a la tienda de la esquina.

—Sí —contestó escuetamente.

Lo miré molesta por su respuesta simple.

Dejando de lado los tampones, arrastré un carrito hasta llegar a donde estaban los vinos. Cogí una botella de vino blanco y la puse en el carro. Sebastian no emitió ninguna queja, así que seguí haciendo la compra, cogí una caja de cervezas Heineken y luego me detuve en la zona de la fruta. Mientras elegía con detenimiento las fresas y luego pasaba a las manzanas, comprendí que Sebastian también tenía que comer.

Me giré hacia él y lo encontré con la mirada fija en la puerta de la tienda. Desvié mis ojos hacia allí. Acababan de entrar dos chicos de más o menos su edad.

—¿Quieres algo? —le pregunté llamando su atención.

—¿Qué? —dijo volviéndose hacia mí, distraído.

—Comida. En el apartamento no hay nada a no ser que compres a domicilio.

Sebastian negó con la cabeza.

—No te preocupes por mí, yo me encargo de mi propia comida.

Me encogí de hombros y seguí comprando algunas cosas más como papel higiénico, champú que ya no tenía, patatas fritas, aceitunas, leche, azúcar y una tarta de manzana ya cocinada y lista para comer.

Cuando me tocó pagar, me fijé en que él no dejaba de escudriñar la estancia con detenimiento; sus ojos nunca estaban quietos, pero su presencia imponía más que la de ningún guardaespaldas que mi padre hubiera tenido jamás. La cajera se lo quedó mirando con desconfianza y comprendí que, aunque para mí era un dios griego, para el resto de la gente seguramente resultaba poco de fiar. Me fijé en su ropa, en sus pantalones de vestir negros y en su camisa blanca.

¿Cómo demonios iba a llevarlo conmigo a la facultad de esa guisa?

Cuando pagué la compra haciendo uso de la Master Card Centurion de mi padre, o más bien de una extensión de la suya, Sebastian cogió mis bolsas, aunque vi que dejaba la mano izquierda libre. No había comprado mucho, pero había algunas botellas y cosas pesadas.

Me ofrecí a ayudarlo, pero declinó mi oferta con un simple movimiento de cabeza.

Mi mente no paraba quieta. Quería preguntarle cosas, saber de él, hablar con él. Por eso nunca me habían gustado los guardaespaldas, me resultaba imposible ir acompañada de una persona y no charlar. De pequeña, antes de irme al internado, las niñeras se turnaban por horas para no tener que aguantarme... o eso me había dicho mi padre cuando me aclaró las razones por las que me mandaba fuera a estudiar.

—A veces, Marfil, no te das cuenta de lo molesta que puedes llegar a ser. Siendo mujer es comprensible, pero cierra la boca cuando yo esté presente —me había dicho.

Aprendí a hacerlo... a ratos, claro.

—¿Eres zurdo? —le pregunté a Sebastian caminando a su lado.

Me miró con el ceño fruncido.

—Llevas todo el peso en la mano derecha... Pero no porque seas diestro, sino porque quieres la mano izquierda libre para coger el arma si llegara a hacerte falta, ¿verdad?

Ladeó levemente la cabeza y casi vi un tic parecido a media sonrisa en sus labios... Repito: casi.

—Soy ambidiestro, pero me encuentro un poco más cómodo con la izquierda, sí.

Ambidiestro... Me fijé en sus manos, la izquierda suelta, relajada a su costado, la otra sujetando las bolsas como si fuesen plumas en vez de botellas.

Sin previo aviso me imaginé esas manos apretándome con fuerza y acariciándome la espalda, las piernas...

Volví a bajarme las gafas y lo ignoré el resto del camino de vuelta a casa.

Por suerte para mi tranquilidad espiritual, Sebastian se marchó a su parte del apartamento y me dejó allí guardando las cosas. No porque no se ofreciera a ayudarme, que lo hizo, sino porque necesitaba estar sola e insistí en que no hacía falta.

Él tampoco insistió mucho.

Justo después de guardar las cosas en la nevera y entrar en mi habitación para quitarme el abrigo y guardarlo, sonó el timbre del apartamento. Sabía que era Liam y me moría por abrazarlo. Salí casi corriendo, empujada por una emoción que no supe que tenía guardada hasta que fui consciente de que mi mejor amigo esperaba tras mi puerta; pero al cruzar el pasillo choqué con una mole mucho más dura de lo que creí posible. Unas manos grandes me sujetaron por los antebrazos, deteniéndome en mi carrera por abrir la puerta.

—¿Esperas a alguien?

Sentir sus manos en mis brazos me produjo un escalofrió que me recorrió todo el cuerpo, desde los pelos de la cabeza hasta los dedos de los pies. Sebastian apartó sus manazas de mí como si mi piel le hubiese quemado y se giró hacia la puerta.

—Es un amigo mío, ha venido a verme —dije adelantándome para abrir la puerta.

Su mano volvió a impedirme hacer lo que más quería en el mundo. Alto como era, impidió que abriera colocando su mano contra la puerta por encima de mi cabeza.

Me giré hacia él con el ceño fruncido.

—¿Quién es? Ni siquiera ha llamado al telefonillo.

—Tiene llaves.

Sebastian negó apretando los labios.

—¿Le das las llaves del piso a cualquiera?

—Le doy las llaves de mi piso a mi mejor amigo.

—¡Eh, Mar! Ábreme, joder, que me va a dar algo si no te veo de una puta vez.

Puse los brazos en jarras.

—¿Cómo se llama?

Puse los ojos en blanco exasperada.

—Liam.

—Tu padre dejó claro que nada de hombres en el apartamento.

Solté una carcajada.

—¡Sí, claro! Y yo soy Tinky Winky.

Sebastian pareció perdido unos instantes.

—El de *Los Teletubbies*... —insistí sin obtener respuesta alguna. Sacudí la cabeza y abrí la puerta de un tirón, ignorando la presencia de mi gorila tras la espalda.

Liam apenas me dio tiempo a echarle un vistazo, sus brazos me abrazaron y me levantaron del suelo, estrechándome con fuerza contra su pecho. Inspiré el aroma que desprendía su cuerpo y me sentí en casa.

—Joder..., qué susto de muerte me has dado.

Noté que mis ojos se humedecían. Había estado conteniéndome en casa y al llegar aquí me había sentido como si mi vida ya no fuese mi vida y mi casa no fuese mi casa. Entonces, con Liam allí, todo pareció volver a su lugar y una paz que necesitaba con urgencia se adueñó de mi alma y mi corazón.

—Aún no puedo creer lo que ha pasado... —dije contra su nuca sin querer soltarlo jamás.

Liam enterró la nariz en mi pelo y en mi cuello para tensarse unos segundos después. Con un movimiento me dejó en el suelo y fijó la mirada en Sebastian.

—¿Quién es este?

Odiando que sus brazos ya no estuviesen apretándome con fuerza, me giré también hacia él.

—Mi nuevo guardaespaldas.

Sebastian miró a Liam de arriba abajo y, cuando yo cerré la puerta tras de mí, el ambiente pareció descender varios grados en apenas unos instantes.

—Necesito que me dejes tu documento de identidad —dijo Sebastian sin rodeos.

Liam lo miró con desconfianza.

—¿No te basta con que ella te diga que me conoce?

Sebastian apenas pestañeó.

—Tu documentación, por favor.

Liam revolvió en su bolsillo y sacó su cartera de piel negra. Extrajo su DNI y se lo tendió.

Sebastian lo miró durante unos segundos y luego se lo devolvió.

—Voy a tener que pedirte que me devuelvas las llaves del apartamento. Por motivos de seguridad no podemos confiar en nadie.

Además, existe la posibilidad de que te las roben e intenten entrar aquí.

¿Qué? ¡No! ¿Por qué iban a querer entrar aquí? ¡Ya habían mandado el mensaje!

Liam abrió los ojos impresionado y disgustado a la vez.

—Nunca la pondría en peligro. Las llaves están a buen recaudo y las tengo por si surge alguna emergencia y ella me necesita.

—Si surge algún problema o Marfil necesita ayuda, me tendrá a mí a partir de ahora.

Ambos se mantuvieron la mirada durante casi un minuto.

—Liam, dáselas. Es mi padre quien está detrás de esto y lo último que quiero ahora es darle motivos para que haga alguna locura, como obligarme a volver a casa, por ejemplo.

Liam soltó el aire que estaba conteniendo y se giró hacia mí. Por unos instantes me miró con temor y después hizo lo que Sebastian le pedía. En cuanto tuvo la llave, el guardaespaldas se excusó y se marchó a su habitación, no sin antes recordarme que si íbamos a salir lo avisara.

—¿Quieres una cerveza? —dije volviéndome hacia mi amigo.

Liam asintió mientras se sentaba en el sofá y se quedaba mirando el pasillo por donde se había marchado Sebastian.

—No puedo creer lo que ha pasado, Mar —dijo apoyando los codos en las rodillas y peinándose el pelo hacia atrás.

Me senté a su lado mientras le tendía una cerveza fría y me llevaba la mía a los labios.

—Yo tampoco... Ha sido al mismo tiempo escalofriante y terrorífico, pero también como si hubiese sido una pesadilla y no fuese real. Estuve drogada la mayor parte del tiempo, así que supongo que por eso siento como si le hubiese pasado a otra persona.

—Pero, joder, ¿por qué? ¡¿Por qué iban a querer secuestrarte?!

Aunque saltaba a la vista que era hija de alguien con mucho dinero, yo nunca hablaba de ese tema; me incomodaba y Liam tampoco preguntaba. Él era hijo de una profesora de primaria y del dueño de una tienda de animales. Había llegado a Columbia gracias a una beca y había conseguido todo lo que tenía porque poseía una mente privilegiada. Trabajaba de noche en las mejores discotecas de la ciudad para poder pagarse los estudios, ya que la beca solo le cubría la mitad. En el fondo lo admiraba, porque daba igual lo que yo hiciese en la vida, para los demás siempre sería la hija de un rico, alguien que lo había tenido todo nada más nacer.

Mi padre se dedicaba a tantos negocios que ni yo sabría nombrarlos. Era el dueño del banco Cortés, uno de los más importantes del país con sucursal en todos los países de Latinoamérica, y criaba caballos Apalusa, una raza casi extinta, la tercera raza de caballos más deseada del mundo. Eso, junto con muchas inversiones más, lo había llevado a ser una persona importante y no era de extrañar que la gente envidiase su fortuna.

Por esa razón mi padre siempre nos había tenido bastante ocultas a Gabriella y a mí. Nunca nos había llevado a ninguna de sus fiestas ni tampoco conocíamos a sus compañeros de trabajo. Es más, mi padre apenas hablaba de sus negocios, solo charlábamos sobre caballos, algo que desde pequeñas nos enseñó a amar y proteger.

—No lo sé... nadie lo sabe. Mi padre cree que todo ha sido para amenazarlo a través de mí. Que no hayan pedido nada a cambio y que tampoco dejasen una nota, nada, es incluso peor que el secuestro en sí.

—¿Y ahora tendrás a ese tipo cuidándote todo el día?

Asentí frunciendo los labios.

Liam me acarició la mejilla y dejó la cerveza sobre la mesa.

—Tu padre ha hecho lo correcto... Te secuestraron en Central Park, Mar. Podrían volver a hacerlo si quisiesen, más conociéndote y sabiendo dónde sueles pasar el tiempo —me dijo haciendo una mueca de disgusto.

Ese era otro tema por el que ya había discutido con él en contadas ocasiones y no nos llevaba a ningún lado. Al recordármelo caí en la cuenta de que iba a tener que informar a Sebastian de ello y que iba a tener que rogarle que no le contase nada a mi padre.

—No volverá a pasar, tendré cuidado. Lo único que me preocupa es mi padre... y mi hermana...

—Gabriella está en Londres, no le pasará nada.

—Si yo te contara las que lía en el colegio... —De repente caí en la cuenta de algo—. ¡Joder, tengo que advertirla para que no salga sola del internado!

Casi como si me diera un paro cardíaco, salí pitando hasta entrar en la habitación y encontrar mi teléfono móvil. Si aquí eran las nueve y media, allí tenían que ser las cuatro y media de la mañana, seguramente estaría dormida.

Le dejé un mensaje:

> Ni se te ocurra salir del colegio. Ha ocurrido algo. Cuando te despiertes llámame. Es urgente.

Mi hermana no se había enterado de nada. Mi padre no había querido preocuparla, pero él no tenía ni idea de que mi hermana había aprendido de mí las cuatro formas que existían para escaparte del internado. Podía cruzar el bosque y llegar al pueblo sin que nadie se diese cuenta.

¡Si le pasaba algo sería mi culpa!

Al salir de mi habitación con el teléfono en la mano vi que la puerta del pasillo se abría y que Sebastian se acercaba a mí como si me hubiese leído la mente y supiese que algo no iba bien.

—¿Qué ocurre?

Liam se levantó del sofá y también se acercó.

—Mi hermana no tiene ni idea de lo del secuestro. Mi padre no quiso contárselo, pero lo que no sabe es que ella suele escabullirse del internado. Va al pueblo con algunas chicas y se reúnen con unos amigos... Si han venido a por mí pueden hacer lo mismo con Gabriella.

—Estará durmiendo, Mar, mañana hablas con ella y se lo explicas —dijo Liam, aunque yo no podía apartar la mirada de Sebastian.

Unos segundos después por fin habló.

—Haré unas llamadas. Conozco a alguien en Londres, le diré que se pase y vigile por si ve algo raro. Mañana hablaré con tu padre para informarle sobre este asunto.

¡NO!

Di un paso hacia delante y lo sujeté por el brazo, mientras el miedo se adueñaba de todas mis terminaciones nerviosas.

—¡No se lo digas! La mataría.

Sebastian me observó durante unos segundos efímeros durante los que, aunque pueda parecer imposible, nos comunicamos sin necesidad de nada más.

Se marchó sin emitir sonido y supe que mi hermana estaría bien.

4

SEBASTIAN

Regresé a mi parte del apartamento e hice unas cuantas llamadas. Si lo que Marfil decía era cierto, íbamos a vernos obligados a tener mucho más cuidado con la pequeña de las hermanas Cortés.

William atendió mi llamada al segundo tono y, tras explicarle la situación, tomó las medidas oportunas. Sabía que estaría a salvo si William la custodiaba.

Aquel día parecía no tener fin. Solo llevaba unas horas haciendo ese trabajo y ya sentía que me asfixiaba. Si no hubiese sido por mi jefe, yo nunca habría acabado protegiendo a Marfil Cortés, pero se me convocó para el trabajo y no hubo nada que pudiese hacer al respecto. Ser la niñera de una cría millonaria no entraba dentro de mis prioridades. Después de obtener un cuatro en los C-SORT y la máxima nota también en las pruebas físicas, convertirme en un Navy SEAL no podía compararse con esto, pero sí que iba a suponer un trabajo mental que ni todas las pruebas de inteligencia del ejército estadounidense podían llegar a comparársele.

Trabajar para Alejandro Cortés estaba siendo más difícil de lo que nunca creí poder imaginar.

Sin darme cuenta me quedé observando el monitor que utilizaba de ordenador y que me mostraba lo que se veía a través de la cámara que había colocado en el salón del apartamento. Ella estaba recostada contra él en el sofá de piel clara mientras él le acariciaba la espalda hasta que sus ojos finalmente se cerraron.

Nadie me había advertido de un posible novio; debería haberlo sabido.

Me fijé en que el color ébano del pelo de ella contrastaba de forma magnífica con el sofá claro y su tez marfil que le daba nombre. Era hermosa. Tanto que dolía mirarla. Yo no era alguien que mostrase predilección por las mujeres despampanantes, mi relación con Samara había sido de todo menos sana y eso que no se le acercaba ni un milímetro al aspecto de esa cría. Era perfectamente comprensible que su padre la hubiese tenido metida en una jaula.

Marfil no era consciente del peligro que encarnaba.

Me levanté del sofá y fui hasta la mininevera que habían colocado ahí para mí. Dentro encontré una cerveza y me la llevé a los labios. Con el ordenador delante, chequeé el resto de las habitaciones. El único lugar donde no había puesto cámaras era en su habitación y en el cuarto de baño, lo que me ponía nervioso, ya que sería bastante fácil entrar por aquella ventana.

Marfil no sabía de la existencia de las cámaras y mi instinto me recomendó no informarla por el momento. Algo me decía que tarde o temprano me iba a terminar beneficiando de su ignorancia.

Inconscientemente mi mano izquierda se tocó el costado derecho, justo entre las costillas quinta y sexta. La herida ya debería haberse curado, pero una infección me había tenido jodido durante semanas.

Volví a la cámara que enfocaba el salón y me pregunté, viéndola allí tumbada y dormida, si sería consciente del peligro que corría.

5

MARFIL

Cuando abrí los ojos me di cuenta de que mi mejilla reposaba contra un folio arrugado. Lo cogí medio dormida y leí la nota que me había dejado Liam.

> No he querido despertarte. Te mereces descansar. Nos vemos el miércoles para cenar y ver una peli. Te quiero, preciosa.

Sonreí divertida. Me gustaba sentir que las cosas seguían siendo iguales. Bueno, más o menos. Aunque nuestra cita de los miércoles de cenar e ir al cine seguía en pie, mi yo interior sabía que todo había cambiado. Me giré para ver la hora en el reloj que tenía en la mesita de noche.

¡Las once y media!

—¡Mierda!

Pegué un salto y corrí hacia mi armario. Me puse unos vaqueros y una camiseta de algodón a rayas blancas y rojas, me calcé mis botas de motera y fui directa al baño para lavarme la cara y los dientes. Tenía una marca en la mejilla derecha por culpa de la nota de Liam, pero no podía detenerme a maquillarme.

Salí pitando de mi habitación y pegué un grito cuando vi allí a Sebastian. Iba vestido de calle con unos vaqueros claros, una camiseta de color oscuro y unas zapatillas Nike de color blanco.

¿Ese era el mismo Sebastian que me había recogido ayer en el aeropuerto y que parecía más un director de banco que un guardaespaldas?

Estaba bebiendo café, una de mis tazas blancas con corazones tocaba en ese instante sus labios y un cortocircuito consiguió que me mareara un poco y tuviese que sujetarme contra la pared que tenía a mis espaldas.

Estaba tremendo.

«¡No me asustas, más bien me enamoras!», me hubiese gustado gritarle. Pero tenía amor propio, así que intenté recuperarme con dignidad, si es que me quedaba algo de eso.

—Llego tarde —contesté acercándome al armario de la cocina y estirándome de puntillas para alcanzar mi termo rosa. Un brazo se estiró encima de mi cabeza y lo cogió por mí. Cuando me giré, con él mucho más cerca de lo que me esperaba, tardé unos segundos de más en coger el termo que me tendía.

—Gra-gracias —dije rodeándolo y cogiendo la leche para calentarla, ponerle miel y luego cerrar mi termo a la velocidad de la luz.

—¿Nos vamos?

Sebastian asintió, cogiendo su chaqueta vaquera y poniéndosela con fluidez.

Abrí la puerta sin mirar hacia atrás y llamé al ascensor. Su presencia me incomodaba, no podía evitarlo. Me ponía muy nerviosa lo atraída que me sentía por él. Cuando entramos en el ascensor y su fragancia a Hugo Boss llegó hasta mis sentidos, creí que tendría un orgasmo allí mismo.

También me inquietaba cómo iba a ser nuestra rutina dentro de la facultad. Entendía que su forma de vestir tenía que ver con que iba a entrar conmigo a todas mis clases y que me vigilaría todo el rato, pero me preocupaba lo que la gente pudiese pensar de nosotros. No quería que nadie supiese que era mi guardaespaldas, por eso cuando llegamos al coche ignoré sus órdenes del día anterior y me senté en el asiento del copiloto.

—Debes sentarte detrás, Marfil.

Otra vez ese cosquilleo al oírlo pronunciar mi nombre en voz alta.

—No eres mi taxista, Sebastian —dije disfrutando también al sentir su nombre en mis labios—. No quiero que nadie sepa cuál es tu trabajo y, si llego a la facultad sentada detrás, la gente empezará a hacer preguntas.

—Los cristales de atrás son antibalas, es por tu seguridad.

Me puse el cinturón sin hacerle caso.

—Nadie va a dispararme.

Sebastian apretó la mandíbula y se giró hacia delante. Puso el coche en marcha y yo sonreí al salirme con la mía.

—Tenemos que pensar en qué vamos a decir en la facultad cuando te vean conmigo —dije cinco minutos después.

Sebastian hizo como si no hubiese hablado.

—Podrías pasar por alumno, pero si nos ven llegar juntos a clase todos los días pensarán que estamos juntos.

«Qué más quisiera yo», pensé en mi fuero interno, pero era la verdad. Si Sebastian y yo llegábamos todos los días a la facultad en el mismo coche, la gente hablaría y, para mi desgracia, la gente ya hablaba demasiado de mí.

—Lo que piensa la gente debería ser el último de tus problemas.

—No quiero que sepan que tengo guardaespaldas.

—Vaya... Pues dime, ¿qué quieres entonces? Porque soy tu guardaespaldas.

Miré su perfil, molesta por su tono condescendiente.

—Para aquí —dije al llegar al aparcamiento del campus. Estábamos lejos de la entrada de la facultad, justamente por eso nunca nadie dejaba el coche ahí, pero no quería que nos vieran.

Sebastian me miró un segundo antes de hacer lo que le pedía. Saqué la libreta de mi mochila y arranqué dos hojas.

—Ahí tienes los horarios de mis clases y el mapa del campus. No me hables dentro de la facultad, mantén una distancia segura pero sin levantar sospechas. Nos vemos aquí después de comer.

Me bajé del coche sin esperar respuesta. O empezaba a controlar la situación o Sebastian Moore iba a tener una idea equivocada de mi personalidad. Yo no dejaba que nadie me mangoneara, las normas las ponía yo y me daba a mí que a Sebastian eso no le iba a hacer mucha gracia.

Cuando entré en mi clase de economía, tarde, el profesor me miró con mala cara, pero al menos me dejó sentarme en mi lugar de siempre, arriba del todo y junto al pasillo. Solo cuando saqué mi portátil y abrí el blog de notas, me permití mirar hacia mi derecha. Allí, como quien no quiere la cosa, estaba Sebastian sentado y sus ojos recorrían la sala hasta que llegaron a mí. Por alguna razón no quise apartar los ojos cuando los míos se encontraron con los suyos en la distancia.

Concentrarme sabiendo que él me observaba fue algo prácticamente imposible.

El resto de la mañana pasó volando. Pedirle al profesor que me repitiera el examen que había perdido debido al secuestro fue un acto inútil. No quería contarle por qué me lo había perdido y mi excusa de haber estado enferma pareció hacerle hasta gracia.

—Deberá presentarse al final con todo, señorita Cortés, y no hay más que hablar.

Salí pisando fuerte de la clase y me puse de peor humor al ver a Regan apoyado contra la pared de la cafetería y rodeado de todos sus amiguitos gilipollas.

Al pasar por delante empezaron los mismos silbidos y comentarios de siempre.

—¡Hombre, Marfil! Tu ausencia se ha hecho notar. Unos cuantos hemos tenido que volver a la pornografía clásica de siempre.

Ignoré sus estúpidos comentarios, crucé la cafetería, compré una ensalada de canónigos y queso y me fui directa a mi mesa de siempre. Allí me sentaba con un grupo de amigos, que más que amigos eran compañeros de clase. Lisa y Stella eran de las pocas chicas a las que toleraba, más o menos. A Lisa la conocí en orientación académica y a Stella en el hospital después de que a las dos nos diera casi un coma etílico tras la primera fiesta en el campus.

Me gustaban, pero me costaba confiar en ellas.

—¿Dónde te habías metido?

—He estado enferma —dije mientras me llevaba la botella de agua a los labios. Me fijé en que Sebastian se sentó en la mesa de al lado tras recorrer el comedor y en que me observaba desde la distancia. Vi cómo se llevaba a los labios un sándwich de queso. Al menos comía, eso era un signo de que al fin y al cabo no era un dios griego, sino un ser humano como todos.

—¿A quién miras? —dijo Stella siguiendo mi mirada hasta detenerse en Sebastian.

—A nadie —me apresuré a decir, apartando la mirada corriendo.

—¡¿Quién es ese?!

Lisa miró también y al igual que a Stella se le iluminaron los ojos.

—¿Quién? —dije haciéndome la tonta.

—¿Cómo que quién? —dijo Lisa fijándose en mí—. El buenorro de la esquina. ¡Nunca lo había visto aquí! Está buenísimo.

—Está para mojar pan, galletas y bizcochos —agregó Stella sin disimulo alguno.

Mis dos amigas, una rubia de pelo largo y la otra castaña clara con rizos y gafas, no entendían que al que miraban era a mi futuro marido, padre de mis tres hijos y a quien necesitaba besar antes o después. No quería que le pusieran sus ojos encima y mis celos irracionales me preocuparon más que el hecho de que, si me daba cuenta, mis dos amigas no eran las únicas que se habían fijado en Sebastian.

Muchas otras chicas lo miraban a hurtadillas.

Joder, Sebastian Moore se acababa de convertir en la comidilla y el deseo sexual de todas las puñeteras alumnas de esa facultad. ¿Y eso se suponía que era pasar desapercibido?

No volvimos a vernos cara a cara hasta que llegamos al coche. Me senté, enfurruñada y cansada por tener los sentimientos a flor de piel y ni siquiera entender por qué.

—¿Es necesario que estés en todas mis clases y en la cafetería? Podrías esperarme fuera, no va a pasarme nada dentro de la universidad.

—Mi trabajo es protegerte las veinticuatro horas del día, Marfil.

Me fijé en cómo conducía el coche y metía las marchas. No estaba acostumbrada a esa indiferencia en los hombres. Sebastian parecía inmune a mi presencia y la suya a mí me volvía loca.

No volvimos a cruzar ninguna palabra, pero en mi cabeza empezaba a formarse un plan que, de llevarse a cabo, solo iba a causarme problemas.

En casa él se fue a su salón y yo me metí en mi cuarto con solo un objetivo en mente. Tampoco es que me estuviese desviando mucho de mi rutina diaria, pero sí era verdad que me detuve unos minutos de más a la hora de elegir mi vestimenta. Finalmente me decante por mi maillot preferido, negro con encaje en la espalda, y una falda del mismo color. Me puse las medias, los calentadores y mi chaquetilla rosa.

Cuando llamé a la puerta de su salón me indicó que pasara. Como si se tratara de una broma pesada y el destino quisiese pagarme con la misma moneda, cuando entré me lo encontré de pie enfrente de un saco de boxeo. Se había cambiado, llevaba unas mallas de deporte y una camiseta de tirantes blanca que dejaba al descubierto sus brazos musculados. En vez de llevar guantes de boxeo, simplemente tenía los nudillos cubiertos por una venda blanca. Mis ojos se detuvieron con curiosidad en sus tatuajes. Quería tiempo para poder contemplarlos, quería preguntarle por cada uno de ellos...

Al verme entrar detuvo el saco, que debió de colgarlo el día anterior sobre el techo, y se me quedó mirando sin decir absolutamente nada.

Para gratificación mía, sus ojos no pudieron evitar bajar por mis piernas y luego subir a mi cara. No solía mostrarme así ante los hombres, mejor ni os explico por qué, pero me sentí una reina cuando supe que aunque Sebastian Moore fuera alguien de otro planeta, en el fondo, algo en mí producía en él algún tipo de respuesta...

—Estaré bailando un rato... —dije cuando, sin decir nada, él volvió a lo suyo, los golpes de sus nudillos contra el saco de boxeo resonando en el silencio de la habitación.

No me dijo nada, no volvió a mirarme y mi frustración volvió a aparecer *ipso facto*.

Dentro de mi estudio de baile intenté olvidar quién estaba fuera. De nada serviría seguir dándole vueltas a aquello; Sebastian estaba ahí para protegerme, nada más.

Puse la música, en concreto el vals de la suite Masquerade compuesto por Aram Khachaturian, un compositor soviético que me acompañaba en días como aquel, días en que necesitaba olvidarme del mundo y dejarme llevar por lo único que me apasionaba de verdad. Si bien estuve calentando apenas veinte minutos, mis estiramientos en la barra sirvieron de poco para conseguir que mi cuerpo se sintiese del todo preparado para empezar a bailar. No me importó.

Empecé a moverme por la pequeña sala, las puntas de mis dedos gordos totalmente en perpendicular al suelo; mis piruetas, casi perfectas; el *arabesque* conseguido casi a la perfección...

Cómo echaba de menos bailar con alguien... saltar y elevarme en brazos de mi compañero y fundirme con la música como siempre deseé hacer frente a un público que valorara mi esfuerzo y mi dedicación.

Según me habían contado, mi madre había sido una *prima ballerina*, perteneciente a la compañía de ballet del teatro Bolshói en Moscú. El Bolshói era una de las mejores compañías del mundo, si no la mejor. Que mi madre hubiese pertenecido a ese mundo y además hubiese sido su estrella me producía una sensación de orgullo infinito. El ballet era algo que compartíamos las dos, que había heredado de ella y que nadie, ni mi padre ni mi tío, podían quitarme a pesar de sus intentos. Amaba bailar y siempre lo haría. La cuestión era llegar a tener el valor de enfrentarme a aquellos que querían hacer que dejase atrás mi mayor pasión.

Exhausta, me dejé caer en el suelo y descansé allí durante un rato con la respiración acelerada hasta que mi móvil empezó a sonar con urgencia.

Me incorporé y lo cogí aliviada al ver que se trataba de Gabriella. Apagué la música y me centré en una de las personas que más quería en este mundo.

—¡Te secuestraron, Marfil! —gritó después de que le explicara el motivo de mi mensaje de anoche.

—No te preocupes, papá se está haciendo cargo. Pero, por favor, no salgas del colegio; podrían intentar hacer lo mismo contigo, aunque estoy segura de que allí en Londres estás a salvo.

—Quiero verte —dijo, y ya la veía haciendo la maleta y rogándole a nuestro padre que la dejase ausentarse unos días de la escuela.

—Estoy bien, Gab, de verdad. Me han puesto un guardaespaldas.

Se hizo un silencio momentáneo al otro lado de la línea.

—¿Tú con guardaespaldas? Pobre hombre.

Me reí al ver que se relajaba y era capaz de gastar bromas.

—Pero, de verdad, me gustaría verte. ¿No puedes hablar con papá? Aunque sea un fin de semana, hace mucho que no nos vemos, Mar.

—Lo sé... aunque ahora no es buena idea que regreses, allí estás más segura, al menos hasta que sepamos quién estaba detrás del secuestro.

Mi hermana se puso bastante terca y, aunque en eso nos parecíamos, finalmente entendió que no era el momento idóneo de incordiar a nuestro padre ni de pedirle favores. No pudimos hablar mucho más, el tope del colegio eran quince minutos, así que nos despedimos y prometimos volver a hablar pronto. Aunque Gabriella parecía preocupada al teléfono, yo me sentí más tranquila sabiendo que iba a hacerme caso y que iba a poner fin a sus escapaditas del internado.

Al salir de mi estudio me encontré con que la habitación donde Sebastian había estado haciendo ejercicio estaba vacía. En cambio, cuando entré en mi salón me lo encontré allí, delante de los fogones, cocinando algo que olía demasiado bien como para estar ocurriendo en mi cocina.

Ya no llevaba las mallas ni la camiseta de tirantes, sino que iba vestido con un pantalón de chándal y una camiseta negra básica. Su pelo estaba húmedo.

—¿Qué preparas? —pregunté acercándome a él y aspirando el aroma que desprendía la olla donde repiqueteaban las verduritas mientras llenaban mi casa de un olor demasiado hogareño como para ser real.

—Revuelto de setas con verduras y gambas.

¿Podría ser que me invitase a comer algo de eso tan rico que parecía cocinar? ¿O se serviría un plato, se lo llevaría a su cuarto y yo que me fastidiara pidiendo fideos rancios al chino de la esquina?

—Te dejaré un plato, si quieres.

Ah, bueno, educado sí era, al parecer.

—Me encantaría, gracias.

Me fui a mi cuarto, no solo porque necesitase ducharme, sino porque no soportaba su cercanía ni su frialdad. Cuando me duché, me puse el pijama y volví a salir de mi habitación, me encontré la salita vacía otra vez. En la mesa, un cuenco con revuelto, un vaso y dos cubiertos muy bien alineados me esperaban para poder cenar... sola.

El jueves por la tarde decidí salir a correr y así se lo comuniqué a Sebastian. Como todo lo que yo parecía hacer, no le hizo mucha gracia y menos cuando me dirigí, con él detrás, hacia Central Park.

No sabía por qué, pero necesitaba pasar por el lugar donde había ocurrido el secuestro. Que hubiesen convertido mi lugar preferido de Nueva York en algo a lo que temer me enfurecía, y más me enfurecía que apenas hubiese podido defenderme. Mis oportunidades ante una situación adversa como aquella habían sido nulas y todo ello por falta de preparación.

Cuando alcanzamos la fuente, casi a la misma hora en que me llevaron a la fuerza, me detuve y me fijé en lo que rodeaba aquel lugar. Si te parabas a fijarte, era el lugar idóneo para hacer algo como aquello. Unas piedras impedían que quien estuviese paseando por allí cerca pudiese llegar a ver nada y, debido a los árboles que rodeaban la fuente, secuestrarme supuso algo tan fácil como contar hasta tres. Me fijé en que un poco más allá la carretera que rodeaba el parque dejaba al descubierto una puerta de hierro forjado. Me acerqué hasta allí, adentrándome entre los árboles hasta que una mano me rodeó el brazo y me detuvo.

—Marfil, deja de desafiar a la suerte.

Sebastian parecía más molesto que nervioso. Sabía perfectamente que si corriese algún peligro ni siquiera me hubiese dejado llegar hasta allí. No, sus razones eran distintas y, aunque me intrigaba saber qué era lo que de verdad le preocupaba, me interesaba más averiguar cómo habían conseguido llevárseme de allí sin que nadie se percatase de nada.

—Limítate a hacer tu trabajo, para eso estás aquí.

El tono me salió más frío de lo que esperaba. Tampoco le di mucha importancia, él era frío conmigo todo el tiempo. Me solté de su agarre y me adentré en el bosquecillo hasta alcanzar la verja y la puerta.

—Está cerrada... —dije más para mí que para él.

Cogí el candado entre mis dedos; una cadena de hierro rodeaba la cerradura y unos metros más allá los coches pasaban a velocidad moderada por la carretera que circundaba el parque.

—Quien quiera que lo hiciera debió de tener acceso a esta llave...

—Eso no lo sabes. También pudieron romper la cerradura —me rebatió.

La cadena y el candado estaban oxidados.

—Si la hubiesen roto, la de repuesto sería una cadena nueva y no una que parece llevar aquí años.

Me giré hacia Sebastian con una sensación de inquietud en el estómago.

—Hay algo raro en todo este maldito asunto... algo que no tiene ningún sentido.

Sebastian apenas pestañeó.

—¿Recuerdas algo de esos días?

Negué con la cabeza...

—Supongo que si lo viera..., podría llegar a identificarlo... Sueño con una persona todas las noches, me persigue y tengo la esperanza de que tarde o temprano quien quiera que lo hizo termine entre rejas.

Me alejé de aquella puerta e inicié la carrera para regresar a casa. No tenía ganas de hablar de ese día ni de esas personas, y mucho menos de mis sueños con alguien que, al fin y al cabo, también era un desconocido. Sin saber por qué de repente ansiaba encontrarme rodeada de las paredes de mi apartamento. Era rápida y, cuando le puse velocidad a mi carrera, se me olvidó por completo quién iba detrás de mí.

Cuando alcancé el portal de mi casa me di cuenta de que Sebastian no estaba. Mi corazón se aceleró sin remedio y miré a ambos lados, asegurándome de que estaba sola.

Alguien me observaba, lo sentía.

—¡Joder! —escuché que decían a mi espalda. Sebastian, cabreado y con las venas del cuello marcándosele tanto por el enfado como por la carrera, apareció frente al portal.

—Creía que venías detrás.

—Entra en casa, maldita sea.

Hice lo que me pedía y me fijé en que observaba detenidamente mi calle antes de venir conmigo y meterse en el ascensor.

A los dos nos costaba respirar y supe, por la tensión de su cuerpo, que había conseguido cabrearlo. Bueno, ya estaba tardando.

Cuando entramos, la puerta se cerró detrás de él con más fuerza de la necesaria.

—No puedes separarte de mí. ¡¿Qué es lo que no entiendes de que corres peligro?!

—Estás aquí para protegerme, ¿no? ¡Pues hazlo! Y hazlo de tal forma que no intervengas ni en mi vida ni en mi manera de hacer ejercicio.

—No tienes ni puta idea... —dijo por lo bajini y, cuando fue a cruzar la habitación para encerrarse otra vez en su maldita sala, me interpuse entre él y el pasillo.

—No pienso tolerar que me hables así.

Sebastian soltó el aire por la nariz y bajó sus ojos hacia mí. Era tan alto que su barbilla casi le tocó el cuello en su intento por devolverme la mirada.

—Siento comunicarte que la palabra *tolerancia* va a tener que empezar a formar parte de tu día a día, bonita.

Apenas pestañeé ante su arrebato. ¡Sebastian Moore casi perdiendo los papeles! Creo que hasta disfruté al verlo dejar a un lado su máscara de frialdad infinita y autocontrol.

—Trabajas para mí —le recordé.

Sin esperármelo, su mano me cogió la barbilla y su pulgar tiró de mi labio inferior en un gesto tan rápido que pude hasta haberlo imaginado.

—Trabajo para tu padre —me aclaró.

Me rodeó y desapareció tras la puerta.

Yo empecé a hiperventilar.

6

SEBASTIAN

Mierda.

Me metí en la ducha con la cabeza dándome vueltas y la imagen de Marfil ocupando todos mis malditos pensamientos. Desde que la había visto bailar dos días antes a través de la pantalla de mi ordenador, conectado a las cámaras de seguridad, mi forma de verla había cambiado.

Me había quedado prendado de sus gestos, de su forma de moverse, de la manera en que sus piernas y su cuerpo, embutidos en aquella ropa de baile que no dejaba mucho a la imaginación, se movían realizando movimientos imposibles. Me había sorprendido mi deseo irrefrenable de tocarla, aunque fuese unos instantes, y comprobar que su piel era tan suave como parecía. Mi dedo en su labio inferior había sido un error que estaba seguro de que iba a terminar pagando caro.

«Mantente alejado de ella, Moore, no caigas como todos.»

Pero cómo no caer si era alguien que parecía haber salido del mismísimo cielo, dotada de todos los atributos necesarios para mandarte al infierno de una patada mortal.

Se me había escapado en Central Park, me había quedado mirando la cadena intacta y oxidada del parque; Marfil no era nada tonta, sino muy astuta e inteligente. Llevaba razón, el secuestro se había producido gracias a que habían tenido la llave de la maldita puerta. Cuando quise darme cuenta, ella ya me llevaba varios metros de ventaja; era rápida como una bala, pero si no me hubiese distraído con el candado nunca me habría adelantado.

Ese maldito error podría haberle costado la vida. Por eso estaba tan cabreado, había descuidado mi trabajo y ahora encima me enfrentaba a ella, dejándole ver una parte de mí que era preciso mantener oculta.

Si no tenía cuidado, Marfil Cortés terminaría averiguando más de lo que era preciso que supiera y, en un caso como este, quien se fuera de la lengua podría llegar a perderla para siempre.

7

MARFIL

Aquella noche me arreglé un poquito más de la cuenta. No porque me interesara impresionar a Liam, sino más bien a otra persona en concreto. Que Sebastian me hubiese acariciado de una forma tan efímera no significaba absolutamente nada, pero nunca nadie me había hecho sentir tanto con tan poco tiempo.

Nunca había hablado de eso con Liam porque me avergonzaba admitir que con los chicos que había estado casi siempre había tenido que fingir que me gustaba lo que me hacían. Por eso insistía en seguir intentándolo. Quería sentir aquello de lo que se escribía en los libros y en las películas, quería sentir una pasión infinita que me llevase al quinto cielo y me dejase temblando sobre las sábanas.

Solo dos se habían acercado a algo parecido y uno de ellos mejor ni recordar su nombre.

Pero cuando veía a Sebastian mi cuerpo temblaba, mi corazón se aceleraba y mis hormonas parecían tomar el control de mi cabeza. Si no tenía cuidado, podía cometer alguna estupidez y con él, sobre todo con él, quería ser de todo menos estúpida.

Tami, mi mejor y única amiga aparte de Liam, me había mandado un mensaje preguntándome qué hacía aquella noche. Tami era mi polo opuesto. Mientras que yo disfrutaba saliendo de fiesta, conociendo chicos y bailando sin descanso hasta las tantas, Tami era tranquila, odiaba las fiestas y la música alta, su pasatiempo preferido era pintar y salir a tomar café, charlar y bueno... poco más. La adoraba, eso sí. Todas las cosas que a Liam no me atrevía a contarle Tami las sabía y ella conmigo hacía lo mismo, aunque estaba convencida de que había algo bajo su tranquilidad irrompible que me ocultaba a mí y al resto del mundo.

Liam no la soportaba. Cuando los presenté, un día que él me propuso ir a cenar y yo estaba como loca porque mis dos mejores amigos se conociesen por fin, casi estalla la Tercera Guerra Mundial. Tami se encontró incómoda casi todo el rato que estuvimos con él y, cuando Liam perdió la paciencia al ver que apenas intervenía en la conversación y que contestaba con monosílabos —algo que a mí también me fastidió en aquella ocasión—, se gritaron, se insultaron y ya no pudieron volver a verse.

No me gustaba aquella guerra que había entre ellos porque los adoraba a los dos y parecía que se peleaban para llamar mi atención siempre que alguno de ellos estaba presente en el plan del otro. En esa ocasión, por ejemplo, Tami me preguntaba si podía verme aquella noche, si tenía algún plan y por qué no íbamos juntas a cenar a algún restaurante bonito.

Yo ya había quedado con Liam para ir al cine, pero también quería verla a ella; hacía semanas que no quedábamos. Al final me dejé convencer por mis preferencias, que era poder verlos a los dos aquella noche, y le dije que se viniera al cine, obviado que Liam estaría allí, claro.

Cuando Sebastian me vio, arreglada para salir, simplemente me pidió un minuto para recoger sus cosas y las llaves del coche. No es que su indiferencia me sorprendiera, es lo que había recibido de ese hombre desde que lo había conocido, pero me había peinado y maquillado con esmero, me había puesto mi vestido color negro preferido y mis sandalias con tiras de color dorado solo para impresionarlo a él.

A lo mejor el roce de sus dedos contra mis labios había sido producto de mi imaginación...

Volví a subirme en el asiento del conductor y él volvió a reprenderme por ello.

—Me mareo si voy detrás —dije encogiéndome de hombros y mintiendo con facilidad. Era experta en las mentiras, las había necesitado durante toda mi infancia.

Sebastian me preguntó dónde íbamos y le di la dirección. Como si se tratara de un amigo cualquiera, di rienda suelta a mi personalidad y empecé a hacer preguntas otra vez.

—¿Te gusta el cine?

Silencio.

—A mí me encanta. Suelo ir todos los miércoles, un miércoles elijo yo la peli y el siguiente la elige Liam. A él le gustan sobre todo las películas de Marvel y las de coches que van a doscientos kilómetros por hora...; yo no las soporto. Prefiero ver películas de amor, lo sé, es un cliché que a las mujeres nos gusten esas películas bobaliconas que no sucederán nunca en la realidad, pero a mí me encantan. Sobre todo, cuando los protagonistas son altos, fuertes y besan a la chica de forma dulce primero y con pasión después... —Hablaba como si mi acompañante estuviese deseando que le contase todas aquellas chorradas, pero nada. Él conducía y yo soltaba aquella parrafada sin sentido—. ¿Qué películas te gusta ver a ti?

—Me gusta conducir en silencio, Marfil —dijo girando a la derecha con tranquilidad y un dominio impecable del coche.

—El silencio significa que no hay nada que decir.

—Exacto —contestó él satisfecho.

—Y yo siempre tengo algo que decir —agregué casi pisándolo.

—A veces el silencio dice más que una conversación de horas.

—Ah, ¿sí? Entonces ¿qué dices tú cuando estás tan callado? —pregunté, disfrutando de tener una excusa para poder observarlo. Me encantaba su perfil... su nariz recta y su mandíbula cuadrada... Podría haberme pasado horas contemplándolo.

—No quieres saberlo.

—Pero quiero.

Detuvo el coche frente a un semáforo en rojo y me brindó con el regalo de una mirada helada de sus ojos marrones.

—No quieres conocerme, Marfil. No estoy aquí para ser tu amigo.

No quería su amistad, sino algo mucho más intenso, algo mucho mejor y algo mucho más placentero.

—¿Te gusta mi vestido? —solté ignorando su último comentario.

Sebastian maldijo entre dientes y volvió la vista a la carretera.

Sonreí, divertida con la situación. Le sacaba de quicio y eso me gustaba.

Liam nos esperaba enfrente de los cines AMC, situados en la diecinueve con la sexta. Los tres éramos miembros y podíamos ver hasta tres películas por semana solo pagando veinte dólares al mes. Yo era una fanática del cine, siempre que podía me escapaba a ver una de las pelis nuevas que salían, incluso iba sola, no me importaba.

Antes habíamos pasado a recoger a Tami por el campus, a la pobre casi le da un infarto al ver a Sebastian, pero le expliqué la situación durante el trayecto del campus al cine. Cuando nos bajamos del coche, yo enganchando mi brazo en torno al de mi querida amiga, los ojos de Liam se fruncieron con hastío y a Tami empezaron a pesarle los pies.

—No me habías dicho que él iba a estar aquí —se quejó en voz baja. Aunque mi amiga tenía carácter, pocas veces lo sacaba a relucir. De ahí que me quedase tan sorprendida el día que se peleó con Liam en medio de la calle; nunca la había visto tan enfadada. Ya ni me acordaba de lo que él le había dicho, pero sé que fue una tontería.

Liam, por el contrario, tenía poca paciencia con las chicas como ella, tan tímidas y tranquilas. De ahí que yo fuese su mejor amiga. Se me pasó por la cabeza lo feliz que sería Sebastian si tuviese que cuidar a Tami en vez de a mí y al pensar en eso no pude evitar girar la cabeza para observarlo.

Iba unos cuantos pasos por detrás, lo miraba todo como desafiando al universo a osar ponerme una mano encima, y esa sensación, en el fondo, me encantaba.

Cuando llegamos hasta Liam, me solté de mi amiga y le di un abrazo con cariño. Él me levantó del suelo, como siempre hacía y me susurró al oído en voz muy baja.

—Pagarás por esto, preciosa.

Me reí y me giré hacia mis amigos.

—¿Una tregua por esta noche? Si os portáis bien, os dejo que elijáis vosotros la película.

Liam suspiró y Tami ni siquiera emitió sonido. Supongo que el hecho de que me hubiesen secuestrado los hacía consentirme más de lo que me tenían acostumbrada. Me fijé en que Liam miraba a Sebastian de soslayo y simplemente tiré de él para que se centrara en lo importante.

—¿De verdad me vais a hacer ver una película de un hombre que se convierte en hormiga? —me quejé minutos después.

—Tú nos saboteas, nosotros elegimos la peli —dijo Liam, que para mi sorpresa estaba tratando a Tami con bastante amabilidad.

Ella, por el contrario, apenas le dirigía la palabra. La observé cuando se alejó para ir a comprar las palomitas. Su pelo rubio como el oro, casi blanco, le rozaba la cintura al andar. Era preciosa, pequeñita y hermosa, no entendía por qué había decidido estar sola. Fui yo quien la convenció para que no se metiera a monja. Cuando me lo confesó en el internado casi le golpeo la cabeza con la lámpara para hacerla entrar en razón. Al final ella solita comprendió que ese no era su camino, pero me tuvo varios meses con el corazón en un puño.

—Tu amiga es un bicho raro de cuidado.

Le pegué un codazo en el costado.

—Ese bicho raro es la única amiga de verdad que he tenido hasta que tú llegaste para incordiarme.

—Gracias a mí no eres como ella, al menos concédeme el mérito.

En eso llevaba razón. Aunque yo siempre había sido un caballo bastante indomable, llegar a la Gran Manzana después de haberme pasado prácticamente toda una vida recluida, no había sido fácil y mi actitud había sido bastante parecida a la de Tami...

—Podrías hacer lo mismo con ella —dije sonriendo de forma divertida.

Liam se giró dándole la espalda a mi amiga y mirándome divertido.

—Ayudarte a ser quien eres ahora siempre ha sido el trabajo del que más me enorgullezco, no pretendas que lo haga con cualquiera.

—Puede que ella te deje llegar hasta el final...

Liam sonrió de aquella manera seductora que antaño me volvía loca, pero que en ese instante solo me hacía gracia.

—Me da a mí que ni con toda la paciencia del mundo, preciosa —dijo tocándome la nariz y girándose hacia mi amiga—. ¿Qué os dirían en ese internado fabricavírgenes?

Miré a mi espalda deseando que Sebastian no hubiese escuchado ese último comentario. Estaba mirando hacia la puerta, buscando cualquier signo de peligro.

Suspiré.

La película era tan muermo como me había imaginado desde un principio. Por motivos obvios, fui yo la que terminó sentándose en medio y, entre que no entendía nada porque apenas había estado prestando atención y que los dos no dejaban de intentar comentar lo que ocurría en la pantalla conmigo, terminé levantándome del asiento con intención de ir al cuarto de baño.

Al levantarme y encaminarme al pasillo sin hacer ruido, me fijé en que Sebastian hacía lo mismo y salía.

Eso podía resultar divertido.

En vez de dejar que caminase detrás de mí, lo esperé y me coloqué a su lado.

—¿Te está gustando la peli?

—Estoy concentrado en otras cosas. ¿Por qué has salido?

Inicié la caminata hacia el cuarto del baño y lo señalé con un movimiento de cabeza.

Cuando se detuvo junto a la puerta sonreí para mi fuero interno. Estaba aburrida y quería divertirme.

—¿No piensas entrar? —dije mirándolo con cara de inocencia.

Sebastian apoyó la espalda contra la pared que había enfrente de la puerta de los lavabos de señoras y se cruzó de brazos.

—Te espero aquí.

—¿Y si hay alguien dentro que quiere hacerme daño? —me insinué acercándome un paso hacia él.

—Grita.

Me detuve. Lo miré de arriba abajo y, casi como si se tratara de un auto reflejo, él hizo lo mismo. Con eso me bastaba.

Me volví haciendo girar mi melena conmigo y me metí en el cuarto de baño.

¿Por qué era tan difícil conseguir que me prestase un poquito de atención? ¿Era porque estaba trabajando y se tomaba muy en serio su trabajo? ¿O era porque no le atraía absolutamente nada de nada?

Se me pasó por la cabeza pegar un grito de niña asustada y ver cómo reaccionaba. ¿Tiraría la puerta abajo? ¿Sacaría la pistola y entraría como James Bond rescatando a su chica?

Obviamente no lo hice, y no porque no me atreviese a hacerlo —podía lidiar con las consecuencias de una bronca monumental—, pero no quería que mi vida se pareciese a la del cuento de Pedro y el lobo. Corría peligro y, si algo malo me ocurría, quería que Sebastian no dudara ni un instante en la veracidad de mi llamada de auxilio.

Me lavé las manos y salí.

—Había una puerta al final de los lavabos —le dije a modo informativo. Sebastian separó la espalda de la pared como única respuesta—. Estaba cerrada con llave... Aunque al parecer eso no es impedimento para que alguien me secuestre, ¿no?

—Déjame ese tema a mí, Marfil. Ahora vuelve dentro y sigue viendo la película.

—¿La de la hormiga? ¡Ni de coña! —contesté asomándome al pasillo. Pasé de largo las puertas cuyas películas no me interesaban hasta que llegué a la nueva que habían sacado de Nicholas Sparks.

Me giré hacia Sebastian con una sonrisa en la cara y me metí dentro.

La sala estaba hasta los topes, pero encontré dos asientos en la última fila a la derecha. Sabía que no iba a tener más remedio que venir conmigo si quería estar cerca y asegurarse de que nada me ocurría.

Cuando me senté en la butaca y me fijé en que hacía lo mismo a mi lado de mala gana, casi grité de alegría.

La película ya había empezado hacía rato, pero me daba igual, lo que importaba es que estaba teniendo una «cita» con mi guardaespaldas y encima lo tenía a oscuras a mi lado para poder fantasear el resto de la hora que aún le quedaba a la peli de Marvel.

—¿Te parece guapa la protagonista? —le pregunté con la excusa de acercarme a él y poder oler su fragancia masculina.

Sebastian se pasó la mano por el pelo unos segundos antes de contestarme.

—No.

Sonreí divertida.

—Tú eres mucho más guapo que el tío ese.

Y el tío ese era nada más y nada menos que Liam Hemsworth, por lo que podéis imaginaros el nivel.

Sebastian me fulminó con la mirada en la oscuridad de la sala.

—Mira la película, ¡haz el favor!

Hice lo que me pedía y, cuando empezó la escena de sexo entre los dos protagonistas, creí que me iba a dar un ataque al corazón. Él la empujaba contra la pared de su habitación; fuera llovía a raudales, pero no les importaba. Su altura y sus hombros casi la cubrían por completo, pero solo intensificaba el efecto que querían conseguir con esa escena: que las chicas nos volviésemos locas.

Miré de soslayo a Sebastian. El pobre parecía más aburrido que una ostra. Me fijé en su enorme mano apoyada sobre el reposabrazos. ¿Cómo sería Sebastian con las mujeres? ¿Sería el tipo de hombre que trata a la chica con cuidado o sería como lo que pasaba en ese instante en la película...? De repente me entraron ganas de acariciarle la piel del brazo con uno de mis dedos hasta llegar a la palma de su mano y comprobar, con satisfacción, que mi mano desaparecía entre la inmensidad de la suya.

¿Cómo sería ser besada por él? ¿Cómo sería sentir su cuerpo apretujándome contra el colchón de mi cama, casi asfixiándome con sus músculos, pero colmándome de placer?

Antes de que pudiese hacer nada de lo que arrepentirme luego, mi teléfono empezó a sonar con la música de *Pretty Little Liars* como tono de llamada. Algo nada apropiado con la escenita *hot* que estaba teniendo lugar delante de mis ojos.

Era Liam.

Colgué al mismo tiempo que muchos de la sala me lanzaban miradas de reproche.

¿Dónde estás? Para tu información, la próxima vez que quieras venir al cine conmigo no te marches a la mitad de la película y no me dejes a solas con la rarita de tu amiga. Se ha marchado enfadada, por cierto.

¡Oh, mierda!

Me apresuré en contestarle al mensaje.

¿Qué ha pasado? ¡No te enfades, solo me he metido en la sala de al lado a ver la nueva de Nicholas Sparks! Espérate que salgo.

No me dio tiempo ni a levantarme antes de que me mandara otro mensaje.

Da igual, sigue viendo la peli, yo ya estoy de camino a casa.

Joder. Acababa de decepcionar y dejar tirados a mis dos mejores amigos.

El trayecto de vuelta a casa fue silencioso, aunque al menos pude poner la cadena de radio que yo quise. Me sentía culpable por haberlos dejado solos y por haberme metido a ver otra peli por mis ansias ridículas de estar a solas con Sebastian. No entendía qué podía haber pasado, los había dejado supermetidos en la trama de la hormiga...

Cuando entramos en la recepción del edificio, Norman se me acercó con un paquete de tamaño mediano de la compañía Federal Express.

—Le han traído esto, señorita Cortés.

—Gracias, Norman —dije mientras cogía el paquete, preguntándome si sería el par de zapatos que había pedido por internet.

Cuando entramos en el apartamento me fui directa a mi habitación. Había intentado hablar con Tami, pero no me había cogido el teléfono. Tampoco Liam.

Dejé el paquete sobre la cama y empecé a quitarme la ropa. Cuando ya estaba desnuda, me cubrí con mi bata, me la anudé en la cintura y me senté en el borde de la cama frente al paquete, mientras esperaba que el agua de la bañera se llenase.

Apenas me dio tiempo a ver lo que había dentro de la caja. Cuando metí las manos dentro, algo pringoso tocó mis dedos y al sacarlas vi que estaban cubiertas de un líquido rojo. Pegué un grito que seguro que se oyó hasta en el edificio de enfrente y, al saltar de la cama, el paquete se giró y cayó sobre mi edredón blanco, llenándolo todo de sangre. Me llevé las manos a la cara con la intención de cubrirme los ojos.

Dentro había un animal muerto.

La puerta se abrió de par en par, chocando contra la pared, y haciéndome pegar otro grito.

Sebastian entró empuñando la pistola. Se acercó a mí y, después de verificar que no había nadie allí dentro, se fijó en la caja que había en mi cama y después en mí.

—¿Estás herida? —preguntó metiéndose la pistola en sus vaqueros y cogiéndome la cara, examinándome el rostro y después las manos, ambos manchados de sangre.

Empecé a temblar.

Sebastian pareció relajarse cuando vio que no tenía ni un rasguño.

—Tranquila —dijo acercándose dudoso y envolviéndome entre sus brazos.

Ni siquiera fui consciente de que lo que había deseado desde que le conocí estaba produciéndose. Lo único que tenía en mi cabeza era la imagen de ese animal muerto sobre mi cama y la sangre manchándolo todo. Sin poder evitarlo empecé a llorar de forma incontrolada. Sebastian colocó su mano en mi cabeza mientras sacaba el teléfono móvil y hacía una llamada. Dijo algo tan rápido que ni lo entendí.

Después me cogió de la mano y me llevó hasta el cuarto de baño.

Me senté sobre la tapa del váter mientras él cogía una toalla, cerraba el grifo de la bañera, que ya había empezado a desbordarse, y mojaba la punta de la toalla con agua.

—Voy a limpiarte la cara, ¿de acuerdo?

Ni siquiera contesté, dejé que hiciera lo que quisiera. No entendía nada, ni siquiera escuché lo que susurraba para que me tranquilizara. Mi cuerpo temblaba, las lágrimas caían por mis mejillas.

Cuando acabó con mi rostro, manchando mi toalla blanca de un rosa extraño, pasó a limpiarme las manos. Sus grandes manos se encargaron de no dejar rastro de esa sangre en mi piel, pero, aunque hizo todo lo que pudo, mis manos seguían manchadas.

—Hijos de puta —dijo para sí.

Levanté los ojos y me fijé en él.

—¿Qué pasa?

No reconocí mi propia voz.

—Espera aquí. —Se levantó y salió de mi habitación.

Yo me puse de pie también y me miré en el espejo. Mi piel pálida contrastaba de forma grotesca con las manchas rojizas que había sobre mis mejillas y mis párpados, incluso parte de mis labios.

Desesperada cogí el jabón que había allí y empecé a enjabonarme con fuerza tanto la cara como las manos.

Nada.

La sangre no se iba, era como una pesadilla que no acababa, que no quería alejarse de mí.

Cuando escuché que la puerta volvía a abrirse, vi que Sebastian aparecía con un bote entre las manos.

—Es alcohol —dijo acercándose. Vi que también tenía una pequeña esponja—. Deja que te limpie.

Dejé que lo hiciera y con cuidado me frotó con la esponja las mejillas, los párpados y los labios. Cuando terminó pasó a mis manos y vi cómo su mandíbula se tensaba con fuerza, una fuerza que parecía estar toda concentrada en ese gesto, porque sus manos no podían ser más dulces mientras me limpiaban con cuidado.

—¿Por qué me han enviado eso? No lo entiendo...

Sebastian no contestó, no al menos hasta que terminó con lo que estaba haciendo.

—Querían asustarte, nada más.

—Pero ¿quiénes? ¿Por qué?

Sebastian soltó mis manos y se alejó de mí hasta la puerta.

—No lo sé... Pero tu padre está poniendo todos los medios para averiguar quién quiso o quiere hacerte daño. Métete en el agua, date un baño caliente y entra en calor. Estás helada, yo limpiaré tu habitación.

No me dio tiempo a decir nada, cerró la puerta del baño y me dejó allí sola. Como estaba congelada, hice lo que me había mandado.

Me quité la bata y me metí bajo el agua caliente como si fuese un autómata.

«Ojo por ojo.»

Eso era lo que ponía la caja, lo que leí antes de ver el resto.

¿Qué estaba pasando? ¿Qué había hecho mi padre para que quisiesen vengarse de él a través de mí?

Cerré los ojos y me sumergí bajo el agua.

8

SEBASTIAN

Hijos de puta.

Tuve un mal presentimiento desde que vi el paquete de Federal Express. No sabría explicar por qué, pero algo no terminó de cuadrarme, tal vez la hora de entrega... Cuando escuché el grito de Marfil temí lo peor. Cuando abrí la puerta de la habitación, la única habitación donde no tenía cámaras para poder protegerla, y la vi de pie, cubriéndose el rostro con las manos manchadas de sangre y sus ojos color esmeralda devolviéndome la mirada completamente horrorizada, comprendí que le había fallado.

Los muy cabrones habían mezclado la sangre del ave, porque era un puto cóndor lo que le habían enviado, con pintura roja para que fuese más difícil quitar las manchas. Su rostro blanco, casi del color de la cerámica y que tan acorde iba con su nombre, había presentado un aspecto macabro con aquellas manchas rojas cubriendo su piel.

La pobre estaba horrorizada, había temblado tanto que temí que se desmayase. Ver toda aquella sangre, el animal muerto y el mensaje que le habían enviado debió de ser lo peor que había vivido hasta entonces.

Bueno, en realidad no, si teníamos en cuenta su pasado.

Me puse manos a la obra para que cuando terminase de darse el baño ya no quedase ni rastro de aquel escenario de película de terror.

Metí el ave en una bolsa, con intención de enviarla al laboratorio y que la examinaran en busca de pruebas, al igual que la caja.

Quité la funda del edredón y vi que aun así este había quedado totalmente inservible. Lo metí en otra bolsa de basura y fui a buscar el mío.

Cuando todo estaba ya en orden, oí que la puerta del baño se abría y ella salía temerosa, envuelta en un albornoz blanco con el pelo negro como el azabache colgando y chorreando tras su espalda. Sus ojos increíblemente verdes estaban rojos por las lágrimas que había derramado y sus mejillas, aunque seguramente calientes por el agua, estaban pálidas bajo la parte superficial del calor de la piel.

—Te he traído mi edredón, el tuyo he tenido que tirarlo.

Asintió mirando de forma reacia su cama.

—¿Has hablado con mi padre?

—Lo he llamado, pero no me ha contestado. He podido hablar con Logan. Mañana enviaré las pruebas para que puedan buscar algo que nos guíe hacia los que intentan asustarte.

Marfil se sentó enfrente de su tocador. Pude verla a través del reflejo del espejo cuando volvió a abrir la boca para hablar.

—¿Viste lo que ponía en la caja?

Apreté los labios, estaba furioso.

—Están vengándose de mi padre a través de mí y ni siquiera sabemos por qué.

No tenía ni idea de cuánto sabía Marfil con respecto a ese tema. Su padre había especificado claramente mantenerla al margen de cualquier información que pudiese asustarla.

Sentí una punzada de dolor en el costado que me instó a seguir con mi trabajo.

—No te preocupes por eso ahora. ¿Quieres un té o algo caliente?

Ella negó con la cabeza, inmersa en su reflejo en el espejo.

—¿Te importaría subir la calefacción?

Hice lo que me pidió y, tras echar un último vistazo a su cuarto, asegurándome de que todo estaba en orden, salí para dejarle intimidad.

Me preparé un café porque necesitaba permanecer alerta. Cuando ya estaba acabándomelo, la puerta de su habitación se abrió y apareció ella descalza vestida con un pijama de color rosa.

Tenía mejor aspecto, ya no quedaba rastro de la pintura en su piel, y se había secado el pelo dejándolo liso y suelto tras su espalda.

—¿Estás bien? —no pude evitar preguntarlo.

Ella pareció dudar un instante antes de abrir la boca para pedirme algo.

—Sé que seguramente te reirás de mí, pero...

Dejé la taza sobre la mesa de la cocina, prestándole atención.

—¿Puedes quedarte un rato conmigo hasta que me duerma? Si cierro los ojos solo veo...

—Está bien.

La seguí hasta su habitación y me senté en el sofá que había en una esquina. Después de lo que había ocurrido, fue como si algo entre ambos hubiese cambiado. Sus ojos no se apartaron de los míos cuando apoyó la cabeza sobre su almohada y se cubrió hasta el cuello con mi edredón.

Aspiró el aroma de mi fragancia desde la distancia y así nos quedamos, mirándonos hasta que el sueño la venció y cerró los ojos.

Yo me quedé observándola mucho más tiempo.

9

MARFIL

Soñé con lo mismo que llevaba soñando desde que era una cría. La sangre manchaba el suelo frente a mí, la cabeza de mi madre recostada sobre el desnivel de hormigón, abierta de par en par, los sesos del cerebro esparcidos a su alrededor.

Esa era la última imagen que tenía de ella; la única, en realidad, porque cuando fue asesinada delante de mí yo apenas tenía cuatro años. Solo recordaba el ruido de la pistola al detonarse, el tacto de su mano apretando la mía hasta soltarse y caer de bruces contra el suelo.

Sé que me quedé mirando la escena lo que pudieron ser horas. Mi padre me encontró y por aquel entonces seguíamos sin saber quiénes la habían asesinado y por qué. ¿Me pasaría a mí lo mismo? Aquello, según la policía, había sido un atraco como otro cualquiera. Colombia no es un país en el que uno pueda salir a la calle sin tomar precauciones y menos una familia con dinero como era la mía. La mataron para robarle el anillo de diamantes por valor de medio millón de dólares que tenía en el dedo anular izquierdo. ¿Me matarían a mí por lo mismo?

Miré mis dedos. Nunca llevaba anillos, ni tampoco joyas que superaran los cien dólares de valor. Mi padre se enfadaba conmigo porque nunca me había puesto nada de lo que él me había comprado, ni regalos de cumpleaños ni de Navidad; pasaron años hasta que desistió en seguir comprándome joyas.

Desde entonces normalmente me regalaba un cheque con dinero, cheque que metía en un cajón y ahí dejaba.

¿Y si el asesinato de mi madre había sido algo más que un simple robo? ¿Y si lo que buscaron entonces fue hacer daño a mi padre y se lo querían volver a hacer? ¿Vengarse de él por algún negocio fallido o simplemente por envidia? La gente comete locuras por unos cuantos billetes... y mi padre de eso tenía como para llevar un pequeño país.

Fijé la vista en el sofá donde Sebastian había pasado gran parte de la noche. Nunca hubiese creído posible que aceptase velar mi sueño, pero ahí se quedó hasta que mis ojos se cerraron. Yo intenté luchar contra el peso de mis párpados; por una parte, porque sabía que iba a tener pesadillas y por otra, porque no quería perderme el privilegio de poder contemplarlo. Sus ojos no se habían apartado de los míos ni un instante y durante esos minutos que permanecimos en silencio me imaginé lo que sería que alguien como Sebastian pudiese enamorarse de mí.

Siempre había fantaseado con la idea del amor, pero un amor de verdad, no uno basado en la atracción física. A mí Sebastian me atraía, me atraía muchísimo, y me pregunté durante largo rato si mi corazón desconfiado podría llegar a enamorarse de él.

No estaba en la cocina cuando salí ya vestida para ir a la facultad. Aquel día, después de la universidad, tenía clases particulares de ballet. Era yo quien las impartía a unas niñas de doce años que no podían permitirse una escuela de verdad. Llevaba dos años ya dedicándome a ellas con todo mi entusiasmo. Les enseñaba todo lo que sabía y las preparaba para poder optar, algún día en el futuro, a una beca de la Royal Ballet School de Nueva York.

Sebastian apareció entonces en mi salón.

—¿Lista? —preguntó cogiendo las llaves de la mesilla.

Asentí en silencio, cargando con el bolso y la mochila de deporte donde guardaba mi ropa para bailar.

Él no mencionó lo ocurrido la noche anterior y yo tampoco quise hacerlo. Mi padre se encargaría de solucionar aquel asunto, estaba segura. Solo pedía que no me enviaran más animales muertos, mi mente no lo soportaría.

Volví a subirme en el asiento delantero y Sebastian ni pestañeó. Al menos en ese aspecto ya estábamos de acuerdo. El trayecto hasta la facultad eran apenas unos veinte minutos en coche, una hora si ibas en transporte público, cosa que había estado haciendo desde que llegué a Nueva York.

No tenía ni idea de cómo iba a decirle a Sebastian que mi idea era ir en metro desde Columbia hasta Brownsville —un barrio bastante chungo—, pero que si ibas con cuidado no tenía por qué pasarte nada. Esperaba que Sebastian no conociese esa zona, en realidad ni siquiera sabía de dónde era. Neoyorquino seguro que no, porque solía mirar el GPS para ir a cualquier lugar.

Tal y como le había pedido, aparcó el coche en el aparcamiento más alejado de la facultad. Cuando nos bajamos, odié tener que ir delante de él; me gustaba ir a su lado, me gustaba tener la posibilidad de rozarnos sin querer o al menos verle e imaginarme que nuestra relación era algo más que laboral.

Apenas presté atención a las clases, mi mente estaba en otra cosa, aunque sí que fui en busca de Tami. Tuve que cruzar media facultad porque ella estudiaba bellas artes, pero necesitaba saber que todo estaba bien.

Cuando me asomé a una de sus clases, la encontré vestida con unos vaqueros y un delantal blanco todo manchado de colores. Estaban pintando al óleo, en el centro de la habitación había tres modelos que posaban semidesnudos para que el resto de la clase los pudiese dibujar. Cuando los alumnos salieron, me metí dentro y admiré el cuadro de mi amiga. Era espectacular.

Sin avisarla, la abracé desde atrás, dándole un susto de muerte, eso sí, pero achuchándola como solo yo podía hacer.

—¿Sigues enfadada conmigo? —pregunté contra su espalda.

Era más bajita que yo y su pelo olía a lavanda.

—Ahora estoy ocupada, Mar —dijo recogiendo el pincel y separándose de mí.

Al menos me había llamado Mar, eso no era mala señal.

Miré hacia la puerta, donde Sebastian estaba vigilando la entrada.

—Hay algo que tengo que contarte, algo que ocurrió anoche y me tiene preocupada —dije deseando que me prestase atención.

Tami me miró por encima del hombro, su moño desaliñado casi se le caía de lo que le pesaba el pelo.

—¿Qué ha pasado? —Mi amiga era demasiado buena como para no preocuparse por mí y más después de lo del secuestro.

Le conté los acontecimientos y se llevó la mano a los labios, asustada y horrorizada.

—¿Por qué harían algo así?

—Ni idea —contesté encogiéndome de hombros—. Lo único que sé es que esto no ha acabado. Mi padre ni siquiera me ha llamado y eso no sé si es buena o mala señal.

—Ya sabes cómo es tu padre, Mar. Mientras no estés muriéndote, él seguirá tranquilamente con su vida...

Sus palabras fueron duras, pero a Tami nunca le gustó Alejandro Cortés. No porque no estuviese acostumbrada a un padre distante, pues el suyo estaba cortado por el mismo patrón que el mío, sino justamente por haberle chafado la ilusión que ella tenía de que las demás familias eran felices y que los padres de los demás eran cariñosos y agradables.

Tami había crecido en el seno de una familia muy adinerada de Londres, una familia que en cuanto pudo encerrar a su hija en un internado no lo dudó ni cinco minutos.

—Sebastian habló con él... Está haciendo todo lo que está en su mano para descubrir qué está ocurriendo...

Mi amiga no dijo nada respecto a mi último comentario y después de volver a pedirle perdón nos despedimos porque yo tenía que irme pitando a Brownsville.

—Sebastian —dije deteniéndome en la bifurcación para cruzar hacia el metro. Si girábamos a la izquierda nos íbamos directos al aparcamiento, cosa que no quería—. Los jueves doy clases particulares de ballet a unas niñas en Brooklyn, será mejor que cojamos el metro, se tarda menos.

Sebastian frunció los ojos un instante y se acercó a mí para hablarme directamente.

—El metro es peligroso. Iremos a Brooklyn en coche.

Hizo ademán de seguir andando, pero lo retuve del brazo.

—A donde voy no es conveniente ir en coche, hazme caso. Será mejor que vayamos en metro. Lo creas o no es más seguro que la carretera.

—No.

Gruñí enfadada.

Él era quien tenía que seguirme, no yo a él. Le di la espalda

Ni siquiera había llegado a la esquina cuando ya me estaba reteniendo por el brazo.

—Por Dios, hazme el trabajo más fácil, Marfil.

Lo miré sin titubear.

—Te dije que no iba a cambiar mi vida por lo que había ocurrido. Unas niñas preciosas y con muchas ganas de aprender me esperan para que les dé clases y puedan optar a algo mejor que pasar las horas en la calle metiéndose en problemas. Así que o me acompañas o iré sola.

Sebastian hizo una mueca, miró por encima de mi hombro y luego me soltó.

—¿Dónde son exactamente esas clases?

Intenté mantenerme fría.

—En Brownsville.

La expresión de su rostro me dejó claro que sabía de qué lugar estaba hablando.

—¡¿Has perdido la cabeza?! —preguntó poniéndose furioso otra vez—. ¿Pretendes ir a uno de los barrios más peligrosos de esta ciudad cuando hay gente que está intentando hacerte daño?

—Nadie me ha hecho daño todavía. Si hubiesen querido hacerlo, ya me habrían pegado un tiro en la cabeza. Han tenido oportunidades de sobra, pero simplemente están jugando a mandar avisos absurdos para que mi padre se acojone y yo le coja miedo a salir a la calle, cosa que no pienso hacer.

Me separé de él y crucé la calle hasta alcanzar la boca del metro.

Sabía dónde me estaba metiendo. Simplemente había que ser precavido y no dejar que la gente creyese que tenías dinero. De ahí mi simple vestimenta de aquel día, unos leggins negros, zapatillas de deporte y sudadera gris. Incluso mi bolso de deporte era uno de segunda mano que había comprado en un mercadillo para aquellas ocasiones. Lo que la gente de ese barrio no sabía era que en su interior llevaba diez pares de zapatillas de media punta por valor de cincuenta dólares cada una. Las niñas se iban a poner supercontentas.

Como supuse, Sebastian entró detrás de mí cuando me subí al metro de la línea Brighton. Desde ahí eran catorce paradas hasta llegar al Barclays Center, donde tenía que hacer trasbordo y pasarme a la línea 1, donde esperaban otras tres paradas y luego unos quince minutos hasta llegar a la escuela. En total una hora de viaje, una hora durante la cual la tensión que emanaba Sebastian terminó por afectarme. Nunca había temido ir hasta allí, pero las miradas de Sebastian hacia cualquiera que entrara en el metro y sus constantes insinuaciones para coger su pistola terminaron por acojonarme.

Cuando salimos a la superficie, el corazón me iba a mil por hora.

—Llevo un año y medio viniendo a este barrio y nunca me ha pasado nada, ¿puedes relajarte?

No me contestó, concentrado como estaba en mirar hacia todas partes. Dejé que hiciera su trabajo y cuando llegamos a la escuela —un local medio en ruinas pero que tenía un espejo que ocupaba una pared y una barra que habíamos colocado Liam y yo misma—, las niñas me esperaban ilusionadas, sentadas en el suelo y calentando. Tami también bailaba ballet: habíamos dado clases en la escuela desde pequeñas y, aunque no le fascinaba, sí que me cubría en aquellas ocasiones en que yo no podía darles clases, ya fuera porque estaba enferma o porque tenía algún examen.

Casi todas ellas acudían solas. Esas niñas eran hijas de familias con muy pocos recursos económicos, algunas incluso trabajaban en la calle con ellos, y yo sabía que mis clases eran lo único que les traía paz y algo de ilusión.

Cuando vieron a Sebastian todas empezaron a cuchichear y a reír. Lili, una niña de diez años con aptitudes increíbles para el ballet y el estilo contemporáneo, corrió para recibirme con un abrazo. Su maillot rosa de manga larga le estaba un poco grande, pero así se lo había comprado su madre, para que le sirviera para varios años más.

—¡Buenos días, niñas! —dije con una sonrisa mientras entraba en la clase y dejaba mi mochila delante de la mesa y del equipo de música.

Me saludaron, aunque seguían con las miradas fijas en Sebastian, que de repente, con su altura y corpulencia, parecía totalmente fuera de lugar en aquella habitación pequeña llena de niñas de rosa y leotardos blancos.

Empecé a quitarme la ropa, puesto que debajo de mis leggins y mi sudadera iba preparada para la clase. Mi maillot negro y mis medias blancas destacaban entre los de las niñas, y, en mi caso, me lo cubría con una falda corta transparente. Me giré hacia el espejo para recogerme el pelo en un moño y, cuando lo hice, vi que Sebastian me clavaba la mirada en la espalda.

Le hubiese dicho que esperase fuera, pero tampoco era buena idea seguir tensando la cuerda.

—Niñas, este es el señor Moore y está aquí simplemente para asegurarse de que ninguna de nosotras se hace daño, ¿verdad, señor Moore?

Sebastian me fulminó con sus ojos marrones y se colocó contra la puerta. Sus ojos repasaban y vigilaban la entrada.

—Hoy os he traído una sorpresa que sé que os va a encantar —dije abriendo la mochila de deporte tras terminar de calzarme las zapatillas de punta.

Cuando las niñas vieron lo que llevaba dentro, se volvieron locas. Las bolsas de la marca Capezio empezaron a rular hasta que todas ellas pudieron tirar sus zapatillas viejas y colocarse las nuevas.

—¡Muchas gracias, señorita Marfil! —gritaron a coro, entusiasmadas.

—De nada, de nada, ahora a ver si me demostráis todo lo que habéis estado practicando en casa —dije colocándome junto a la barra y alentándolas a hacer lo mismo detrás de mí.

Con la música del cascanueces resonando en la sala, me pasé una hora y media enseñándoles a colocar los brazos en las cinco posiciones, corrigiendo sus posturas, enseñándoles a mejorar sus *piruettes*...

Eran niñas con muchas ganas de aprender y a mí me encantaba enseñarles todo lo que sabía y todo lo que había aprendido con tanta ilusión y esmero.

Al final de la clase, mientras recogía mis cosas y las niñas se despedían de mí con sonrisas que me llegaban al corazón, Lili se me acercó en una postura un poco preocupada.

—¿Qué te ocurre cielo? —dije mientras me colocaba el pantalón y me soltaba el pelo.

—Creo que mi mamá no podrá recogerme hoy... Dijo que me quedase en casa, pero yo no quería perderme la clase, señorita...

La madre de Lili era una mujer que tenía tres trabajos y cuatro hijos a su cuidado. Lili era la más pequeña, la única niña por lo que había podido ir averiguando. Su hermano mayor, Calev, estaba metido en todo tipo de problemas. Esa niña era testigo de cosas que ni los adultos deberíamos presenciar y siempre me preocupaba de que estuviese bien. Era una niña preciosa de pelo negro, tez oscura y ojos enormes, y tendría un futuro brillante si no viviese en ese barrio tan peligroso y en una familia tan desestructurada.

—¿Nadie puede venir a recogerte? —le pregunté, mirando la hora y sabiendo que dentro de unos cuarenta minutos anochecería y no sería buena idea seguir por allí.

Lili negó con la cabeza.

Miré a Sebastian que esperaba impaciente en la puerta de la clase. Si él no estuviese, no me habría atrevido a acompañar a Lili a su casa y menos sabiendo dónde vivía, pero Sebastian era el mejor acompañante para ayudar a la pequeña niña.

Me acerqué a él de forma sumisa.

—Tenemos que acompañar a Lili a su casa, solo vive a unas manzanas de aquí...

Sebastian miró a la niña, que apenas levantaba medio palmo del suelo y maldijo entre dientes.

—Estás jugando con fuego, Marfil.

Acepté eso como un sí y juntos salimos al atardecer de un jueves de otoño precioso. Lili, con confianza, cogió la mano de Sebastian, quien al parecer le trasmitía seguridad y empezó a hacerle preguntas muy a mi estilo.

—¿Por qué eres tan alto?

—Porque sí.

—¿Puedes llevarme a caballito?

—No.

—¿Te gusta el ballet? ¿Te gusta el chocolate? ¿Por qué tienes un pendiente en la oreja? ¿Por qué tienes tantos tatuajes? ¿Te dolieron? ¿Por qué has venido con la señorita Marfil? ¿Eres su novio?

Yo me divertía viéndolo controlar su genio con la niña, aunque su última pregunta me causó un cortocircuito...

Ay, Sebastian... A quién has tenido que venir a proteger.

Finalmente pudimos dejar a Lili sin problema, su madre nos

abrió la puerta y me agradeció un poco a regañadientes que la hubiese llevado hasta allí.

Cuando salimos a la calle, Sebastian sacó el teléfono móvil y marcó un número con rapidez.

—Sí... en Brooklyn, avenida Sutter, en diez minutos... Gracias.

—¿Con quién hablabas?

—Con una compañía de taxis.

—¿Has pedido un taxi? ¿Para ir de aquí hasta Manhattan, estás loco?

Sebastian se giró hacia mí y me miró a los ojos de manera furiosa.

—Ahora harás exactamente lo que yo te diga.

Entorné los ojos con perspicacia, no me gustaba nada ese tono con el que se dirigía a mí.

—Tomo mis propias decisiones, Sebastian, que para eso soy una mujer adulta.

—No volverás a este barrio.

—Claro que voy a volver. Lo que hago aquí es lo único en mi vida que tiene algo de sentido.

—No lo harás —dijo sin ni siquiera mirarme. Entonces el taxi llegó donde estábamos discutiendo y me abrió la puerta para que subiese.

—Deja de decirme lo que puedo hacer o lo que no, no eres mi padre.

Y justo entonces mi teléfono móvil empezó a sonar.

Aún de pie, sin subirme al coche, vi que era él quien me llamaba. Aquello no presagiaba nada bueno. Miré a Sebastian y recibí de él lo mismo que si estuviese mirando una estatua de mármol. Nada.

Me subí al coche en el instante en el que decidí contestar.

—Hola, papá, ¿cómo estás?

Sebastian cerró la puerta tras de mí y tomó asiento en el lugar del copiloto.

—¡¿A qué cojones estás jugando?!

Me quedé quieta cuando lo oí gritarme de ese modo.

—Escúchame bien, niña, vas a hacer exactamente lo que Sebastian te diga o juro por Dios que mañana mismo te encierro en esta casa sin que puedas salir ni a ver la luz del sol. ¡Tengo a más de veinte hombres trabajando en tu secuestro y a ti lo único que se te ocurre es pasearte por barrios de mala muerte? ¡¿A ti qué coño te pasa?!

—Pero papá...

—¡Pero nada, maldita sea! —gritó aún más fuerte, haciéndome temblar. Mis ojos se encontraron con los de Sebastian por el espejo retrovisor y mi mente empezó a verlo todo negro—. Tengo mil problemas ahora mismo como para tener que preocuparme por ti. ¡Que no tenga que volver a llamarte!

Antes de que pudiese decir nada ya me había colgado.

Bajé la mano temblorosa que contenía el teléfono y observé la pantalla en negro.

No intercambiamos ni una palabra en todo el trayecto de vuelta a casa y tampoco hice el amago de pagar el taxi cuando este nos dejó en la puerta de mi bloque de apartamentos. ¡Que pagara él!

Salté del coche andando, pero no me importó, en ese momento lo único que quería era alejarme de él todo lo que nuestra maldita relación me permitiese. Saludé a Norman con un leve movimiento de cabeza, nada de sonrisas aquella noche, y me metí en el ascensor sin esperar a Sebastian. Cuando las puertas se abrieron, crucé el pasillo y entré en el piso.

Estaba tan furiosa... No solía enfadarme muy a menudo, era una mujer a la que le gustaba dialogar más que otra cosa, pero me sentía traicionada, traicionada además por alguien que me gustaba más de lo que admitiría en voz alta, lo cual empeoraba la situación.

Mi idea principal había sido encerrarme en mi habitación, pero no lo hice, lo esperé de brazos cruzados. Cuando entró, tan alto, tan guapo y tan enigmático que me hubiese gustado zarandearlo, me hirvió la sangre por lo que había hecho.

—Se que estás enfadada, pero era necesario.

—¡Nunca es necesario llamar a mi padre! —le grité. Sus palabras habían avivado el fuego que habitaba en mi interior.

—Lo es cuando no escuchas lo que te digo y haces lo que te da la gana —me contestó quitándose la chaqueta y colgándola en el perchero que había allí, junto a la puerta.

—¡Esas clases lo son todo para mí, lo son todo para esas niñas!

—Las retomarás cuando las cosas se hayan calmado, no puedo garantizar tu seguridad en un barrio como ese.

—Pues entonces quiero otro guardaespaldas, ¡alguien mejor que tú!

Sebastian apretó la mandíbula. Le había herido el orgullo y me encantó.

—Te estás comportando como una niña malcriada.

Sus palabras consiguieron enfurecerme aún más. De repente tenía tanto calor y estaba tan furiosa que me arranqué la sudadera dejándola sobre el sofá de cualquier manera y me acerqué a él apuntándolo con un dedo.

—No pienso dejar a esas niñas tiradas por ti ni... —dije con calculada seriedad.

De repente, sin comerlo ni beberlo, me cogió el dedo con el que le señalaba y me giró, haciendo que mi espalda chocara contra su pecho. Su brazo me aprisionó por la cintura y su otra mano me sujetó por el cuello.

—Dos segundos y si yo quisiera ya estarías muerta —me susurró al oído.

Mi respiración se había agitado de forma violenta, no simplemente por el sobresalto de encontrarme aprisionada junto a su cuerpo, sino más bien porque todas las partes de mi anatomía estaban en contacto con la suya.

Su brazo estaba justo por debajo de mis pechos, cubiertos simplemente por el maillot negro que había utilizado aquella tarde. No me hizo falta mirar para comprobar que mis pezones acababan de erguirse sin dominio ninguno, poniéndome en evidencia.

Forcejeé para que me soltara y me apretó con más fuerza.

—Deberías dar las gracias al cielo de que sea yo quien esté aquí para protegerte.

Su voz, más grave de lo normal, me susurraba las palabras tan cerca del oído que todos los pelos del cuerpo se me pusieron de punta. Su mano se apretó aún más contra mi cuello, casi cortándome la respiración.

—Y la próxima vez me esperas antes de subir al apartamento...

Sus labios rozaron la piel sensible de mi oreja y todo lo que había estado sintiendo pareció congelarse. De repente no sabía qué hacer. Me sentía vulnerable en aquella posición, estaba enfadada por lo que había hecho, pero al mismo tiempo no quería que me soltara jamás.

La cara de Lili me vino a la cabeza y también la de las demás niñas. No iba a poder seguir dándoles clase... y todo había sido por su culpa.

—Suéltame —siseé contra sus dedos que seguían sujetándome del cuello.

Lo hizo y, como no quería que viera el estado en el que me había dejado su abrazo forzado y el susurro de sus labios, encaminé la marcha hacia mi cuarto. Al menos me di el gusto de dar un portazo. Ya dentro me dejé caer contra la puerta, deslizándome hasta que me quedé sentada sobre la alfombra.

Acababa de tener contacto directo con lo que iba a convertirse en la droga más peligrosa de la historia... al menos para mí.

10

SEBASTIAN

Clavé la mirada en su espalda cuando se alejó de mí dando un portazo. No había podido resistir la tentación de darle una lección, de enseñarle con quién estaba tratando. Esa chica no tenía ni idea de con quién estaba hablando.

Hablar con Cortés había sido necesario, no pensaba seguir cediendo ante unos arrebatos que podían no solo costarme mi trabajo sino también su vida.

Agradecí que se encerrase en su habitación, no habría podido seguir con aquella absurda discusión, mucho menos con ella medio desnuda y con sus pechos marcándose bajo la tela de esa absurda prenda de ropa. Sentirla contra mi cuerpo había sido también un error; la tibieza de su piel y el aroma a lirios de su pelo me habían provocado una erección que hubiese sido difícil ocultar de no haber llevado vaqueros.

Verla aquella tarde, bailando e interactuando con esas niñas, me había dejado entrever un lado de su personalidad muy diferente al que me dejaba ver todos los días. Marfil Cortés era una mujer que podía colmar la paciencia de un santo... a mí ya me costaba no ponerle una mordaza, pero con las niñas había sido todo paciencia y dulzura, calma y disciplina.

Disciplina era mi segundo nombre, algo con lo que no me costaba vivir, es más, algo que necesitaba en mi día día. Haberme pasado gran parte de mi juventud sirviendo al ejército de Estados Unidos me había brindado unas capacidades de autocontrol bastante admirables; aunque también debía admitir que desde que trabajaba de guardaespaldas de Marfil mi autocontrol se había ido ya varias veces al traste.

No sé qué era, aparte de su belleza, lo que conseguía sacarme de mis casillas.

Miré el mensaje que acababa de entrar en mi teléfono.

Confirmada la identidad del atacante. Ni siquiera se han molestado en ocultarlo. Esto es lo más cerca que han estado de ella, no dejes que vuelva a repetirse. Si ella cae, nosotros también.

Lo último que yo quería era perder mi trabajo.

11

MARFIL

El viernes pasó sin pena ni gloria. No le dirigí la palabra a Sebastian en todo el día, ni siquiera cuando me pidió que le prestase un lápiz en un momento dado en que quiso apuntar algo mientras conducía.

Él pareció entender que era mejor volver a los inicios: el mundo de los monosílabos. Mientas tanto, yo aproveché el silencio para maquinar alguna manera de poder seguir con mis clases de ballet, aunque si no me permitía ir a Brownsville, lo veía complicado. Las niñas no me lo perdonarían jamás.

Al final convencí a Tami para que ocupara mi lugar y redujimos las clases a dos al mes en vez de cuatro, como yo solía dar.

Una semana después apreté el paso en mi carrera. Era sábado por la tarde y había salido a correr con Sebastian detrás de mí, obviamente, y sus malditos ojos clavados en mi nuca. Obligué a mi cuerpo a ir más deprisa, forcé la maquinaria para hacerlo sudar, para hacerlo sufrir, pero nada podía con semejante hombre; sus piernas largas y musculosas me seguían el ritmo sin problemas.

Finalmente fui yo quien tuvo que detenerse, agotada, y paré para respirar y llevarme la botella de agua a la boca. Si bien siempre había vivido sola y no acostumbraba a hablar con las paredes, desde que había decidido retirarle la palabra a Sebastian me sentía más sola y aislada que nunca.

Lo miré de soslayo y pude comprobar que apenas estaba cansado. El sudor caía sobre su camiseta de deporte y sus largas piernas quedaban al descubierto con aquellos pantalones de deporte grises que tan bien le sentaban. No soportaba que a pesar de odiarlo siguiese sintiéndome atraída por él, incluso más que antes.

Mi espalda contra su cuerpo y sus manos sobre mi cuello no me habían abandonado desde la noche en cuestión, lo cual solo conseguía ponerme aún de peor humor. Una parte de mí quería conquistarlo, quería volverlo loco, quería hacerlo sufrir y hacerlo pensar en mí las veinticuatro horas del día, tal y como me estaba pasando a mí con él. Me incliné adrede, haciendo gala de mi increíble flexibilidad y me cogí los tobillos con las manos para estirar la musculatura de las piernas y los brazos. Mi culo quedaba justo delante de sus ojos y me encantó ver cómo desviaba la mirada y la centraba en el lado opuesto del parque.

Sonreí.

Justo en ese momento, y obligándome a incorporarme de forma vertical, sonó el teléfono móvil. Era Stella, que me proponía salir aquella noche; los del equipo de Lacrosse hacían una fiesta en el ático de un edificio junto a Park Avenue. Juntarme con los deportistas de Lacrosse nunca había sido mi plan preferido, pero no tenía nada mejor que hacer, así que acepté la invitación.

No le dije nada a Sebastian de que íbamos a salir hasta que estuve prácticamente lista. Me había decantado por un vestido corto, rojo y pegado al cuerpo como una segunda piel. Era atrevido, pero a la vez elegante y femenino. Decidí recogerme la melena oscura en una cola alta de caballo, dándole un efecto a pelo mojado con un producto que había comprado en Harrods la última vez que visite Londres. Cogí mis zapatos de tacón Louboutin de color negro y mi bolso a juego y salí al salón mientras guardaba el móvil y llamaba a Sebastian.

Cuando este salió, vestido aún en chándal pero con el pelo mojado de la ducha, supe que acababa de joderlo pero bien.

—Voy a salir —dije a modo informativo.

Sebastian me observó de arriba abajo, pero no con admiración, que es lo que esperaba obtener como respuesta a dos horas de trabajo, sino más bien con reprobación.

—Son las diez de la noche, ¿no crees que podrías habérmelo dicho antes?

Me encogí de hombros con indiferencia.

—Se me olvida que estás aquí, lo siento —dije convirtiéndome en Cruella de Vil al instante. Estaba siendo mala y lo sabía, pero el enfado aún persistía y cuando yo me enfadaba podía llegar a convertirme en una arpía y más si te metías con mis niñas.

Esperé pacientemente a que él se vistiera. Lo hizo y cuando lo vi vestido con unos pantalones, una camisa de vestir y zapatillas casi me caigo de culo.

Mi amigo el karma había vuelto a visitarme.

Cuando entramos en el ascensor no pude evitar mirar nuestro reflejo en el espejo. Juntos hacíamos una pareja increíble. Pocas veces había conseguido que los hombres me superaran en estatura cuando me ponía tacones, pero Sebastian lo hacía y con creces. No se había perfumado, pero la fragancia a menta de su champú me llegó en oleadas haciéndome la boca agua.

Era tan masculino... tan seguro de sí mismo, tan inmune a mi persona...

Aquella noche me había maquillado los ojos de forma especial, resaltando el color verde con esmero. Siempre había sido tan fácil captar las miradas, sentirme admirada, que me irritaba que Sebastian no me dijese ni un maldito cumplido.

Y más me irritaba que me molestase que no me piropeara. Siempre había odiado que me viesen solo por mi físico, siempre había deseado que viesen más allá del envoltorio... Y ahí estaba yo, dos horas después de arreglarme —cosa que raramente hacía—, ¿y para qué? Sebastian solo estaba aquí para protegerme, trabajaba para mi padre, y lo que yo opinase no le importaba lo más mínimo. No iba a tocarme, ni a mirarme de forma indebida porque era algo inadmisible trabajando para quien trabajaba.

Sabía que era imposible desobedecerlo por experiencia propia. Un recuerdo en concreto de mi padre me vino a la cabeza y me obligué a espantarlo de mi mente. Una sola imagen de aquel día conseguía hacer que volviese a temblar. En aquella época aún me traía problemas, así que mejor dejar los malos recuerdos bien escondidos en aquel cajón cerrado con llave.

Llegamos a la fiesta quince minutos más tarde, ya que el edificio donde se celebraba estaba a apenas unas manzanas de allí. Había llamado a Liam para decirle que se viniese, pero no me había contestado. No supe si fue porque seguía enfadado, pero quería verlo en persona y asegurarme de que estábamos bien. Tami se había mostrado amable conmigo el otro día, pero sabía que algo le rondaba la cabeza y que en el cine debió de ocurrir algo para que ambos se marcharan tan enfadados. A veces me preguntaba cómo era posible que mis dos mejores amigos se llevasen tan mal, cómo era posible que congeniaran tan bien conmigo y que entre ellos se llevasen como el perro y el gato.

Cuando llegamos al ático, un montón de estudiantes nos recibieron pegando saltos y bailando al son de la música electrónica. La fiesta la organizaba el nuevo capitán del equipo, Andrew Davis, lo que significaba que Regan estaría por allí. No quería cruzármelo —ese gilipollas siempre se las apañaba para ponerme de mal humor—, así que empecé por buscar a mis amigas.

Stella estaba en la cocina, repartiendo chupitos de gelatina y haciéndose cargo de las bebidas, lo que solo podía significar una cosa: había vuelto a salir con Andrew. Cuando me vio aparecer chilló como una loca y empezó a dar saltitos. Me reí y fui a darle un abrazo.

—¡Estás espectacular! —dijo mirándome de arriba abajo—. ¿Es un Dolce? —preguntó mirando mi vestido.

—Versace —contesté cogiendo una cerveza y recorriendo la estancia con la mirada. Sebastian parecía haber desaparecido, aunque sabía que me observaba desde la lejanía. Mejor así, necesitaba sentir que estaba sola, aunque solo fuese durante unas horas.

—¿Dónde está Lisa? —pregunté buscándola también. Si no estaba con Stella lo más seguro era que estuviera tirándose a alguien.

La cara de Stella cambió cuando por fin mis ojos volvieron a fijarse en ella. Parecía nerviosa de repente.

—No quería que te enteraras así, pero...

Antes de que pudiese decir nada, Regan apareció en la cocina arrastrando a una Lisa bastante borracha cuyos labios estaban hinchados y con todo el pintalabios corrido. Regan pareció sorprendido de verme allí y cuando sus ojos me recorrieron de los pies a la cabeza me arrepentí de haberme puesto algo tan atrevido. Lo último que quería era llamar la atención de aquel idiota.

Como si de un mosquito molesto se tratase, Regan se deshizo del brazo de Lisa y vino hacia mí.

Lisa, borracha como iba, no pareció percatarse de nada; cogió una cerveza, se giró y empezó a bailar con los que estaban en el centro de la sala dando saltos.

¿Se habían liado?

—Mira a quién tenemos aquí: la abeja reina.

Sonreí falsamente. No iba a darle la satisfacción de que viera que su presencia me afectaba, aunque siempre lo haría. Me había humillado y me había hecho creer que estaba enamorado de mí para después regodearse con sus amigos y mentir sobre cosas que no llegamos a hacer nunca.

—Si te acercas demasiado, tal vez te pico y todo.

Regan sonrió de aquella manera que antaño me volvía loca.

—Estás espectacular, como siempre.

Di un trago a mi cerveza y lo ignoré lo mejor que pude.

—¿Qué pasa? ¿Ya ni siquiera eres capaz de mirarme?

—Prefiero hacer como si no estuvieses aquí.

Regan soltó una carcajada y se colocó delante mí, muy cerca.

—¿Alguna vez piensas perdonarme?

Miré el rastro de pintalabios rojo de Lisa en sus labios y casi suelto una carcajada ácida e irónica.

—Perdonarte sería admitir que me importas, Regan, y la realidad dista mucho de ser esa. Ahora apártate para que pueda disfrutar de la fiesta.

A Regan no parecieron afectarle mis palabras y, en vez de apartarse y dejarme en paz, sus manos se posaron en mi cintura y me atrajo hacia su cuerpo con sutil descaro.

—Cuando nos conocimos no eras tan dura, Marfil, a lo mejor por eso no me convencías del todo... Parecías una niña recién salida del colegio, tan inocente, tan pura... —Sus dedos bajaron por mi espalda hasta llegar a mi trasero—. Ahora vas por ahí como si fueses la reina del universo y haces y deshaces a tu antojo... No puedo negar que me pone, que me pone mucho.

Su cuerpo se pegó al mío y pude sentir su erección contra mi estómago. Me quedé quieta, no porque no pudiese quitármelo de encima, sino porque una parte de mí necesitaba saber que él también era propenso a estar bajo mi hechizo.

—Perdiste tu oportunidad —dije hablándole tan cerca de sus labios que pude sentir su aliento a whisky mezclado con el olor del tabaco.

—Esto no va de oportunidades, Mar. Esto va de que nosotros siempre tendremos una cuenta pendiente. —Su mano se movió por mi espalda hasta rodearme la parte baja del pecho izquierdo.

Fue entonces cuando decidí poner fin a ese intercambio. Con mi mano apoyada en su pecho hice fuerza para apartarlo. Estaba duro de tanto hacer ejercicio, pero en vez de apartarse sonrió.

—No me iré de aquí hasta que me dejes probar tus labios una vez más.

—Antes de volver a besarte me meto a monja, Regan.

Volví a hacer fuerza para apartarlo, pero sus piernas me apretaron con firmeza, dejándome clavada en el lugar.

—Para ser monja tienes que ser casta, guapa, y tú y yo sabemos que distas mucho de estar incluida en la definición de esa palabra...

Gilipollas.

Entonces con el rabillo del ojo vi que Sebastian aparecía, dejándose ver, y se apoyaba tranquilamente contra la pared de la cocina, enfrente de mí. Su mirada lo decía todo, me preguntaba si lo apartaba de mí o se mantenía en la distancia.

Quise levantar la rodilla para asestarle un buen golpe en las pelotas, pero el maldito Regan lo vio venir y me bloqueó con fuerza.

—Suéltame. Ahora —dije con los dientes apretados. La bromita había dejado de ser graciosa y que Sebastian estuviese presenciando algo tan lamentable me avergonzaba y me cabreaba a partes iguales. No quería necesitarlo, no quería pedirle ayuda.

—¿O qué? —me susurró contra la oreja, tapándome la visión.

Una sombra cayó sobre nosotros y sin que pudiese hacer nada al respecto, Regan me había soltado y se caía contra el suelo de espaldas observando a la mole que acababa de apartarlo de mí.

—Desaparece —le dijo Sebastian en un tono supercalmado.

Apreté los dientes con fuerza.

—¿Quién coño eres tú? —preguntó Regan incorporándose de un salto y encarando a Sebastian sin una pizca de miedo en el cuerpo.

Sebastian, que era algo más alto que él, bajó los ojos y sin inmutarse por su cercanía le contestó a su pregunta.

—Tu peor pesadilla.

Antes de que pasase nada, o sea, antes de que Regan hiciese el intento de darle un puñetazo a mi guardaespaldas, Sebastian lo tenía acorralado contra la pared, con el brazo doblado hacia atrás y la cabeza apretujada contra el papel pintado de la habitación.

Abrí los ojos impresionada.

—Vuelve a acercarte a mí de esa manera y quedarás lisiado de por vida. ¿Te has enterado?

Regan gruñó algo ininteligible y Sebastian, después de hacerlo sufrir un poco apretujándole el brazo en aquella posición antinatural, lo soltó.

No voy a negar que me encantó ver cómo alguien ponía a ese capullo en su lugar. Solo estábamos nosotros en esa cocina, pero si esto hubiese ocurrido en el salón delante de todos los invitados, Regan habría perdido todo el estatus de chico malo que había tardado tanto en conseguir. Fue patético la rapidez con la que Sebastian pudo acorralarlo contra la pared y eso me hizo recordar que mi guardián no era un niñato cualquiera deportista de universidad que hacía pesas en el gimnasio para inflarse y presumir de pectorales. Sebastian estaba entrenado para matar y solo de pensarlo una sensación muy extraña me recorrió la piel.

Regan nos miró con asco, a él y después a mí.

—¿Uno más a tu lista, eh, Mar? —dijo caminando hacia atrás y sonriendo a pesar de tener la respiración acelerada por el meneo que acababa de darle Sebastian—. ¿Un consejo? —dijo ahora dirigiéndose a él, que lo observaba como quien mira un niño pequeño que le ha tocado los huevos demasiado rato—. Aléjate de ella, es tan fría que te congelará hasta la polla.

No vi la reacción de Sebastian porque me giré y salí por la otra puerta.

Regan había sido el único al que había dejado ver una parte de mí que hasta el momento nadie conocía. Creyéndome enamorada había abierto puertas que debí dejar cerradas para siempre. *Fría*, esa palabra me perseguiría toda la vida.

Sintiéndome como una mierda, crucé el salón atestado de gente hasta llegar a la mesa donde había más bebidas. Me bebí tres chupitos de tequila seguidos. El último casi me produjo arcadas, pero casi al instante un velo apareció entre lo que me daba vueltas en la cabeza y la fiesta que estaba teniendo lugar frente a mis ojos. No había ido hasta allí para escuchar mierdas que me pusiesen triste. Había ido allí a divertirme.

No sé cómo, pero terminé subida a una mesa rodeada de tíos que no dejaban de gritarme lo buena que estaba. Los veía borrosos, pero me gustaba estar a esa altura; desde ahí nadie podía tocarme, solo contemplarme. Mis ojos divisaron a Sebastian en la esquina de la habitación.

Bailé lo que pudieron ser horas o minutos. Alguien me ayudó a bajarme de la mesa cuando intenté hacerlo por mi cuenta y necesité su ayuda también para alcanzar el cuarto de baño.

—¿Puedes sola? —me preguntó mi guardaespaldas antes de que le cerrara la puerta en las narices.

Miré mi reflejo en el espejo y me retoqué la coleta casi deshecha. Mojé la mano en agua fría y me la pasé por la nuca. Cuando al salir el calor de la habitación me afectó y me mareé, decidí que era el momento de marcharme. Fui directa al ascensor, pero antes de darle al botón de bajar, una mano enorme apareció delante de mí y lo hizo en mi lugar.

Me giré hacia Sebastian.

—¿Te encuentras bien? —preguntó, seguro que más por cumplir con su deber que por verdadero interés por mí.

—¿Tú qué crees? —contesté pestañeando para aclararme la visión.

—Entra en el ascensor, Marfil —me ordenó pasivo.

Cómo odiaba que me observara con esa condescendencia.

—¿Sabes una cosa? —dije clavándole un dedo en el pecho—. Lo que hiciste antes fue de capullo integral, de machito de siglo pasado... No necesito que me rescates; puedo hacerlo yo solita.

Sebastian asintió.

—Entendido. Ahora métete en el ascensor.

Me subí porque necesitaba salir de allí y respirar aire fresco, no porque él me lo pidiera.

Cuando salimos a la calle, una tenue llovizna caía sobre las calles de Manhattan. Levanté la mirada al cielo, a los inmensos rascacielos que nos rodeaban y a las luces que nos iluminaban con diferentes colores. Mi piel enfebrecida recibió con ganas el frescor del agua.

Cuando abrí los ojos me encontré con los de él, que me observaban sin ningún tipo de disimulo.

—Vamos a casa. —Casi me lo pidió.

«A casa...», esa expresión tan familiar dicha en sus labios me produjo una sensación de calidez que nunca había sentido al pensar en ese apartamento que supuestamente era mi hogar.

—Quiero pasear —contesté girando sobre mis talones y emprendiendo el camino calle abajo. Por aquella zona los edificios eran preciosos, majestuosos, con portales increíbles, elegantes y bien cuidados. Era horrible pensar que un poco más arriba la gente se moría de hambre.

Me detuve ante un lugar que me llamó poderosamente la atención. Siempre había querido hacerme un tatuaje y nunca me había atrevido.

Entré empujando la puerta y una campanita resonó en el interior del local. Sebastian entró detrás de mí y lo escuché suspirar para sí. El sitio estaba totalmente pintado de negro, incluso los muebles eran de ese color, sobre el que se entreveían cientos de dibujos diferentes, algunos grotescos, otros pequeños y bonitos. Antes de que pudiese seguir mirando, un hombre todo tatuado y con dilatadores en las orejas apareció detrás del mostrador.

—Dime que eres tú y no ella quien viene a tatuarse —dijo el hombre sin apartar la mirada de mis ojos.

No entendí su comentario.

—Nadie va a tatuarse. Marfil, ¿podemos irnos? —dijo Sebastian colocándose a mi lado.

—No —dije mirando al tatuador—, y soy yo quien viene a tatuarse, no él. ¿No tatúas a mujeres o cuál es el problema?

El dependiente sonrió de lado, cogió un trapo de la mesa y se limpió las manos observándome divertido.

—A una chica como tú no le hacen falta adornos de ningún tipo, preciosa. —Acto seguido se giró hacia Sebastian—. Llévatela de aquí, está pedo y mañana te echará las culpas a ti.

Sebastian fue a cogerme del brazo, pero me zafé de su agarre.

—No estoy pedo, sé perfectamente lo que hago aquí y quiero que me hagas un tatuaje, ¿vale? Estoy cansada de que la gente me diga lo que tengo que hacer, es mi cuerpo. Como si quiero tatuarme la cara entera.

—Eso sería una lástima —contestó el hombre mirándome con lascivia—, pero haz lo que quieras, ¿qué quieres que te haga?

Fui a mirar en el catálogo que tenía en el mostrador, pero Sebastian me cogió la muñeca y me buscó con la mirada.

—Marfil..., un tatuaje es para toda la vida, no lo hagas por demostrar algo.

Pestañeé varias veces alucinada con lo guapo que era y lo que pude leer en sus ojos.

—Tú tienes el brazo lleno —dije desafiándolo con la mirada— y estoy segura de que tienes incluso más, ¿a que sí?

Sebastian pestañeó y me soltó la muñeca.

Su silencio fue respuesta suficiente.

—Enséñamelos, quiero verlos.

—No —dijo maldiciendo entre dientes y pasándose la mano por el pelo.

¿Qué otros tatuajes tendría? Y lo más importante, ¿dónde?

—¿Tú sí puedes tatuarte algo pero yo no?

—Un tatuaje debería significar algo importante.

En eso llevaba razón. Había algo muy importante en mi vida y que además no cesaban en querer arrebatarme.

Busqué en el catálogo hasta que encontré lo que quería.

—Esto, quiero que me tatúes este.

El hombre se inclinó sobre lo que señalaba y asintió.

Sebastian me miró con ojos suplicantes.

—Por favor, no lo hagas —dijo en un tono mucho más amable—. Este hombre tiene razón, no te hacen falta adornos.

¿Eso se suponía que era un cumplido?

—No soy un puñetero árbol de Navidad. Soy como tú y como él, y quiero una marca de por vida que me recuerde que hubo un momento en que sentí verdadera pasión por algo.

El tatuador me indicó que entrara en la salita que había junto al mostrador. Sebastian no dudó en entrar conmigo, cosa que no esperaba.

—Puedes esperarme fuera.

—Ni en sueños.

Puse los ojos en blanco y cuando el hombre me preguntó dónde lo quería dudé durante unos instantes.

—En la espalda, justo en el centro, debajo del cuello.

—Muy bien, ahora quítate el vestido y túmbate boca abajo en la camilla.

Sebastian no me quitaba los ojos de encima. Si hubiese llevado una camiseta no habría tenido que quedarme desnuda. No quería quedarme en tanga, con el culo al aire enfrente de ninguno de los dos, así que dudé.

El tatuador pareció darse cuenta de mi dilema.

—No te preocupes, te cubriré con una sábana.

—¿Qué tal si yo la cubro y tú entras cuando ya esté recostada en la camilla? —le encaró Sebastian con su tono frío de siempre.

—Novio celoso, ¿eh? —se rio.

Sebastian no contestó. No era el momento de explicarle que no era mi novio, sino mi guardaespaldas, y que encima tenía toda la pinta de querer asesinarme.

El tatuador le dejó una sábana blanca sobre la camilla y se marchó.

—¿Estás segura de que no te arrepentirás luego?

—Segurísima —dije desafiándolo otra vez y pasando a quitarme el vestido. Él se giró y yo me bajé la cremallera, quedando en ropa interior de color rojo. Cogí la sábana y me tumbé, me tapé de cintura para abajo, y coloqué la cabeza sobre mis brazos, mirando hacia la pared donde él estaba.

—Ya puedes mirar —dije con calma, aunque deseando que lo que el tatuador había dicho fuese verdad. Cómo me gustaba, cómo quería romper esa fachada impenetrable que llevaba consigo a todas partes.

—¿Puedes subirme un poco más la sábana? Ah y desabróchame el sujetador, por favor.

Si le afectó mi comentario no lo demostró. Se me acercó y cuando subió la sábana un poco más arriba del final de mi columna, sus dedos me rozaron la piel desnuda. Fue una caricia efímera, pero la sentí en todas partes. Después, con el simple movimiento de dos dedos, me desabrochó el sujetador rojo de encaje.

Cerré los ojos fantaseando con su mano recorriéndome de arriba abajo, desde la nuca hasta el final de mi espalda.

Pero no lo hizo.

La puerta se abrió entonces y el dueño del local empezó a poner todo en funcionamiento. Primero me limpió la zona de la espalda donde iba a trabajar; cuando sentí el algodón frío se me puso toda la piel de gallina.

—¿Tienes frío? —preguntó y sus dedos me acariciaron como había querido que Sebastian hiciera hacía un momento.

Me tensé y él lo notó.

—Deja las putas manos quietas.

El tatuador se rio y levantó las manos en un gesto de rendición.

Sebastian cogió entonces una banqueta que había por allí, y para mi sorpresa, se sentó a mi lado, enfrente de donde estaba mi cabeza recostada y donde podía vigilar las manos del tipo de cerca.

—Empecemos pues —dijo después de colocar el esbozo del dibujo sobre mi piel. El ruido de la máquina me acojonó bastante y de repente sentí dudas.

—Va a dolerte —dijo Sebastian a mi lado—, es una zona complicada porque apenas hay grasa, solo piel y hueso.

Eso me dio una pista.

—¿Es ahí donde tienes otro de tus tatuajes? —pregunté al mismo tiempo que sentía el roce de la aguja contra mi piel. Cerré los ojos con fuerza.

Joder que si dolía.

—No en el centro, pero sí sobre los omóplatos —me confesó entonces, y supe que lo hacía para distraerme.

—¿Y qué te hiciste?

—«Valentía», en japonés.

—¿Solo ese? ¿Ya no tienes más?

—Tengo el brazo entero, ¿te parece poco?

—Me da la sensación de que tienes más de los que me estás contando.

—Puede que un par más.

—¿Cuántos en total?

—Solo tres más.

—Algún día me los enseñarás.

—Seguro que no —contestó, aunque creí ver un atisbo de sonrisa en su rostro.

Lo que siguió a esa charla momentánea fue una hora de sufrimiento. El tatuaje no era nada grande, pero requería hacerlo bien. Tenía su dificultad. Aunque sufrí como una condenada, no me arrepentí, es más, me llenó de ilusión cuando finalmente, incorporándome con la sábana cubriéndome los pechos, pude verlo con la ayuda de un espejo.

—Me encanta —dije sin poder dejar de sonreír.

—Voy a cubrírtelo. Deberás lavarlo con jabón neutro todos los días y aplicarte una crema para el cuidado de tatuajes. Te daré el nombre de una muy buena.

—Gracias —dije sin poder dejar de mirarlo. Me dejaron sola para que me vistiera y cuando salí tuve que pagarle doscientos dólares. No me pareció caro, la bailarina de ballet en puntas y con los brazos en quinta posición había quedado perfecta.

Cuando salimos del local, anduvimos hacia donde habíamos dejado el coche en primer lugar. Tenía curiosidad por los tatuajes de Sebastian.

—¿Por qué el brazo al completo?

—Cuando empiezas es difícil parar.

Me detuve delante de él para bloquearle el paso.

—¿Me dejas verlos?

Sebastian dudó unos instantes.

—Es tarde.

Sabía que no iba a enseñarme algo tan personal tan fácilmente.

—¿Te dolieron?

—No —admitió emprendiendo la marcha hacia el coche—. Tengo buena tolerancia al dolor.

Su respuesta captó mi atención, pero la dejé correr.

—¿Cuándo te hiciste el primero?

Sebastian me miró desde su altura unos instantes antes de seguir andando.

—A los dieciséis.

—¡Eras un crío! ¿Tus padres te dejaron hacértelo?

No contestó a mi pregunta y una sensación helada me dijo que acababa de meter la pata hasta el fondo.

—Lo siento —dije de veras.

—No tienes por qué, nunca llegué a conocerlos.

Madre mía, Sebastian Moore desvelando algo de su pasado.

—¿Qué les ocurrió?

—No lo sé.

Su tono me indicó que era mejor cerrar el pico.

Cuando llegamos al coche me sentí triste. Muy triste. La alegría de haberme hecho el tatuaje se fue al traste porque recordé a mi madre y odié saber que Sebastian también había tenido que crecer sin ninguna.

Sin nadie, en realidad.

¿Habría crecido en un orfanato? ¿En casas de acogida?

Él se percató de mi mutismo porque antes de arrancar el coche se giró hacia mí.

—Eh —me llamó en un tono conciliador—. No sientas pena por mí, no se extraña lo que nunca se ha tenido.

Eso era mentira. Y él lo sabía. No había día que no echara de menos tener una madre que me cuidara, una madre con la que charlar, con la que compartir los miedos. En cierta forma podía ponerme en su lugar; mi padre nunca había estado pendiente de mí, pero yo al menos tenía a Gabriella.

Después de eso se acabaron las conversaciones profundas. Llegamos al apartamento y nos despedimos con un frío «hasta mañana».

Al menos había descubierto cosas nuevas sobre él, cosas que no me dejaron dormir durante prácticamente toda la noche.

12

MARFIL

A la mañana siguiente el tatuaje me dolía horrores; sin darme cuenta me había movido y había terminado durmiendo sobre él. Cuando fui a darme una ducha no caí en que iba a ser complicado lavármelo tres veces al día y ponerme la crema yo sola.

Iba a tener que pedírselo a mi querido y guapísimo guardaespaldas, una perspectiva que me puso de mejor humor e incluso me alivió bastante el dolor de la piel, al menos psicológicamente hablando.

Me recogí el pelo y, aprovechando que era domingo y que no pensaba salir, me vestí con un maillot —justamente para que nada me rozara el tatuaje— y me puse encima unos pantalones de chándal grises.

Al entrar en la cocina volví a encontrarme con el rico olor a café de Sebastian y a tortitas recién hechas. Él me daba la espalda y cuando lo vi vestido con unos pantalones grises como los míos y una simple camiseta negra, me entraron ganas de desnudarlo y buscar todos los secretos que guardaban los dibujos de su piel.

—Buenos días —dije sentándome en el taburete. No podía olvidarme de que aún seguía enfadada con él por haberse chivado a mi padre, pero seamos sinceros, yo no era una persona a la que le gustase estar enfadada mucho tiempo y menos con alguien tan guapo que encima me preparaba el desayuno prácticamente todos los días.

Sebastian se giró hacia mí y dejó un plato con tortitas sobre la mesa.

—Come. Las acabo de hacer —dijo, siempre tan simpático.

Cogí la leche y me puse de pie para servirla en una taza y calentarla en el microondas; al hacerlo terminé colocándome a su lado, que seguía pendiente de las tortitas.

—¿Siempre preparas desayunos tan elaborados? —pregunté mientras me echaba un poquito de miel en el dedo y me lo llevaba a los labios.

—Son tortitas, Marfil, mezclas leche, harina y azúcar y ya las tienes.

Saqué mi leche del microondas.

—Da gracias a que me paro a beberme esto...

—El desayuno es la...

—Comida más importante del día, lo sé —terminé por él—. Prefiero dormir un poco más que detenerme en comer.

—Eso dice mucho de ti.

—¿Que soy encantadora, por ejemplo?

Me reí de mi propia gracia ya que él no iba a hacerlo y me senté otra vez en la banqueta de la cocina. Él terminó de hacer las tortitas, que al parecer eran todas para mí, y se apoyó contra la mesa de la cocina, café en mano y mirada glaciar.

—Come.

—¿No te aburres de estar aquí todo el día conmigo?

—Es mi trabajo.

—¿Y cómo es que decidiste ser guardaespaldas?

Ante mi pregunta Sebastian caminó hacia la estantería, dándome la espalda, y cogió un vaso que llenó de agua para después volver a recuperar su posición original.

—¿Qué tal las tortitas?

Mastiqué despacio a la vez que lo observaba sin disimulo.

—Ricas. ¿Por qué ignoras mi pregunta?

—¿No te cansas de estar siempre parloteando? A veces el silencio es necesario.

Hice como que meditaba su respuesta.

—No, no me canso de parlotear, el silencio es aburrido. ¿Por qué decidiste ser guardaespaldas?

Sebastian me miró fijamente con cara de póquer. Dio un paso hacia delante y, apoyándose con las palmas de las manos en la encimera, se agachó un poco para mirarme con más detenimiento.

—Si te lo dijera..., tendría que matarte.

Sentí un escalofrío al notar que parecía que hablaba completamente en serio. Mi cabeza se bloqueó y respondió lo primero que se me pasó por la cabeza.

—¿A besos?

Sebastian pestañeó con incredulidad y volvió a su posición original.

—Marfil..., limítate a comer.

Sonreí divertida ante mi ocurrencia.

—¿Y cómo es que tu novia no te echa de menos? Estando todo el día aquí, conmigo, la pobre debe de estar que se sube por las paredes... —dije como si tal cosa, zarandeando el tenedor de un lado a otro y aplaudiéndome irónicamente a mí misma por ser tan sutil en mi desesperada búsqueda de información sobre ese hombre.

Sebastian me sorprendió sonriendo ligeramente.

—No tengo novia, así que ya puedes dormir tranquila. Nadie sufre por mi ausencia.

Por dentro empecé a bailar la conga con toda mi energía.

—Para que veas lo buena persona que soy, que me preocupo hasta de los que no conozco.

—Ya —dijo él sacando su teléfono móvil y mirando la pantalla unos segundos.

Entonces se me ocurrió algo interesante. Algo que podría fomentar mi acercamiento, aunque fuese físico, a mi dios griego particular.

—Técnicamente, Sebastian..., tus labores son cuidar de mí ¿no?

Ni siquiera se dignó a contestarme: «Pregunta demasiado estúpida, Marfil, pero continúa».

—Y que yo supiese cuidar de mí misma te facilitaría a ti el trabajo, ¿verdad?

—No sé adónde quieres llegar, pero no me gusta por dónde vas.

Dejé la taza en la mesa y lo miré muy seria.

—Lo que pasó anoche con Regan no me gustó nada.

—Te repito que es mi trabajo.

—No me refiero a tu intervención, que no me hizo gracia pero que al fin y al cabo te agradezco; me refiero a la sensación que sentí al no poder quitármelo de encima yo sola.

Sebastian entornó los ojos aguardando a que continuara.

—Eso que hiciste con él, o conmigo el otro día... Eres rápido y letal, y me encantaría ser rápida y letal —agregué haciendo énfasis en las palabras y sonriendo de forma entusiasta.

Sebastian me miró como si me hubiesen salido dos cabezas.

—Marfil, creo que ya he llegado a mi tope de intentar comprender algo de lo que sale de tu boca.

Lo fulminé con la mirada.

—Si supiese defenderme, a lo mejor no me habrían secuestrado, ¿lo habías pensado? Tal vez podría haber hecho algo para poder ganar tiempo y salir corriendo a pedir ayuda. Y a lo mejor ayer ese idiota no me hubiera acorralado contra la encimera, bloqueándome sin yo poder hacer nada, solo esperar a que él se dignara a dejarme en paz o que, bueno, llegases tú para hacerlo por él. Si supiese cómo defenderme, me sentiría más segura ante una situación de peligro, ¿no crees? No has dejado de recordarme que hay gente que quiere hacerme daño y es cierto, pero sin ti solo puedo gritar ante una situación peligrosa, y odio gritar como una damisela en apuros.

Sebastian se quedó observándome durante largo rato.

—¿Qué es lo que quieres exactamente?

—Quiero que me enseñes —respondí sin más.

Sebastian no me contestó con un no rotundo, sino que se me quedó mirando pensativo unos instantes.

—¿Qué recibo yo a cambio?

Vaya... no esperaba esa respuesta.

—Puedo pagarte.

—No me interesa el dinero, tu padre ya me paga más de lo que debería.

—¿Qué quieres?

Sebastian dejó la taza sobre la encimera y, apoyando los brazos sobre ella, se inclinó para volver a mirarme.

—Tres horas —dijo después de meditarlo unos segundos. Lo miré sin entender—. Tres horas para mí, durante las cuales me vas a prometer que te quedarás aquí en tu casa, sin salir y sin meterte en problemas.

—¿Me estás pidiendo tiempo libre?

Sebastian asintió.

—Oye, que si es por eso puedes tomarte los días que quieras...

Sebastian sonrió.

—No vayas de listilla.

Sonreí de vuelta y admiré los hoyuelos que se le formaban en las mejillas.

—Solo estoy siendo buena samaritana, no explotarte y esas cosas...

—Tres horas y la promesa de que te quedarás aquí quietecita.

Era una oferta demasiado buena como para rechazarla. Es más, tres horas para mí sola era como hacerme un favor a mí misma.

—Hecho —dije levantando la mano. Él se la quedó mirando y yo observé embobada cómo, tras unos segundos, desaparecía entre sus dedos largos y fuertes. El apretón fue suave por su parte, pero firme por la mía.

—¿Cuándo empezamos? —pregunté emocionada.

Sebastian dudó durante unos segundos.

—Dentro de tres días, cuando ya tengas el tatuaje más o menos curado... No quiero hacerte daño —dijo, comentario que no sonó bonito, sino más bien amenazador.

Madre mía... ¿Dónde me estaba metiendo?

El resto del día lo pasé metida en mi habitación estudiando. Tenía que curarme el tatuaje y no sabía si sería buena idea pedírselo a Sebastian. No porque fuese a decirme que no, sino más bien por lo contrario. Finalmente, y viendo que no llegaba ni de coña con mis propios brazos, fui a buscarlo.

Llamé a su puerta con dos toques suaves. Me abrió unos segundos después.

—¿Qué hay? —dije de forma amigable.

Él se apoyó contra el marco de la puerta y me observó con paciencia.

—He intentado curarme yo sola el tatuaje, pero no llego. ¿Puedes ayudarme?

Sebastian miró la crema que tenía en la mano y suspiró.

—Ven al baño —ordenó dándome la espalda.

Cruzamos el pequeño pasillo que había a su derecha y entramos en el que ahora era su cuarto de baño, donde se duchaba, se desnudaba, se afeitaba... Ver sus productos de aseo me produjo cosquillas en el estómago.

Madre mía, qué patética. ¿Qué había hecho este hombre con mis neuronas?

Al ir con la ropa de baile no hizo falta que me desnudara ni nada, simplemente me quité la chaqueta de punto que me había puesto por encima y que apenas me había rozado y me coloqué frente al espejo de espaldas a él.

Me quitó con cuidado el plástico y después, colocándose a mi lado, se lavó bien las manos, cogió su esponja y la empapó de agua y jabón neutro.

—Dime si te duele —susurró entonces.

No sé si fui yo sola la que lo sintió, pero de repente las cuatro paredes del baño se hicieron cada vez más pequeñas; el espacio pareció consumirse para dejarlo cargado con su presencia, con su olor, que inundaban cada rincón. El agua fría de la esponja me puso la piel de gallina y el tacto de sus dedos en mi piel no solo consiguió que me ruborizara de forma patética, sino que produjo una reacción instantánea en mi cuerpo. Los ojos de Sebastian se desviaron a mis pechos reflejados en el espejo. Mis pezones se marcaban vergonzosamente contra la tela del maillot. Maldije en mi fuero interno.

Hice una mueca cuando me rozó una parte en concreto.

—Lo siento —dijo tocándome con más cuidado.

Se enjuagó las manos después de lavarme la herida y mojó la esquina de una toalla para quitarme los restos de jabón.

—Pásame la crema —pidió en un tono de voz muy controlado. Demasiado controlado teniendo en cuenta que yo me estaba muriendo.

Se la di y, tras echarse un poco entre los dedos índice y medio de su mano izquierda, me untó la crema con cuidado. Ahora sí que fue su piel contra la mía lo que casi me causa un cortocircuito. No pude evitarlo; me ponía demasiado sentir su cuerpo tan cerca, sus dedos en mi piel...

El tiempo pareció detenerse y las caricias contra el tatuaje se volvieron demasiado largas en comparación a lo que se tarda en untar una crema en un tatuaje tan pequeño como el mío. O eso o yo me estaba imaginando cosas que no eran, lo cual era bastante probable.

Mis ojos buscaron los suyos en el reflejo del espejo y para mi sorpresa me devolvieron la mirada casi con la misma intensidad.

Casi me caigo de culo cuando sus dedos decidieron bajar, dejando el tatuaje rezagado hasta llegar a la parte baja de mi columna.

Cerré los ojos, conteniendo un suspiro.

—No deberías habértelo hecho —susurró cerca de mi oreja, mientras su mano izquierda me agarraba el costado con fuerza—. El tatuador tenía razón... Tienes una piel demasiado bonita como para marcarla con tinta.

—¿Tú crees? —dije mirándolo a través del espejo. Podía ver en sus ojos que un conflicto estaba teniendo lugar en su cabeza. La manera en la que sus dedos se aferraban a mi cintura, sin ir más allá, me hacía creer que, al igual que yo, quería ir más lejos... mucho más lejos.

No me contestó y el silencio se impuso durante unos segundos.

Levanté la mano y lentamente dejé caer el tirante por mi hombro. La parte superior de mi pecho quedó un poco al descubierto y supe que podían pasar dos cosas: que me desnudase, cosa que dudaba, o que me colocase de nuevo el tirante en su lugar.

—No hagas eso —dijo haciendo lo que suponía.

Sus dedos rozaron mi brazo y volvieron a colocarme el tirante donde estaba, aunque en el proceso consiguió que toda mi piel se erizara de forma evidente. Se detuvo un segundo, los ojos fijos en mi piel clara, y luego sus dedos siguieron un recorrido fugaz por mi brazo hacia abajo.

Creí que me iba a morir derretida, pero entonces se apartó.

—Deberías regresar a tu habitación.

Mis ojos se encontraron con los suyos en el espejo.

—Debería, pero no quiero —le contesté dándome la vuelta y colocándome frente a él.

—¿Me vas a obligar a sacarte a rastras?

Hice como que me lo pensaba.

—¿Eso supone que tienes que volver a ponerme las manos encima? Porque entonces adelante, tienes mi consentimiento.

Sebastian dio un paso hacia atrás; no me había dado cuenta de lo cerca que estábamos hasta que lo tuve justo enfrente de mí.

—No busques algo que sabes te quedaría demasiado grande, Marfil.

Su contestación iluminó mi mente pervertida y él lo vio en mis ojos porque, antes de que pudiese soltar mi ingeniosa ocurrencia, me pellizcó las mejillas con una de sus manos impidiéndome hablar.

—Por favor, mantente calladita —me dijo, pero al decirlo sus ojos se fijaron con intensidad en mis labios en forma de pato.

—Me lu hus pustu a huev... —empecé a decir, pero se inclinó hasta que sus labios estuvieron en mi oreja.

—No va a pasar, elefante. Nunca pondría en peligro este trabajo, por muy deslumbrante que seas.

¿Cómo acababa de llamarme?

—¿Me has llamado elefante? —pregunté con incredulidad.

—¿No te han puesto tu nombre por esos bonitos animales? —me dijo riéndose de mí.

—Pues no, listillo. Me lo pusieron porque mi piel era del mismo color que...

—Seguro que fue por lo pesada que eres —me interrumpió sin inmutarse.

Se alejó hasta abrir la puerta e indicarme que me largara.

—Acabas de decir que soy deslumbrante, ahora me llamas pesada... Ayer decías que era insoportable...

—Lo eres.

—Y una caprichosa —agregué acercándome a la puerta.

—Eso es innegable.

Me detuve delante de él.

—Puedes decir lo que quieras..., pero te mueres por besarme.

Sebastian apretó los labios sin quitarme los ojos de encima y, cuanto más me miraba, más lo miraba yo... El silencio se adueñó de la habitación a la vez que la atracción innegable que había entre ambos se hacía más y más grande. Me quedé muy quieta cuando se inclinó despacio hasta solo quedar a unos centímetros de mi boca.

Contuve el aliento y cerré los ojos...

—Tienes que irte —dijo finalmente, alejándose un paso hacia atrás. Abrí los ojos y lo miré con incredulidad.

—¿Qué? —contesté—. No.

Sebastian se agarró el puente de la nariz y respiró con profundidad.

—Haz el favor...

—Quiero mi beso —dije cruzándome de brazos.

Sebastian se quitó la mano de la cara y me miró con incredulidad.

—Marfil...

—No me vengas con Marfil. Me ibas a besar y ahora quiero que lo hagas.

Sebastian parecía debatir consigo mismo entre matarme, besarme o echarme él mismo del cuarto de baño.

—No puedes decirme lo que tengo que hacer.

—Y tú no puedes empezar algo y dejarlo a medias —dije dando otro paso hacia él.

—Puedes acercarte todo lo que quieras, pero para besarme tienes que llegar aquí arriba —dijo sin inmutarse.

Tenía razón... Pero sus labios no eran lo único que podía besar.

Sin quitarle los ojos de encima, besé lo que tenía a mi altura si me ponía de puntillas: su clavícula.

Noté cómo su respiración se detenía por un efímero segundo. Yo respiré su aroma a limpio.

Los dedos de su mano izquierda me agarraron por la nuca y tiraron hacia atrás. Agachó la cabeza para quedar a mi misma altura y susurró:

—Estás acostumbrada a que nadie te diga que no. Y yo soy una persona con demasiado autocontrol como para que...

Antes de que siguiera con su perorata me adelanté sin dudarlo y estampé mi boca contra la suya.

Ay... Qué placer tan exquisito.

Sebastian titubeó. Al principio lo había pillado por sorpresa, pero después me devolvió el beso con un gruñido ronco que le salió del fondo de su garganta.

¿Quién acababa de salirse con la suya?

Yo.

Fue como si pudiese oír mis pensamientos.

—¡Joder, Marfil! —exclamó separándose de mí y pasándose automáticamente la mano por la boca y por la cara. Me miró furioso—. ¡No puedo hacer esto!

—¿Por qué no? —pregunté—. ¿Acaso hay alguien aquí que vaya a impedírtelo?

—No puedo hacerlo —dijo marcando cada sílaba.

Yo levanté la mano y de un tirón me quité el coletero que me sujetaba el pelo en una cola alta.

Y así me quedé, quieta, mirándolo a los ojos. El tiempo pareció congelarse. Nos quedamos callados batallando una guerra de miradas que nadie sabía quién iba a terminar ganado. Hasta que finalmente tomó una decisión.

Un segundo nos estábamos mirando y al siguiente tenía su boca sobre la mía, decidida esta vez. Fue como si quisiese hacerme pagar por haberle hecho perder el control.

Mi espalda dio contra la pared que había justo detrás y sus manos me sujetaron por la cintura como si fuese el ancla que lo mantenía sobre la tierra.

Sentir su sabor... su perfume, su lengua reclamándome como nunca pensé que haría... Mis manos se elevaron hasta enredarse en su pelo y me estremecí cuando sus manos subieron por mis costados hasta abarcar con sus palmas casi toda mi espalda.

—Dime que pare —me pidió entonces sobre mis labios húmedos.

—No pares, por favor —dije sin poder evitar sacarlo de quicio.

Una maldición salió de sus labios y volvimos a fundirnos en un beso apasionado que nos dejó a ambos sin respiración. Su boca pasó a besarme el cuello, a rozar con el filo de sus dientes mi garganta, para a continuación lamerme despacio y volverme completamente loca.

Me levantó y me sentó en el lavabo.

Suspiré sin poder evitarlo y arrugué la tela de su camiseta con mi mano para atraerlo hacia mí, deseando sentir todo de él. Introduje mi lengua en su boca y pronto él hizo lo mismo, devorándome con fiereza.

¿De verdad nos estábamos comiendo a besos?

Tiré de él con fuerza, queriendo que aquel momento durase toda la vida. Por primera vez en años me sentía viva; por primera vez sentía algo cuando un hombre me tocaba, cuando un hombre me besaba. Lo sentí duro contra mí y no pude evitar rozarme contra él, experimentando lo imposible, queriendo más, mucho más.

Pero en cuanto un suspiro entrecortado de placer se me escapó de entre los labios, Sebastian cortó el beso de forma brusca. Se apartó de mí con la respiración acelerada y me devolvió la mirada furioso, dándose cuenta de lo que acababa de pasar, como si no pudiese creer lo que acabábamos de hacer.

—Me cojo mis tres horas —dijo lanzándome una última mirada y saliendo del baño.

Me quedé allí quieta; el corazón me latía a un ritmo imparable.

Me sobresalté cuando la puerta de la entrada se cerró de un portazo.

13

SEBASTIAN

Maldije a todo y a todos, sobre todo a mí mismo. Pisé el acelerador con fuerza y, cuando quise darme cuenta, casi estaba saliendo de la ciudad. Me detuve junto al arcén y saqué el teléfono móvil para poder vigilarla a través de las cámaras. Marfil estaba sentada en el sofá, con Liam a su lado. Charlaban.

¿Por qué cojones me importaba?

Había caído como un idiota, había cedido porque era un puñetero gilipollas que no había podido controlarme al tenerla delante, medio desnuda y notando cómo su cuerpo reaccionaba a mis simples caricias, como ninguna mujer con la que había estado había reaccionado jamás. Era una puñetera ninfa, con esos ojos tan claros y ese pelo tan oscuro, con ese cuerpo de infarto... Maldije en voz alta y le pegué un golpe al volante, haciendo que el claxon sonara sin querer y me sobresaltara.

Tenía que dejar el trabajo. Si Cortés se enteraba de lo que había pasado me mataría... Si se enteraba de mi error, todo se iría a la mierda.

¿Cómo había podido ser tan gilipollas?

Abrí la guantera del coche y vi que la Glock de 19 milímetros de cuarta generación seguía allí, donde la había dejado por seguridad.

Mi deber era protegerla, por ahora eso era lo que tenía que hacer. Con lo demás ya me las arreglaría con el tiempo. Eso sí..., nunca más pondría un dedo sobre el cuerpo de Marfil Cortés.

No tropezaría dos veces con la misma piedra.

14

MARFIL

Se me olvidó que Liam venía aquella noche a casa. Por suerte, cuando llamó a la puerta yo estaba más calmada, había recuperado la compostura y me sentía capaz de hacer como si nada... o, bueno, al menos intentarlo.

No me preguntéis por qué, pero no le conté lo que había ocurrido en el cuarto de baño con mi guardaespaldas. No porque temiese su reacción o esperase una reprimenda por su parte, sino porque era algo que quería atesorar para mí.

Me daba miedo lo mucho que había sentido con tan poco. El simple roce de su pierna en el centro de mi cuerpo me había causado más placer que cualquier intento de mi exnovio o de cualquier chico con el que había estado, y eso que habíamos hecho mucho más que lo que había ocurrido con Sebastian esa noche.

En mi vida había sido capaz de llegar al orgasmo, de ahí mi obsesión con dejar que los chicos me tocaran... Supe con seguridad que Sebastian, si es que existía la posibilidad de llegar a él, sería el único que podría regalarme esa clase de placer.

Nunca había tenido ningún orgasmo, ni siquiera con Liam, y mira que lo intentó con ganas. Había llegado a pensar que no era capaz; a muchas mujeres les pasa, no todas somos capaces de disfrutar de aquello que se habla en libros, canciones y poemas. Yo había terminado por aceptarlo, otra de las razones por las que no había querido llegar hasta el final.

¿Por qué dejar que otro disfrutara con mi cuerpo si yo no iba a ser capaz de hacerlo? ¿Sonaba egoísta? Puede que sí, pero era lo que sentía cuando lo decidí.

Aunque besar a Sebastian había sido como unir todas mis experiencias en una sola, ¿un beso podía ser tan intenso? ¿Eso era normal? ¿Era común la atracción que sentía por él? ¿Sebastian sentía lo mismo por mí?

Liam se quedó a ver una película y pedimos comida china. Me estuvo contando sus planes para las vacaciones de primavera y también que tenía una nueva oferta de trabajo en Wall Street. Él estaba nervioso, pero yo estaba segura de que lo contratarían, aunque me dijo que no pensaba dejar su trabajo de *promoter* —su trabajo de noche, para que me entendáis—. No era por el dinero, sino más bien porque le gustaba ser el rey de las discotecas, amaba estar siempre rodeado de chicas y no iba a renunciar a un puesto que le había dado tantas alegrías. Y con alegrías me refiero a mujeres en su cama.

A medida que pasaba el tiempo, me iba poniendo más y más nerviosa. Las tres horas de Sebastian ya habían concluido y aún no había aparecido por casa. Finalmente Liam tuvo que marcharse, aunque prometió que nos veríamos el miércoles o el viernes de la semana siguiente.

Cuando se fue, me sentí muy sola, incluso me dio un poco de miedo notar la casa tan vacía.

¿Qué pensaría Sebastian de mí? ¿Aquel beso habría significado para él lo mismo que para mí?

Seguramente no.

Finalmente decidí irme a la cama. Tuve que volver a curarme el tatuaje, aunque seguramente lo hice mal porque no llegaba bien. Mis manos no eran como las suyas.

Me metí en la cama recordando cada momento que habíamos pasado en el cuarto de baño y esperé para escuchar si llegaba.

Finalmente debí de quedarme dormida.

Cuando abrí los ojos el lunes, sentí un revuelo de mariposas en el estómago. Nunca me había puesto nerviosa con la perspectiva de ver a un chico, pero con Sebastian tenía hasta ganas de vomitar.

Me di una ducha, intenté lavarme de nuevo el tatuaje y ponerme la crema después, y me pasé por la cabeza un vestido primaveral ya que empezaba a hacer calor, con mis botas preferidas y un abrigo de punto por encima. Respiré hondo antes de salir al salón. ¿Estaría en la cocina como siempre? ¿Con su taza de café en una mano y el periódico a su lado sobre la mesa?

No podía ser tan cobarde. «Venga, Marfil, compórtate como haces con todos, muéstrate segura.»

Salí de mi habitación y me encaminé hacia la cocina. Ahí estaba, pero esta vez no de espaldas, sino más bien como aguardando a que llegara. Estaba guapísimo, tanto que se me secó la boca. De repente me sentí como cuando mi padre me llamaba a su despacho para echarme la bronca por algo.

Recordé cómo era sentirlo contra mí y no pude evitar ruborizarme como una niña.

—Buenos días —dije con la boca pequeña.

«Basta, Marfil. Tú no eres así.»

No contestó, me dio la espalda y se puso a hacer algo.

Yo cogí mi taza y la miel. Calenté la leche y luego la revolví mientras me sentaba donde siempre y especulando con qué decir, si esperar a que él hablara o hacerlo yo.

—No volverá a repetirse, Marfil —dijo, con la mirada en la ventana, dándome la espalda y rompiendo el silencio como un cuchillo.

Aquello no era lo que yo esperaba. Por la noche había imaginado diferentes frases saliendo de su boca, que había estado tan cerca de la mía: «Ha estado mal», «No deberíamos haberlo hecho», «Tu padre va a matarme», «Puedo perder el trabajo...». Nunca imaginé un «no volverá a repetirse, Marfil».

¿Cómo podía decir eso? ¿No había sentido lo mismo que yo? ¿No se moría por repetir, por comerme a besos, por tocarme por todas partes? ¿No pensaba como yo?

—Me gustaría que me miraras a la cara cuando me hablas —dije colocando la taza sobre la encimera.

Se giró y lo que vi en su semblante me dejó de piedra. Parecía un puñetero autómata, frío y distante a más no poder. No vi nada en aquellos ojos, no vi nada que no fuese hielo por todas partes.

—Fue un error. Me dejé llevar por la situación.

—¿Qué situación?

Temí su respuesta más que nada en el mundo.

—Sabes perfectamente el efecto que generas en los hombres. Yo no soy de piedra y tú eres demasiado atractiva para tu propio bien. Me dejé seducir, fui un capullo y lo siento. Pero no voy a hacer que mi trabajo peligre por ti.

Guau. Eso sí que me dolió.

—O sea, que fue mi culpa que hicieras lo que hiciste porque yo te seduje con mi cuerpo demasiado atractivo para mi propio bien.

Sebastian se mantuvo impasible ante mi tono ácido.

—¿Sabes? Por un segundo pensé que tal vez habías visto en mí algo más que simplemente mi maldito atractivo físico, que tan locos os vuelve a todos. Por un segundo esperé escuchar de tu boca algo más que la mierda que acabas de soltar, pero supongo que los tíos sois todos así, pensáis con el pene y ya está.

—¿Qué pretendes que te diga? ¿Que estoy enamorado de ti como en los libros esos que lees? No seas niña.

Me puse de pie, sin poderme creer lo que acababa de decir. ¿Cómo demonios sabía qué puñeteros libros leía y qué tenía eso que ver con nada? ¿Me había llamado niña?

—Ahora mismo cogería esta taza y te la tiraría por la cabeza, leche y miel incluidas. Pero, como no quiero darte más motivos para que me llames niña, simplemente te diré que eres un gilipollas sin sentimientos y que, aunque lo que ocurrió anoche estuvo muy bien, tengo una larga lista de tíos con los que pasar mis ratos libres, tíos que seguro que no saldrán corriendo asustados como hiciste tú anoche.

No esperé a que me respondiera. Cogí el bolso y las llaves, y me encaminé hacia la puerta. Sebastian fue detrás de mí. Cuando arrancó el coche me coloqué detrás. No quería que viese lo mucho que me habían afectado sus palabras, no quería que viese cómo una lágrima traicionera caía por mi mejilla. Me sentía humillada, esa era la palabra. Me acababa de hacer sentir como un maldito objeto, pero lo peor era comprobar que, como me había pasado con todos, Sebastian no veía en mí mucho más que el envoltorio.

Pasé los siguientes dos días sin dirigirle apenas la palabra. No quería ni verlo. Aunque seguía dolida por lo que me había dicho y seguía sintiendo de todo al posar mis ojos en él cuando lo sentía acercarse demasiado o cuando simplemente me lo encontraba en mi casa cada vez que decidía salir de mi maldita habitación.

El miércoles por la mañana, en cambio, tuve que hablar con él un poco más de lo que había estado haciendo hasta entonces. Había pasado una noche terrible, me encontraba fatal y estaba muerta de frío. Supongo que al ver que no salía de mi habitación para desayunar e irnos a la facultad, se preocupó.

Empezó llamando a mi puerta, cosa que ignoré girando la cara hacia el otro lado y cubriéndome aún más con el edredón de plumas.

—¿Marfil?

«Sí, ese es mi nombre, capullo.»

—¿Vas a ir a la universidad?

—No —intenté gritar, aunque la voz me salió como un gruñido.

Supongo que me escuchó porque ya no volvió a molestarme. Bueno, hasta pasadas las siete, cuando volvió a hacerlo y, al ver que no recibía respuesta, entró sin esperar invitación.

—Lárgate, no te he dicho que pudieses entrar.

—Llevas casi veinticuatro horas aquí metida, no has desayunado ni comido. ¿Qué te pasa?

—Nada —gruñí bajo las mantas.

Supe que estaba acercándose porque escuché el ruido que hacían sus zapatos contra el parqué.

Tiró del edredón con suavidad, pero aun así no pude evitar quejarme de dolor. Su mano me rozó el brazo.

—Estás ardiendo.

No quise ni moverme, lo que quería es que me dejase en paz. Solo estaba resfriada, no iba a morirme. Que no viniese ahora a hacerse el preocupado.

—Incorpórate —me pidió, casi lo ordenó.

—Lárgate, Sebastian. Nadie te ha dicho que tienes que cuidarme como si fueses mi madre.

No me hizo caso. Me pilló por sorpresa cuando me bajó el cuello de la camiseta aprovechando que estaba boca abajo.

—Mierda, Marfil, se te ha infectado.

—¿Qué? —gruñí de forma débil.

—El tatuaje, joder.

—Pero ¿qué dices? —protesté indignada apartándolo con un movimiento débil—. Me lo he curado tres veces al día como me dijeron.

—Pues no lo has hecho muy bien. Voy a llamar a un médico.

—Ni se te ocurra, maldita sea. Déjame en paz.

Se marchó y yo intenté seguir durmiendo. Lo odié cuando oí que llamaban al timbre y poco después entraba alguien en mi habitación. Sebastian tuvo la decencia de encender solo la lamparita de mi mesilla.

Me encontraba fatal...

—Buenas noches, señorita Cortés. Soy el doctor Rockwood.

Tuve que levantarme con todo el esfuerzo de mi alma. Me senté en la cama y allí estaban los dos: el médico, un hombre de no más de cincuenta años, y detrás de él —con una cara de preocupación nunca vista hasta entonces— Sebastian, que no apartaba los ojos de mi cara.

—Me ha dicho su amigo que se ha hecho un tatuaje y que cree que se le ha infectado.

—No es mi amigo —fue mi única respuesta.

El médico ignoró mi respuesta mientras rebuscaba en su maletín. Me dio un termómetro y me indicó que me lo colocara debajo del brazo.

—Mientras esperamos, gírese para que pueda examinarle el tatuaje.

Hice lo que me pedía y me levantó la camiseta. Los dos soltaron una exclamación que me puso los pelos de punta.

Entonces el termómetro empezó a sonar. Al quitármelo y ver que tenía cuarenta de fiebre, yo también me preocupé.

—La fiebre es muy alta.

—¿Tengo una infección?

—Una infección de caballo, señorita Cortés. Tiene que empezar a tomar antibióticos de inmediato. Debería ir al hospital, con el cuadro que tiene seguramente la ingresen al menos un día hasta que pase la fiebre.

—¿Qué? De eso nada.

—Marfil, joder. Haz lo que te dice.

—No quiero que me ingresen. Si me ingresan, mi padre lo sabrá y también sabrá lo del tatuaje. ¿Quieres que me mate? No, tiene que haber otra solución.

El médico frunció el ceño, aceptando que no me iba a hacer cambiar de opinión.

—Usted llene la bañera con agua templada tirando a fría —le dijo a Sebastian—. ¿Quiere quedarse aquí? Muy bien, pero le aseguro que le espera una noche bastante agotadora. Y a usted también, joven.

Sebastian estaba furioso, lo veía en sus ojos y en su forma de apretar la mandíbula, pero hizo lo que el médico le pidió.

—Que la señorita tome esto cada cuatro horas y póngale esta crema sobre la herida. Vendré a verla mañana. Si ve que no le baja la fiebre, llévela a urgencias. —Sebastian asintió y cogió la receta del médico.

Cuando este se marchó, me envolví otra vez con el edredón. Estaba congelada, tanto que me temblaban los dientes.

Sebastian apareció a la media hora con los medicamentos y la crema.

—Tienes que meterte en la bañera, Marfil.

—Ni de coña. Ese médico está loco. Estoy helada, no hace falta helarme más.

—Si no te baja la fiebre, vas a tener que ir a urgencias. Y escúchame bien, ese médico es un blando, yo ya te hubiese llevado de los pelos. Así que haz lo que te ha dicho si no quieres que me cabree más de lo que ya estoy.

—Olvídame —dije enterrando la cara en la almohada y cubriéndome la cabeza con el edredón.

Antes de que me diera tiempo a reaccionar ya me llevaba en volandas hasta la bañera.

No tenía fuerzas para resistirme, así que solo pude soltar improperios hasta que llegó al baño y me sentó sobre la tapa del váter.

Miré el agua de la bañera y, cuando estiré el brazo para tocarla, se me puso toda la piel de gallina.

—Si me meto ahí voy a morir de una hipotermia.

—Si no te metes ahí te voy a meter yo a la fuerza.

Apreté los labios y tirité violentamente.

—Debería haberte curado la herida. Sabía que tú no podías hacerlo sola...

—Podía. El problema no ha sido curarlo, el problema ha sido el capullo de ese tatuador que vete tú a saber con qué aguja me tatuó.

Sebastian ignoró mi comentario y me colocó la mano en la frente.

—Estás ardiendo... Por favor, métete en la bañera.

—Pero no te vayas.

No sé de dónde salió ese último comentario, supongo que estaba teniendo alucinaciones por la fiebre o algo, pero le pedí que se quedara... y se quedó.

Me metí en ropa interior y os juro que fue la sensación más horripilante de mi vida. No solo porque fue como si metieran un pollo asado en medio del agua de la Antártida, sino porque además el tatuaje me ardía horrores.

Tirité como una condenada, sentada en la bañera hecha una bola, abrazándome las rodillas con los brazos y maldiciendo a todos y a todo, sobre todo a los inventores de los tatuajes.

—Te odio —dije una y mil veces, con los dientes castañeándome a más no poder.

—Lo sé.

Después de veinte minutos me revelé y me puse de pie. El pelo me chorreaba y yo también chorreaba, tiritando como una hoja.

Sebastian se colocó frente a mí y sus ojos no pudieron evitar recorrer mi cuerpo empapado. Solo me bastó una mirada para darme cuenta de que con la ropa interior mojada no quedaba mucho a la imaginación.

—¿Quieres hacer una foto mientras yo me petrifico?

Sebastian ignoró mi comentario y me envolvió con una toalla blanca. Me sacó de la bañera y me secó mientras yo seguía tiritando violentamente.

Me miré en el espejo y constaté que mi aspecto era lamentable. Estaba roja por la fiebre y el pelo me caía en cascada mojando el suelo a nuestros pies.

—Te dejo para que te pongas el pijama.

Cuando fui a ponérmelo maldije otra vez entre dientes.

—¡¿Ya te he dicho que te odio?! —grité.

No me contestó y yo me cambié la ropa interior y me pasé el camisón de verano por la cabeza. ¡Quería un maldito pijama de pelito, con calcetines gorditos y una bufanda!

Me sequé el pelo con la toalla y me lo cepillé en medio minuto. Cuando salí pasé por su lado sin mirarlo, me metí en la cama temblando y me cubrí con el edredón hasta las orejas.

—Ni se te ocurra quitarme las mantas. Si lo haces juro que te muerdo.

Sebastian suspiró y vino con el termómetro otra vez.

—Póntelo.

Lo hice y al rato, cuando empezó a sonar, se lo tendí.

—¿Qué tal? —dije, esperanzada. Si había pasado por esa tortura para nada, os juro que me habría tirado por el balcón; seguro que era menos doloroso que aquello.

—Treinta y ocho y medio —dijo con el ceño fruncido.

Yo sonreí.

—Ha funcionado.

—Sigue siendo fiebre alta.

—No me fastidies. Ha bajado, ahora déjame dormir.

—Antes tómate esto.

Me dio el antibiótico y salió de mi habitación.

Me dormí casi al instante o eso me pareció. Estaba agotada, tanto como si hubiese corrido por una tormenta de nieve descalza, me hubiese caído por un acantilado y después hubiera caminado ocho horas seguidas por el desierto. Así me sentía.

Abrí los ojos no sé cuánto tiempo después, vi una figura que se acercaba hasta mi cama... Llevaba una bandeja. Me asusté, fue como vivir un *déjà vu*.

—¡No me toques! ¡Suéltame! ¡Socorro! —chillé desesperada.

—¡Eh! ¡Eh! Marfil, soy yo... soy yo: Sebastian.

Dejé de gritar y miré hacia ambos lados. Estaba en mi habitación... Ni rastro de aquel sótano...

Miré a Sebastian con miedo y me soltó casi de inmediato.

—Soy yo —dijo en un susurro muy bajito, casi inaudible.

Asentí poco a poco. Luego tragué saliva y me recosté de lado en la cama, mis ojos fijos en él.

Había sido como juntar dos escenas en una.

¿Acababa de recordar algo del secuestro?

—Te he traído una sopa de tomate y también tienes que beber agua, llevas horas sin ingerir ningún tipo de líquido.

Volvió a colocar su mano sobre mi frente y cerré los ojos ante su tacto. Me dolía la cabeza horrores.

Me senté teniendo cuidado de que la espalda no rozara mucho el cabecero de la cama y me bebí la sopa a traguitos muy pequeños.

—¿Cómo te encuentras?

No contesté, estaba como en trance o algo parecido. De repente me sentía en peligro; temía por mi vida y no por la fiebre ni la infección, sino por tenerlo a él en mi habitación.

—¿Por qué me miras como si fuese a hacerte daño?

Bajé la mirada hacia la sopa. Estaba riquísima y calentita, lo que me ayudó a entrar en calor después del baño, o a lo mejor era que la fiebre por fin empezaba a bajar después de tomarme el antibiótico.

—He tenido una pesadilla, solo es eso.

Sebastian asintió, preocupado. Cuando terminé con la sopa, cogió el cuenco y lo dejó en la mesilla.

—Ahora te pondré la crema antibiótica y podrás dormir.

Cuando me rozó con la crema en la espalda, volví a sentir escalofríos, y no de frío. No había olvidado sus palabras de días atrás, así que agradecí cuando terminó, apagó la luz y se marchó.

La noche fue larga y dura. La fiebre no tardó en volver a subirme y Sebastian tuvo que pasarse la noche colocándome compresas mojadas en agua helada en la frente, asegurándose de que no me subía a más de cuarenta. Yo me encontraba débil y muy mal. En un momento dado le pedí por favor que se metiera en la cama conmigo. Lo hizo, aunque encima de mis sábanas. Supongo que así era más fácil ponerme paños en la cabeza, aunque mi petición salió más bien de mis delirios causados por la fiebre que por otra cosa.

Me acarició el pelo durante horas, o a lo mejor también eso fue efecto de las alucinaciones. Finalmente conseguí dormirme y él también.

Cuando abrí los ojos horas después, con la luz de un nuevo día entrando por la ventana, vi que no estaba conmigo en la cama; al levantar la vista vi que me observaba desde el sofá de la esquina. Me senté sobre la cama y lo miré.

—¿Cómo te sientes? —me preguntó, incorporándose también.

Estaba tan guapo que no os lo podéis ni imaginar. Seguramente yo estaba hecha un desastre, pero a él incluso las ojeras le quedaban bien. Quise apartarle el pelo despeinado de la cara, quise besarlo por todas partes por quedarse aquella noche conmigo y cuidarme como lo había hecho, pero no pude hacer ni una cosa ni la otra.

—Bien, mucho mejor —contesté escueta.

Sebastian se levantó de la cama y me miró. Antes de que pudiera abrir la boca decidí hacerlo yo.

—Le diré a Liam que venga a cuidarme a partir de ahora. Tú puedes tomarte tus horas libres, o hacer lo que quieras. Está claro que no me moveré de aquí durante los próximos días.

Sebastian apretó los labios con fuerza, pero no dijo nada más.

Después de eso mi cuidador fue sustituido por otro y ni de lejos sentí lo mismo que con el primero.

15

MARFIL

Liam vino de inmediato en cuanto lo llamé. Cuando entró en mi habitación silbó como un idiota al verme tendida en la cama, helada y con el cuerpo cortado.

—Nunca creí que diría esto y menos a ti, pero estás horrible.

Me tapé la cabeza con las mantas.

—Te he llamado para que me hagas sentir mejor, no peor, idiota.

Me moví cuando sentí que se sentaba a mi lado.

—Lo sé, estaba bromeando. Estás adorable con las mejillas rojas por la fiebre, los labios hinchados y el pelo con ese peinado a lo nido de pájaros.

Le pegué con la almohada, aunque tan débil que ni lo intenté de nuevo.

—¿Qué ha pasado? ¿En serio un tatuaje puede ponerte en este estado? Te lo dije, no se le pone una pegatina a un puto Ferrari. Has intentado ir contra la naturaleza y ahora te ha pagado de vuelta.

—Cállate.

—¿Puedes decirme al menos qué es lo que te has hecho? Porque si te has tatuado «Amo a Liam» todo tendría mucho más sentido.

Puse los ojos en blanco, me incorporé, le di la espalda y me levanté la camiseta.

—Qué mona... Aunque parece una bailarina con psoriasis.

—¿Tan horrible está?

—Bastante.

Me tapé la cara con la almohada. Era el karma, estaba segura.

—Oye —dijo quitándome la almohada de la cabeza—, tu guardián está allí en el salón con cara de preocupación extrema. Siempre me ha parecido que va por la vida como si le hubiesen metido un palo por el culo, pero esta vez me da que la que se lo ha metido eres tú. ¿Ha pasado algo entre vosotros?

—Qué va —dije haciéndome la tonta—. No nos llevamos muy bien, eso es todo.

Vi que Liam iba a abrir la boca, pero entonces escuchamos que llamaban al timbre de casa. Unos segundos después llamaban a mi puerta.

—Adelante.

Era el médico, acompañado de Sebastian.

Al contrario de lo que le había pedido, en vez de marcharse a hacer sus cosas, se apoyó contra la puerta y se quedó observándome durante todo el rato que el médico estuvo revisándome.

—Sigues con fiebre, pero al menos está controlada. Continúa bebiendo mucho líquido, tomando el antibiótico y poniéndote la crema. Lo más probable es que por la noche te suba la fiebre. Si es así —dijo, ahora mirando a Sebastian—, vuelva a hacer lo que le dije: póngale compresas frías en la frente y procure que no le suba a más de treinta y nueve.

Sentí la mirada de Liam en Sebastian sin ni siquiera girarme para verlo. Me despedí del doctor y volví a tumbarme.

—¿Tú te has pasado toda la noche poniéndole compresas frías a Marfil?

Sebastian hizo como si no estuviera y en vez de eso clavó los ojos en los míos.

—Te prepararé algo para cenar.

Dicho esto, cerró la puerta y se marchó. Joder.

Liam me miró con cara de circunstancias.

—Dime que no os habéis liado, Marfil.

Su tono serio me puso un poco en tensión, pero negué con la cabeza.

—No nos hemos liado. Discutimos por una tontería y ahora estamos un poco más fríos de lo normal.

—¿Y él se ha ocupado de ti? ¿Acaso hacer de enfermera es ahora su trabajo?

—¿Qué querías que hiciera? ¿Que me dejara aquí tirada mientras ardía de fiebre? Él solo se ocupó de que no me faltara nada...

—Ya...

No quería hablar de él, así que, en vez de eso, cogimos mi portátil y pusimos una peli de Netflix. Al rato entró Sebastian con una sopa para mí y un poco de pan con mantequilla. No se me escapó el detalle de que a Liam podían darle por saco.

Colocó la bandeja encima de la mesilla de noche y se detuvo un instante a mi lado.

—Cómete esto.

Asentí de mala gana.

Sebastian lanzó una mirada glaciar a Liam y después se marchó.

—¿Por qué de repente he sentido que sobraba?

—Porque estás paranoico.

Cogí la bandeja y me incorporé para cenar. La sopa era de calabacín con puerros y zanahoria; estaba buenísima. Hacía mil años que no cenaba cosas caseras y me dio coraje saber que era él quien la había cocinado. Se había portado muy bien conmigo, sí, pero no podía borrarme de la cabeza lo que me había dicho después de liarnos.

Seguimos viendo la peli mientras yo me bebía toda la sopa y me comía la tostada. Liam se fue a la cocina y se preparó un sándwich. Cuando la peli terminó, yo ya llevaba un rato largo dormida y bien acurrucada bajo mi edredón. No sé si Liam se encargó de ponerme paños fríos en la cabeza porque no me acuerdo de nada.

Estuve dos días más en cama y poco a poco empecé a sentirme mucho mejor. Le dije a Liam que no hacía falta que viniese a todas horas a cuidar de mí y Tami vino en su lugar al día siguiente. Tampoco le conté lo ocurrido con Sebastian, pero al menos pudimos charlar sobre las vacaciones de primavera y la posibilidad de que viniera a verme a Baton Rouge.

—Me encantaría. Ya veremos si mis padres me dejan. ¿Irá Liam? —preguntó con retintín.

—No creo. Lo he invitado, pero tiene otros planes.

Si le decepcionó mi respuesta, no me di cuenta por aquel entonces. Cambiamos de tema y le pregunté qué tal iban las clases de ballet.

—Bueno, todas te echan de menos. Una tal Lily no deja de preguntarme por ti. No se pusieron nada contentas cuando les dije que solo iban a tener dos clases al mes, pero van bien, supongo.

—¿Has tomado todas las precauciones que te dije? No me gustaría ser la responsable de que te pasase algo...

Tami se encogió de hombros.

—Cuando termina la clase, salgo pitando hacia el metro, y los días cada vez son más largos, por lo que no salgo de noche... Lo cierto es que me gusta darles clase. Ahora entiendo por qué te merece la pena correr tantos riesgos. Las niñas son estupendas.

Sonreí echándolas de menos y deseando volver a impartir las clases yo misma. Cuando Tami se fue, me metí en la ducha y me cambié de ropa. Necesitaba moverme, hacer algo. Me puse mi ropa de baile y salí de mi habitación después de cuatro largos días. Mi hermana llamó justo entonces y charlamos durante los quince minutos que le permitían en el colegio. Nos despedimos al rato. La echaba mucho de menos y contaba los días para tenerla otra vez conmigo. Cuando dejé el teléfono sobre la encimera, me dirigí hacia el ala de Sebastian; no porque quisiera verlo, sino porque quería ir a mi estudio.

Llamé como siempre hacía y vino a abrirme. Me observó de arriba abajo: llevaba unos pantalones anchos encima de un maillot rosa.

—¿Qué piensas hacer?

—¿No es obvio? —contesté. En aquel instante lo último que quería era enfrentarme a Sebastian, seguía enfadada con él por no querer darme lo que quería y más enfadada estaba conmigo misma por no poder hacer nada para quitármelo de la cabeza.

—Aún no estás curada, Marfil, y estás tomando antibióticos; no deberías hacer ejercicio...

—El deporte es bueno para la salud —dije haciendo amago de pasar a su lado. Me bloqueó el paso estirando su brazo delante de mí y apoyándolo contra el marco de la puerta.

—Espera unos días, ahora deberías estar en la cama.

—¿Sabes una cosa, Sebastian? Para alguien que no quiere perder su trabajo, te estás implicando demasiado en esto. Te pagan para evitar que me maten, no para protegerme de mí misma. Voy a bailar, así que déjame en paz.

Me colé por el hueco que había debajo de su brazo y crucé la sala. Cuando entré en mi estudio cerré la puerta y agradecí estar sola en mi lugar sagrado.

Le di al Play y me coloqué junto a la barra.

Empecé por simples *pliés* y terminé haciendo estiramientos con la pierna encima de la barra y mi tronco en posición perpendicular a mi pierna. Todos mis huesos crujieron recordándome lo dura que estaba.

La herida de la espalda me tiró y temí que las costras se me hubiesen abierto. Intenté mirarme en el espejo, pero apenas pude vislumbrar nada, por lo que seguí estirando hasta que me puse a bailar.

Lo necesitaba, necesitaba hacer aquello por lo que me había tatuado la piel de por vida y por lo que seguía padeciendo un infierno, de forma literal.

En una de mis *piruettes*, noté que me mareaba, pero seguí a pesar de que sabía que debía detenerme. Cuando iba por la sexta, el suelo se giró en una posición extraña y me caí, golpeándome el costado con el suelo de madera.

Mierda.

Un segundo después, Sebastian entró por la puerta.

—Te dije que no bailaras.

Vino hasta mí, me levantó del suelo sin que me diera tiempo a detenerlo y salió de la habitación conmigo en brazos.

—Estoy bien, maldita sea.

Cuando me dejó sobre el sofá, me di cuenta de que lo hacía de malas maneras.

—Métete en la cama, por favor.

—Métete en tus asuntos, por favor.

Sebastian suspiró y se me quedó observando.

—Si tanto te gusta bailar, ¿por qué lo haces aquí escondida?

Su pregunta me pilló desprevenida, sobre todo porque nunca hasta entonces había mostrado ningún interés por saber algo sobre mí.

—Mi padre y mi tío me lo prohibieron cuando cumplí los quince. Dejé de entrenar de forma profesional y perdí casi toda la técnica.

—No pareces haber perdido nada...

Fruncí el ceño. Él no me había visto bailar...

—El día que enseñabas a esas niñas... No parecías hacerlo nada mal.

Me incliné hacia delante y empecé a desabrocharme las puntas con cuidado y rapidez.

—Eso que viste era una clase para niñas de doce años... No es muy complicado.

—Ya...

Asentí dejando las puntas sobre el sofá e incorporándome otra vez. Lo observé como quien mira un caramelo prohibido. Lo era en muchos sentidos y lo que me había hecho sentir en ese cuarto de baño aún me acompañaba por las noches.

Como si se hiciese eco de mis pensamientos, sus ojos no pudieron evitar hacerme un repaso. Yo hice lo mismo; con esos músculos que tenía apenas había tenido que esforzarse para llevarme en volandas hasta allí.

—¿Sabes? Serías una buena pareja de baile —solté prácticamente sin pensar.

Sebastian levantó las cejas con incredulidad.

—La fiebre te está haciendo alucinar —dijo estirando el brazo y colocando su palma en mi frente. De verdad parecía mirarme como si estuviese delirando.

—Lo digo en serio —respondí apartándole la mano e intentando ignorar las mariposas de mi estómago.

—Supongo que es algo que nunca sabremos —dijo mirándome sin desvelar nada.

¿Cómo lo hacía? Yo estaba segura de que era un libro abierto. ¿Él sentía lo mismo que yo? ¿Sentía esa atracción que se adueñaba de mi cuerpo sin yo poder hacer nada para remediarlo?

Cuando creí que ambos terminaríamos consumiéndonos por la tensión que se acababa de generar allí en esa pequeña habitación, el timbre sonó y nos sobresaltó a ambos.

Sebastian se apartó de mí y fue hacia la entrada.

Yo lo seguí.

—¿Esperas a alguien?

Negué con la cabeza y me molestó que me detuviera con su brazo para acercarse él a ver quién era.

Murmuró algo entre dientes y luego abrió la puerta con cara de pocos amigos.

Liam pasó delante de Sebastian sin ni siquiera mirarlo y vino hacia mí con una sonrisa enmarcándole el rostro.

—¿Cómo estás? —dijo abrazándome levemente—. Si estás mejor, tengo una propuesta que hacerte.

Le respondí con una sonrisa e ignoré la mirada que Sebastian me lanzó.

—¡Estoy perfectamente!

—¡Genial! Porque tengo entradas para ir a ver a Imagine Dragons esta noche.

—¡Qué dices! —exclamé sorprendida.

—Me las han regalado hoy en el trabajo, un ricachón que conoce a alguien que conoce a alguien que es el encargado de la gira. Son prácticamente en primera fila, en un palco reservado. ¿Qué me dices? ¿Te apuntas?

—¡Claro que sí!

Sebastian negó con la cabeza mirándome paciente.

Miré a Liam y luego a él.

—¿Cuántas entradas tienes? —pregunté notando cómo la euforia iba cayendo poco a poco.

—Dos —dijo Liam sonriente—, una para mí y otra para ti.

—Puedes esperarme fuera —le dije a Sebastian antes de que dijese lo que iba a decir.

—No —contestó sin ningún tipo de remordimiento.

Se alejó de nosotros y fue hasta la cocina.

—Sebastian, es un palco cerrado... —empecé, pero él me interrumpió.

—Si no estoy contigo no puedo garantizar tu seguridad.

—Oye, tío, entiendo tu postura, pero Marfil tiene razón. Es un palco privado; si esperas fuera, a ella no le pasará nada, yo no me voy a separar de su lado.

Sebastian se acercó a Liam hasta casi quedar a medio metro de él.

—Ah, ¿sí? —dijo de repente muy cabreado—. ¿Y qué harás para protegerla? ¿eh? ¿Tienes acaso alguna puñetera idea sobre cómo hacer mi trabajo? ¿Crees que estoy aquí para seguirla simplemente porque no tengo nada mejor que hacer?

Liam apretó la mandíbula.

—Búscate a otra persona. Marfil no va a salir de aquí esta noche, sigue enferma.

—¡No lo estoy! —intervine ahora sí, muy pero que muy enfadada.

—Mira, tío, yo la conozco mejor que tú. Como empieces a encerrarla las cosas van a acabar...

—Mal, muy mal —terminé yo la frase por él.

—Por suerte me han entrenado para enfrentarme a cualquier tipo de peligro. Creo que me las apañaré con una niña cabreada por no poder ir a un concierto.

¡No podía creerlo!

Liam me miró sin saber qué hacer y yo descubrí que tampoco es que tuviese muchas opciones. Sin Sebastian no podía ir a ninguna parte y encima él no estaba para nada dispuesto a colaborar; perfectamente podía esperarme fuera del Madison, tal y como había dicho Liam.

Mi amigo finalmente se marchó, lamentando que no fuese con él y preguntándose a quién podía llevar que le gustase Imagine Dragons. En cuanto la puerta se cerró, usé todo el poder de mi mirada para fulminarlo como nunca había hecho hasta el momento.

—Lo has hecho a propósito —dije acercándome a él como una fiera—. Podría haber ido perfectamente, el problema es que estás tan obsesionado con el maldito peligro que no me dejas hacer las cosas que haría de no estar tú para joderme todos los planes.

—No estoy aquí para joderte los planes. Estoy aquí para evitar que te maten.

—¡Nadie va a matarme! —le grité perdiendo los papeles—. Tuvieron la oportunidad de hacerlo y no lo hicieron. Si hubiesen querido, ya estaría muerta y enterrada.

—No intentes analizar la mente de un delincuente, Marfil, te sorprendería descubrir lo retorcida que es.

Me acerqué a él y me crucé de brazos. Él dejó el vaso de agua en la encimera y suspirando esperó a que soltara mi diatriba.

—Me has llamado «niña» —dije muy seria—. Hace unos días le comías la boca a esta niña, así que no vuelvas a llamarme así.

Mis palabras lo pillaron por sorpresa; era como si hubiese querido borrar ese recuerdo de su mente y no hubiera caído en que yo no pensaba hacerlo en la vida.

—Niña o no, no vas a ir a ninguna parte esta noche, a no ser que yo vaya contigo.

—¿Es una amenaza?

—Es un hecho —dijo llevándose la taza a los labios otra vez.

Apreté los labios con fuerza, asentí y me marché a mi habitación. Saqué el teléfono móvil.

Ni se te ocurra ir sin mí. Nos vemos en la sesenta y siete con Madison. En media hora.

Me quité la ropa de baile y me metí en la ducha. No pensaba seguir encerrada. Era adulta, estaba cansada de vivir con miedo, pero sobre todo estaba cansada de que Sebastian me acompañase a todas partes. Necesitaba sentir que dominaba mi vida, necesitaba sentirme una adulta otra vez.

Me vestí con unos vaqueros, mis botas de motera y una camiseta oscura. Me recogí el pelo en una cola alta y cogí el bolso. No pensaba salir por la puerta principal, estaba segura de que Sebastian seguía pululando por allí, así que me dirigí a mi ventana. El piso que había justo al lado del mío daba a las escaleras de incendio; solo tenía que cruzar el alféizar con mucho cuidado y llegar hasta allí, lo demás sería pan comido. Como si tuviese quince años y volviese a estar en el internado, coloqué una almohada debajo de las sábanas de mi cama y apagué todas las luces. Si tenía suerte, Sebastian pensaría que seguía enfadada y me dejaría tranquila esa noche.

Cruzar el alféizar fue pan comido, había escapado tantas veces del internado que estaba hecha toda una experta. Recé para que mis vecinos no me viesen por la ventana y, cuando llegué a las escaleras, las bajé casi a la carrera. Si Liam estaba donde le había dicho, esperándome, en menos de diez minutos estaría cruzando la ciudad, sola por primera vez en semanas.

A pesar de que la adrenalina me corría por las venas, no pude evitar mirar hacia todas partes asegurándome de que nadie sospechoso me seguía o me acechaba. Cuando finalmente llegué al punto de encuentro, comprendí que me estaba volviendo una paranoica.

Sonreí al ver a Liam aguardándome en su reluciente coche. Corrí hasta subirme.

—Vamos, vamos —lo apremié mirando hacia atrás.

Nadie me seguía.

—Tu guardián se va a cabrear como nunca —me dijo con una sonrisa que le ocupaba toda la cara.

—No si no se entera —dije sintiendo una punzada de culpabilidad que se borró en cuanto recordé que me había llamado niña.

—¿Qué has hecho? ¿Has colocado una almohada debajo de las sábanas? —soltó tomándome el pelo.

—Exactamente —dije mirando hacia delante mientras Liam sorteaba el tráfico hasta llegar al Madison Square Garden.

Liam soltó una carcajada y yo sonreí con la vista fija en la carretera. No tenía por qué sentirme culpable, no tenía por qué agobiarme. Sí, me había escapado. Sí, había burlado la seguridad de mi guardaespaldas. Y sí, había desobedecido las órdenes de mi padre, pero ¿sabéis una cosa? No era una niña y, si yo quería correr ese riesgo, aquella era mi decisión, no la de mi padre ni la de Sebastian, sino mía.

No tuvimos que hacer cola para entrar; al contrario que la mayoría de los asistentes, nosotros éramos VIP. Nuestra zona era espectacular, teníamos espacio suficiente para levantarnos, comer algo o beber el champán que no dejaban de servirnos muy frío. En aquella zona seríamos unos veinte como mucho y teníamos unas vistas perfectas del escenario.

Cuando la banda salió y Dan Raynolds empezó a cantar «Whatever it takes», supe que era una señal de que haberme escapado no podía haber sido tan mala idea. Cantaba a todo pulmón, notando la adrenalina en mis venas y sintiendo que rompía mis cadenas... Eso significaría algo, ¿no? Liam a mi lado saltaba como si la canción hubiese sido escrita para él. Me reí mientras me bebía mi tercera copa de champán y notaba que el alcohol me nublaba la mente y hacía que olvidase los problemas.

Cuando tocó cantar «On top of the world» y «Radioactive», ya estábamos pasados de rosca. Mi móvil no había dejado de vibrar en mi bolsillo y yo lo había ignorado todas y cada una de las veces. Borracha como estaba, solo me importaba saltar y cantar a todo pulmón. En las últimas estrofas de «Believer» me subí a la espalda de Liam y lo abracé con fuerza mientras cantábamos dejándonos las voces. Liam siempre me daría esos momentos... y yo los atesoraba como reliquias.

Cuando finalmente el concierto acabó, los músicos se fueron y las luces se encendieron para poder ver que nos dirigían a las salidas como ganado. Liam me sonrió, empapado de sudor y con las mejillas coloradas.

—¿Ha sido increíble o no?

—Increíble —contesté agarrándome a él y siguiendo a la gente hacia la salida. Cuando alcanzamos la calle nos dimos cuenta de que fuera caía la de Dios. La lluvia no tardó mucho en empaparnos y, entre todo el jaleo de la gente y el tráfico creado por la salida del concierto, no me di cuenta de quién me esperaba fuera hasta que prácticamente choqué con él en mi intento por seguir a Liam.

—Sebastian —dije con voz temblorosa cuando subí la mirada y vi sus ojos marrones y furiosos clavados en los míos. Me cogió del brazo y empezó a arrastrarme hacia el coche.

—¡Eh! —dijo Liam pensando que era otra persona, aunque antes de que pudiese hacer nada, el puño de Sebastian ya había volado por encima de mí hasta aplastarse contra el ojo de mi mejor amigo.

Abrí los ojos sin dar crédito. Liam se había caído al suelo mientras se tapaba el ojo con una mano y con la otra se daba contra el asfalto para evitar hacerse más daño. Intenté soltarme de Sebastian para poder ayudarlo, pero me levantó en volandas, me metió en el coche y me encerró dentro.

—¡Abre la maldita puerta! —grité horrorizada al ver cómo mi amigo se levantaba tambaleante del suelo. Sebastian se subió al asiento del copiloto y puso el coche en marcha sin ni siquiera titubear—. ¡¿Has perdido completamente la cabeza?! ¡Déjame bajar, le has pegado!

—Y volvería a hacerlo diez veces más.

Lo miré con la boca abierta. Todo me daba vueltas. Había ocurrido tan rápido que a mi cerebro aletargado le costaba asimilarlo todo.

—¿Cómo has sabido dónde encontrarme? —fue lo primero que me salió preguntar.

Sebastian me ignoró y aceleró por la quinta avenida sorteando el tráfico como un auténtico experto.

—Esto fue idea mía, ¡no deberías haberle pegado!

—Idea tuya o no, fue él quien te llevó.

No quería discutir con él, no porque no tuviese razón, sino porque estaba borracha y acojonada, la verdad. A Sebastian parecía que se lo llevaban los demonios y temía el momento de llegar a casa, pero en realidad lo que más temía era que se lo hubiese contado a mi padre.

Cuando llegamos al apartamento y nos subimos al ascensor, nuestras miradas se encontraron y pude sentir las oleadas de rabia que me enviaba como cuchillas atravesándome la piel.

Quise correr a mi habitación, al igual que hacía cuando mi padre iba a echarme la bronca por algo, pero en cuanto hice el amago de largarme, su mano rodeó mi brazo con fuerza y mi espalada chocó contra la pared del salón.

—No vuelvas a hacerlo —dijo tan cerca de mis labios que mi corazón se aceleró, tanto por la adrenalina como por algo mucho más intenso...

—¿O qué? —contesté desafiante.

Estaba claro que el alcohol me estaba dando una valentía que en realidad no sentía.

Sebastian me cogió la barbilla con fuerza.

—O juro que te ataré a los barrotes de tu cama, sin importarme lo más mínimo las consecuencias.

Mi respiración se aceleró al ver que hablaba completamente en serio, pero sobre todo porque lo tenía tan cerca que podía sentir otra vez lo mismo que consiguió el día que nos besamos.

Tragué saliva y su pulgar se deslizó lentamente por mi mejilla.

—Desaparece de mi vista.

No tuvo que pedírmelo dos veces.

16

MARFIL

A la mañana siguiente me desperté con una resaca de mil demonios y encima al acercarme a la cocina no vi a Sebastian ni sus deliciosos desayunos por ninguna parte. Me había despertado temprano teniendo en cuenta que no me había dormido hasta prácticamente las tres de la madrugada, pues no había podido pegar ojo por lo culpable que me sentía. Liam me había mandado una foto de su ojo morado diciéndome que si volvía a cruzarse con el capullo de mi guardaespaldas le partiría la cara.

No duraría ni medio minuto luchando con Sebastian, pero no quise echar más leña al fuego, sobre todo teniendo en cuenta que ahora las visitas de Liam a mi piso iban a ser de lo más interesantes. Me estaba echando cereales en un bol con la vista clavada en el pasillo por donde debería salir Sebastian, cuando noté el piso demasiado silencioso. Siempre se escuchaba el murmullo de la televisión que Sebastian tenía en su habitación o incluso la música de hip hop horripilante que se empeñaba en escuchar cuando estaba allí a solas.

Dejando mi bol a un lado, me acerqué al pasillo con la intención de ver si seguía dormido. Cuando llamé a su puerta nadie me contestó. Dudé en si abrirla o esperar a que él diera señales de vida, pero mi mente curiosa pudo con todo lo demás. Cuando abrí la puerta estaba todo oscuro; las persianas bajadas no permitían que la luz entrase y la puerta de su habitación estaba abierta, su cama hecha...

Ay, Dios... ¿Se habría largado, harto de aguantarme?

Me dirigí a mi estudio de baile, estaba también completamente a oscuras. Empecé a tantear la pared, buscando el interruptor de la luz, cuando un brazo me rodeó por detrás, consiguiendo que mi corazón se me quedase atascado en la garganta y que el grito que iba a pegar quedase atenuado por una mano gigante que me cubrió la boca.

Empecé a temblar, consciente de que habían conseguido entrar en casa, de que Sebastian podía estar muerto y de que ahora me matarían a mí. Sebastian tenía razón, querían matarme y yo solo había tentado a la suerte, poniéndome en bandeja para que...

—Tiemblas como una hoja y ni siquiera has puesto un poquito de resistencia, elefante —escuché su voz susurrar contra mi oído—. ¿Te pareció divertido lo que hiciste ayer?

Mierda, joder.

—Sebastian, suéltame —intenté decir contra su mano, que seguía cubriéndome los labios. A pesar de que me había relajado mentalmente al ver que era él y no un asesino quien me tenía retenida, a oscuras en aquella habitación, no pude evitar sentir un pelín de miedo al oír su voz grave susurrarme con calma fingida contra mi piel.

—Quiero que me contestes —dijo apretándome con fuerza, haciéndome daño—. ¿Te divertiste mientras yo me volvía loco, temiendo por tu vida?

Me estremecí.

Lo cierto es que sí que me había divertido, muchísimo, además, pero ser sincera en aquel momento no era lo idóneo, la verdad.

—Lo siento... —susurré contra su palma.

—Y tanto que lo vas a sentir —me amenazó a la vez que me hacía girar y se colocaba delante de mí, sujetando mis brazos sobre mi cabeza e inmovilizando mi cuerpo totalmente con el suyo—. Harás exactamente lo que yo te diga, Marfil, o juro por Dios que voy a hacerte la vida imposible. ¿Lo has entendido?

Tragué saliva.

Su mano derecha me sujetó mis dos muñecas para dejar libre la otra, que bajó para cogerme la barbilla entre sus dedos.

—Contéstame.

—Lo he entendido —dije, con la boca ya libre y sus labios apenas a unos centímetros de los míos—. Pero ahora escúchame tú a mí: no vuelvas a tocar a ninguno de mis amigos.

Sebastian sonrió en la oscuridad.

—¿O qué, elefante? —dijo riéndose de mí.

—Deja de llamarme así —dije entre dientes.

—¿Prefieres que te llame como lo que eres? ¿Una maldita caprichosa? —continuó sujetándome con fuerza cuando intenté golpearlo con mi rodilla—. De eso nada, nena. Te queda un largo camino si quieres intentar tocarme un solo pelo de la cabeza, ya ni te digo hacerme daño.

—Te crees muy guay, ¿a que sí? Con tu estatura y tus músculos a lo Viktor Krum... No me das miedo, Sebastian, si eso era lo que pretendías al asustarme como lo has hecho... Te informo de que por mí puedes acorralarme en posición vertical siempre que quieras.

Sus ojos brillaron molestos por mi última ocurrencia y sus dedos apretaron con más fuerza mis muñecas.

—¿Quieres que te cuente un secreto? —dije sin apartar los ojos de él.

—No.

—Lo que paso en ese cuarto de baño... Volverá a ocurrir y más pronto de lo que esperas.

—No subestimes mi autocontrol, Marfil. Me dieron medallas por eso.

—¿También te dieron medallas por ser el mejor gilipollas del ejército?

Sonrió, inmune a mis intentos para sacarlo de quicio.

—No quiero volver a escucharte mencionar ese tema —dijo simplemente.

—¿El tema de que me comiste la boca o el de que eres un gilipollas monumental? —pregunté sin pelos en la lengua.

—Mi paciencia tiene un límite, Marfil, no lo olvides —contestó aflojando un poco la presión de sus manos contra mis muñecas.

—Si no te importa me gustaría que me soltases, tengo cosas que hacer.

Sebastian se me quedó mirando con seriedad, analizando mis facciones.

Sus dedos me soltaron y dio un paso hacia atrás. Mis ojos ya se habían acostumbrado a la oscuridad, por lo que pude ver lo tremendos que parecían sus brazos con aquella camiseta sin tirantes que llevaba puesta.

—Estaré estudiando en mi habitación —dije sin moverme.

—Gracias al cielo —contestó sin apartar sus ojos de los míos.

Me pasé el domingo encerrada en casa, empollando para el parcial que teníamos aquella semana y el cual llevaba bastante mal, teniendo en cuenta todas las clases que había perdido por estar enferma. Por la noche no cené con Sebastian, no porque yo no quisiera, sino porque él se marchó con su plato a su habitación, alegando que tenía que hacer una llamada.

Aquello captó mi interés. ¿A quién llamaría Sebastian cuando no estaba trabajando? ¿Sería verdad eso de que no tenía novia? Madre mía, solo de pensarlo me moría de celos. Aunque sería raro que no la tuviera, pues estaba buenísimo. En realidad, le pegaba más tener líos de una noche, no lo veía comprometiéndose con nadie; seguramente era de esos de aquí te pillo aquí te mato... No se cortó ni un pelo a la hora de besarme.

Dios... cómo me gustaría que lo volviese a hacer...

Me mordí el labio pensando en ello y me acerqué al pasillo mirando su puerta. ¿Cómo sería acariciarlo? Nunca había tocado a un tío más que por encima de los pantalones y, de repente, sentía tanta curiosidad que en mi mente empezó a reproducirse la conversación que podría llegar a tener con él algún día... siempre y cuando no le diera un infarto antes, claro...

Sonreí.

«¿Oye, Sebastian, puedo acariciarte lentamente hasta conseguir que te corras? Puedo hacerlo con la mano o con la boca, tú decides...»

Sí, seguro que le hacía la misma gracia que a mí.

Me fui a mi habitación después de cenar —ese hombre cocinaba como los dioses— y me dormí casi de inmediato.

Lo que no esperaba era encontrármelo junto a mi cama a las pocas horas de haber cerrado los ojos.

—¡Arriba! —dijo tirando de mi edredón sin ningún tipo de reparo. Al abrir los ojos vi su espalda saliendo de mi habitación.

Pero ¿qué demonios...?

Me cubrí la cabeza con la almohada, alegando que seguramente se había golpeado la cabeza contra el suelo al caerse por capullo, así que lo ignoré e intenté seguir durmiendo. Fuera seguía estando oscuro.

Al rato volvió a aparecer.

—O te despiertas o te levantaré como hacían conmigo en el ejército.

Solo escuché algo así como: «bla, bla, bla».

Un chorro helado de agua fría me cayó encima de la cabeza, haciéndome pegar un salto que consiguió hacerme caer de la cama.

—¡¿Pero qué coño haces?!

Sebastian me miró desde su altura, impasible.

—¿No querías que te enseñase a defenderte? Ayer en el estudio me demostraste lo patética que eres ante el peligro, así que empezaré enseñándote que sin disciplina no conseguirás ni hacerle la competencia a un perrito rabioso.

Lo miré sin dar crédito a lo que decía.

—¿Acabas de tirarme un vaso de agua por la cabeza?

Sebastian no contestó.

—En cinco minutos te quiero en la cocina, vestida y lista para desayunar.

Me reí de él en su cara, mientras me ponía de pie y lo miraba como si hubiese perdido la cabeza.

—No sé si abofetearte o sentir lástima al ver que de verdad crees que voy a levantarme a las... —miré el reloj que había encima de mi cama— ¡cinco y media de la mañana! —Di un paso hacia delante y le di un manotazo en su brazo izquierdo—. Pero ¡¿tú has perdido completamente la chaveta?!

—Fuiste tú quien me pidió que te enseñara, así que se hará a mi manera.

—Eeeh... pues ya no quiero que me enseñes, gracias.

Fui a meterme otra vez en la cama, pero entonces su brazo apareció delante de mis ojos, me rodeó por detrás y empezó a apretujarme la garganta dejándome sin aliento. Su otro brazo me rodeó con fuerza de las caderas, inmovilizándome por completo. No pude ni abrir la boca, no pude ni mover un músculo.

—Venga... ¿Qué harías si esto ocurriese en la realidad?

Cuando me dejó un poco más libre para que pudiese respirar, pero sin soltarme ni un poquito, intenté pensar cómo librarme de ese idiota, aunque comprendí que no había nada que pudiese hacer. Cuando intenté propinarle una patada en las pelotas, me empujó contra el colchón, se me puso encima y ya no pude hacer nada para intentar librarme de él. Empecé a agobiarme.

—¿Qué harías? —me susurró junto a mi oreja.

Por muy romántica que hubiese podido ser la situación, no lo fue en absoluto. No podía moverme, su peso me aplastaba, me faltaba el aire.

—Cualquier tío, cualquiera, podría tenerte así, en esta posición solo con chasquear los dedos. Yo tengo mucha más fuerza que un tío normal y por esa razón te estoy dando un margen para que puedas liberarte de mí —siguió diciéndome contra mi oreja, muy serio—. Deberías saber librarte de cualquiera que quiera hacerte daño, Marfil, y créeme que con lo hermosa que eres serán muchos los que se crucen en tu camino y quieran intentarlo.

—Suéltame, Sebastian —dije contra el colchón.

—No —contestó apretujándome la mano contra la espalda—. Piensa, ¿qué harías?

Intenté pensar, intenté de veras buscar una manera para quitármelo de encima, pero no se me ocurrió ninguna. Era imposible.

—Gritar... ¡Gritaría! —contesté intentando que el aire entrase en mis pulmones.

—¿Como una princesita? —se burló él. Joder, parecía totalmente fuera de sí; se estaba tomando demasiado en serio eso de enseñarme.

Entonces se me ocurrió algo.

Sin darse cuenta, o tal vez sí, no lo sé, había dejado su otra mano, la que no me tenía las muñecas aprisionadas contra mi espalda, apoyada en el colchón junto a mi cara. No le hacía falta usarla para retenerme, ya que con su cuerpo y su otra mano me tenía perfectamente acorralada.

Sin dudarlo ni un segundo y tomándome en serio aquella lección, me moví deprisa los centímetros que necesitaba para alcanzarlo y entonces le mordí con fuerza, con todas mis fuerzas, además. Mi inesperado ataque, y supongo que el dolor que le causé, surtió efecto porque sentí que su fuerza se aflojaba un poco. Me revolví como una loca, rodé bajo su cuerpo y conseguí escabullirme y ponerme de pie. Justo cuando fui a levantar la pierna para darle una patada en los huevos, se movió deprisa y su mano buena, la que no le había mordido, me sujetó del tobillo y tiró de mí haciéndome trastabillar y volver a caer, esta vez sobre su pecho y no sobre el colchón.

Estaba furiosa, no quería que me cogiera otra vez, no me había gustado lo indefensa que había estado, ni cómo había quedado a su merced, así que volví a moverme deprisa cuando intentó cogerme por la cintura de nuevo... El problema es que fue más rápido, siempre sería más rápido y me vi, otra vez, recostada contra el colchón de mi cama, de espaldas y con él sentado a horcajadas sobre mi estómago.

Me quedé laxa y me rendí jadeando como si llevase una hora corriendo.

Él movió la mano que le había mordido e hizo una pequeña mueca de dolor, aunque creí ver cierto orgullo en sus ojos marrones.

—No tienes técnica ninguna, ha sido un desastre en cuanto a teoría, pero has estado salvaje, me has hecho daño, así que podemos dar por terminada la clase de hoy.

Se bajó de mi cuerpo y, después de echarme un rápido vistazo, me dio la espalda y salió por la puerta.

Mi pecho subía y bajaba... Me quedé allí, pensando y analizando lo que había ocurrido. Estaba claro que su forma de enseñar no era nada sutil, no se cortaba ni un pelo. Aún podía sentir que me faltaba el aire, el modo en que el peso de su cuerpo me acorralaba sin dejarme apenas posibilidad de pestañear.

Y entonces recordé que me había llamado «hermosa». ¿Le parecía hermosa? Pero si así era... ¿Por qué había pronunciado la palabra como si fuese el peor insulto jamás dicho en voz alta?

Salí de mi habitación un rato después. Me coloqué una bata encima y salí descalza para enfrentarme a él de una manera razonable.

No podía determinar de qué humor me encontraba aquella mañana, pero estaba claro que no estaba teniendo uno de los mejores despertares. Él, por el contrario, leía el periódico y bebía café. Al llegar vi que me había preparado mi leche con miel y que esta reposaba tranquilamente delante de él.

¿Era su manera de decir que estábamos en una especie de tregua?

Me senté a la espera de que dijese algo. No lo hizo.

—Sebastian, yo entiendo que te aburras protegiéndome y todo eso, que necesitas algo de acción en tu vida, algo que te haga sentir como Rambo o un G. I. Joe pero te agradecería que no me eligieras a mí como tu saco de boxeo, ¿vale? Entiendo que he sido yo la que te ha pedido que me enseñaras algunas técnicas de autodefensa, pero despertarme a las cinco de la mañana con un vaso de agua fría no entraba, en absoluto, en mis planes. —Ahora sí que levantó los ojos del periódico y los fijó en mí—. No me gusta sentirme acorralada por tu cuerpo, por el de nadie en realidad, así que lo siento, pero a partir de ahora quiero que me enseñes con algo más de... dulzura, si no te importa. Ya sé que la palabra delicadeza no existe en tu vocabulario, pero...

Una risotada interrumpió mi discurso y bajé la taza de leche antes de que llegase a mis labios por primera vez.

—¿Dulzura? ¿Delicadeza? —exclamó poniendo los ojos en blanco—. Marfil, esto no es un puto cuento de hadas. No es un juego. No voy a enseñarte para que tú te lo pases bien y luego puedas sentirte realizada. Si te enseño, lo hago para que, si de verdad algún día necesitas defenderte tú sola, puedas hacerlo, ¿me oyes? Y lo cierto es que has tenido por fin una maldita idea coherente, idea que como guardaespaldas tuyo debería habérseme ocurrido a mí, pero tenías razón, es necesario que aprendas a defenderte porque no debes olvidar que te secuestraron y que corres peligro.

Le devolví la mirada sin nada ingenioso que pudiese rebatir lo que acababa de decir.

—Así que entrenaremos un poco todos los días. Te enseñaré algunos trucos para que te sientas más segura...

—Según tú he tenido una técnica espantosa...

Mis ojos se desviaron involuntariamente a su mano derecha, la que le había mordido con todas mis fuerzas.

Sonreí.

—¿Puedo ver lo que te he hecho? —le pregunté superemocionada.

Sebastian soltó la taza de café y me miró con el ceño fruncido.

—Solo tú sonreirías así al ver la herida que le has causado a otra persona —dijo quitándose la pequeña gasa manchada de sangre que se había colocado para tapar la herida.

—¡Caray! —exclamé, haciendo oídos sordos a su acusación—. Sí que soy una salvaje. ¿Te duele?

—No.

—Pues qué lástima.

Me llevé la taza a los labios y sonreí contra el borde sin poder evitarlo.

—Volviendo al tema... Te enseñaré algo, ven —dijo dejando la taza y girando sobre su silla, esperando que me levantara y me acercara a él. Lo hice un poco a regañadientes. Ya no me apetecía que me enseñase —me daba miedo—, pero me acerqué a él un poco reticente.

Tiró un poco de mí para que me acercara más, casi colocándome entre sus piernas. Su mano subió hasta mi cuello y me apartó el pelo que caía en cascada sobre mi hombro derecho.

—Este punto de aquí —dijo tocándome con cuidado en un lugar que se encontraba entre mi cuello y mi clavícula— se llama seno carotídeo. Si lo presionas durante unos treinta segundos, la persona se desmaya. No durará mucho, pero sí te daría tiempo para escapar si alguien intentara hacerte algo.

Sus dedos trazaron círculos sobre mi piel y sufrí un escalofrío que me puso todos los pelos de punta. Si se dio cuenta, hizo como si nada.

—¿Solo hay que presionarlo? ¿Así de simple? —dije intentando hablar con normalidad, intentando que su proximidad y su contacto no me afectaran.

—No es tan fácil. La persona suele resistirte, pero lo primero es que sepas distinguir el lugar exacto donde se encuentra. Dame tu mano —pidió y se la tendí para que la colocara sobre su hombro.

Me guio el pulgar hasta donde el seno carotinosequé se encontraba. Noté su pulso acelerado bajo el roce de mi pulgar y presioné allí con suavidad. Su pulso latía justo debajo, podía sentir la sangre fluyendo hacia el cerebro o hacia donde fuera que se dirigiese. ¿También él habría notado mi pulso acelerado?

Tracé dos círculos sobre su piel, admirando el corte de su mandíbula, deseando poner mi boca y no mis dedos en ese lugar. Deseé morderlo con fuerza, sentir su pulso bajo mi lengua...

Sebastian se puso de pie y cortó lo que fuera que estuviese pasando en ese instante entre los dos, porque sí, el aire parecía haber desaparecido en el poco espacio que nos separaba.

—Date la vuelta. Te voy a enseñar la llave de taekwondo que se necesita para noquear a alguien de esa forma —dijo, pero me quedé ahí plantada, sin moverme.

—¿Qué te hace pensar que voy a dejar que uses conmigo una llave de taekwondo?

Sebastian sonrió.

—No te haré daño... Lo prometo.

Lo miré a los ojos y supe que decía la verdad.

Me hizo girar y lo sentí aproximarse. Igual que había hecho en la habitación, su brazo me rodeó el cuello al mismo tiempo que lo unía con el otro; al hacer la maniobra rápido, conseguía encerrarme en aquel abrazo mortal. Había visto esa llave en muchas películas y siempre que alguien lo hacía, la persona se resistía hasta que se quedaba inconsciente en el suelo.

—Con este brazo rodeas el cuello y con el otro te apoyas para ejercer presión. ¿Entiendes?

Lo que entendía es que estaba apretujada contra su pecho y que su olor me rodeaba por todas partes. No es que fuese un abrazo romántico ni nada parecido, pero yo estaba como en trance.

—A este tipo de puntos se les llama puntos de presión... y al presionarlos causas o un dolor indescriptible o un desmayo momentáneo.

Yo podía enseñarle cuáles eran mis puntos de presión... y lo que ocurría si los presionabas con conocimiento.

Sonreí, pero me callé la boca.

Me soltó y me giré para mirarlo.

—Ahora hazlo conmigo.

No pude evitar pensar en el sentido que se le podía adjudicar a esas palabras.

—¿En el sofá o en mi dormitorio?

Sebastian ni siquiera parpadeó.

A mí me hizo mucha gracia.

—Si te vas a tomar a broma mis...

—Vale, vale, lo siento. Madre mía, solo era una bromita sin importancia... ¿Cómo lo hago? —añadí ya poniéndome seria y mirándolo con ojos de atacante.

—Acabo de explicártelo —objetó. Y era cierto, solo que yo había estado más concentrada en la cercanía de nuestros cuerpos que en lo que salía de su boca.

—Si no te habías dado cuenta, me sacas algo así como una cabeza... —dije elevando un poco la barbilla para poder mirarlo a los ojos.

Era un maldito armario.

—La mayoría de los tíos con los que te vas a encontrar serán más altos que tú.

—¿Me estás llamando bajita?

—No, Marfil, no te estoy llamando bajita. Simplemente estoy constatando un hecho. —Parecía estar perdiendo la paciencia.

—Vale, vale —repetí y giré colocándome a su espalda—. Voy a atacarte y vas a lamentar haberme enseñado tus secretos más oscuros.

Casi pude ver que ponía los ojos en blanco.

Joder, si es que era enorme, no podría hacerle daño aunque quisiera.

Me separé de él lo suficiente como para coger un poco de carrerilla. Cuando estuvo a unos cuantos metros de mí, corrí y salté sobre su espalda. Apenas se inmutó, pero creo que no se lo esperaba. Le rodeé las caderas con mis piernas y me colgué de él como un mono. Sin dudarlo o darle tiempo a regañarme, hice lo que creí que tenía que hacer y le rodeé el cuello con mi brazo mientras hacía palanca con el otro.

Con su mano me guio un poco para que presionara mejor el maldito seno ese.

—Así... —dijo moviendo un poco mi llave de taekwondo—. Presiona con más fuerza, Marfil, así solo parece que me estás dando un abrazo cariñoso.

Joder, ni siquiera estaba haciendo que le costara hablar.

Apreté con fuerza y él se movió conmigo encaramado a su espalda.

—Esto es lo que hará cualquier atacante que te tenga así subida a la espalda —dijo y entonces me golpeó contra una pared. Mi llave se soltó a la vez que liberaba todo el aire que había estado conteniendo en los pulmones. No me había golpeado con fuerza, pero sí lo suficiente como para desorientarme. Me sujetó por las piernas para que no cayera y yo le abracé el cuello como acto reflejo.

—No debes dejar que pase esto. Si empieza a moverse contigo encaramada a su espalda, tú debes estar preparada para cualquier impacto.

Claro, como si fuese tan fácil.

Se separó de la pared y me soltó. Cuando me miró estaba tranquilo como si no hubiese pasado nada; yo jadeaba como una idiota.

—Por hoy ya te he enseñado suficiente. Vístete o llegarás tarde a clase.

Miré la hora que marcaba el reloj de la cocina y me sorprendí con lo rápido que había pasado el tiempo.

Intenté olvidar la sensación de haberlo tenido tan cerca de mí, notando su espalda musculosa bajo mi cuerpo... sus brazos de hierro presionando mi cuello...

Ay, joder, ¿por qué ahora el taekwondo me parecía lo más romántico del mundo?

Corrí a mi habitación y me vestí deprisa. Al mirarme en el espejo noté un brillo en mis ojos que nunca había estado allí.

Sebastian... ¿Qué estás haciendo conmigo?

17

MARFIL

Por fin llegaron las vacaciones de primavera y con ellas el avión privado de mi padre. No solía dejármelo, si viajaba en él era porque íbamos juntos a alguna parte, pero como seguía corriendo peligro —algo que para mí ya había quedado en el olvido, aunque todos se empeñasen en recordármelo—, tenía derecho a viajar como una ricachona más. Mi hermana Gabriella viajaría en un avión comercial, aunque según lo que me había dicho también le habían adjudicado un guardaespaldas. Sebastian me llevó en coche hasta la terminal donde nos esperaban. De repente me hacía muchísima ilusión que viera dónde había crecido o más bien dónde había crecido aparte del internado. Quería enseñarle los establos, la biblioteca, la piscina climatizada, el arroyo...

Sabía que en una casa tan grande seguramente ya no pasaríamos todo el día juntos, además, mi casa era totalmente impenetrable, estaba segura allí, pero no podía dejar de fantasear con mostrarle todo lo que amaba con locura de aquella finca.

Cuando me bajé del coche y vi el majestuoso avión de mi padre, sentí algo extraño. «Demasiada opulencia», pensé. Sebastian se detuvo a hablar con el piloto, Carter, mientras yo subía y me encaramaba al asiento de cuero beige que había junto a una ventana bastante mayor que las de un avión convencional. Mi padre y mi tío usaban el avión para sus viajes de negocios, pero también sabía que lo utilizaban para hacer escapadas a Las Vegas, escapadas de las que era mejor no saber nada. Y aunque el avión estaba reluciente y bien cuidado, no quería ni imaginar la de cosas que se habían realizado en ese tubo de metal.

Sebastian apareció por la puerta de la cabina y, tras lanzarme una mirada, se dirigió al último asiento del avión, el que estaba más lejos de mí.

Suspiré.

Aunque habíamos seguido entrenando, y en ocasiones esas lecciones implicaban que hubiese mucho contacto físico, Sebastian no volvió a ceder ni un ápice en cuanto a mi persona. Daba igual lo mucho que yo hubiese intentado propiciar otro acercamiento entre los dos, él parecía haber creado un muro más alto que el de *Juego de Tronos* y simplemente se dedicaba a hacer su trabajo. Sí, era cierto que nos llevábamos mejor, era inevitable no coger algo de confianza cuando te pasabas las veinticuatro horas del día con una persona, eso sin contar las tres horas que se cogía cuando necesitaba «despejarse» —sus palabras, no las mías—. Pero seguía siendo distante conmigo y eso no me gustaba. Yo disfrutaba sacándolo de quicio o al menos intentándolo. Sebastian tenía una paciencia infinita, todo había que decirlo y un talento extraordinario para hacer oídos sordos a las insinuaciones que yo no cesaba de dejar caer de vez en cuando.

Cuando los pilotos y las dos azafatas tomaron asiento y nos indicaron que estábamos a punto de despegar, yo me desabroché el cinturón y me fui hasta el final del avión. Me dejé caer junto a Sebastian, que en ese instante tenía los ojos cerrados y escuchaba música de su iPod gris.

Cuando me sintió sentarme a su lado no abrió los ojos, pero sí habló con voz calmada.

—Vuelve a tu asiento, Marfil.

Me puse el cinturón.

—Aquí las vistas son mejores —dije.

Sebastian abrió los ojos y me miró como si lo que acababa de decir fuese una estupidez.

—Hay ocho asientos en este avión, ¿tienes que venir aquí y sentarte conmigo? ¿No tienes suficiente con tenerme todo el maldito día pegado a ti?

Por su tono, parecía ser él el que estaba hasta el mismísimo de tener que cuidarme. ¿Le habría ya absorbido toda su energía, como decía mi padre que yo hacía con la gente?

—Me da miedo el despegue y el aterrizaje —dije mirando por la ventana. En realidad me sentía como una idiota porque lo que yo quería era estar con él y él, por el contrario, parecía estar harto de tenerme todo el día pululando a su alrededor. Fui a levantarme con la intención de volver a mi asiento original, pero me cogió del brazo y tiró de mí para que volviese a sentarme.

Se quitó los cascos y se giró para mirarme.

—¿De qué tienes miedo exactamente?

Me fijé en sus ojos marrones; un marrón claro, casi del color de la miel cuando el sol le daba de lleno, como en aquel instante. El atardecer se encontraba enfrente de nosotros y el avión estaba bañado de una luz anaranjada que dañaba la vista. Creí ver cómo su mirada se clavaba en la mía, pero no como siempre; al igual que yo a él, me estaba observando con admiración, sabía lo que veían sus ojos. Cuando el sol me daba de lleno de esa forma, el color verde de mi iris se volvía casi tan claro como el agua de un arroyo y, si te fijabas bien, podías ver los tres puntitos de color turquesa que marcaban mi ojo izquierdo.

Sebastian no dijo nada, ni un comentario ni un piropo, y yo lo preferí así. ¿Por qué? Pues porque se salía de lo común. Cuando todo el mundo que te ve solo te halaga, al final los cumplidos se convierten en lo que esperas, en lo cotidiano, en algo que ya deja de ser especial.

—Una vez, en un viaje que tuvimos que hacer a España, nos encontramos con una tormenta que casi derriba el avión. Viajábamos mi padre, mi madrastra Elisabeth, mi hermana Gabriella, que por aquel entonces tenía tres añitos, y yo. Ellos iban sentados en esos asientos de ahí delante —dije señalando el grupo de cuatro asientos, enfrentados por parejas con una mesita en el medio que había unos metros más allá—. Como querían que Gabriella durmiese durante el vuelo, ella ocupaba dos asientos, por lo que a mí me sentaron aquí detrás. Cuando empezaron las turbulencias, el comandante nos mandó quedarnos donde estábamos, con los cinturones abrochados y nos pidió que ni se nos ocurriera movernos del sitio. Yo estaba sola y las turbulencias zarandeaban el avión amenazando con partirlo en dos. Me entró tanto miedo que empecé a gritar y a llorar pidiéndole a mi padre que viniese conmigo. Gabriella lloraba y pegaba unos gritos infernales. Elisabeth se encargaba de ella y mi padre les gritaba a los pilotos exigiéndoles saber qué demonios ocurría. Como nadie me prestaba atención, me solté el cinturón. Yo solo quería cogerle la mano con fuerza, necesitaba ir con mi padre, estaba muerta de miedo.

»Una turbulencia terrible sacudió el avión justo cuando me bajé del asiento. Fue tan fuerte que me levantó en el aire y mi cabeza dio contra el filo de una de las puertas que se había terminado abriendo por las sacudidas.

Sebastian escuchaba mi historia en silencio. Giré el rostro hacia la ventana, mirando hacia fuera antes de continuar.

—No solo me hice un corte terrible en la frente —dije tocándome la cicatriz que tenía en el nacimiento del pelo—, sino que mi padre me dio una paliza de muerte por haberme movido del sitio.

Volví la cabeza para observarlo. Estaba tenso, su mano derecha se había cerrado en un puño y apretaba la mandíbula con fuerza.

—Solo fue aquella vez, no volvió a ponerme la mano encima... pero bastó para que Elisabeth le pidiera el divorcio. Se separaron dos años después, tras una lucha encarnecida por la custodia de Gabriella, que obviamente ganó mi padre.

El avión empezó a correr por la pista. Volví a mirar hacia fuera, nerviosa... y entonces sentí que me cogía la mano.

Lo miré y sonreí viendo nuestras manos unidas. Sin decir nada se la apreté con fuerza, con toda la fuerza que necesité.

Una hora y media después no conseguía pegar ojo. Las luces estaban apagadas y fuera no se distinguía más que la ciudad que teníamos bajo nuestros pies. Quería dormirme, así pasaría más rápido por el mal trago de volar.

Sebastian tenía los ojos cerrados, pero sabía que no estaba dormido.

—Sebastian... —dije en voz bajita, llamándolo.

—Mmm —contestó sin abrir los ojos.

—No tendrás algo para dormir, ¿verdad? ¿Una pastilla milagrosa, un Valium o algo de eso...?

Ahí sí que abrió los ojos.

—¿Tengo pinta de medicarme con esas mierdas?

Pues no, la verdad.

—Estoy cansada, quiero dormir.

—Pues cierra los ojos y duérmete.

—No puedo... He hecho todo lo que se supone que se puede hacer para que te entre el sueño... He contado hasta ovejas, pero no hay manera.

—Pues cuenta ciervos, seguro que con eso funciona.

¿Sebastian Moore gastando una broma?

Me removí en el asiento otra vez. Estaba incómoda...

—¿Puedo apoyar la cabeza en tu regazo?

—No.

Joder.

—Solo un ratito, así estiro un poco más las piernas... —dije sin ningún tipo de segundas intenciones. De verdad, estaba incómoda.

—Estamos en un avión privado, hay seis butacas muy cómodas para que te tumbes y dejes de incordiarme.

—¿Acaso no has escuchado la historia de las turbulencias? —pregunté elevando la mirada al cielo—. Si me voy a las otras butacas y por alguna razón nos estrellamos, moriría sola, allí, sin nadie a mi lado. No quiero morir sola. No sé tú, pero yo creo que eso es muy triste y bastante tuve ya con esa experiencia como para que...

—Por Dios santo, cállate, anda —dijo al mismo tiempo que levantaba el reposabrazos—. Recuéstate aquí y cierra el pico —añadió perdiendo la paciencia.

Sonreí.

—Gracias, Sebastian, eres un buen hombre.

Me acomodé con la cabeza en su pierna y me hice un ovillo en mi asiento, en posición fetal.

Qué a gustito estaba... Aunque su pierna estaba dura como la roca, no me importó. Intenté dormirme, pero no lo conseguí hasta que después de una hora, mientras me encontraba en ese intermedio de somnolencia, sus dedos empezaron a acariciarme el pelo.

Supongo que pensó que estaba frita porque estaba segura de que, si no, no lo habría hecho. Sus dedos, largos y masculinos, me acariciaron desde el cuero cabelludo hasta las puntas. Casi ronroneé en mi duermevela cuando pasó a acariciarme la oreja que quedaba a su alcance.

¿Estaría soñando? ¿Era real o un producto de mi imaginación?

Lo que sé seguro es que me pasé allí, tumbada sobre él, las cinco horas y media que duró el vuelo hasta Luisiana. Y disfruté cada maldito segundo.

Fue Peter Vertes el que nos esperó en la terminal para llevarnos a casa. El chófer de mi padre siempre había sido un buen hombre conmigo y con mi hermana, por eso cuando lo vi fui corriendo a abrazarlo.

—Me alegro mucho de verla, señorita —dijo tan formal como siempre—. Señor Moore, es un placer conocerlo —añadió mirando a Sebastian. Este le tendió la mano y después lo ayudó a guardar las maletas en el maletero del Mercedes.

Cuando nos montamos en el coche, yo detrás, Sebastian se puso a charlar con Peter y yo noté cómo mi estado de ánimo decaía un poco. Siempre me ocurría cuando sabía que iba a tener que ver a mi padre. Mi personalidad y la suya chocaban por sistema y yo debía mantener la mía a «niveles soportables», como él decía. Me consumía saber que hiciera lo que hiciese, o dijera lo que dijese, siempre le molestaría.

Mi casa en Luisiana era muy ostentosa, pero era mi único hogar, al fin y al cabo, y a mí me gustaba... sobre todo cuando mi padre no estaba. Sonreí cuando por fin cruzamos el portal de entrada sabiendo que iba a poder montar a Philippe, mi bonito caballo al que adoraba y echaba de menos a partes iguales. Después del secuestro había estado tan poco tiempo en casa que apenas había podido pasar a verlo.

Me entusiasmaba la idea de que, por fin, después de dos meses, iba a poder hacer algo sola.

Cuando Peter aparcó el coche en la entrada, Rob, el san bernardo de mi padre, salió ladrando y dando zancadas. Era casi tan grande como un poni; de pequeña le había tenido terror, pero habíamos llegado a una tregua cuando yo cumplí los catorce y dejé de intentar montarme encima... Eso y que mi padre me regalara a Philippe favoreció que dejara al pobre perro en paz.

Le acaricié las orejas con cariño y luego entré para saludar a Lupita, que me esperaba como siempre en la entrada para darme la bienvenida.

—¡Hola, Lupe! —dije dándole un abrazo.

—Ay, niña, dime que estás bien, dime que nadie ha vuelto a hacerte daño... —dijo cogiéndome de las mejillas y comprobando que estaba sana y salva.

Justo entonces entró Sebastian, cargando con mi maleta y su pequeño bolso.

Ambos se miraron y Sebastian le tendió la mano mientras se presentaba.

—Este de aquí es el que se asegura de que no me pase nada, Lupita —expliqué sonriendo en dirección a Sebastian.

—Ay, joven, cuídela, por favor, que Marfil es una yegua descocada y, si no se mete en problemas ella sola, vienen en su busca sin que nadie los llame.

Hice una mueca, pero Sebastian se rio y asintió con la cabeza.

—Creo que entiendo exactamente a qué se refiere.

Miré a ambos con los ojos entornados.

—Por Dios, si yo soy un ángel caído del cielo —dije pestañeando varias veces.

—Ay, Marfil, creo que la palabra ángel sería la última que usaría para definirte, hija —dijo la voz de mi padre a mis espaldas.

Me tensé, aunque esa era mi reacción natural. Después me relajé y me giré para recibirlo.

Me dio un abrazo y sentí que su perfume me rodeaba y se me pegaba en la ropa.

—¿Cómo estás? —preguntó soltándome y mirándome de arriba abajo.

—Bien, bien —respondí en un tono desenfadado.

Mi padre no añadió nada más y se acercó a Sebastian.

—¿Qué tal, muchacho? —dijo dándole una palmada en la espalda y saludándolo muy afable—. Me alegro de volver a verte, Sebastian. Espero que mi hija no te haya causado muchos problemas.

Sebastian sonrió y me sorprendió comprobar que ya se conocían. Recordé el día en que Sebastian se había chivado a mi padre, cuando consiguió que las clases de ballet se cancelaran, y sentí que me cambiaba el humor.

—Todo en orden, señor Cortés, aunque hay algunos asuntos que me gustaría tratar con usted.

Mi padre asintió sonriente.

—¡Claro, claro! Mañana tendremos una reunión con Logan, no te preocupes, pero llámame Alejandro, te lo he dicho mil veces.

Mil veces...

Uf, eso no me estaba gustando nada.

—¿Ya os conocíais?

Sebastian intercambió una mirada con mi padre y supe que me estaban dejando fuera de algo. De mi padre lo esperaba; de Sebastian, no.

—No creerás que iba a mandar a cualquier persona a protegerte, ¿no? —me respondió de muy buen humor.

No le contesté, pero sí cambié de tema.

—¿Cuándo viene Gabriella?

Mi padre frunció el ceño cuando mencioné a mi hermana pequeña.

—Dentro de tres días.

Asentí y fui a coger mi maleta, pero Sebastian se me adelantó.

—Yo te ayudo —dijo de muy buenas maneras.

Dejé que me acompañara escaleras arriba, hasta llegar a mi habitación, porque quería quedarme a solas con él. De repente, tener tanta gente a nuestro alrededor se volvió extraño, acostumbrados como estábamos a estar siempre solos.

—No sabía que conocías a mi padre... —dejé caer cuando llegamos a mi puerta. La abrí y entré, esperando que él hiciera lo mismo.

No lo hizo.

—Él me contrató. Claro que lo conozco.

—Logan Price es quien suele hacerse cargo de la seguridad de la familia, no mi padre, y parecíais muy colegas...

Sebastian me miró desde la puerta, inmutable.

—Le caigo bien, simplemente.

Ya claro... Pues no todo el mundo le caía bien a Alejandro Cortés.

—Algo has tenido que hacer para que te trate como lo ha hecho.

—¿Cuidar de su hija no te parece suficiente?

Sonreí sin que la alegría me llegara a los ojos.

—Nada que tenga que ver conmigo le pone de tan buen humor, créeme.

Sebastian cuadró los hombros.

—¿Necesitas algo más? Me gustaría descansar.

Entonces recordé sus dedos en mi pelo y me entraron ganas de zarandearlo. ¿Por qué podía ser tan dulce y tan frío a la vez?

—¿Qué reglas se aplican ahora? ¿Tengo que llamarte cada vez que quiera ir a alguna parte?

Sebastian me miró como si no entendiera mis preguntas.

—Se aplican las mismas normas, Marfil. Para eso estoy aquí.

Ya, claro.

No indagué más porque algo me dijo que era mejor no saber esas normas a las que estaba haciendo referencia y porque, a pesar de su común frialdad, lo noté raro. Aunque me hubiese encantado preguntarle, decidí que era mejor dejarlo correr, al menos por esa noche. Se marchó sin decir mucho más y observé su espalda desaparecer por el pasillo. Me di una ducha rápida y me puse uno de los pocos pijamas que tenía en aquella casa; normalmente pasaba allí solo el mes de verano y alguna escapada como aquella, por lo que la mayoría de mi ropa se quedaba en Nueva York.

Era bastante tarde, así que me metí directamente en la cama y antes de darme cuenta ya estaba dormida.

A la mañana siguiente bajé temprano a desayunar, había dormido a trompicones y unas sombras debajo de mis ojos delataban que apenas había podido descansar. No le di mucha importancia; tenía ganas de pasear por los campos de mi padre, montar a caballo o nadar en la piscina climatizada del sótano, uno de mis lugares preferidos.

Lupita me recibió tan efusiva como siempre y, mientras me preparaba el desayuno, aprovechamos para ponernos al día. Me contó que mi hermana había llamado a diario desde lo de mi secuestro para asegurarse de que todo iba bien y que estaba al tanto de cualquier novedad; no me había llamado a mí directamente porque había temido que le mintiese para no asustarla.

—Esa niña te adora demasiado, Marfil —dijo con una sonrisa mientras empezaba a pelar patatas.

Seguimos charlando un rato, me despedí de ella con una sonrisa y la promesa de no meterme en ningún otro lío. Justo cuando cruzaba la puerta del salón, vi a Sebastian acercarse por el pasillo que conducía al despacho de mi padre. Me chocó verlo vestido con traje y corbata; aunque los miembros de la seguridad de mi padre siempre se habían presentado vestidos de esa guisa, estaba demasiado acostumbrada a ver a Sebastian en vaqueros y zapatillas de deporte.

No estaba solo, iba acompañado de un chico un poco más joven que él, un poco más bajo, pero vestido prácticamente igual.

—Marfil, te presento a Louis Wilson —dijo muy serio a la vez que el tal Louis estiraba la mano para poder presentarse—. Te acompañará estos días hasta que llegue tu hermana.

Fruncí el ceño.

—¿Tú también eres guardaespaldas? —le pregunté a la vez que el tal Louis me pegaba un repaso discreto.

Era guapo, aunque nada fuera de lo normal. Rubio, ojos verdes, labios finos y nariz aguileña.

—Sí, señora —contestó repentinamente nervioso.

Miré a Sebastian de reojo.

—Puedes llamarme Marfil —dije de forma amigable para después fruncirle el ceño a mi guardaespaldas—. ¿Te marchas?

Sebastian me sostuvo la mirada sin pestañear.

—No podré vigilarte todo el día, solo es eso.

—Cuando dices «vigilar» me haces sentir como una presidiaria —contesté de forma ácida.

Louis a su lado nos lanzó una mirada curiosa.

—Creía que te vendría bien un descanso de mí —dijo simplemente.

O a ti de mí, ¿no, Sebastian?

—Eso o tienes algo que hacer que es mucho más importante que mantenerme con vida.

Sebastian no se dejó llevar a donde yo pretendía. Dio un paso hacia mí y se detuvo a medio metro de distancia.

—Pórtate bien —dijo previniéndome con la mirada—. Wilson tiene potencial, es nuevo en esto. Por favor, no hagas que quiera dejarlo antes de empezar.

—A veces eres tan agradable que me entran ganas de arañarme la cara.

Casi sonrió.

—Toda tuya, Wilson —dijo dirigiéndose al nuevo—. Cualquier cosa sabes dónde encontrarme.

No se marchó por la puerta, sino que siguió hacia las habitaciones del servicio.

¿Por qué demonios relegaba su trabajo en Wilson?

Lo miré con una sonrisa inquisitiva.

—¿Todos te llaman Wilson? —pregunté mientras me encaminaba hacia las puertas que daban al exterior. Me siguió sin demora.

—Sí, señora —volvió a decir y lo miré con mala cara—. Marfil, perdón.

—¿Has montado a caballo alguna vez, Wil? —le pregunté—. ¿Te importa que te llame Wil?

Negó con una sonrisa.

—Puedes llamarme como quieras, y sí, sé montar a caballo.

Sonreí.

Wilson era mucho más simpático que Sebastian.

—Genial, porque quiero alejarme de estas paredes el máximo tiempo posible.

Cruzamos el patio trasero, donde estaba la inmensa piscina rodeada de tumbonas y la barbacoa con chimenea, y nos dirigimos al establo. Mi padre criaba caballos, no ahí, sino en Montana, pero en Luisiana teníamos a los diez mejores ejemplares de frisones y uno de ellos era mi Philippe. Le había puesto el nombre por el caballo de Bella en la *Bella y la Bestia*, una de mis películas preferidas de niña.

Al entrar vimos a Colin, un señor de unos sesenta años que se encargaba de las caballerizas. Sabía tanto de animales que, aunque no tuviese el título de veterinario, era como si lo fuera.

—¿Va a montar, señorita Cortés?

Asentí dedicándole una sonrisa. Con Colin era imposible pretender que me tuteara, había desistido años atrás.

Sin esperar a que me preparara mi caballo, me acerqué hasta casi llegar al final de las cuadras. Philippe era un caballo precioso, blanco con las patas negras y las crines relucientes. Cuando entré relinchó contento y le acaricié el testuz, la parte que había justo entre sus bonitos ojos, y que él adoraba que acariciara con cuidado.

—¡Hola, precioso! —le dije entusiasmada. Amaba a ese animal.

Colin nos ayudó a ensillar a los caballos. El de Wilson era el de mi hermana, una yegua preciosa, de color negro muy mansa llamada Glitter.

Cuando estuvimos preparados nos subimos y salimos hacia el campo. Antes de lanzarme a todo galope en dirección contraria a la casa, mis ojos divisaron a Sebastian. Había salido y nos observaba desde su posición en el balcón del segundo piso. La mirada de advertencia que me lanzó solo me impulsó a salir a más velocidad.

«¿No decías que no tenías tiempo para protegerme? Pues que te den, Sebastian.»

Wilson sabía cabalgar, pero lo básico, por lo que no pude explayarme como a mí me hubiera gustado. Ir a toda velocidad hasta llegar al campo colindante atravesando el arroyo había sido uno de mis pasatiempos preferidos cuando era una cría y no poder hacerlo me fastidió, aunque tampoco iba a arrastrar al pobre Wilson conmigo y hacer que se partiera el cuello.

No pensaba darle la razón a Sebastian.

En cambio, le hice un tour por los campos de mi padre; atravesamos la granja abandonada donde jugaba de niña con Gabriella, la plantación de caña de azúcar y de algodón... Los robles centenarios se veían hermosos entrando ya en primavera y las azaleas rosadas impregnaban el lugar convirtiéndolo en un regalo visual precioso. Llegamos casi cuando el sol se ponía en el horizonte. Llevábamos sin comer nada desde el desayuno, por lo que en cuanto dejamos los caballos nos dirigimos directos a la cocina.

Me había gustado pasar tiempo con Wil, era muy simpático y divertido. Mi hermana iba a tener suerte de tenerlo como guardaespaldas. Además, no era nada paranoico. Pasar tiempo con él había sido como salir con un amigo y cuando al llegar a la cocina, ambos manchados de barro, agua y todo tipo de hojas, vi allí a Sebastian con el portátil delante de los ojos y cara de pocos amigos, me recordó lo que era tenerlo pegado a mis talones todo el santo día y lo poco divertido que era eso.

—¿Qué tal el día? —preguntó a la vez que cerraba el portátil y se levantaba de la silla.

Wilson se acercó a la nevera a coger agua. Yo me quedé observando a Sebastian, intentando descifrar lo que ocultaba su mirada.

—Divertido —contesté escueta.

—Me alegro.

Después de eso se marchó sin decir nada más.

Los siguientes dos días apenas lo vi. Fue como si me estuviese evitando adrede. No os podéis imaginar lo mucho que me molestaba eso. Me había puesto a Wilson de niñera y se había quitado de en medio como si tal cosa.

Las vacaciones no le iban a durar mucho; mi hermana llegaba al día siguiente e iba a tener que retomar su trabajo.

Me preguntaba qué demonios hacía todo el día. Al principio pensé que se dedicaba a ver películas en Netflix, pero después lo vi entrando y saliendo del despacho de mi padre en varias ocasiones.

A mi padre lo veía en las cenas, charlábamos sin mucho interés y después cada uno se marchaba a su habitación correspondiente. Lo normal, vamos.

Aquella tarde decidí ir a nadar yo sola, sin avisar ni a Wilson ni a Sebastian. Me puse mi bañador rojo preferido y desaparecí por las largas escaleras que me llevaban al sótano, donde estaban el gimnasio y la piscina de invierno.

Aún hacía frío para nadar fuera. Además, aquella piscina climatizada era otra de las cosas que echaba de menos de vivir en Nueva York.

Me gustaba mucho nadar, me relajaba, por lo que conecté mi iPod a los altavoces, dejé la toalla en una de las sillas y salté al agua sin pensármelo dos veces.

Disfruté del ejercicio y de estar sola por una vez. No sé cuánto tiempo estuve nadando, pero hice muchos largos, tantos que cuando finalmente decidí detenerme y apoyar la cabeza en el bordillo, había pasado al menos una hora.

Mi respiración agitada y mi corazón acelerado por el deporte se llevaron un susto cuando vi a Sebastian apoyado contra una de las paredes del gimnasio.

No nos habíamos cruzado desde aquella noche en la cocina, cuando volví de cabalgar.

Me ayudé con los brazos y salí por el bordillo haciendo fuerza. Chorreando agua, me dirigí hacia donde él estaba; no porque me hiciese especial ilusión, sino porque ahí había dejado mi toalla.

No me quitó los ojos de encima hasta que no lo tuve justo delante.

—¿Cuánto tiempo llevas aquí? —le pregunté cogiendo la toalla y envolviéndome con ella.

—Wilson lleva dos horas buscándote —dijo en vez de responderme.

¿Eran imaginaciones mías o acababa de mirarme con deseo?

—¿Dos días sin vernos y solo has venido a echarme la bronca?

—Tienes que decirle adónde vas, Marfil.

Observé sus pantalones de hacer deporte, su camiseta blanca sin mangas y yo también sentí deseo. Lo había echado de menos y me daba coraje lo frío que se mostraba conmigo desde que habíamos llegado a casa de mi padre.

—Quería estar sola.

Sebastian apretó los labios, pero no dijo nada más.

—¿Ibas a hacer ejercicio? —le pregunté mientras las gotas del pelo caían por mi frente y resbalaban por mi cuello hasta perderse en el escote del bañador.

Lo supe por la dirección de los ojos de Sebastian.

—Iba —contestó.

—¿Mi presencia te ha hecho cambiar de opinión?

—He decidido retomar mi trabajo —contestó desviando la mirada para después volver a centrarla en mí—. Me he dado cuenta de que no es buena idea dejarte en manos de otro.

Sus ojos se detuvieron en el arañazo que tenía en la rodilla derecha. Me había caído del caballo haciendo un salto que no salió del todo bien. No había sido nada del otro mundo, pero tenía la piel lastimada, aunque ya había empezado a cicatrizar.

—Fue culpa mía, no de Wilson —contesté.

—Lo sé —dijo centrando su atención en mi boca—. No has parado desde que hemos llegado.

Me encogí de hombros.

—Soy una chica salvaje.

No me lo rebatió y de repente tuve la urgente necesidad de que sus dedos me tocaran la mejilla, el brazo, el pelo... Quería volver a sentir lo que mi cuerpo sentía cuando él y yo estábamos en contacto.

—Deberías subir ya a tu habitación —me dijo cuando la tensión entre los dos se hizo demasiado intensa para poder soportarla.

Miré en dirección al gimnasio que teníamos a nuestra izquierda.

—Creo que me voy a quedar aquí haciendo algo de ejercicio.

—Llevas una hora nadando.

—Y por fin me respondes a mi primera pregunta —contesté a la vez que dejaba caer la toalla y me quedaba en bañador delante de él. Sus ojos recorrieron mis piernas durante un segundo efímero.

Me incliné para coger el pantalón de deporte que había llevado encima y me lo puse con excesiva tranquilidad.

—Creo que voy a hacer *kick boxing* —agregué rodeándolo y metiéndome en el gimnasio.

Allí había todo lo que os podéis imaginar: cintas de correr, elípticas, todo tipo de pesas, bicicletas, máquinas para levantar peso, sacos de boxeo...

No tenía ni la menor idea de cómo se boxeaba, pero intentaba alargar aquel momento con Sebastian.

Vino detrás de mí, tal y como sabía que haría, y me observó en silencio mientras elegía unos guantes que me quedaban enormes.

Cuando me puse el primero me encontré con el problema de que no podía ponerme el segundo, ya que tenía la mano derecha inmovilizada por el guante.

Sebastian apareció delante de mí.

—¿Por qué coges estos guantes?

Pestañeé dos veces antes de contestar.

—Porque si no me haré daño, ¿no?

Sebastian extendió la mano y puso la palma hacia arriba.

—Dámelos —dijo—. Si alguna vez alguien te ataca, no llevarás guantes.

Me los quité y se los di esperando que decidiese volver a retomar nuestras clases de autodefensa.

—Pegar puñetazos y patadas puede estar bien, pero se necesita mucho entrenamiento y, sobre todo, mucha fuerza para que dé resultado.

Sebastian tiró los guantes de cualquier manera y me dio la espalda hasta alcanzar el centro del gimnasio, donde estaba el suelo de goma negra.

—Ven aquí —dijo muy serio.

Me acerqué a él, mirándole indecisa.

—¿Cuándo crees que una mujer es más vulnerable si alguien la ataca?

Lo pensé durante unos segundos.

—Cuando tiene al hombre encima.

Sebastian asintió en silencio.

—Túmbate.

Mi corazón se detuvo un momento y luego ya no hubo quien lo parase.

Hice lo que me pedía y me acosté boca arriba, con él mirándome desde su altura. Desde esa posición parecía aún más enorme.

—Es cierto que cuando un hombre inmoviliza a una mujer contra el suelo, esta se encuentra en una posición muy vulnerable, la que más diría yo. Pero eso no significa que no pueda liberarse, que no pueda incluso darle la vuelta a la situación para convertirla en una muy peligrosa para su atacante.

Al terminar de hablar se agachó y colocó una mano en mis rodillas.

—Abre las piernas —me ordenó, y al hacerlo se colocó entre ellas. Vale, sí, claramente estaba en una posición en la que podría ser atacada, pero eso no quitaba que lo tuviera entre las piernas, joder.

Me miró a los ojos un instante y con sus manos colocó mis piernas hacia arriba.

—Te voy a enseñar lo que debes hacer si alguien intenta violarte.

Lo dijo tan serio que se me borró de la mente cualquier pensamiento sexual o amoroso.

Le presté toda mi atención.

—Tus piernas son tu mayor apoyo. Cuando alguien te tiene debajo cree que la batalla está ganada y cuenta con muchos puntos a favor. Créeme, desde donde estoy ahora tengo la ayuda de la gravedad y del entorno para poder patearte y golpearte hasta matarte.

Un escalofrío me recorrió todo el cuerpo.

—Por tanto, esto es lo primero que debes hacer: cruza los tobillos en mi espalda con fuerza para fijar tu agarre —dijo colocando mis piernas donde había dicho y asegurándose de que lo hacía bien—. Lo siguiente que deberías hacer es cogerme de la nuca y llevarme hasta tu cuello.

¿Comprendía que lo que me pedía suscitaba toda una lista de sentimientos y reacciones a mi cuerpo? ¿Reacciones que no podía controlar?

—Hazlo, Marfil.

Subí mi mano hasta colocarla en su nuca. Joder, no lo tocaba así desde nuestro primer y único beso. Tire de él como si le estuviese ofreciendo mi cuello y esperase que me besase hasta arrancarme un grito de placer.

—La idea es que me retengas con fuerza, al hacerlo podrás realizar el siguiente movimiento.

Esta vez volvió a levantar la cabeza para mirarme.

—Lo siguiente debes hacerlo deprisa y sin titubear —dijo con sus ojos clavados en los míos—. Con la mano izquierda debes subirme la camiseta por la espalda hasta el cuello, sujetarla, meter los dedos de la mano derecha de forma que me tengas bien sujeto y finalmente empujarte con las piernas sobre mis caderas, cruzar el otro brazo y ahorcarme en cruz con ellos. En seis segundos me habrás dejado sin respiración.

Le devolví la mirada como si me acabase de hablar en japonés.

—Me he quedado en lo de subirte la camiseta.

Sebastian puso los ojos en blanco y se incorporó.

—Lo haremos al revés para que lo entiendas. Ven —dijo tendiéndome la mano para levantarme del suelo.

Miró a ambos lados buscando algo.

—¿No traías una camiseta puesta?

Negué con la cabeza. Me había puesto los pantalones por encima del bañador y no había traído nada más, aparte de la toalla.

—Te dejaré la mía para enseñarte el ejercicio y luego lo volveremos a intentar.

«Espera, espera. ¿Vas a quitarte la camiseta?»

Pues claro que iba a quitarse la camiseta. Lo hizo con un solo movimiento y mis ojos se quedaron prendados de los músculos que escondía y que, joder, solo había podido ver de refilón en una ocasión.

Me tiró la camiseta y el golpe de esta en el pecho me hizo espabilar.

—Céntrate, Marfil.

¿Que me centrara? ¿Con ese cuerpo desnudo ante mis ojos? Pude ver un tatuaje en forma de calavera sobre su pectoral izquierdo y no me gustó nada. Pero me guardé esa imagen para analizarla luego e hice lo que me pedía. Me pasé la camiseta por encima del bañador e intenté controlar mis hormonas. Me estaba estimulando demasiado, ¿es que no se daba cuenta?

Se tumbó en el suelo y me indicó que me colocase igual que había hecho antes él conmigo.

Sebastian. Debajo de mí. Sin camiseta. ¿Alguien que me pellizque?

Joder.

Me coloqué entre sus piernas y me rodeó con ellas sin perder el tiempo. Era enorme y yo una enana en comparación. No podía colocarme sus pies en la espalda y cruzarlos porque... no tenía espacio; sus piernas eran el doble que las mías.

—Lo importante es que entiendas lo de después. —Me colocó su mano en la nuca y tiró de mí hacia abajo—. Cuando me tengas así, me subes la camiseta —dijo a la vez que sus dedos recorrían mi espalda hasta tener la camiseta enrollada a la altura de mi nuca.

Mi cuerpo estaba recostado encima de su pecho, pero él no me dejaba tiempo para fantasear. Se movía deprisa y de forma brusca, como se suponía que debería hacerlo yo en caso de que alguien me tuviese en esa posición y esperase salir viva para contarlo.

—Levanta la cabeza —me pidió y lo hice.

Tenía su boca a menos de quince centímetros, tenía su maldito olor por todas partes y encima sus dedos estaban rozando una de las partes más sensibles de mi cuerpo: el cuello.

—Con esta mano —dijo levantando la derecha—, agarras el cuello de la camiseta con fuerza. —Al hacerlo me tuvo casi inmovilizada, mi cabeza por encima de la suya—. Entonces te empujas con los pies en mis caderas —dijo simulando el gesto con sus rodillas— y cruzas el brazo izquierdo... así. —Al hacerlo mi cabeza había quedado atrapada entre sus brazos cruzados. No podía moverme, no podía hacer nada—. Lo siguiente es hacer fuerza. —La hizo y pude entender lo que me explicaba.

Dos segundos y cuando me soltó tuve que empezar a toser en busca de aire.

—¿Lo has entendido?

Asentí mientras me pasaba la mano por el cuello.

—¿De verdad podría contra alguien como tú?

Sebastian me sujetó por la cintura y nos levantó a ambos con un solo movimiento.

—Con alguien de mi tamaño, sí. Contra alguien como yo, no.

Ahora fue mi turno de poner los ojos en blanco.

—Te lo tienes un poco creído, ¿no?

—Dame la camiseta y túmbate —dijo sin entrar en mi broma.

Lo cierto es que parecía querer acabar cuanto antes con la clase. Me arranqué la camiseta y se la tiré de malas maneras. ¿Por qué tenía que ser tan capullo?

Me tumbé y acto seguido lo tuve entre mis piernas.

Como estaba molesta por su actitud indiferente, teniendo en cuenta que estaba encima de mí —joder—, tiré de él con fuerza y me tomé la clasecita en serio por primera vez. Mi mano izquierda le subió la camiseta —mis dedos tocando la piel desnuda que quedaba a mi paso, queriendo clavarle las uñas mientras me comía la boca—, al mismo tiempo la derecha lo sujetaba con fuerza del cuello.

—Ahora agarra...

—Ya lo sé —lo corté cogiendo el cuello de la camiseta, empujándome con mis pies en sus caderas y haciendo el cruce hasta tenerlo acorralado justo encima de mí.

—Muy bien... —dijo con sus malditos ojos marrones mirándome serios y sus malditos labios suspendidos sobre los míos, su aliento entrando en mi boca...

Apreté los brazos con fuerza y vi los efectos de primera mano. Podría ahorcar a cualquiera de esta forma...

Lo solté un segundo después y sonreí al ver que tosía buscando aire.

Cuando se recuperó, colocó las palmas de las manos a ambos lados de mi cabeza y vi orgullo en su mirada.

—Buen trabajo, elefante.

Mi respiración se aceleró y mi cuerpo fue plenamente consciente de todas las otras cosas que se podían hacer justamente en esa posición.

Sus ojos volaron hasta mis labios, que se humedecieron de forma inconsciente, deseando tantas cosas...

—Fin de la clase —dijo entonces, interrumpiendo cualquier tipo de fantasía que pudiese estar teniendo lugar en mi cabeza o la de ambos. Se incorporó haciendo gala de esa gracilidad que lo caracterizaba.

Cerré los ojos durante unos segundos, intentando controlar mis sentimientos.

Al abrirlos lo último que quería era tenerlo delante.

No cogí su mano cuando me la ofreció.

—Debería subir a ducharme y vestirme para la cena.

Sebastian asintió como si nada. Es más, me dio la espalda y fue a buscar los guantes que había dejado de cualquier manera en el suelo.

—¿Prometes no meterte en ningún lío mientras entreno un poco?

Lo miré por encima del hombro, puesto que ya había iniciado la marcha hacia las escaleras.

—¿A ti? No te prometo nada.

Me di el baño más largo de la historia y le dije a Lupita que no me apetecía bajar a cenar. No quería ver a nadie, no estaba de humor, y menos aun quería ver a Sebastian, que me había dejado con un calentón del quince sin nada que yo pudiese hacer para hacerlo desaparecer.

Necesitaba aire fresco, despejarme la mente, pensar con claridad e intentar olvidarme de mi maldito guardaespaldas.

Así pues, pasadas las doce de la noche, me encaramé a mi ventana y bajé por el sauce que me había hecho de escalera durante toda mi vida. Crucé el patio trasero y la inmensa piscina y me dirigí al establo. No pude evitar mirar hacia atrás, asegurándome de que nadie me seguía, de que nadie se daba cuenta de que me marchaba por un rato para estar a solas.

Las caballerizas estaban muy limpias y, a esas horas, completamente vacías. Solo se oía el relinchar de algunos caballos y el ruido del viento.

Encontré a Philippe dormitando en una de las cuadras de la derecha, pero abrió los ojos al oírme llegar.

—Hola, bonito. ¿Quieres ir a dar un paseo bajo la luz de la luna? ¿Quieres? —dije hablándole como a un bebé a la vez que abría la puerta y lo llevaba hacia donde estaban las sillas.

Cuando me contestó relinchando no pude evitar reírme, pero entonces sentí la presencia de alguien a mis espaldas. Me giré, asustada y cogí lo primero que encontré a mi alcance, que terminó siendo un paraguas que había allí apoyado.

Sebastian me observaba desde la puerta del establo, apoyado contra el marco de madera.

Suspiré aliviada cuando lo vi.

—¿Un paraguas? ¿En serio?

—¿Qué quieres, Sebastian? —dije dándole la espalda y cogiendo una silla y colocándola sobre Philippe.

—¿A esto llamas tú no meterte en líos? —me dijo observando cómo ensillaba a mi caballo.

—No te entiendo —dije muy fría. ¿Cómo demonios había descubierto que estaba aquí?

Dio un paso hacia delante, entrando en el establo y las sombras lo engulleron totalmente, como habían hecho conmigo. Estábamos en la penumbra.

—Creía que te había dejado claro lo que pasaría si volvías a bajar por una ventana en mitad de la noche...

¿Cómo demonios sabía...?

—¿Estabas espiándome?

Se acercó hasta Philippe y le acarició las crines sin mirarme.

—No te espío, te cuido más bien.

Fui a subirme al caballo, pero se me adelantó y me retuvo por el brazo.

—No vas a salir tú sola a cabalgar a estas horas, Marfil.

No me sacudí de su agarre, pero sí que me tensé.

—Lo he hecho miles de veces.

—¿Tu padre lo sabe?

Solté un bufido.

—¿Tú le contabas todo lo que hacías a tu padre, Sebastian?

Supe que la había cagado nada más soltar aquello. Sebastian no había tenido padres. Qué estúpida.

—Es peligroso que salgas sola —contestó como si no hubiese escuchado mi último comentario.

—Estoy en casa, aquí no corro ningún peligro.

—El peligro está en todas partes.

Lo tenía a tan solo medio metro de distancia. Apenas veía sus rasgos, pero las sombras le daban un aire aún más amenazante de lo normal.

—¿Cómo supiste que salía por la ventana?

Sebastian pareció dudar un instante.

—Cámaras... En la ventana de tu habitación. He visto cómo bajabas y casi te caías cuando un pie se te ha resbalado en una rama...

Así que me habían puesto una puñetera cámara. ¡Lo que me faltaba!

Apreté los labios con fuerza.

—Eres increíble —dije intentando volver a subirme a mi caballo.

Casi lo logré, pero esta vez me cogió de la cintura y tiró de mí hasta bajarme de nuevo, acorralándome entre el caballo y su pecho.

—No vas a ir —dijo tan cerca de mi boca que noté su aliento entrando lentamente entre mis labios.

—Déjame en paz —repliqué entre dientes.

Desde que había visto lo coleguita que era con mi padre, lo distante que era conmigo y lo indiferente que se había mostrado hoy mientras me enseñaba a defenderme, sentía como si me hubiese traicionado. Mi padre había pasado a ocupar mi lugar y eso me molestaba, me molestaba mucho. Sebastian era mío, no de él... Así lo sentía. Así lo quería.

—Mañana te acompañaré a donde tú quieras, pero ahora vete a tu habitación.

Noté que mis pechos rozaban el suyo, un roce que me puso todos los pelos de punta. No podía evitarlo. No podía evitar sentirme así cuando lo tenía pegado a mí.

—No tengo sueño... Mi mente está llena de fantasías... Tú y yo desnudos en un gimnasio...

Sebastian me soltó y dio un paso hacia atrás. Levantó el brazo y señaló hacia la casa.

—Fuera. Ahora —dijo con la mandíbula apretada.

Me intimidó mucho su tono. Supe que hacer referencia a lo de aquella tarde era caer muy bajo. Esos momentos que teníamos entre los dos quedaban ocultos en un silencio impuesto por ambos, una mirada, una caricia. Los dos hacíamos como si nada, evitando hablar del tema, evitando nombrar lo que había ocurrido hacía ya tres semanas, negando la atracción que existía entre los dos. Porque, aunque desde que habíamos llegado a casa de mi padre él había hecho lo imposible por mostrar indiferencia hacia mí, yo no me había olvidado de cómo me había acariciado en el avión hasta conseguir que me durmiera. Si estaba así era por mi padre, no por mí.

—¿Tienes miedo de que mi padre se entere? —dije, ahora mucho más furiosa con él, por tratarme así, por negar lo que sentía por mí, porque algo sentía. Lo sabía. Lo notaba.

—Joder, Marfil —casi gritó sobresaltándome—. Esto será un juego para ti, pero este es mi trabajo, ¡maldita sea!

Nunca lo había visto tan furioso, nunca. Entendía su preocupación —si mi padre se enteraba de lo que había ocurrido entre los dos, por nimio que hubiese sido, lo descuartizaría—, pero me molestaba que no me pusiese a mí primero en su lista de prioridades. Me dolía más de lo que quería reconocer.

Un relámpago que precedió a un sonoro trueno iluminó momentáneamente los establos e hizo que los caballos relincharan asustados.

—Será tu trabajo, pero esta es mi vida. He hecho todo lo que me has pedido. Desde lo del concierto no he vuelto a causarte ningún problema, pero he cabalgado de noche cientos de veces; no va a pasarme nada.

Sebastian me miró sin transmitir nada.

—Sales aquí de noche, en medio de una maldita tormenta, porque es la única forma que tienes de llamar la atención. ¿Quieres ir a dar un maldito paseo a caballo a la una de la madrugada? Muy bien.

No dijo nada más y yo terminé de ensillar a Philippe.

Lo miré de malas maneras cuando sacó el caballo de mi padre y empezó a ensillarlo tal y como acababa de hacer yo.

—¿Qué haces?

—Ir contigo. Es eso o arrastrarte a casa de los pelos.

Le lancé una mirada envenenada y me monté encima de mi caballo.

Antes de que pudiera detenerme, salí apresuradamente de allí.

El viento en la cara fue gloria bendita en aquel instante. Nunca fue mi intención dejar que me acompañara, sino hacer exactamente lo que hacía en ese instante. Cabalgar, sola, de noche y, si tenía suerte, bajo la tormenta.

Pero Sebastian me alcanzó, el muy capullo, así que tuve que darle a Philippe con las espuelas en los costados para que corriera aún más deprisa. Pero Sebastian había elegido el caballo de mi padre, Marengo, y no tardó en alcanzarme. Marengo era el animal más rápido de todos los caballos que mi padre vendía y criaba. Era un purasangre, había ganado carreras...

Lo escuché correr a mi lado. No quise ni mirarlo, pero mis ojos se desviaron curiosos para ver cómo se manejaba con el caballo de mi padre.

Joder, ni que lo hubiese hecho toda la vida...

Entonces la tormenta se desató sobre nosotros. Nos empapó al instante.

Los relámpagos empezaron a iluminar el cielo sobre nuestras cabezas y pronto fue imposible seguir corriendo a esa velocidad. Tiré de las riendas de Philippe y le dije «sooo» por encima del ruido del agua.

Había salido a cabalgar muchas veces bajo la lluvia, pero nunca durante una tormenta como aquella. El campo bajo mis pies empezaba a encharcarse y odié ver que Sebastian tenía razón. El problema radicaba en una simple palabra: órdenes. No me gustaban, nunca me habían gustado, ni en casa, ni en el internado. Las monjas me odiaban, una incluso me dijo una vez que era la hija de Satán. Siempre había quebrantado las reglas, esa era mi esencia, mi espíritu... Incluso le hacía frente a mi padre dentro de mis límites y espacios libres de comederos de cabeza.

Hacía ya dos años que vivía sola, que me había alejado de todas esas normas estrictas, de todas esas personas que desde pequeña me habían intentado domar —domar como al caballo que tenía justo debajo de mi cuerpo—, e hicieran lo que hiciesen, el espíritu indomable de mi madre no cesaba en su empeño por salir a la luz. Yo no sabía obedecer, simplemente era así.

—¿Estás contenta? —me gritó Sebastian, empapado hasta los huesos y muy pero que muy enojado.

Lo miré, mientras el agua chorreaba por mi cara y por mi pelo. Miré hacia el cielo, casi pude distinguir las gotas de agua precipitándose a la velocidad de la luz sobre mis mejillas. Allí, arriba, alguien me observaba sonriente, estaba segura.

Volví a golpear los costados de Philippe.

—¡Joder, Marfil! ¡Tenemos que volver!

Ignoré sus gritos y seguí un camino que yo conocía lo suficiente como para no perderme en aquellas circunstancias. No podía volver a casa hasta que no menguara la tormenta, así que enfilé el camino hacia el granero de nuestros vecinos, un granero abandonado donde Gabriella y yo habíamos jugado en contadas ocasiones cuando salíamos a cabalgar y creíamos que estábamos en una misión muy importante, secreta y llena de aventuras donde aparecían dragones, elfos, hadas y todo tipo de criaturas mágicas inverosímiles.

Vi el granero a lo lejos y seguí cabalgando hasta que por fin tuve un techo sobre mi cabeza. Al minuto llegó Sebastian. Philippe parecía contento de haber cabalgado en esas condiciones; Marengo por el contrario relinchaba y se sacudía el agua que le caía por todo el pelaje.

—¡¿Has perdido completamente la cabeza?! —me gritó Sebastian, a quien simplemente le dediqué una mirada asesina antes de bajarme con soltura de la montura. Había heno seco en el establo y los caballos se acercaron a comer, ajenos a la pelea que estaba a punto de producirse junto a ellos.

—Creo que sigue sobre mis hombros —contesté con ironía.

Sebastian parecía querer matarme lentamente.

—¡Maldita sea, eres una inconsciente!

—¡Supongo que no siempre te van a tocar clientes sumisos con los que trabajar!

La lluvia caía con tanta fuerza que tuve que elevar el tono de voz para que escuchara mi contestación. Empecé a temblar, aunque estuviéramos en abril, la tormenta había traído consigo un viento terrible, lo cual unido a que estaba empapada no era una buena combinación.

—Esto se acabó... —dijo más para sí que para mí—. Se acabó, no pienso seguir haciéndolo.

Lo miré extrañada.

—¿Qué es lo que no piensas seguir haciendo?

Sebastian me miró a los ojos y no me gustó nada lo que vi en esa mirada.

—No voy a seguir cuidando de ti. No voy a seguir haciendo este trabajo en estas condiciones.

Cuando dijo eso mi corazón dejó de latir.

—¿De qué condiciones hablas? Hace unos minutos decías que tu trabajo era lo más importante...

—Y lo es... Créeme. Por eso voy a dejarlo.

Apreté la mandíbula con fuerza.

—Eso no tiene ningún sentido.

Sebastian me miró como si no supiese nada, como si fuese una niña a la que hay que mirar con indulgencia.

—Estás acostumbrada a salirte con la tuya. No me respetas. No puedo hacer mi trabajo si a la mínima vas a intentar hacer algo temerario. Necesito saber que entiendes el peligro que corres, pero estoy seguro de que crees que todo esto es un chiste.

Eso me cabreó.

—No sabes lo que dices, Sebastian. Soy consciente de que algo ocurre, algo que tampoco queréis contarme, como si fuese idiota, pero a la que secuestraron fue a mí, ¿recuerdas?

Sebastian se pasó la mano por la cara, quitándose el exceso de agua y volvió a mirarme desde su altura, regio, frío, distante...

—Entonces ¿por qué me lo pones tan difícil, maldita sea?

Lo miré sin titubear. Sebastian sabía cómo era yo. Su actitud en ese instante estaba siendo totalmente desmesurada.

—Tú no estás así porque yo haya salido esta noche sola sin avisarte y sin protección. Estás así porque estás bajo el mismo techo que mi padre, tu jefe, y te acojona que pueda descubrir lo que hay entre tú y yo.

Listo. Lo saqué fuera, no podía seguir guardándomelo dentro.

Sebastian ni siquiera pestañeó.

—No hay nada entre tú y yo.

—Puedes seguir diciéndotelo a ti mismo un millón de veces si eso te hace sentir mejor. —Fui a darle la espalda. No quería que viera cuánto me habían dolido sus palabras. No quería darle más poder del que ya tenía.

Me retuvo del brazo y me obligó a hacerle frente.

—Ya me disculpé contigo por lo que pasó entre los dos. Dijimos que no volvería a repetirse.

Solté una carcajada sardónica.

—¿Dijimos? —repetí—. No recuerdo esa parte...

Sebastian maldijo por lo bajo sin quitarme los ojos de encima.

—No puedes tenerlo todo. Esto solo es un capricho tuyo, pero no te haces a la idea de lo importante que...

—¿Capricho? —dije elevando el tono y cortando lo que fuera a decir—. Te crees que me conoces, pero no tienes ni idea. Ves lo que tengo, pero no sabes cómo soy, ni lo que quiero, ni lo que deseo...

—Sé que si sigo contigo más tiempo... —Pero no acabó la frase y una parte de mí supo lo que quería decir.

Di un paso hacia delante.

—Si sigues conmigo más tiempo..., ¿qué, Sebastian?

Negó con la cabeza sin querer mirarme, mirando a cualquier parte menos a mí.

—¿Por qué me acariciaste durante el vuelo? ¿Por qué lo hiciste? Yo no te lo pedí.

No respondió a mi pregunta, así que me coloqué justo enfrente de él y le pegué un empujón, un empujón que apenas lo movió.

—Sabes lo que siento por ti. Lo sabes y no te importa, pero luego vas y haces cosas que no tienen ningún sentido, como cuando me cuidaste después del tatuaje o como cuando te preocupas si no he cenado y me preparas comida sana. Te gusta tocarme, Sebastian. Lo haces más a menudo de lo que piensas, pero yo soy consciente de cada uno de tus roces. ¿Te crees que no me doy cuenta? ¿Te crees que no sé que aprovechas cualquier oportunidad que se te presenta para ponerme las manos encima, aunque sea una caricia efímera y totalmente inocente?

Como respuesta apretó la mandíbula con tanta fuerza que las venas del cuello estaban a punto de explotar de la presión.

—¡Maldita sea, Sebastian! ¡He sentido más en ese beso que nos dimos que en todas las veces que he estado con chicos!

Fijó sus ojos furiosos en los míos.

—Cállate, Marfil.

—¿Por qué niegas lo que quieres de mí? ¿Por qué tienes tanto miedo de coger lo que quieres?

—Porque nunca ni en un millón de años podrías darme lo que necesito.

Eso me dolió. Mucho.

Camuflé el dolor con rabia y di un paso hacia atrás.

—No me retes, Sebastian, porque sabes que jugaré.

Con sus ojos clavados en mí, di otro paso más hacia atrás y, cuando supe que había una distancia segura, tiré de mi camiseta hacia arriba y me quedé en sujetador delante de él. Las venas de su cuello seguían latiendo como nunca, y algo en sus ojos pareció pasar de la furia al deseo cuando me vio delante de él, en sujetador y vaqueros.

—Para... —dijo cuando fui a quitarme los pantalones. Me desabroché el primer botón y él cruzó el espacio que nos separaba en dos zancadas. Me sujetó la mano que intentaba desabrochar el segundo botón—. Para —repitió entre dientes.

Mi respiración se había acelerado, mucho, y la de él también.

Nuestros cuerpos estaban empapados por la lluvia y su cercanía consiguió que la piel se me pusiera de gallina.

—No quiero parar. Quiero que me hagas sentir como aquella vez. Quiero llegar hasta el final...

Se me quebró la voz al final de la frase. Nunca había sentido algo así por nadie. Lo deseaba con todas mis ganas. Me dolía el cuerpo de lo mucho que ansiaba su contacto, el que fuese, el que él quisiese darme, me conformaría con muy poco...

—No puedo, Marfil —dijo aún sin tocarme—. No te conviene sentir estas cosas por mí...

Mis ojos llamearon cuando levanté la cabeza buscando sus ojos.

—Tú sientes lo mismo —dije en un susurro bajo—. Sé que me deseas.

Estaba en sujetador a medio metro de ese hombre empapado, fuerte, alto y musculoso. ¿Por qué no me besaba? ¿Por qué no nos daba lo que ambos queríamos?

—Cualquiera te desearía —dijo mirándome los labios. Sabía que estaba conteniéndose y me encantó ver lo mucho que le costaba—, pero no pienso volver a tocarte —concluyó dándome la espalda y alejándose de mí.

Apreté los labios con fuerza.

—Si no me besas lo contaré —dije sintiéndome como la persona más rastrera del planeta Tierra. Si no hubiera estado tan segura de que me deseaba tanto como yo a él, no habría jugado esa baza. Pero lo que no pensaba aguantar era que mi padre volviese a entrometerse en mi vida y menos cuando sabía que ese hombre podía volverme loca con tan solo pulsar unas teclas.

Sebastian se detuvo y se giró despacio hacia mí.

—No me chantajees, Marfil, porque esto puede ponerse muy pero que muy feo.

Me dio miedo su mirada, pero hice acopio de fuerzas y seguí adelante con mi plan.

—¿No decías que era una caprichosa? Pues a lo mejor llevas razón. Quiero tu boca justo aquí —dije inclinando la cabeza hacia un lado y señalando la parte de mi cuello donde el latido de mis venas parecía marcarse a través de mi piel clara. Aunque me tembló la voz un poquito, recé para que él no se diera cuenta—. Y luego quiero que pases al otro lado. Quiero que me muerdas suavemente. Quiero que me hagas gemir mientras tus dedos exploran todo lo que quieran de mi cuerpo.

Juro que su mirada oscura daba miedo. No sabría decir si estaba excitado o furioso, pero cuando se acercó a mí inevitablemente di un paso hacia atrás. Mi culo chocó contra la pared y me puse nerviosa al ver que no tenía escapatoria.

—Retíralo —dijo colocando ambas manos contra la pared que había a mis espaldas.

Temblé de miedo y excitación.

—O me besas ahora mismo o mi padre sabrá que estuviste a muy poco de provocarme mi primer orgasmo.

Sus ojos llamearon, pero vi incredulidad ante lo que le decía. Sebastian parecía creer que mi reputación en Columbia era cierta y me moría de ganas de convertir algunos de los rumores en verdades.

—Te estás metiendo en terreno peligroso, Marfil.

Estaba ten cerca de mí que podía sentir su fragancia por todas partes.

—Nuestra relación fue peligrosa desde el principio, Sebastian. ¿Acaso no estás aquí justamente para protegerme de los malos?

—Protegerte me está costando sangre, sudor y lágrimas, maldita sea.

—¿Sabes lo que me pasa cuando te tengo cerca? —dije subiendo mi mano y colocándola en su nuca. Me dejó hacer, aunque se mantuvo quieto como una estatua. El latido de su vena en el cuello era el único signo de que era un ser viviente—. Si metes la mano ahí abajo lo descubrirás —solté con muy poca vergüenza.

Parpadeó solo una vez antes de contestar.

—¿Y sabes lo que tú provocas cuando intentas chantajearme?

—dijo colocando su mano sobre la mía, que reposaba tibiamente sobre su mejilla—. Que te odio cada día que pasa un poco más.

Antes de que pudiera asimilar sus palabras, su boca ya estaba sobre la mía. Nuestros labios chocaron y nuestras bocas se enroscaron, húmedas, frías, mojadas por la lluvia y pronto tibias por sus besos, como si fuese la última vez que fuésemos a besar a alguien.

«Por fin.»

Casi escuché el suspiro de alivio que mentalmente soltamos los dos. Me apretó contra la pared del granero y, cuando mis manos fueron a enredarse en su pelo, él me las cogió, apretujándolas con fuerza sobre mi cabeza a la vez que soltaba un rugido de advertencia.

Me levantó con facilidad al mismo tiempo que hacía algo mágico con su lengua. Algo que me produjo un calor intenso en mi entrepierna. Algo que casi me deja allí muerta de deseo. Su forma de besar, joder... demostraba que yo tenía razón, que no estaba equivocada, que lo que había entre los dos existía y no era algo común, no era lo normal.

Jadeé cuando su mano me sujetó por la barbilla, separándose de mí para poder mirarme de nuevo.

—Me vuelves loco —dijo, para después chuparme el labio inferior y tirar de él con sus dientes—. Te comería entera solo para hacerte callar, solo para que dejases de provocarme a todas horas, a cada segundo del día que te tengo delante...

Yo ya no veía, mi visión había quedado nublada por un deseo indescriptible, por un deseo incontrolable hacia ese hombre.

—Te follaría contra esta pared durante horas si no supiese que eres virgen —soltó entonces, dejándome de piedra. Mis ojos fueron a preguntarle, pero me calló con un beso. Me metió la lengua y me torturó con la presión de su cuerpo contra la pared. Mis piernas le rodeaban las caderas y, cuando presionaba, su erección se clavaba contra mi pubis, causándome un placer insatisfecho que cada vez iba en aumento, que cada vez reclamaba ser atendido como debía—. ¿Que cómo lo sé? —dijo entonces apartándose de mí otra vez—. Porque lo llevas escrito en la frente, elefante. Todos los poros de tu piel rezuman una inocencia que a duras penas puedes ocultar con tus contestaciones y tu cuerpo de mujer...

Sentí que me ruborizaba.

¿Cómo demonios lo sabía?

—Yo solo quiero que me beses —dije mirándolo a los ojos.

—¿Solo? —me preguntó mirando hacia abajo, hacia mis pechos cubiertos por un sujetador blanco de encaje, un sujetador en el que se marcaban mis pezones contra la tela, ya fuera de deseo o de frío, pero ahí estaban deseando ser atendidos como todas las partes de mi cuerpo que necesitaban de su contacto. Su boca se apoderó de mi pecho izquierdo y yo tiré la cabeza hacia atrás, suspirando entrecortadamente cuando se metió el pezón en la boca y lo humedeció con su lengua, a la vez que me apretaba el otro pecho con su otra mano—. Estoy cabreado contigo y cabreado pierdo el control, Marfil.

—No pasa nada por perder el control de vez en cuando... —dije soltando un gemido entrecortado cuando sus dientes me mordieron con suavidad el pezón izquierdo—. Para mi gusto estás siempre demasiado tenso...

Empujó las caderas contra las mías y solté un suspiro muy audible cuando su erección dio justo contra mi entrepierna.

Enterró su boca en mi cuello. Allí consiguió ponerme todos los pelos de punta, un escalofrío me recorrió entera mientras su lengua, sus labios y sus dientes me torturaban sin descanso. Me encantaba. Me encantaba lo que me hacía. Lo quería dentro de mí. No me importaba la virginidad. No me importaban las charlas de mi padre, las advertencias, las clases de catequesis con las monjas, estar cometiendo un pecado. Quería cometer todos los pecados con Sebastian y, cuando terminase con ellos, crearía unos nuevos para volver a pecar una y otra vez.

Mis pies tocaron el suelo y siguió besándome. Me besó el valle de los pechos. Me besó el ombligo. Me comió el cuello sin ningún tipo de cuidado.

—Podría hacer que te corrieras simplemente haciendo esto —dijo tocándome la entrepierna por encima de los pantalones. Los vaqueros se clavaron en mi piel hipersensible y temblé de placer.

—Sebastian...

Noté que me desabrochaba los pantalones y luego que su mano se introducía en mi ropa interior.

Cerré los ojos cuando sus dedos me tocaron... Cuando sus dedos se introdujeron en mi interior...

—Dios... —susurré contra su boca cuando, sin dejar de besarme, me penetró con los dedos sin descanso.

Él no dijo absolutamente nada más. Su boca en la mía. Sus ojos abiertos sin perderse detalle. Sus dedos haciendo magia con mi cuerpo.

Mi mano agarró su muñeca cuando, sin saber qué ocurría, una sensación grandiosa y abrumadora me invadió por todos los lados adueñándose de todos mis sentidos, dejándome sin pensamientos...

—Déjate llevar, Marfil... —dijo con un gruñido seco.

De no haber estado tan perdida en el placer que sentía en aquel instante, habría notado que el tono de su voz había cambiado.

Abrí los ojos para no perderme detalle. ¿Quién sabía lo que ocurriría después de eso? ¿Quién sabía cómo se comportaría Sebastian cuando el calentón que ambos teníamos se evaporase en el aire?

Pero no pude pensar mucho más... Mi primer orgasmo tuvo lugar a manos de ese hombre y mi mente se quedó en blanco. Ni siquiera fui consciente de los ruidos que salieron de mi boca ni de cómo Sebastian se aseguró de que el placer continuaba hasta exprimirme todo lo que yo podía darle.

No apartó los dedos de inmediato, sino que los dejó allí un poco, presionando levemente. Después los sacó y, como si nada, se los llevó a los labios. Los lamió sin quitarme los ojos de encima y volví a sentir un deseo irrefrenable. Tuve envidia de sus dedos.

La lluvia había dejado de caer con tanta violencia y, de repente, sentí que mis piernas se doblaban. Me apoyé en él, que me sostuvo contra su duro cuerpo unos instantes. Pero entonces, cuando ni siquiera había podido recuperarme del todo, cogió mis muñecas con una de sus manos y me apartó.

—Ya he hecho lo que querías —dijo serio, sin ningún atisbo de deseo en su mirada. Parecía como si le hubiesen quitado una careta—. Ahora vístete, súbete al caballo y métete en tu habitación.

Fue como si me tiraran un jarro de agua fría por la cabeza.

Sebastian me soltó, me dio la espalda y se fue directo hasta el caballo de mi padre.

Aún temblaba por el orgasmo, pero la mirada de Sebastian me había borrado de cuajo cualquier resto de placer.

—Sebastian... —dije con voz temblorosa.

Ay, Dios mío... Iba a ponerme a llorar. Iba a llorar como una magdalena si no se acercaba en ese mismo instante y me abrazaba con fuerza.

—He dicho que te vistas —dijo mirándome desde su distancia.

Sentí vergüenza y me sentí humillada. Había pasado de tener sus dedos dentro de mí a mirarme como si fuese una completa extraña, una extraña que además le irritaba.

Me apresuré a vestirme, más por vergüenza que por otra cosa.

Sebastian volvió a darme la espalda y se puso a acariciar a Marengo.

—¿Por qué me tratas así? —pregunté, limpiándome las lágrimas con el brazo y haciéndole frente.

Se giró hacia mí otra vez.

—No te trato de ninguna manera —dijo con una calma fingida—. Me has chantajeado para que te diera placer y eso es lo que he hecho.

Lo que dijo sonó tan sucio, tan horrible, tan asquerosamente fuera de lugar...

—Nunca harías nada que no quisieras, no me vengas con eso ahora —contesté temblando de frío. El calor había desaparecido de mi cuerpo, dejándome ahí, temblorosa y vulnerable frente al hombre con el que había compartido algo que para mí había sido especial y maravilloso.

—En eso tienes razón... Porque he dejado que me chantajees una vez. La segunda vez seré yo quien hable con tu padre y será para decirle que me piro.

Lo decía completamente en serio.

Necesitaba largarme de ahí. No aguantaba mirarlo a la cara cuando me observaba de aquella forma tan impersonal.

Me acerqué a mi caballo sin emitir palabra alguna.

No me detuve en mirar si me seguía. Me subí a la montura, le di en el costado a Philippe y salí de allí como si me persiguieran los demonios. La entrepierna aún me latía con fuerza y me dolía un poco. Nunca me habían estimulado de aquella manera tan invasiva.

Apreté los labios con fuerza y parpadeé rápidamente para espantar las lágrimas que me nublaban la visión.

Cuando me bajé del caballo y lo dejé en su cuadra, salí corriendo del establo. No miré atrás. No quise ver la satisfacción en su mirada al verme llorar, al haber dejado que me devolviese el golpe de una forma tan directa, tan dolorosa.

Me metí bajo las sábanas de mi cama y lloré hasta quedarme dormida.

18

MARFIL

La mañana siguiente al «suceso» la dediqué a maquillarme. No porque me apeteciera, sino más bien porque me negaba a dejar que Sebastian viera cuánto me había afectado lo que había hecho conmigo la noche anterior. Mis ojos rojos, mis mejillas coloradas y mis labios hinchados estaban cubiertos por una capa mágica de maquillaje que me había dejado como nueva. La base de maquillaje de Dior que me había comprado hacía tiempo y que estaba prácticamente nueva por falta de uso, había hecho maravillas con mi piel. El maquillaje de verdad podía hacer milagros, porque cuando bajé a la cocina al mediodía estaba radiante; radiante por fuera, claro, ya que por dentro solo podía pensar en lo humillada que me sentía. Y decepcionada con Sebastian porque nunca habría creído que fuese capaz de hacerme algo así. Sí que era verdad que le había hecho chantaje, pero ¡venga ya! Era obvio que no pensaba decir nada. ¿Me imagináis acudiendo a mi padre para decirle que me había enrollado con él? De eso nada. Él sabía que no lo había dicho en serio y, aunque decirlo estuvo mal, no pensaba tragarme sus embustes. Lo que había hecho, cómo me había tratado, no tenía excusa.

Así que pasamos el resto del día evitándonos. No es que la casa fuese pequeña como para tener que cruzarnos, pero él iba donde yo iba, por lo que para no tener que verlo, pasé muchas horas en mi habitación. Supuse que cuando mi hermana llegase todo sería mucho más fácil... Con ella me distraería y, si nos dejaban, incluso podríamos acercarnos a la feria del pueblo.

La misma noche que llegaba Gabriella, lo vi salir del despacho de mi padre con Logan; estaba más serio que nunca y lo que fuera que hubiesen hablado me hizo cuestionarme qué habrían averiguado para que ambos, Logan y Sebastian, me devolviesen la mirada incómodos al salir del despacho y cruzarse conmigo.

No tuve mucho tiempo para ir a preguntar, porque la puerta de entrada se abrió y Gabi apareció con una sonrisa dibujada en sus bonitos labios rosados.

—¡Estoy en casa! —gritó, soltando su mochila de cualquier manera en el suelo y corriendo hacia donde yo me encontraba. La abracé con verdadera alegría y me di cuenta de que había pegado un estirón increíble durante los últimos meses.

—¡Estás casi tan alta como yo! —le dije mirándola fijamente.

Mi hermana era preciosa, una niña de quince años que más bien aparentaba dieciocho. Tenía el pelo castaño claro que le llegaba a los hombros y sus ojos eran iguales que los de nuestro padre, de un marrón claro enmarcados por espesas pestañas. Su cuerpo era muy parecido al de una modelo, aunque también tenía que ver su edad. Era alta y delgada, con curvas muy discretas que a cada año que pasaba se le iban marcando un poco más. Sus piernas delgadas como palos quedaban al descubierto con los pantalones cortos que llevaba. Tenerla allí me hizo muy feliz, aunque solo fuésemos a estar juntas durante unos días. Me fijé en que detrás de ella aparecía Wil cargando con sus maletas.

Entonces nuestro padre salió de su despacho para ir a recibir a Gabriella. Mi hermana tenía una relación un poco más estrecha con él. Tener a su madre para compensar los días que vivía con él había ayudado a que los momentos tensos se redujeran a la mitad.

Mi padre la abrazó, me miró por encima de su hombro y luego se sentó un rato con nosotras en el salón.

—Bueno, chicas, ahora que estáis aquí las dos hay algunas cosas que tenemos que dejar claras —dijo mientras se llevaba la copa de brandi a los labios.

Gabriella me miró y su sonrisa se desdibujó de su cara. Ese era mi padre, sabía cómo fastidiarle el subidón a cualquiera.

—Gabriella, a tu hermana la secuestraron y luego la dejaron tirada en un hospital —dijo mi padre. Gabriella ya estaba al tanto de eso, aunque supongo que era necesario volver a narrar los hechos—. Por alguna razón que aún desconozco quieren hacerle daño y perfectamente podrían intentarlo también contigo. Así que os voy a pedir a las dos que tengáis los ojos muy abiertos y sobre todo que hagáis caso a vuestros guardaespaldas. Gabriella, tú estás segura en el colegio, pero tú, Marfil, haz todo lo que Sebastian te diga. ¿Me has oído?

«Todo lo que Sebastian me diga...»

Mi mirada se desvió de mi padre a él, que acababa de aparecer por la puerta. Wilson se colocó al lado de Gabi y nos miró con seriedad.

Estuvimos un rato escuchando a Gabriella hablar sobre sus notas y el internado y, cuando mi padre la mandó a la cama, aproveché para preguntarle algunas cosas.

—No hay mucho que pueda contarte, Marfil —dijo impaciente. Siempre había odiado que lo retuviéramos más tiempo del necesario—. No sé quién está detrás de esto, aunque puedo tener una ligera idea... Mira, en el mundo en el que yo me muevo, cuando un negocio sale mal o alguien pierde dinero, las cosas pueden salirse de madre... La gente es capaz de cualquier cosa por unos cuantos de miles de dólares y yo manejo millones, ¿entiendes?

Pues claro que lo entendía, pero ¿por qué diablos tenía yo que pagar por ello?

—No creo que aguante mucho más tiempo viviendo así —dije, mirando de reojo a Sebastian, que obviamente había escuchado toda la conversación. Estábamos en el salón y, aunque Sebastian, Wilson y Logan estaban charlando en la otra punta, sabía que Sebastian tenía puesta una oreja en esta conversación.

—Es lo que hay —dijo mi padre levantándose y dándome la espalda para marcharse a su despacho.

«Es lo que hay...», menuda respuesta.

Me levanté del sofá cabreada y de muy mal humor.

Sebastian ni siquiera me miró, lo que contribuyó a que me hirviera la sangre por dentro.

Me fui a mi habitación sin ni siquiera pasarme por la de mi hermana.

A la mañana siguiente me alegró un poco tener algo que hacer, lo cual sin duda conseguiría distraerme. Desde hacía cuatro años me había ofrecido voluntaria para ayudar en una ONG formada en 2005 tras la devastación provocada por el huracán Katrina. Yo por aquel entonces tenía ocho años, ni siquiera había estado allí cuando pasó porque estaba en Inglaterra, pero al volver sí que pude ver la catástrofe que dejó a su paso. El huracán había sido uno de los desastres naturales más devastadores de la historia de nuestro país y ver de primera mano cómo una de mis ciudades preferidas en el mundo, Nueva Orleans, había quedado prácticamente destruida aún me producía una profunda tristeza. Toda Luisiana sufrió daños de costos inalcanzables; los 1836 muertos aún se recordaban como una tragedia tan triste que dolía el corazón. Siempre fui una persona a la que le gustaba salir y ayudar, meterme en medio de todo y sentir que formaba parte de algo importante, así que busqué una asociación mediante la cual poder aportar algo a la ciudad. Con el paso del tiempo, la ONG se encargó de ayudar a los pobres de las calles, aunque seguía reconstruyendo edificios y buscando alojamiento para familias que se habían quedado sin casa. Lo mejor de la ONG había sido el comedor comunitario, que alimentaba a cientos de familias y daba refugio a niños sin hogar. Mi padre apoyaba la causa, por lo que sus contribuciones eran de las más importantes, y muchos empresarios ricos de mi barrio se habían sumado a ella después de pasarme por sus casas pidiéndoles ayuda. Tras cuatro años habíamos conseguido recaudar muchísimo dinero. La ONG se llamaba Juntos somos más fuertes o JSMF, como la llamábamos para abreviar.

Con el tiempo había pasado de ser un miembro secundario a formar parte del grupo directivo; tomaba decisiones en las reuniones y se me escuchaba cuando venía con nuevas ideas. Me encantaba ese lugar y, aunque me había tenido que distanciar debido a mis estudios, siempre ayudaba en todo lo posible, sobre todo en la fiesta que organizábamos cada verano para recaudar dinero.

Aquella mañana me vestí con ropa cómoda, unos leggins, una camiseta anudada a la espalda y zapatillas. Mi hermana también solía ayudarnos, aunque no iba a pedirle que me acompañara sabiendo que acababa de llegar de la escuela. Cuando entré en la cocina me la encontré sentada sobre la encimera, charlando sin parar con Sebastian, Wilson y Lupita, que en ese momento amasaba algo sobre la encimera.

Me resultó de lo más extraño ver que Sebastian la observaba sonriente. Sí, mi hermanita podía ser muy divertida y la adoraba, pero sentí celos al verlo tan relajado con ella.

Cuando entré, sus ojos se fijaron en mí y al instante se desviaron como si quien acabase de entrar fuese una estatua fea de algún escultor principiante.

A Wilson, por el contrario, sí que se le fueron los ojos... Habíamos pasado bastante tiempo juntos y no me había pasado desapercibida la manera en la que me miraba.

—Ven, Mar, estamos haciendo galletas —dijo mi hermana señalando a Lupe.

—¿Haciendo? —repliqué con ironía.

Mi tono era agrio, algo que no era común en mí. Yo no solía estar de mal humor. Nunca. Era dicharachera. Podía enfadarme, sí, pero se me pasaba rápido... Con Sebastian, en cambio, me entraban ganas de arrancarme los ojos de impotencia.

—Bueno, más bien entretenemos a Lupe mientras ella las hace —contestó sonriente—. Pero ¿a que a ti te gusta que te demos conversación, Lupita? —preguntó mirando a nuestra cocinera preferida.

Los ignoré a todos y me fui hasta la nevera. Cogí una botella de agua fría Evian y me acerqué a la encimera para abrir mi mochila y guardarla dentro.

Sebastian se había incorporado un poco sobre su asiento junto a la encimera y Wilson seguía mirándome con el rabillo del ojo.

—Voy a ir al pueblo en mi coche —anuncié mirando a nadie en general.

—¡¿Puedo ir contigo?! —exclamó mi hermana casi saltando de la encimera.

—Voy a JSMF —contesté.

Mi hermana puso cara de horror.

—Entonces mejor me quedo aquí.

—Muy bonito, Gabriella. Me alegra saber que ayudar a los demás te produce tanta satisfacción —le contesté seca como el desierto.

Mi hermana me devolvió una mirada de culpabilidad.

—Bueno, si quieres puedo... —empezó a decir.

—Déjalo —la corté—. Wil —dije al que ahora era el guardaespaldas de mi hermana con evidente simpatía—, ¿te importaría acompañarme?

Wil se puso de pie casi de inmediato.

—Claro.

—De eso nada —dijo Sebastian dándole un último trago a su café y sin ni siquiera dirigirme la mirada mientras hablaba—. Yo te acompaño —agregó poniéndose de pie.

Me crucé de brazos y me giré hacia él.

—No quiero que tú me acompañes. Quiero a Wil —dije con frialdad, sin mirarlo directamente a los ojos, porque entonces flaquearía.

—Wilson —me corrigió para después continuar— es el guardaespaldas de tu hermana. Yo soy el tuyo —dijo serio.

—Ya bueno, qué más da uno u otro, ¿no? —dije, ahora sí lo miré directamente a sus ojos marrones—. No creo que sea muy difícil caminar detrás de mí, cualquiera podría hacerlo.

¡Zas! Acababa de poner su trabajo al nivel de las colillas y lo sentía por Wil, pero me importaba un pimiento comportarme como una cabrona.

La vena de Sebastian empezó a latir visiblemente.

—El que va contigo soy yo, Marfil, no hay discusión.

Solté un resoplido de lo más patético.

—¡Yo no quiero ir contigo!

Mi hermana me miró como si no me reconociera.

—Madre mía, ¿quién se ha levantado hoy con el pie izquierdo? —exclamó mirando a Lupita, que me estaba observando con los ojos muy abiertos.

—A mí no me importa acompañarla... —dijo Wil entonces, añadiendo más leña al fuego.

Sebastian lo fulminó con la mirada.

—Tú haces lo que yo te diga, que para eso soy tu superior —le ordenó con voz gélida.

—Mi padre... —empecé a decir, pero Sebastian me interrumpió.

—Tu padre me ha encargado a mí tu protección, así que no pierdas el tiempo intentando convencer a nadie porque o vas conmigo o no vas.

Le lancé una mirada cargada de odio y giré sobre mis talones haciendo que mi cola de caballo bailara tras mi espalda. Si alguien hubiese estado cerca de mí, seguramente le habría dado un latigazo muy doloroso.

Fui directamente hacia la puerta. No pensaba ni mirar hacia atrás para asegurarme de que me seguía. Salí pisando fuerte después de coger las llaves del garaje. Caminé hacia allí —ahora lo notaba detrás de mí— y le di al interruptor para que se abriera la compuerta eléctrica.

Ni os podéis imaginar la de coches que había allí estacionados. Nunca me habían importado mucho las marcas ni los coches en general, así que tampoco puedo ser muy descriptiva, pero entre alguna que otra reliquia automovilística que le gustaba coleccionar sí que había algún que otro Lamborghini, dos Ferraris, un Bentley y un 4×4 gigantesco que mi padre utilizaba para ir a cazar.

Mi precioso Escarabajo de color verde limón parecía ridículo en comparación con esos coches, pero yo había querido ese y mi padre me había dado el gusto. Quiso regalarme un Audi, si no recuerdo mal, pero yo siempre había querido el coche de la Barbie...

El garaje estaba poco iluminado cuando la puerta se abrió lo suficiente para dejarme entrar.

—Deberías dejarme conducir a mí —soltó Sebastian cuando vio que me dirigía directamente a mi New Beetle.

—De eso nada. Bastante tengo con aguantar que vengas —dije encaramándome a la puerta del piloto y lanzándole una mirada por vez primera desde que había salido de casa—. Tú puedes seguirme con el coche de Peter.

Sebastian rodeó el coche y se aceró hasta donde yo estaba.

—No me fío de ti ni un pelo —dijo con simpleza—, a la mínima vas a intentar escaquearte, así que voy a ir contigo en el mismo coche. ¿Quieres conducir? Allá tú. Yo ya tengo hecho el testamento, gracias a Dios.

—¿Eso se supone que es una gracia?

—Lo que no hace gracia es el nivel de hostilidad que desprendes por todos los poros de tu piel. Si sigues hablándome así en público, nos vas a meter a los dos en problemas.

Sonreí con fingida alegría.

—Lo siento, ¿qué nivel de hostilidad es el que le viene mejor al señor?

Sebastian hizo una mueca y se alejó de mí para entrar en el coche por la puerta del copiloto.

Yo hice lo propio, arranqué el coche y puse el aire acondicionado.

Me puse el cinturón y salí por la puerta. Mi casa se encontraba en un barrio cerrado a las afueras de Batton Rouge. Las mansiones que se encontraban en la zona habían sido casas sureñas que tenían más de cien años. A veces mirando las plantaciones y todos aquellos campos que colindaban con el río Misisipi podía ver e imaginarme a los sureños de la Guerra Civil, sus plantaciones de algodón y, lamentablemente, a los esclavos negros trabajando para ellos sin descanso.

Mi casa había pertenecido a un noble inglés que antes de la guerra de Secesión había tenido que huir al norte para poner a salvo a su familia. Saber que los que habían vivido allí no habían sido partidarios de la esclavitud me daba tranquilidad mental, pero según los datos históricos, al noble lo mataron antes de que pudiese escapar.

La carretera que separaba las afueras de la ciudad era larga y casi siempre estaba desierta, rodeada de mansiones y mucha vegetación. Lo cierto es que me hubiese encantado haber pasado más tiempo allí; era sureña, pero en realidad apenas tenía acento. Me había criado en Inglaterra, no allí, pero el verde de los árboles y los maravillosos campos me transmitían una paz que pocas veces encontraba en Londres o en Nueva York. Muchas veces me había preguntado si mis ansias por mudarme a aquella ciudad habían sido más por separarme de mi padre que por no querer vivir allí.

Bajé la ventanilla del coche y dejé que el aire me golpeara las mejillas. Hacía un día precioso y caluroso, pero no tanto como para llegar a ser agobiante. La tormenta de la noche anterior había dejado rastros de agua por todas partes, pero el cielo estaba más despejado que nunca.

Intenté ignorar a la persona que tenía sentada a mi lado y, aunque los recuerdos de su boca en mi cuerpo aún conseguían ruborizarme, no debía olvidar que a él no le importaba lo más mínimo.

Enfadada, pisé a fondo el acelerador. El viento en la cara se convirtió en algo casi doloroso.

—¿Ahora también vas a ser temeraria con el coche? —me sermoneó Sebastian a mi lado.

—Tú conduces igual de rápido —contesté disfrutando de la velocidad.

—Yo no supero los ciento veinte, Marfil —dijo enderezándose en el asiento y maldiciendo por lo bajo al ver que pisaba a fondo el acelerador. Siempre lo hacía, por esa carretera nunca había nadie—. Marfil —repitió mi nombre entre dientes.

Puse los ojos en blanco, pero apreté el freno para desacelerar un poco.

No respondió.

—Desacelera. Ahora —me exigió sin percatarse de que me acababa de poner tensa, de que la sangre se me había ido del rostro.

—No responde —dije apenas sin voz.

Le di al pedal y fue como si no existiera. ¡No funcionaba!

—No tiene ninguna gracia —me contestó con voz gélida.

—¡No frena, Sebastian! —grité perdiendo los nervios, y acojonándome al instante. Noté que el sudor empezaba a bajarme por la espalda. Iba casi a ciento cincuenta kilómetros por hora y ¡el maldito freno no respondía!

Sebastian maldijo en voz alta cuando vio que hablaba en serio y se inclinó sobre mi asiento obligándome a sujetar el volante con fuerza.

—Concéntrate en la carretera —dijo con la voz calculadamente en calma.

—¡No puedo frenar! ¡No hay frenos! ¡No puedo frenar! —grité histérica, mientras las lágrimas me nublaban la visión.

—Escúchame —me calló, sujetando mi mano contra el volante—. Tranquila, ¿vale? No va a pasar nada, apenas hay tráfico, pero tenemos que perder velocidad antes de la curva.

—¡Vamos a morir! —chillé sollozando sin control, mi pie agarrotado por la fuerza con la que seguía dándole al freno sin éxito.

—¡No va a pasarte nada! —me contestó sacándome de mi casi ataque de pánico—. Hay que reducir la velocidad con las marchas usando el motor del coche.

—¡No puedo! —contesté.

Mis manos empezaron a temblar, toda yo empecé a temblar.

—Mete tercera —me ordenó y le hice caso.

La velocidad paso de ciento cincuenta a ciento treinta.

—No es suficiente... —escuché que decía Sebastian alarmado.

Allí, al final de la carretera estaba la curva a la que se había referido antes. Nunca, en toda mi vida, había ido a esa velocidad. De repente se me vino a la cabeza lo que me habían enseñado en la autoescuela, lo que ocurría cuando se iba a cierta velocidad, cómo un simple volantazo podía hacerte girar y perder el control del coche de una manera totalmente suicida.

—Sebastian... Sebastian, la curva...

—Presta atención: voy a darle al freno de mano y quiero que cuando lleguemos a la curva gires el volante hacia la derecha, ¿vale?

—¡Pero voy a perder el control del coche! —contesté alarmada.

—Vamos a derrapar y con suerte irá perdiendo velocidad. Marfil, tienes que hacerlo, ¿me has oído?

—¡No, no! Sebastian...Tengo miedo, no puedo hacerlo. —Estaba totalmente muerta de miedo, todo mi cuerpo estaba agarrotado por la tensión con la que sujetaba el volante; la velocidad seguía siendo increíblemente alta... Íbamos a estrellarnos, lo sabía. Iba a morir en un coche. Iba a morir en un puto coche con Sebastian a mi lado.

—Joder, Marfil, ¡hazme caso por una maldita vez en tu vida!

—No veo, ¡no veo nada! —dije parpadeando frenéticamente, las lágrimas no me dejaban ver.

—Respira hondo —me dijo en un tono calmado—. Todo saldrá bien, te lo prometo.

Y lo creí. Bueno, más o menos...

Cuando llegamos a la curva todo sucedió muy deprisa. Yo giré el volante al mismo tiempo que Sebastian estiraba el freno de mano, primero despacio, luego, con todas sus fuerzas, y sucedió lo que tenía que suceder: el coche perdió el control.

Y todo desapareció delante de mis ojos.

Algo me golpeó con fuerza y perdí el conocimiento.

19

SEBASTIAN

Sabía perfectamente lo que iba a pasar y hubiese dado lo que tenía por afrontar esa situación yo solo.

Marfil hizo lo que le pedí. Cuando llegamos a la curva giró el volante hacia la derecha y yo eché el freno de mano para que, con la ayuda de las ruedas traseras, la velocidad excesivamente alta del vehículo se redujera hasta hacer frenar el coche.

No salió como habría salido si hubiese sido yo quien hubiese estado detrás del volante. Cuando el coche empezó a derrapar y a girar sobre sí mismo, Marfil perdió totalmente el control; intenté ayudarla, pero me fue imposible. Chocamos contra algo, lo cual provocó que el coche saliera disparado y empezase a girar con nosotros dentro. Saltaron los airbags y los cristales estallaron. Lo último que oí antes de golpearme fuertemente la cabeza con el costado del coche fue el grito aterrorizado de Marfil.

Perdí el conocimiento durante unos segundos, pero al abrir los ojos y encontrarme boca abajo, supe que la situación era peor de lo que había imaginado. Al girarme hacia ella, vi que estaba inconsciente. El cinturón de seguridad la sujetaba evitando que cayese y se diese con el suelo del coche.

Aguantando el dolor punzante de mi mano derecha, me desabroché el cinturón y caí de cualquier manera. Maldije entre dientes y salí por la ventana. Joder... El coche estaba destrozado... Había fuego saliendo del motor.

Tratando de ignorar el dolor del brazo, rodeé el coche hasta llegar a la ventanilla de Marfil.

Esta parpadeaba, aún medio inconsciente.

—Marfil —dije intentando alcanzar su cinturón de seguridad. No quería que se golpeara al caer, tenía que sujetarla y sacarla de allí cuanto antes—. Marfil, ¿puedes oírme? Despierta, nena...

Unos ojos increíblemente verdes se abrieron para mí. Parpadeó repetidas veces hasta conseguir enfocarme.

—¿Se-Sebastian? —preguntó desorientada.

Haciendo acopio de todas mis fuerzas conseguí colarme dentro del coche para que el cinturón estuviera a mi alcance.

—Sujétate a mi espalda, ¿vale? Voy a desabrocharte el cinturón y a sacarte de aquí.

—Me duele... —se quejó, y pude ver que de sus labios caía sangre roja.

No, joder.

—Aguanta, ¿vale? —dije desesperado, colándome por el hueco que había libre y estirándome todo lo que me permitía el coche hasta dar con el cinturón. Cuando escuché el clic, di gracias a Dios mentalmente porque no se hubiese bloqueado. Marfil cayó sobre mi espalda y me empujé como pude para salir a cuatro patas. Tuve que depositarla en el techo del coche, que ahora nos hacía de suelo al estar dado vuelta, para salir yo primero y luego tirar de ella hacia fuera.

Ignorando el dolor punzante del brazo, la levanté en volandas y me alejé del coche lo necesario para que no fuese peligroso en caso de que explotara el motor.

—Marfil —dije depositándola en el suelo y reconociéndola al instante. Me fijé si respiraba bien. La sangre de su boca se debía a un corte en el labio, no a nada interno, y esperé no equivocarme. Tenía un fuerte golpe en la mejilla del airbag y cortes en las piernas y los brazos debidos a los cristales. Por lo demás parecía estar bien, medio inconsciente pero bien, aunque no sabía si al golpearse había sufrido algún tipo de contusión.

—Eh, ... háblame, por favor —dije apartándole el pelo oscuro de la cara.

Marfil volvió a parpadear y, cuando la ayudé a incorporarse hasta quedar sentada, sus ojos se desviaron hacia su coche.

—Mi coche... mi coche de Barbie... —dijo y yo me puse de pie levantándola conmigo.

Joder... Solo Marfil Cortés podía soltar algo como eso en ese instante.

Me devolvió la mirada y después de un segundo se echó a llorar.

La atraje hacia mi pecho en un acto reflejo.

—Han intentado matarme... —dijo contra mi hombro, de forma entrecortada y me tensé al oírle decir eso en voz alta, aunque yo ya había llegado a esa conclusión desde el minuto en el que los frenos habían dejado de funcionar.

—No pienses en eso ahora —dije mientras me sacaba del bolsillo el teléfono móvil y la sujetaba con fuerza.

Estábamos en medio de la nada... Si alguien había planeado esto y nos había seguido para asegurarse de que surtía efecto...

—Tenemos que ir hasta allí —dije señalando la linde del bosque—. ¿Puedes andar? —le pregunté y ella asintió llevándose la mano a la cara para tocarse el labio y el pómulo lastimado. Hizo una mueca al mismo tiempo que yo marcaba un número de teléfono y llamaba a Wilson.

—Vamos —la alenté mirando hacia todos los lados. No parecía haber nadie en diez kilómetros a la redonda.

—¿Qué pasa, Moore? —fue la respuesta de Wilson al tercer timbrazo.

—Ven a recogernos, date prisa. Hemos tenido un accidente. Estamos saliendo de la carretera secundaria, casi en la entrada de la autopista.

Corté el teléfono y cuando llegamos a la linde del bosque saqué el arma que tenía colgada del arnés y obligué a Marfil a colocarse detrás de un árbol lo bastante grande como para hacerle de fuerte.

—¿Qué haces? —exclamó alarmada cuando me vio con la pistola en la mano.

—Es solo por precaución...

Sus ojos recorrieron el bosque y la carretera donde nos habíamos estrellado.

—¿Crees que hay alguien aquí? —exclamó alarmada.

No tenía ni la menor idea. Lo único que sabía era que alguien cercano a la familia tenía que haber cortado los frenos del coche y eso me puso furioso.

A los cinco minutos apareció Wilson con Logan en el Mercedes de Cortés. Logan abrió los ojos alucinado y me lanzó una mirada que lo decía todo. Wilson sacó su pistola y se acercó a nosotros.

—¿Estáis bien? —preguntó de inmediato fijándose en Marfil y acercándose a ella.

Lo retuve cogiéndolo por la camisa.

—De Marfil me encargo yo, ya sabes a quién llamar —le dije mirándolo directamente.

Wilson asintió con la cabeza mientras se volvía hacia el coche sin poder apartar la mirada del New Beetle destrozado. Cuando Logan llegó hasta donde estábamos estaba tan furioso como yo.

—¡¿Qué demonios ha pasado?!

—Los frenos —respondí—. Tiene que haber sido alguien cercano a la familia, si no, no me explico...

—El coche estuvo en el taller la semana pasada... —dijo y de pronto pareció que recordaba algo—. Maldito hijo de...

Se detuvo en cuanto posó sus ojos en la hija de Cortés.

—Métela en el coche, debemos sacarla de aquí de inmediato.

Marfil estaba más callada de lo normal. Cuando se sentó en el asiento trasero del coche, con la mejilla lastimada, su piel clara manchada por el humo y su labio partido, quise matar a quien fuera que hubiese querido matarla. Ese sentimiento me acojonó más que cualquier otra cosa. Cuando llegamos a la mansión, nos esperaban con los ojos abiertos y cargados de preocupación. La primera que salió corriendo hacia nosotros fue la hermana pequeña de Marfil.

—¡Mar! —gritó abriendo la puerta del coche de un tirón y ayudándola a salir.

Me acerqué para ayudarla, pero me detuvo antes de que pudiera tocarla.

—Estoy bien, puedo sola. —Su humor era tan negro como el mío y podía entenderla. Habían querido matarla, esto ya no era una broma de mal gusto con sangre de animal y cartas amenazantes en una caja. Habían actuado y eso significaba que Marfil Cortés estaba marcada.

Lo peor de todo fue descubrir que si la marcaban a ella me marcaban a mí...

20

MARFIL

No vi a mi padre hasta después de volver del hospital. Me hicieron una resonancia y también me curaron las heridas de la cara y los cortes que me había hecho en el cuerpo con los cristales, aunque el que había resultado peor parado había sido Sebastian, que cabreado había tenido que aceptar a regañadientes que le pusieran un cabestrillo en la mano izquierda. No le había dirigido la palabra en el hospital a pesar de que él había estado pendiente de mí mientras me curaban y había rechazado como cinco veces recibir asistencia médica hasta que no hubiesen acabado conmigo.

Ya en casa, mi padre entró en el salón con la cara blanca y un cabreo de mil demonios. Me lanzó una mirada que no supe descifrar y después señaló a Sebastian con un gesto para que lo siguiera al despacho.

Mientras Lupita me servía té con galletas, yo aproveché para pegar la oreja e intentar escuchar con atención. Gabi estaba conmigo, había estado llorando todo el tiempo que había permanecido en el hospital y ahora se había quedado dormida con la cabeza apoyada en mi regazo.

Logan también estaba dentro del despacho y lo último que había dicho respecto a lo que habían intentado hacer con mi coche me tenía en ascuas. ¿Quién demonios había llevado mi coche al taller? ¡A mi coche no le pasaba nada! Es más, estaba prácticamente nuevo debido al poco uso que había podido darle viviendo siempre tan lejos de aquí. Cuando Lupita se marchó del salón me puse de pie con cuidado de no despertar a mi hermana, crucé el largo pasillo rodeado de animales disecados que me observaban sin vida y me acerqué a la puerta del despacho.

—¡Vas a llamar a Bianic! ¿Me has oído? ¡Vas a llamar a ese hijo de puta y vas a decirle que o me ayuda con esto o juro por Dios que no volverá a ver un puto centavo!

¿Quién demonios era Bianic?

Alguien habló, pero no pude escucharlo porque no gritó como mi padre... Estaba segura de que el que mantenía la calma era Sebastian.

—¡Te equivocas, joder!

Escuché algo apoyarse con brusquedad contra una mesa y luego el ruido de una silla al moverse contra el suelo de madera.

—No voy a parar hasta ver a ese cabrón de mierda criando malvas y ¡cualquier cosa que se desvíe de eso me importa un carajo!

Abrí los ojos con sorpresa, oí otra frase a medias que no entendí y entonces escuché, tarde, que la puerta se abría. Me aparté hacia la derecha y Sebastian cerró la puerta tras de sí. Cuando me vio allí de pie, escuchando, no pudo evitar mirarme con desaprobación, aunque esto solo duró unos segundos. Allí, en la penumbra de ese pasillo poco iluminado, la preocupación que tiñó su rostro borró todo lo demás.

—¿Cómo estás?

Sentí un escalofrío cuando sus dedos me cogieron la barbilla y me examinaron el pómulo y el labio con delicadeza.

—Mejor que tú —contesté observando que la herida que tenía en la ceja había vuelto a sangrar y había manchado la venda que le habían puesto en el hospital. Su brazo vendado reposaba contra su pecho ayudado por el cabestrillo. Ignoró mi comentario y tiró de mí para que me alejara de la puerta.

—No deberías estar escuchando —me reprendió.

Lo seguí por el pasillo observando que renqueaba un poco.

—¿Piensas volver a que te miren eso? —le pregunté observando su pierna.

—Estoy bien —contestó escueto.

Apreté los labios con fuerza.

—¿Quién es Bianic? —pregunté deteniéndome junto a la cabeza de un ciervo especialmente grande. Si no pensaba dejarme que me preocupara por sus heridas, entonces quería que me diera respuestas.

—Nadie que deba preocuparte —soltó exasperado.

—Claro que me preocupa si es a él a quien necesitáis pedir ayuda para que me mantenga con vida.

Sebastian se giró hacia mí y se me acercó. Su mano se colocó detrás de mi oreja y sus dedos se enterraron en mi pelo hasta llegar a mi nuca.

—Yo te mantengo con vida —dijo con un brillo oscuro en la mirada, como si insinuar lo contrario lo hubiese ofendido. Después pareció darse cuenta de su arrebato, miró hacia el final del pasillo y se separó de mí dos pasos.

—Deberías estar descansando —agregó emprendiendo la marcha hacia el salón otra vez. Mi hermana seguía dormida en el sofá. Cuando vi que Sebastian tenía intención de marcharse y no decir ni una palabra más, lo cogí de la mano y lo retuve asegurándome de que mi tono de voz era lo suficientemente bajo para que nadie me oyera.

Sebastian apretó los labios con fuerza, pero no se marchó ni me soltó la mano.

—Necesito que me expliques qué está pasando —dije y noté con rabia que se me llenaban los ojos de lágrimas. Intenté parpadear, molesta, para ahuyentarlas, pero no surtió mucho efecto—. Mi padre no va a contarme nada y esto ya se está descontrolando. Necesito saber quién quiere hacerme daño y algo me dice que vosotros ya lo sabéis, pero no queréis contármelo.

Sebastian me observó en silencio y luego levantó los dedos para limpiarme las dos lágrimas que se deslizaban por mis mejillas.

—Esto acabará pronto, Marfil. Mientras tanto solo tienes que quedarte en casa.

Di un paso hacia atrás, frustrada y su mano cayó entre los dos, separándose de mi piel.

—No sé en qué momento tú has empezado a saber más de mi vida que yo misma, pero ten por seguro que voy a terminar averiguando qué demonios está pasando aquí, por qué no veo a policías en mi casa haciéndome preguntas por el accidente y tomándome declaración de lo que sin lugar a dudas ha sido un intento de asesinato.

Sebastian fue a decir algo, pero justo entonces la puerta del final del pasillo se abrió y mi padre apareció con Logan detrás.

—Marfil, tengo que hablar contigo, ven a mi despacho —dijo con voz cortante.

Le lancé una última mirada desafiante a Sebastian y luego le di la espalda. Deshice el camino hacia el despacho y entré, pasando junto a mi padre, que me mantenía la puerta abierta. Logan se marchó y mi padre cerró la puerta.

—Hay algo de lo que quería hablarte —empezó diciendo mientras se servía una copa de brandi. Aún no había recibido de él ni una palabra de consuelo, ni una explicación, nada. Si eso ya me cabreó, lo que soltó a continuación me puso taquicárdica—. Mañana tengo que reunirme con unos amigos en el hipódromo y quiero que me acompañes.

¿Qué?

—Papá, ¿de verdad no piensas decir ni una palabra sobre lo que ha ocurrido esta mañana? —dije elevando un poco el tono de voz. ¿No veía mis heridas? ¿No veía mis ojos hinchados de llorar, mi cara de miedo?

—Oh, claro que he dicho una palabra, más de una, solo que no a ti, que no tienes nada que ver con este asunto y no lo entenderías.

¿Que no tenía nada que ver? Fui a abrir la boca, pero me calló levantando la mano.

—No empieces, Marfil, por favor —dijo dejando la copa con fuerza sobre su escritorio y derramando buena parte del líquido sobre unos papeles que tenía allí esparcidos de cualquier forma—. No lo entenderías ni en un millón de años.

—No soy idiota... —comencé, pero volvió a interrumpirme.

—Claro que no eres idiota, ¡pero eres mujer! —exclamó mirándome fijamente y luego haciendo un ademán con su mano hacia mí—. ¡Mírate! No has dejado de llorar desde que llegaste. No aguantarías en mi mundo ni media hora. Yo solo te protejo de lo que te rodea, de lo que me rodea a mí. El mundo ahí fuera es una mierda ¡y yo siempre os he dado lo mejor a ti y a tu hermana! Lo único que pido a cambio es que ahora, en esta situación, hagas lo que se te dice por una maldita vez en tu vida y esperes a que las cosas se solucionen. Tengo prácticamente a todo mi personal y a mi gente de confianza trabajando para encontrar a quien sea que quiere matarte, y por tu seguridad es mejor que no sepas nada, ¡¿lo entiendes?!

Apreté los labios con fuerza. Lo mandaría a la mierda si no fuera por el respeto y el miedo que le profesaba. Era mi vida, tenía todo el derecho del mundo a conocer quién demonios quería matarme y por qué.

Mi padre se sentó y me miró fijamente, como analizándome.

—Mañana necesito que me ayudes en un asunto —dijo a continuación con voz más calmada—. Eres mi hija mayor y, ya que te encanta echarme en cara lo adulta que eres, quiero que me acompañes a una reunión informal que tengo con un amigo al que me gustaría convertir en socio.

—¿Qué pinto yo allí? Si es que puedes contármelo, claro.

Mi padre ignoró mi pulla y clavó sus ojos en los míos.

—Tu presencia ayudará a distender el ambiente.

¿Eso era todo? ¿Eso era todo lo que pensaba decirme?

—Siempre te han gustado las carreras de caballos. Marengo correrá mañana, así que simplemente disfruta de una salida con tu padre. No tendrás que hacer nada más, simplemente estar allí.

Aquello no me gustaba ni un pelo y, cuando me pidió que me marchara, me levanté sin dudarlo, aunque me retuvo un instante para añadir un último comentario.

—Me he tomado la molestia de elegir tu atuendo de mañana. Lo encontrarás encima de tu cama. Seguro que te encanta. Ya me darás las gracias. Ahora descansa y recupérate de lo de hoy. Te necesito fresca y bella para mañana.

Odiaba que me hiciese sentir como una maldita muñeca, pero sabía que no había forma de librarme de aquello. O iba con él o iba con él. Siempre había sido así, nunca había tenido opción.

Cuando llegué a mi habitación, vi tres grandes cajas blancas con rayas azules que me esperaban impacientes para ser abiertas. Pasé olímpicamente de ellas y me acerqué hasta mi ventana. Si cerraba los ojos aún podía sentir que el coche comenzaba a dar vueltas, que los cristales se rompían y que el terror me invadía. Sebastian había estado allí en todo momento y me había sacado del coche a tiempo, antes de que el accidente se hubiese convertido en algo peor.

¿Seguía enfadada con él?

Para qué engañarme... Lo que había pasado hacía unas horas había borrado cualquier resto de odio hacia él. Me senté en mi cama y me recosté sobre los almohadones. Estaba agotada. Aquellas vacaciones estaban siendo lo peor y lo que me esperaba al día siguiente me había puesto incluso más nerviosa de lo que debería. Mi padre nunca me había pedido que lo acompañara en ningún acto social, normalmente llevaba a alguna de las muchas mujeres con las que se acostaba. ¿Por qué me quería a mí en una de sus reuniones?

Eché un vistazo a las cajas con ropa y me tapé con el edredón hasta la cabeza.

Me desperté de madrugada puesto que me había quedado dormida a medio día. Aquella noche había dormido profundamente, sí, pero las pesadillas de siempre me habían acompañado torturándome durante todas mis horas de sueño. Me desperté gritando cuando el coche en el que viajaba no solo perdía el control, sino que además se llevaba por delante a todas las personas a las que quería. Tardé unos segundos en darme cuenta de que estaba a salvo y en casa.

Me quité los vaqueros de una patada y cogí mi camisón de debajo de la almohada. Me puse la bata y salí de mi habitación con intención de comer algo rápido en la cocina. La casa entera dormía, por lo que me sorprendió encontrarme a alguien despierto, apoyado contra la mesa de la cocina y bebiendo un café tan temprano.

Sebastian se separó de la mesa en cuanto me vio llegar.

—Venía a buscar algo de comer —le expliqué deseando que no se diese cuenta de que me había despertado llorando.

—¿Has podido dormir? —me preguntó preocupado.

—Algo... Pero me duele la cabeza y he tenido una pesadilla horrible.

Sebastian se levantó y se acercó con la excusa de dejar su taza en el lavadero.

—¿Quieres contármela?

Se había detenido delante de mí y sus ojos me examinaban distraídos, analizando cada una de mis heridas.

—No se cuentan las pesadillas antes de desayunar —contesté fijándome en él, en la herida de la ceja y en el brazo lastimado.

Podríamos haber muerto los dos. Por mi culpa.

Sebastian sonrió.

—¿Por qué no se pueden contar antes de desayunar?

—Porque si lo haces, se cumplen.

Nos quedamos unos instantes mirándonos fijamente.

—No estaba al tanto de esa ciencia infalible.

—Eso es porque tienes una mente demasiado cuadriculada —contesté alejándome de él. Necesitaba aire, espacio, pensar con claridad.

No lo miré mientras hablaba, simplemente me volví y abrí la nevera. Saqué la leche. Cuando abrí la estantería de arriba para coger la miel tuve que estirarme para intentar llegar. Algún idiota la había puesto a años luz del suelo.

Sentí su pecho contra mi espalda y su brazo por encima de mi cabeza. Cogió la miel, bajó el brazo y la colocó en la encimera, pero no se movió.

Yo cerré los ojos un instante...

A pesar de lo que había ocurrido entre ambos mi cuerpo anhelaba su cercanía... Su calor, su olor... eran como un bálsamo para mí y seguía tan asustada, tan enfadada por todo lo que estaba ocurriendo, que me olvidé de todo y simplemente dejé que los segundos pasaran.

Su otra mano me acarició el brazo por encima de la tela de seda blanca de mi bata y toda la piel se me puso de gallina.

—No te lo dije ayer, pero fuiste muy valiente. A pesar de que estabas asustada pudiste mantener la calma con el coche... Podríamos haber terminado mucho peor —dijo aún manteniendo las distancias, aunque sus dedos seguían subiendo y bajando por mi brazo.

—Hice lo que tú me dijiste —contesté en un susurro.

—Por una vez —replicó él y no pude evitar poner los ojos en blanco.

—Mi padre quiere que lo acompañe hoy al hipódromo —confesé y hasta yo me di cuenta de lo confusa que sonaba mi voz.

—Lo sé —me contestó deteniendo su caricia.

Me di la vuelta y quedamos frente a frente. Tenía el pelo revuelto, de recién salido de la cama, y me morí de ganas de peinárselo con mis dedos.

—¿Estarás allí?

Asintió y sentí un poco de alivio. Él debió de notarlo porque sin pensarlo, estaba segura, su mano volvió a enredarse en mi pelo y su pulgar volvió a acariciarme.

—Debería haber comprobado el coche... Lo siento —dijo en un susurro casi inaudible.

¿Sebastian pidiéndome perdón? Algo dentro de mí se removió y quise que me envolviera entre sus brazos, muy muy fuerte.

—Tú no tienes la culpa de lo que ocurrió, Sebastian —dije en un susurro. Su pulgar se movió hasta acariciar mi labio inferior con ternura—, al menos de eso no.

Sus ojos se encontraron con los míos y supe que no se le había escapado mi último comentario.

—No volverá a ocurrir —dijo muy serio y no supe si se refería a lo del coche o a nuestro encuentro de hacía dos noches.

No dije nada, pero sus dedos siguieron acariciándome despacio. ¿Por qué lo hacía? ¿Por qué se contradecía de aquella forma? ¿Por qué si después iba a buscar cualquier manera de torturarse por ello?

Cerré los ojos cuando su otra mano bajó con cuidado y empezó a desabrocharme, despacio, el nudo de la bata.

Debería haberlo detenido. No quería volver a pasar por eso. No quería volver a sentir de todo para después no sentir absolutamente nada. Ese juego entre los dos había empezado a cansarme.

—Quiero matar a todo aquel que intente hacerte daño, Marfil —dijo colando su mano por mi cintura hasta aferrarse con fuerza a la tela de seda blanca de mi camisón—. Quiero hacerlo y saber que no puedo me está matando —susurró enterrando su boca en mi cuello y hablándome muy cerca del oído.

Parecía asustado y desesperado, como si una parte de él estuviese luchando contra esas palabras que salían de su boca.

Abrí los ojos y clavé la mirada en la puerta de la cocina. Su mano fue hasta mi espalda y me atrajo hasta su pecho. Me abrazó y después de un segundo yo hice lo mismo. Mis brazos subieron y lo rodearon; me sentí mucho mejor.

¿Había cambiado de opinión? ¿El accidente había influido en su manera de juzgar lo nuestro?

Se apartó unos segundos después, como si se hubiese hecho eco de mis pensamientos.

—Deja que te prepare el desayuno —dijo antes de que yo pudiera añadir nada más.

Me senté en la isla y lo contemplé mientras me calentaba la leche, le ponía la miel, me daba la taza y luego se ponía a cocinar tortitas.

—¿Dónde aprendiste a cocinar? —le pregunté mientras lo observaba. Aún no podía creerme que me hubiese abrazado como lo había hecho. Me daba esperanzas, pero no quise darle muchas vueltas. Sebastian había demostrado que se dejaba guiar por impulsos y que luego tenía tendencia a hacer como si nada.

—Bueno... no me quedó más remedio que aprender —dijo como si eso lo explicase todo.

—No te entiendo —dije removiendo mi leche.

—Me crie en casas de acogida... Lo normal era que no cuidasen de los niños que estábamos allí, así que decidí tomar cartas en el asunto y aprendí a cocinar... Los niños que estaban conmigo lo agradecieron en el alma y yo descubrí que me relajaba.

Crecer sin padres ni ningún tipo de familia debía de haber sido duro. Yo podía entenderlo perfectamente porque, aunque tenía padre y una bonita casa, muchas veces me había sentido muy muy sola.

—Yo lo máximo que llegué a hacer fue colarme en el internado e intentar freír unos huevos a medianoche... La cocina se incendió y me expulsaron tres días. Mi padre se negó a recibirme en casa porque estaba ocupado, así que tuve que estar esos tres días metida en mi habitación.

Sebastian colocó un plato con tres tortitas con arándanos delante de mí, apoyó los codos en la mesa y me observó perplejo.

—No consigo imaginarte en un internado de monjas.

Sonreí.

—Algunas abandonaron los hábitos alegando que si Dios me había puesto en su camino había sido para ponerlas a prueba, una prueba que no se vieron capaces de superar.

Sebastian sonrió.

—¿Tan mala eras? —preguntó y antes de que contestara me calló con un gesto de la mano—. Déjalo, mejor no contestes a eso.

Sonreí al mismo tiempo que me metía un trozo de tortita en la boca.

—Y tú... ¿Cómo es que terminaste siendo militar?

Sebastian me robó un trozo de tortita y se lo comió mientras me miraba pensativo.

—Cuando cumples dieciocho años el Estado deja de hacerse cargo de ti. Me pusieron de patitas en la calle, cosa que tampoco me extrañó... Yo también tuve mis épocas malas. —Abrí los ojos con asombro y me detuvo antes de que pudiese decir algo—: Épocas que dejé atrás, Marfil. El ejército era lo único que me llamaba la atención y por lo único que no tenía que pagar para entrar.

Asentí agradecida por estar recibiendo información de él, aunque algo me decía que esa no era toda la verdad.

Seguí comiendo y él me observó en silencio en todo momento. No me sentí incómoda ni intimidada por su presencia. Recordé su boca sobre la mía, sus manos acariciándome, mis dedos enredados en su pelo castaño y noté que me ruborizaba sin poder hacer nada para evitarlo...

—¿Vas a contarme tu pesadilla? —me preguntó cuando terminé mi última tortita.

Levanté la mirada del plato y la fijé en él.

—Nada fuera de lo normal —dije con calma—. Todos moríais y yo simplemente me quedaba observando.

Se hizo el silencio en la cocina.

—Creo que debería ir a ducharme —dije poniéndome de pie. Necesitaba salir de allí. Sebastian me miró perplejo un momento, pero luego asintió.

—Yo también —dijo rodeando la mesa y acompañándome hasta el salón.

Nos observamos unos instantes y sentí que un abismo se creaba entre los dos.

Me despedí rápidamente y subí las escaleras.

Después de la ducha y, en contra de lo que yo esperaba, no me encontré mejor. Además, mi hermana vino a mi habitación entusiasmada por abrir las cajas y ayudarme a vestirme. Ella siempre había querido que papá la llevara al hipódromo de Fair Grounds. Yo solo había estado en una ocasión ejerciendo de amazona en una carrera de obstáculos que se organizó para recaudar dinero para JSMF, y así y todo no me dejaron quedarme para la fiesta que hubo después; por eso me extrañaba tanto aquella petición de mi padre.

Gabriella empezó a abrir las cajas y sacó de ellas un bonito vestido color blanco, largo hasta quedar unos centímetros por encima de las rodillas que se cruzaba con dos finas tiras atándose a un costado de mi cintura. Era simple, pero era un Valentino y sabía que había costado una fortuna. En las otras dos cajas había unos Louboutin con mucho más tacón de lo que yo estaba acostumbrada a usar y una gran pamela de color azul marino, con un lazo que hacía juego con el vestido.

Miré la ropa con pereza... No me apetecía emperifollarme aquel día, con el aspecto maltrecho que aún tenía y el malestar que todavía persistía en mi cabeza. Sabiendo que no tenía más remedio que obedecer, me senté frente al tocador y dejé que mi hermana me peinara. Siempre habíamos jugado a que éramos peluqueras y la verdad es que a ella siempre se le había dado mejor que a mí.

—¿Crees que papá te lleva porque no ha encontrado a nadie que lo acompañe? —preguntó Gabriella mientras me recogía el pelo con dos pequeñas trenzas francesas que se unían en el centro de un informal recogido con el pelo suelto sobre mi espalda y algunas ondas naturales.

—Lo dudo —contesté mientras miraba mi rostro en el espejo y maldecía preguntándome cómo iba a conseguir cubrirme las heridas de la cara. Si no lo hacía correctamente pensarían que alguien me había dado una paliza.

Aquel pensamiento hizo que me estremeciera.

Mientras mi hermana seguía trasteando con mi pelo, yo empecé a maquillarme. Me cubrí como pude las heridas y los ojos hinchados y me apliqué un maquillaje natural pero que resaltaba mis rasgos.

—Ponte este pintalabios, Mar, causarás sensación —me dijo ella dándome un color rojo pasión.

—¿No crees que es demasiado?

—Tú eres demasiado —contestó observándome a través del espejo. Solo faltaba que me vistiese y me colocase la dichosa pamela, por lo demás mi rostro parecía de alabastro y mis ojos verdes resaltaban debido al rímel que me había estirado las pestañas, ya de por sí largas, hasta longitudes insospechadas.

Le hice caso, aunque me lo apliqué dando suaves toquecitos sobre mis labios, así quedaba un poquito más natural y no tan recargado.

Cuando me puse el vestido y los tacones, solo me vino un pensamiento a la cabeza.

¿Qué pensaría Sebastian al verme así vestida?

No tardé mucho en ver su reacción, puesto que esperaba junto al coche de mi padre, que aprovechaba mientras yo bajaba para fumarse un puro.

Cuando salí por la puerta ambos se giraron para mirarme y obtuve de los dos una reacción muy parecida, pero a la vez completamente opuesta. Mi padre me miró con admiración, con orgullo, pero no con orgullo de padre sino más bien como cuando se compraba un Ferrari nuevo y eso lo hacía sentirse mejor que muchos. Sebastian por el contrario me observó embelesado, como si no hubiese esperado verme así.

Bajé los escalones y me acerqué a ellos.

—La pamela esta me pica un montón, así que no pienso ponérmela hasta que lleguemos —dije moviéndola como un abanico— y los tacones son superincómodos, papá. Te habrán costado una fortuna, pero ya me están rozando.

Y así fue como la burbuja se rompió. Mi padre me miró con gesto de disgusto —lo normal en él— y Sebastian sonrió, aunque intentó disimularlo.

Nos subimos al coche y pude comprobar que Sebastian no se montaba con nosotros; se subió Logan, en el asiento del copiloto. Miré hacia atrás y vi que un SUV nos seguía por el camino embarrado que iba a parar a la carretera donde ayer habíamos tenido el accidente.

—¿Quiénes son esos? —pregunté fijándome por vez primera en los cuatro hombres bien trajeados, incluyendo a Sebastian (¡madre de Dios, cómo estaba con esa chaqueta y esa corbata!), que ahora nos seguían.

—He contratado seguridad adicional —dijo mi padre sacando su teléfono móvil y marcando un número. Después de eso se pasó todo el camino hablando con un tal señor Malcolm y yo me distraje tanto que casi me dormí en el asiento trasero. Mi padre me zarandeó nada más llegar y me fijé en la cantidad de gente que estaba esperando para entrar.

Me abrieron la puerta y comprendí que esa costumbre de ir tan elegantes ya había pasado a la historia. Mucha gente que esperaba para entrar iba incluso en vaqueros. Me sentí ridícula, aunque en cuanto llegamos al palco de mi padre comprendí que su círculo era tan esnob como él.

Había sillas muy cómodas con vistas a las pistas de carreras y las puertas traseras de cristal daban a un salón equipado absolutamente con todo, desde sofás con una inmensa televisión de plasma hasta camareros que no cesaban de repartir champán y canapés.

Yo me puse nerviosa al ver que Sebastian no estaba por ninguna parte y, después de pasar un rato buscándolo con los ojos, al fin lo divisé al otro lado de la sala mirando hacia todas partes con seriedad. Llevaba hasta el pinganillo ese en la oreja. Aquel día era todo un guardaespaldas y odié que él tuviese que estar allí y yo rodeada de gente que no conocía y que tampoco tenía ganas de conocer.

Llevándome una copa de champán a los labios —si no me achispaba ya no sabía cómo iba a lograr aguantar aquella velada—, mi padre se acercó acompañado de dos hombres muy altos y atractivos.

—Marfil, te presento a Emilio y Marcus Kozel —me dijo señalando a cada uno respectivamente. El primero, mucho más mayor que el segundo, era obviamente el padre de Marcus, más joven y apuesto. Les tendí la mano mientras mi atención se desviaba involuntariamente hacia Marcus Kozel. Era muy guapo... mucho y él se me quedó mirando como si lo que veía le hubiese sorprendido—. Esta es mi hija Marfil, Emilio, te he hablado mucho de ella.

—Y te quedaste corto, amigo mío —dijo Emilio adelantándose y estrechándome la mano con una sonrisa divertida.

Cuando me giré hacia Marcus sentí un escalofrío.

—Me habían dicho que eras muy guapa, pero pensé que exageraban —dijo besándome la mano enguantada en vez de seguir el ejemplo de su padre y estrechármela sin más.

Tenía el pelo muy oscuro, como el mío, y unos impresionantes ojos azules que me dejaron con una sensación extraña cuando los míos se posaron en ellos.

—Lo normal es que exageren —contesté agradecida de recuperar mi mano.

Marcus sonrió y siguió mirándome como si yo fuese una obra de arte. Me sentí incómoda, aunque por primera vez en mi vida no me molestó recibir la atención de un hombre como él.

—Tu padre me ha contado lo que ocurrió ayer con tu coche —dijo entonces Emilio Kozel captando mi atención y la de su hijo—. Me parece terrible que alguien haya intentado tocarte un solo pelo de la cabeza. Siento mucho que hayas vivido algo así de traumático.

—No lo sienta. La culpa es del imbécil que creyó que podía matarme, señor —agregué poniéndome colorada al comprobar que acababa de pasarme de la raya delante de un completo desconocido.

Marcus a mi lado soltó una carcajada.

—Sí que tiene carácter, Alejandro. Pensaba que también habías exagerado en cuanto a eso.

Mi padre sonrió y bebió de su copa.

—Exagerar con mi hija supondría estar hablando de algo imposible, Marcus.

¿Qué se suponía que significaba eso?

Ambos, padre e hijo, volvieron a mirarme y sonrieron.

—¿Te gustaría dar un paseo conmigo, Marfil? —dijo Marcus, mirando a mi padre primero, como si él tuviese que darme permiso.

—Claro —contesté de inmediato, odiando que él pensase que no podía decidirlo yo sola.

—Largaos, largaos. Nosotros los viejos nos quedaremos a hablar de negocios, lamentablemente —contestó Emilio Kozel, no si antes lanzarme una mirada inquisitiva.

Acepté el brazo que me ofreció Marcus y comprobé, al colocar mi mano sobre él, que bajo aquel traje de tweed azul marino y esos pantalones caqui que le quedaban tan bien, había un hombre muy atlético y en perfecto estado físico. Era mayor que yo, supuse que tendría unos veintinueve o treinta años, pero era tan atractivo que tampoco le di importancia. En realidad, aparentaba la misma edad que Sebastian, que justo en aquel instante miraba a Marcus con cara de pocos amigos.

Hum... eso podía resultar interesante.

Al parecer, a Marcus le importaba un pimiento el palco porque me sacó de allí y empezamos a pasear por el campo que rodeaba el hipódromo. No sabía exactamente si podíamos estar allí, pero él me aseguró que sí.

—La mitad de este lugar se mantiene gracias a mi familia, no te preocupes, podemos hacer lo que queramos.

Mientras él decía aquello mis ojos comprobaron que detrás de nosotros había cuatro guardaespaldas, entre los que se encontraban Sebastian y Logan, que nos seguían dejándonos margen, pero vigilando los alrededores y comprobando que todo estaba en orden.

Marcus vio que me fijaba en ellos y suspiró.

—Son una lata, lo sé. Tu padre me dijo que no te gusta llevar guardaespaldas —dijo mientras caminábamos por aquel campo bien cuidado y disfrutábamos del aire libre.

—No me gusta que me sigan, no —contesté agradecida de poder hablar con alguien sobre lo horrible que era que te usurparan la intimidad, pero entonces soltó un comentario que me descolocó.

—Si fueras mía, tendrías a cinco hombres detrás de tus pasos —dijo deteniéndose y mirándome desde su altura—. Con lo atractiva que eres cualquiera podría intentar hacerte algo.

Me detuve igual que él y lo miré con los ojos muy abiertos.

—Hablas de mí como si fuese un objeto —contesté sintiendo que la rabia empezaba a despertarse en mi interior.

Marcus pareció sorprendido por mi contestación.

—Por favor, no malinterpretes mis palabras —dijo colocando ambas manos sobre mis hombros—. Me refería a que teniendo en cuenta los acontecimientos de los pasados meses... Ya sabes, el secuestro, el coche... —Me tensé, y él añadió—, deberías contar con la mejor seguridad del mundo, Marfil.

—Ya cuento con buena seguridad. Sebastian Moore se hace cargo de ella —contesté con orgullo.

Sus ojos se desviaron hacia Sebastian un instante y su entrecejo se frunció.

—Lo conozco... Un buen tipo, dicen.

—¿Dicen? ¿Quiénes?

Marcus pareció que se arrepentía de haber soltado ese último comentario.

—Háblame un poco de ti, Marfil —dijo cambiando de tema bruscamente e ignorando mi última pregunta—. Tu nombre, por ejemplo, es peculiar... ¿por qué Marfil? —agregó con una sonrisa divertida.

Me encogí de hombros.

—Lo eligió mi madre... Al parecer cuando nací mi piel era muy clara...

Marcus me recorrió de arriba abajo y se detuvo en mi rostro. Me preguntó con los ojos antes de levantar la mano y rozar con sus fríos dedos mi mejilla acalorada.

—Por mujeres como tú se han enfrentado naciones... Tú podrías ser la Helena de Troya de este siglo —dijo divertido y a mí me hizo gracia la comparación puesto que nadie me había dicho nunca nada semejante.

—Puede que me pareciera a ella en personalidad —dije divertida.

Marcus sonrió.

—¿Dejarías a tu marido por otro cualquiera?

—Dejaría a la persona que me obligó a casarme en contra de mi voluntad y huiría con el amor de mi vida, sí.

—Eres una romántica, entonces —dijo volviendo a caminar dejando caer su mano.

—No lo sé, nunca he estado enamorada —contesté.

¿Era cierta esa respuesta?

—Eso puede remediarse —dijo deteniéndose bajo un árbol justo donde empezaban las caballerizas.

Me fijé en que desde esa esquina era imposible que los guardias nos vieran.

—Cena conmigo; tengamos una cita —soltó entonces mirándome embelesado.

Yo lo observé con curiosidad. Era un hombre increíblemente apuesto, seguro de sí mismo y simpático... ¿Por qué no iba a cenar con él?

Sebastian apareció justo en ese instante en mis pensamientos. Pero ¿qué podía esperar de alguien que ya me había dejado claro que nunca sucedería nada entre nosotros?

Estaba cansada de perder la cabeza por él cuando en el fondo tenía razón. Me merecía vivir una historia apasionante y llena de amor, ¿no? ¿Podría ser Marcus Kozel mi príncipe azul?

—Lo pensaré —dije simplemente.

Mi respuesta produjo un cambio en su mirada y supuse que no estaba acostumbrado a que no lo aceptasen de inmediato.

—Presiento que me voy a divertir mucho contigo, Marfil Cortés —dijo y algo en sus ojos azules me dijo que la definición de diversión que él tenía difería mucho de la mía.

Pero callé a esa voz y seguimos paseando.

21

MARFIL

Finalmente regresamos al palco y pudimos ver la última carrera. Marengo quedó cuarto, pero al menos el caballo del contrincante principal de mi padre, Mathew Byrne, quedó sexto; conociendo a Alejandro Cortés, aquello era victoria suficiente. Tuve que entablar conversación con otros amigos suyos, en lo que parecía ser una presentación en sociedad, y agradecí que Marcus no se separara de mi lado, así por lo menos solo tenía que lidiar con un pretendiente y no con todos aquellos que querían llamar mi atención fuera como fuese.

Por fin salimos al atardecer de un hermoso día y llegó el momento de las despedidas. Mi padre y Emilio Kozel caminaban delante de nosotros y Marcus me retuvo un instante para que no lo escuchasen.

—Marfil, acepta cenar conmigo —me pidió por octava vez, en lo que se había convertido en una especie de broma durante la última hora: «Te paso una copa si cenas conmigo», «¿quieres que te ayude a deshacerte de esos babosos?, acepta cenar conmigo...».

Sonreí indecisa y justo antes de negarme apareció Sebastian.

—Debemos irnos —dijo escueto, como siempre. La mirada que le lanzó a Marcus no me dejó indiferente en absoluto.

—¿Qué hay, Moore? —dijo este tendiéndole la mano.

Sebastian era un poco más alto y corpulento, y miró la mano de Marcus durante unos segundos que se me hicieron eternos.

—Kozel —dijo tendiéndole la mano durante un segundo escaso.

—Estás en buenas manos, Mar —dijo, llamándome como solo mis amigos y mi familia lo hacían, aunque no me disgustó—. Seguro que Sebastian cuidará de nosotros de la mejor manera posible durante nuestra cita.

Sebastian se mantuvo impasible, pero creí ver en su postura que le cabreaba verme con él.

Aquello me alentó. Podía jugar a ese juego, podía jugar a darle celos a Sebastian con Marcus, ¿qué podía salir mal? Marcus era un hombre que seguramente tenía una chica en su habitación cada noche, no se sentiría mal cuando finalmente lo rechazara. En cambio, Sebastian... Solo bastaba verlo en ese momento para darte cuenta de las ganas que tenía de sacarme de allí de inmediato y, si de paso le caía un puñetazo a Marcus, pues mejor que mejor.

Me giré hacia mi acompañante con la mejor de mis sonrisas.

—Está bien, cenaré contigo —dije resuelta. Las vibraciones de odio que me llegaban por la derecha eran inconfundibles.

Marcus sonrió verdaderamente feliz.

—¿Te recojo mañana a las siete? —me preguntó ignorando a mi guardaespaldas como si fuese una planta.

Lo cierto es que Sebastian ya había transmitido su mensaje, ¿por qué no se apartaba?

Pensé que, si quedábamos a esa hora, me daría tiempo a pasar el día con Gabriella antes de que se marchara a casa de su madre. Con todo el lío del accidente y la visita al hipódromo, apenas había podido pasar tiempo con ella.

—De acuerdo —dije y me pilló por sorpresa cuando se me acercó, me cogió por la cintura para atraerme hacia su pecho y me besó en la mejilla.

—Nos vemos mañana, señorita Cortés. Póngase guapa —me dijo y después se giró hacia mi guardián—. Moore.

Este ni le devolvió el saludo.

Cuando Marcus se marchó me volví hacia él, que me miró sin ningún tipo de emoción.

—Debemos irnos ya —dijo escuetamente y empezó a caminar delante de mí.

Logan venía detrás, así que lo seguí sintiendo una punzada en el pecho. ¿Ya está? ¿Eso era todo? ¿De verdad no le importaba que cenase con Marcus?

Al llegar a casa mi hermana nos recibió entusiasmada, quería que le contara todo sobre el día en el hipódromo y yo le hablé de Marcus Kozel.

—Ay, Mar, ¡por fin vas a tener novio! —exclamó entusiasmada.

—Nadie ha dicho nada de que sea mi novio, solo vamos a cenar —aclaré, mientras me quitaba los pendientes de perlas y los dejaba sobre mi cajita en el tocador. Gabriella llevaba un pijama de raso de color rosa y su pelo recogido en una media cola.

—¿Alguna vez tendré yo un pretendiente?

La miré sorprendida.

—Claro que sí, eres increíble. ¿Cómo no ibas a tener pretendientes?

—Tú siempre serás la más guapa de las dos, no lo niegues —dijo y sentí un pinchazo en el corazón.

—Yo llamo la atención... un rato, Gabriella, después la gente se aburre de mí. Tú eres guapa y divertida, y una gran amiga. Cualquiera se enamorará de ti como un tonto sin que siquiera te des cuenta.

De repente algo en su semblante me dio a entender que tenía algo que decirme.

—He conocido a un chico, ¿sabes? —me dijo unos segundos después—. Papá nunca lo aprobaría, es hijo del dueño de la tienda de caramelos que hay en el pueblo junto al colegio... Es mayor que yo, y superguapo... —agregó con ojos soñadores.

Me tensé un poco ante su comentario.

—Gabriella, debes tener mucho cuidado, ya no puedes salir del colegio como antes. Si alguien...

—Ya, ya... —dijo haciendo una mueca—. Es muy fácil decirlo cuando vives sola en Nueva York y puedes ir a donde quieras.

Abrí los ojos con sorpresa.

—Gabriella, yo tengo cuatro años más que tú y, por si se te ha olvidado, yo he pasado exactamente por lo mismo. Sin ningún pretendiente en el pueblo de al lado, cabe mencionar.

—Pero antes era diferente. ¿Tienes idea de lo que significa tener quince años y no haber besado nunca a un chico?

—Mi primer beso fue a los dieciocho, así que sí, sé lo que significa.

Mi hermana abrió los ojos con sorpresa.

—Pues sí que tardaste... Las chicas pierden la virginidad a los dieciséis hoy en día y yo...

Se me aceleró el corazón al oírla decir eso. Me acerqué a ella y le cogí las manos con fuerza.

—Ni se te ocurra, Gabriella —dije mirándola con temor—. Ni se te ocurra acostarte con nadie, ¡eres una cría!

Mi hermana se apartó, soltándose de mi agarre y mirándome enfadada.

—¡No me seas como las monjas o papá! ¿O acaso tú sigues siendo virgen?

No respondí, me quedé callada intentando eliminar un recuerdo de mi mente.

Al no responder, mi hermana abrió los ojos aún con más sorpresa que antes y soltó una carcajada.

—¡¿Estás de broma, no?! ¿Eres virgen?

—¡Chist! —dije haciéndola callar—. Sí, lo soy. Y si quieres seguir con vida, yo que tú haría lo mismo.

—Eres una exagerada, como si alguien pudiese enterarse si la pierdo.

—Existen maneras para comprobarlo, ¿lo sabías?

Mi hermana se recostó en el colchón y miró el techo sonriente.

—Nadie va a comprobar nada y, si yo y Timmy decidimos hacerlo...

—Gabriella, ni se te ocurra. Tienes quince años. ¡Ni siquiera te han besado!

Mi hermana volvió a incorporarse.

—No me ha besado un chico, querrás decir —dijo sonriendo—. Le pedí a Laura que me enseñara, ya sabes. No pienso besarme con Timmy sin tener ni idea de qué hacer. Lo cierto es que me pareció bastante repugnante, tanta saliva y la lengua entrando y saliendo...

Ay, Dios mío.

—Un beso debe dártelo alguien importante, alguien por quien sientes algo, no tu mejor amiga del colegio.

Mi hermana se encogió de hombros.

—Tampoco es para tanto.

La miré preocupada. Lo único que me daba cierta tranquilidad era saber que allí la vigilaban y que no podía escaparse del colegio, no mientras la amenaza que caía sobre mí siguiese existiendo.

Aquella noche dormimos juntas después de ver una de nuestras pelis preferidas y, mientras miraba el techo oscuro de mi habitación, no pude dejar de preguntarme cómo sería ser besada por Marcus Kozel y, sobre todo, si él sería capaz de hacerme sentir tantas cosas como conseguía hacerme sentir Sebastian.

El día siguiente pasó sin incidentes. Aunque, bueno, cabe mencionar que al bajar a desayunar me encontré con un ramo gigante de rosas rojas. Gabriella y Lupe saltaban a mi alrededor insistiendo en que les enseñase la tarjeta y, antes de abrirla, mi mirada se desvió casi sin querer a Sebastian, que desayunaba en la otra punta de la mesa con Wilson frente a él. Nuestra mirada se encontró en la distancia que nos separaba y algo en mí se removió sin que yo pudiese hacer nada para evitarlo. Sebastian cortó aquella conexión y siguió leyendo el periódico.

Yo abrí el sobre y leí lo que Marcus había escrito para mí.

> Desde que te conocí no he podido dejar de pensar en ti. Cuento las horas para verte esta noche, Marfil. Ponte hermosa para mí.
>
> MARCUS KOZEL

Le pasé la carta a Gabriella para que dejara de preguntarme y me senté a la mesa del desayuno. Sebastian ni siquiera parpadeó.

—Vaya, vaya... «Ponte hermosa para mí» —repitió mi hermana en voz alta—. Este Marcus es todo un donjuán, ¿eh?

—Calla —dije arrancándole la carta y guardándomela en el bolsillo—. Si quieres pasar el día en el arroyo, ya estás tardando. Me gustaría estar de vuelta a las cinco para poder empezar a arreglarme.

Una hora después, cabalgábamos sobre nuestros caballos con Sebastian y Wil cubriéndonos las espaldas, mientras reíamos y hacíamos carreras como cuando éramos niñas. Lupe nos preparó una cesta de picnic con bocadillos, manzanas, queso y uvas. Sebastian y Louis no quisieron acompañarnos; ellos mismos se habían llevado algo para comer, por lo que no tuve oportunidad de hablar con Sebastian hasta que llegamos a las caballerizas a eso de las cuatro y media de la tarde. Me rezagué un poco, ya que quise cepillar a Philippe antes de dejarlo; por eso, cuando Sebastian vino a mi encuentro en la cuadra donde estaba mi caballo, supe que estábamos solos.

Intenté comportarme como si no estuviese, pero me resultó de lo más difícil ignorarlo, sobre todo cuando se acercó a mi caballo y lo acarició con infinita ternura.

Dejé el cepillo en su lugar, pero antes salir, me retuvo para decirme algo.

—Ten cuidado esta noche —dijo mirándome a los ojos.

—Solo es una cita, Sebastian, he tenido miles. —No pude evitar soltarlo.

Me cogió la barbilla entre sus dedos, obligándome a que lo mirara directamente.

—Marcus Kozel no es como los tíos con los que has podido salir en el pasado. Es peligroso. Ten cuidado —repitió.

Di un paso hacia atrás.

—Es hijo de un amigo de mi padre. Si supusiera un peligro para mí, mi padre no me dejaría ir. Y, por lo visto, está muy contento de que lo haga.

Sebastian apretó los labios con fuerza.

—¿Hay algo más que quieras decirme sin correr el riesgo de parecer celoso?

Sebastian ni se inmutó ante lo que acababa de decir. Dio un paso hacia mí y me clavó sus ojos marrones con dureza.

—Sí, hay algo más: no dejes que te bese.

Lo miré con incredulidad.

—¿Por qué no?

—Porque entonces querrá volver a hacerlo.

Dicho esto, me dio la espalda y se marchó, dejándome allí.

Pero ¿qué...?

No iba a mentirme diciéndome que no me había puesto de muy buen humor saber que Sebastian se moría de celos por mi cita con Marcus, aunque más que celos parecía de verdad estar advirtiéndome de algo.

No pensaba darle muchas más vueltas, y menos cuando sentía mariposas en el estómago ante mi cita de aquella noche. Había elegido un elegante vestido verde oscuro, ajustado y largo hasta la rodilla con unos zapatos de tacón negros que me encantaban y me estilizaban las piernas. Me dejé el pelo suelto y liso, que caía sobre mi espalda, y me maquillé los ojos para resaltar mi color verde de ojos de gata. Los labios los dejé naturales, con un poquito de brillo rosado.

—Estás espectacular —dijo mi hermana mirándome con admiración.

Le di las gracias, la besé en lo alto de la cabeza y salí por la puerta. No tenía ni idea de cómo iba a resultar aquella cita, pero lo que no quería era tener que preocuparme o agobiarme. Había salido con un montón de chicos los dos últimos años, no me intimidaban, ni ellos ni las citas. La única persona que me había puesto nerviosa en toda mi vida había sido Sebastian y, la verdad, esperaba que Marcus rompiera con esa costumbre. Deseaba tener las cosas más fáciles; con Sebastian todo era demasiado complicado y también demasiado intenso.

No pensaba agobiarme, al fin y al cabo, solo era una cena. Una cena romántica, lo más seguro, y lo más probable es que ocurriese lo de siempre: que me aburriese soberanamente o que pasase un buen rato sin que ocurriese nada digno de mención.

Bajé las escaleras hasta llegar al vestíbulo y vi que me esperaban tanto Wilson como Sebastian.

Los miré a ambos, vestidos de traje y corbata, con cara de pocos amigos.

—No estaréis pensando venir los dos, ¿verdad? —pregunté horrorizada.

—Te llevas a los dos, sí —dijo mi padre apareciendo por la puerta que daba a la cocina. Sus ojos me recorrieron de arriba abajo y sonrieron satisfechos—. Estás preciosa, hija. Me hace muy feliz que empieces una relación con Marcus Kozel. Es un partido inmejorable.

Me giré hacia él.

—Primero: no estoy empezando una relación, papá; apenas lo conozco, solo vamos a ir a cenar. Y segundo: ¿por qué tengo que ir con los dos? No puedo convertir una cena para dos en una cena para familia numerosa, papá.

Mi padre, contra todo pronóstico, sonrió divertido.

—No te preocupes, Marcus está totalmente acostumbrado a ir con custodia, hija.

Recordé su comentario sobre que si yo fuese suya tendría a cinco hombres detrás y las ganas de salir con él disminuyeron un tanto.

Era un sinsentido discutir con él sobre ese tema, así que intenté que no me afectara saber que Sebastian y Wil estarían vigilando cada movimiento que diera esa noche con mi cita. ¿Cómo demonios iba a coquetear con otro estando Sebastian allí observando?

Finalmente, Marcus llegó, vestido elegantemente con unos vaqueros oscuros y una camisa blanca. Iba un poco más informal que yo, pero no desentonábamos en absoluto. Pareció realmente sincero cuando al verme dijo que era la mujer más hermosa que había visto en su vida y yo sonreí sin que el cumplido llegase de verdad a causar un efecto positivo en mí.

Había venido con toda la artillería. A pesar de que iba a conducir él —un Ferrari color negro mate, todo hay que decirlo—, detrás de él y aguardando a que nos montásemos en el coche, había dos Mercedes aparcados, también de color negro.

Cuando miré en aquella dirección me cogió de la mano y tiró de mí hacia el asiento del conductor.

—No te preocupes por ellos. Haz como si no estuvieran.

¿Tanta seguridad necesitaba para moverse? ¿Quién demonios era Marcus Kozel?

Miré hacia atrás buscando a Sebastian y Marcus siguió la dirección de mi mirada y se detuvo un instante para decirle algo.

—No hace falta que vengas, Moore. Tengo seguridad suficiente para protegerla. No le pasará nada estando conmigo.

Sebastian lo miró como si fuese a comérselo vivo para escupirlo después.

—Marfil no va a ninguna parte sin mí —aclaró sin dejar lugar a ningún tipo de intervención.

Marcus se adelantó cuando Sebastian fue a rodear el coche para ir a buscar el Mercedes de Peter.

—Te he dicho —dijo colocándole una mano en el pecho para detenerlo— que esta noche me encargo yo.

Sebastian fue a quitárselo de encima de un empujón, pero antes de que pudiese hacerlo, yo decidí intervenir.

—Marcus —dije cogiéndolo del brazo que tenía extendido para mantener a Sebastian a raya—. Quiero que venga...

Marcus sonrió sin mirarme, con sus ojos clavados en los de Sebastian. Tardó unos segundos de más en contestarme.

—Lo que tú digas, princesa —dijo mirándome unos segundos después.

«Princesa...»

Estaba tomándose demasiadas confianzas, pero tampoco iba a decirle nada al respecto.

Finalmente me abrió la puerta del copiloto y observé cómo Sebastian se subía al Mercedes que había aparcado delante de mí.

¿En qué momento yo había pasado a necesitar tres coches con guardaespaldas para ir a una cita con un tío?

Cuando Marcus se montó en el coche, noté su fragancia de Calvin Klein y me relajé contra el asiento de cuero.

—Siento todo esto, pero teniendo en cuenta las circunstancias...

—No te preocupes —dije observando cómo metía las marchas con soltura.

Salimos pitando por el camino de tierra que había fuera de mi casa. Vi que los tres coches nos seguían a varios metros de distancia.

—He reservado en un restaurante con unas vistas preciosas al Misisipi —dijo con una sonrisa—. Ya lo verás, es una azotea increíble. La carne es de la mejor calidad y el vino es espectacular.

Sonreí como respuesta mientras disfrutaba del paisaje que dejábamos atrás con prisas. Marcus conducía deprisa, muy deprisa, pero tampoco vi la necesidad de decirle que redujera la velocidad. Ese coche demandaba conducirlo de aquella manera.

—Cuéntame, ¿qué estudias en la universidad? —me preguntó con un brazo apoyado en mi respaldo y el otro sobre el volante.

—Economía —respondí, a lo que él soltó una carcajada.

—¿De veras? —preguntó mirándome de reojo y volviendo a fijar la vista en la carretera.

¿Por qué le hacía tanta gracia?

—Sí, estoy terminando segundo —contesté mirando su perfil. Era muy guapo, todo él parecía recién sacado de una revista de Christian Dior. Observé su Rolex de oro en su brazo izquierdo y el anillo con una cabeza de león en su mano derecha.

—¿Tú a qué te dedicas? —le pregunté con curiosidad.

Me miró un momento, con una sonrisa divertida en la cara, y luego me respondió.

—A la compraventa de empresas —explicó—. Compro empresas que están en bancarrota por un dólar a cambio de hacerme cargo de todas sus deudas.

—¿Por un dólar? —pregunté con incredulidad.

—Sí —dijo simplemente—. Las reformo, ofrezco a los bancos un acuerdo para finiquitar las deudas y luego las vendo al mejor postor.

—Suena arriesgado —dije mirando hacia delante, al sol que empezaba a ponerse sobre nuestras cabezas y a las luces que alumbraban la carretera despejada de tráfico.

—Todo negocio lo es —respondió con sencillez, encogiéndose de hombros—. ¿Te gusta el ballet? —me preguntó entonces, cogiéndome por sorpresa y señalando el colgante en forma de zapatillas de baile que llevaba yo en el cuello.

—Me encanta —admití con una sonrisa.

—¿Sabes bailar? —preguntó entonces con curiosidad.

—Sí, aunque ya no lo hago de forma profesional —dije pensando en mi madre inevitablemente.

—Lo llevas en la sangre, ¿verdad?

Lo miré con sorpresa.

—Paulina Kozlova era amiga de mis padres. Si no me equivoco, fue mi padre quien se la presentó al tuyo.

—¿Tus padres conocían a mi madre? —pregunté sin dar crédito.

—Sí. Yo también la conocí, aunque por aquel entonces no tendría más de ocho o nueve años... Una vez bailó para mi familia, fue una actuación privada en nuestra casa en Moscú... Recuerdo que media Rusia estaba enamorada de ella, era muy hermosa. —Asentí sintiendo que mis ojos se llenaban de lágrimas—. Nunca creí que alguien pudiese superarla en belleza... hasta que te vi a ti.

Cuando me miró, el peso de su mirada me dejó hipnotizada. Habíamos llegado y yo ni me había dado cuenta. Marcus estiró el brazo y atajó una de las lágrimas que me habían caído por la mejilla sin mi consentimiento.

—¿Bailarás para mí... alguna vez?

Mi corazón se aceleró sin poder hacer nada para evitarlo. ¿De verdad quería verme bailar?

—Claro —respondí en voz baja.

Marcus sonrió y fue a abrirme la puerta. Al bajar del coche vi que Sebastian ya estaba de pie esperando junto a la entrada del restaurante y al verme algo en su rostro se desencajó.

Comprendí tarde que debió de preocuparse al verme bajar del coche con los ojos húmedos, pero sonreí para que se quedara tranquilo.

Entre los tres guardaespaldas de Marcus y los dos míos, eran un total de cinco hombres bien trajeados los que subieron con nosotros en el ascensor que nos llevaría a la azotea donde pensábamos cenar.

Marcus parecía acostumbrado a comportarse como si no estuviesen, pero a mí me costaba lo mío. Sobre todo, cuando sentí su mano en la parte baja de mi cintura y la manera posesiva en la que me atrajo hacia él, delante de todos, delante de Sebastian.

El lugar era precioso, con unas vistas muy bonitas al río y muy íntimo también. Las mesas daban a una gran cristalera y estaban separadas por compartimentos que ofrecían una intimidad que pocos restaurantes tenían. Sabía que desde allí sería complicado que los guardaespaldas tuviesen una visión total de ambos y me alegré por ello. Resultaba muy incómodo tener a Sebastian allí; en el fondo me arrepentí de no haber aceptado el ofrecimiento de Marcus y confiar en sus guardaespaldas en vez de traer a Sebastian conmigo.

Nos sentamos y un camarero muy elegante nos ofreció la carta. Marcus pidió vino y se acercó a mí al sentarse a mi lado en el pequeño compartimento ovalado.

—¿Te gustaron las flores? —me preguntó mientras me servía él mismo el vino.

—Son preciosas, gracias —dije llevándome la copa a los labios y disfrutando de su atención.

—Tu padre me ha dicho que vives en Nueva York —me comentó después de que le dejase pedir por mí.

Asentí admirando lo guapo que era. Ahora que estaba más cerca de él, pude confirmar que debía de ser un poco más mayor que Sebastian. No sé por qué estaba tan obsesionada con la edad de aquellos dos, pero necesitaba saber en qué liga me estaba moviendo.

—¿Vives sola? —me preguntó mientras pasaba el brazo por detrás de mi respaldo.

—Sí, aunque es una zona muy segura —dije volviendo a beber. Estaba nerviosa y no quería que él pensase que me intimidaba.

—Tu padre me dijo que Sebastian Moore compartía el apartamento contigo... —dijo a continuación sin quitarme los ojos de encima.

—Bueno, sí. Hace apenas unos meses que se mudó al ala de servicio —le expliqué.

—Entonces ¿por qué me has dicho que vivías sola?

No me gustó nada la manera en la que me miró. Me tensé.

—¿Por qué me lo has preguntado si ya lo sabías?

Marcus sonrió.

—*Touché* —dijo llevándose su copa a los labios.

Nos trajeron los platos y de ahí en adelante la conversación paso a ser más informal, más distendida. Marcus fue un auténtico caballero en todo momento y parecía realmente interesado en las cosas que le contaba. Pude notar que mi personalidad se había vuelto contenida con él; no había dejado salir a la auténtica Marfil y una parte de mí sabía que se debía a que aquel hombre era amigo de mi padre. Mientras que con Sebastian yo fui Marfil cien por cien desde el instante en el que lo vi, me disgustó darme cuenta de que con Marcus intentaba ser aquello que yo creía que él esperaba de una mujer hermosa.

Cuando íbamos por el postre, Marcus ya estaba prácticamente pegado a mí. Su mano se había acercado hasta rozarme la piel sensible del cuello y ya nadie había podido sacarla de ahí.

—Te he traído un regalo —dijo después de que compartiésemos el postre.

Se abrió la chaqueta y metió la mano dentro hasta sacar una caja cuadrada de terciopelo negro. Era una caja mediana y parecía pesada cuando la colocó encima de la mesa, delante de mí.

Abrí los ojos sorprendida.

—No tenías por qué regalarme nada —dije poniéndome repentinamente nerviosa.

—He disfrutado haciéndolo. Ábrelo —dijo. Mientras yo abría la caja, él siguió hablando—. Me fijé en que no llevabas ningún tipo de joya, solo ese colgante. Una mujer como tú se merece llevar diamantes y zafiros, Marfil.

Me quedé mirando el collar sin saber qué decir. Mi corazón se había acelerado dolorosamente en mi pecho y no en el buen sentido.

No me gustaban las joyas. Me recordaban a mi madre, a la causa de su muerte.

—Es... —intenté buscar las palabras—. Es demasiado. No puedo aceptarlo —dije pasando los dedos por encima de lo que estaba segura de que era un diamante auténtico.

—Nada es demasiado si la que lo va a llevar puesto eres tú —dijo sacándolo de la caja y mirándome con una sonrisa—. ¿Me permites?

Iba a decirle que no. Iba a explicarle que yo no llevaba joyas así, pero antes de que me diera cuenta mi colgante de ballet había desaparecido de mi cuello y había sido sustituido por algo que estaba segura de que debía de costar miles de dólares.

Cuando me giré hacia él sus ojos brillaron con algo que no supe descifrar.

—Quiero que seas mía, Marfil Cortés —soltó entonces, colocando su mano en mi pierna y acariciándome la rodilla con sus largos y masculinos dedos.

—Estás yendo demasiado deprisa —repliqué, colocando mi mano encima de la suya cuando esta empezó a subir por mi muslo.

Marcus detuvo su caricia y clavó su mirada en mis labios.

—Cuando quiero algo simplemente voy a por ello —dijo muy seguro de sí mismo.

—Es un lema de vida muy ambicioso —dije levantando las manos y quitándome el colgante—, pero a mí no me ganarás con flores y joyas, Marcus.

Aunque temí que se ofendiera, simplemente sonrió.

—Eso solo hace que te desee aún más —admitió con sencillez.

El camarero nos interrumpió entonces y yo me giré hacia él y le pedí la cuenta.

A mi lado Marcus soltó una carcajada.

—¿Ya te quieres ir?

—Mi hermana se marcha mañana y le prometí que no llegaría muy tarde.

—Está bien, no te preocupes —dijo tendiéndole una tarjeta de crédito color negro al camarero y escoltándome hasta el ascensor.

Cuando mis ojos volvieron a encontrarse con Sebastian, sentí un pinchazo en el pecho. Marcus me cogió de la mano y no me la soltó hasta llegar a su coche. El camino de vuelta lo hicimos en silencio. No fue un silencio incómodo, pero sí fue un silencio que me hizo cuestionarme si finalmente había resultado ser una buena cita o no.

Cuando llegamos a casa y apagó el motor, supe que intentaría besarme.

—Si te digo que ya quiero volver a verte, ¿qué me responderías? —dijo girándose hacia mí en el asiento.

Sonreí inevitablemente.

—Respondería que aún sigo aquí.

Cuando Marcus se inclinó hacia mí, con su mano en mi nuca y su fragancia envolviéndolo todo, una parte de mí quiso salir huyendo, pero otra... Otra quiso comprobar si podía hacerme estremecer igual que lo hacía mi guardaespaldas.

Cuando nuestros labios chocaron, no se demoró en ser sutil. Me atrajo hacia él y segundos después tenía su lengua enroscada en torno a la mía exigiendo mucho más de lo que quería darle.

Fui a apartarme, pero me retuvo con fuerza hasta que finalmente me soltó.

Su respiración y la mía estaban agitadas y pude ver con un simple vistazo lo excitado que estaba.

—Marfil..., creo que acabo de probar una nueva droga.

Nuestras miradas se encontraron y volvió a besarme, esta vez con más delicadeza.

—Entra en casa antes de que sea yo quien te secuestre de nuevo.

Le lancé una mirada escéptica.

—Solo bromeaba, perdona —aclaró.

—Gracias por todo —dije apeándome del coche sin mirar atrás.

Sebastian fue quien me abrió la puerta. Me sentía rara e incapaz de mirarlo directamente a los ojos. Me sentía como si lo hubiese traicionado y no me gustaba esa sensación.

Habían dejado una de las lamparitas de aceite encendidas para nosotros, por lo que la entrada estaba tenuemente iluminada.

—Buenas noches —dijo Sebastian dándome la espalda para marcharse a su habitación.

—Espera —dije corriendo para alcanzarlo.

Me observó, simplemente, sin desvelar nada.

—Suéltalo, Sebastian —dije odiando que todo aquello que había ansiado sentir con Marcus acudiera en ese instante, torturándome, solo por tenerlo delante a escasos centímetros de mi cuerpo.

—Hacéis muy buena pareja —soltó rodeándome para seguir su camino.

Ni siquiera me había mirado a los ojos. Estaba enfadado, lo sabía. Yo también lo habría estado, pero la cuestión era que daba igual que le molestase que saliese con otro, seguía empecinado en que no podía tocarme mientras fuese mi guardaespaldas y eso me cabreaba más que cualquier otra cosa. ¿Por qué no me reclamaba como suya? ¿Por qué no quería admitir que sentía algo por mí?

Aquella noche me desperté mil veces. Mis pesadillas se mezclaron con un Marcus que me ahogaba con un collar de diamantes y un Sebastian que observaba todo desde la distancia, sin intervenir, sin apenas parpadear. Yo lo llamaba, estirando el brazo para que viese que lo necesitaba, pero él miraba... solo miraba.

Al final era esa sensación de soledad la que terminaba matándome del todo.

22

MARFIL

Finalmente mi hermana se marchó para pasar el resto de sus vacaciones con su madre y su padrastro. Me dio pena despedirme de ella, no la vería hasta el mes que solíamos pasar aquí en verano. Lo único bueno era que Tami me había escrito diciéndome que podía pasar el último fin de semana de vacaciones en mi casa y que sería buena idea regresar juntas a Nueva York para el inicio del segundo cuatrimestre en la facultad.

Marcus Kozel me envió rosas rojas todos los días. Volvimos a salir juntos, aunque no solos, sino en grupo y me presentó a algunos de sus amigos más íntimos. Todos me hicieron sentir como en casa y, tras un intenso beso en mi portal después de pasar una hora charlando amigablemente, se despidió de mí prometiendo que vendría a verme al final de mis vacaciones para poder despedirse.

Mi relación con Sebastian se había enfriado hasta niveles insospechados. Yo lo evitaba, él me evitaba... Resultaba de lo más complicado, ya que nos teníamos que ver a todas horas. Por mucho tiempo que yo hubiese pasado con Marcus, la persona que ocupaba mis sueños era él. Comprendí que, por muy buen partido que fuese y por muy contento que mi padre estuviese conmigo por primera vez en su vida, no podía seguir saliendo con él sabiendo que otra persona ocupaba mis pensamientos.

No era justo.

Mi intención había sido decirle a Marcus cómo me sentía y proponerle seguir siendo amigos. Ese fue el plan cuando vino a visitarme tres días antes de que me marchara.

—Lo cierto es que estás hecha una auténtica amazona —me dijo mientras cabalgábamos juntos por los campos de mi padre.

Le dediqué una sonrisa desde la distancia.

—¿Qué tal una carrera? —dije mirándolo por encima del hombro.

—¡Tonto el último que llegue hasta al granero! —gritó pillándome desprevenida cuando pasó galopando a toda velocidad por mi lado.

Lo seguí casi al instante sin darme cuenta de a qué granero se estaba dirigiendo. Cuando me ganó y se adentró en el mismo lugar donde una semana atrás Sebastian y yo habíamos hecho de todo menos comportarnos de forma profesional, sentí un escalofrío.

Sebastian y Wilson venían detrás de nosotros, pero se quedaron fuera para darnos cierta intimidad. No me hizo falta mirar a Sebastian para verificar que seguía con la misma cara de póquer que desde hacía días.

—Has perdido —dijo acercándose a mí para ayudarme a bajar del caballo. Dejé que lo hiciera y, cuando mis pies tocaron el suelo, Marcus se inclinó para besarme, solo que yo me aparté con toda la sutileza de la que fui capaz—. ¿No piensas recompensarme por haber ganado? —dijo enterrando su boca en mi cuello sin que yo le diese permiso.

—Marcus... —empecé diciendo sutilmente.

—Oh, vamos, princesa —dijo colocando sus manos en mis caderas y atrayéndome hacia su cuerpo con ganas de más—. Dame algo que pueda recordar...

Lo cierto era que besaba muy bien, pero no sentía nada cuando lo hacía. Además, que me besara, en aquel lugar, con Sebastian fuera, me hizo sentir incómoda.

Sus manos subieron hasta apretarme los pechos y ahí fue cuando me envaré.

—Vas muy deprisa, Marcus. Yo no... —seguí diciendo, pero su boca me calló con un beso.

Su lengua se me metió casi hasta la campanilla y sentí asco. Empecé a empujarle con las manos, intentando quitármelo de encima, pero cuanta más resistencia ponía yo, más duros notaba que se le ponían los pantalones.

—Me vuelves loco —dijo bajando las manos hasta mi culo y apretándome con fuerza, haciéndome daño.

—¡Suéltame! —grité cabreada y asustada al notar que mis intentos por deshacerme de él eran infructuosos. No podía hacer nada. La misma historia volvía a repetirse y nada de lo poco que Sebastian me había enseñado podía ponerse en práctica en aquel instante—. Joder, ¡Marcus!

—Me merezco algo a cambio por haber estado detrás de ti toda la maldita semana —dijo empujándome con sus caderas y bloqueándome cualquier intento de pegarle una patada.

—Suéltame, maldito hijo... —Pero me cubrió la boca con la palma de su mano al mismo tiempo que con la otra me apretaba el pecho izquierdo con fuerza.

Nunca en toda mi vida me habían tratado así.

Ni siquiera Regan.

Mi corazón se aceleró y el miedo se agolpó en mí como nunca. Supe en ese instante, que daba igual lo que le dijera; si podía, me tomaría allí mismo, en contra de mi voluntad.

—¡Sebastian! —grité a todo pulmón cuando la mano de Marcus que estaba en mi boca bajó para rasgarme la blusa de un fuerte tirón.

—¡Estate quieta, joder! —mascculló en un tono de voz escalofriante. Sollocé sin voz con un nudo en la garganta que apenas me dejaba respirar, pero entonces oí un clic y Marcus se detuvo.

Abrí los ojos llenos de lágrimas y vi que Sebastian tenía su pistola clavada en la nuca de Marcus. Se detuvo y, contra todo pronóstico, sonrió divertido.

—Apártate de ella —dijo Sebastian con la voz demasiado controlada.

Marcus se rio y me soltó despacio. Me acomodé la ropa y corrí a ponerme detrás de Sebastian.

—¿Quién te crees que eres para decirme lo que tengo que hacer? —dijo Marcus mientras se daba la vuelta y lo encaraba sin un ápice de miedo en sus ojos azules. La pistola lo apuntaba ahora justo a la altura de la garganta—. ¿Piensas disparar? ¿Eh, Moore?

Sebastian no vacilaba. La pistola seguía apuntándolo directamente y la única muestra de tensión eran los músculos de su espalda.

—Lárgate de aquí —le dijo Sebastian.

Marcus volvió a reír y después se giró hacia mí, que lloraba sin poder evitarlo detrás de Sebastian.

—Dile a tu padre que me cobraré la deuda antes de lo planeado.

Sus ojos ardieron en los míos con promesas tan oscuras que sentí auténtico terror. ¿Por qué había pasado de ser un encanto a un auténtico psicópata? Yo tenía razón. Los hombres solo querían mi cuerpo. Lo demás no importaba. Nunca había importado.

Cuando se marchó, cabalgando hacia la casa y acompañado por Wilson, no quise que Sebastian hiciese o dijese nada. Le di la espalda y me limpié la cara con la manga de mi camiseta. Él me había advertido sobre Marcus y yo lo había ignorado, como siempre.

—Marfil... —dijo acercándose por detrás—. No volverá a tocarte.

Miré hacia donde nos habíamos enrollado y deseé no haber salido nunca con Marcus. ¿Por qué me engañaba a mí misma? Era Sebastian del que estaba enamorada, ahora lo sabía. Era en él en quien confiaba. Era él a quien deseaba...

Cuando me giré para encararlo vi que estaba furioso, no conmigo, pero sus puños reposaban junto a sus costados, apretados con fuerza.

—Se me olvidó lo del taekwondo —dije sin moverme—. Vas a tener que enseñarme mejor.

Sebastian no sonrió, simplemente me miró mientras cruzaba la poca distancia que nos separaba. Cuando llegó a mi lado, fue su mano la que se alzó para limpiarme las lágrimas de las mejillas.

—Te enseñaré todo lo que quieras —dijo acariciándome con su pulgar áspero. Sus ojos se desviaron hacia donde se me abría la blusa rota por el medio, dejando entrever mi sujetador rosa. Sin decir nada se desabrochó la sudadera, me la dio y la mantuvo abierta para que metiera primero un brazo y después el otro. Dio un paso hacia delante hasta cerrar la cremallera despacio, sin quitarme los ojos de encima—. Si vuelve a tocarte, lo mato.

Lo dijo como si no existiese otra opción. Yo sentí un escalofrío al comprender, por fin, que las cosas habían cambiado. No había querido admitirlo, pero Sebastian me había intentado prevenir desde el principio. De la noche a la mañana mi vida había pasado de ser una corriente y sin dramas, como la de cualquier universitaria, a convertirse en una vida llena de amenazas y peligros.

—Quiero irme de aquí —le dije abrazándome a mí misma—. Quiero volver a Nueva York y olvidarme de todo esto.

Sebastian permaneció ahí quieto, simplemente observándome. Yo di un paso hacia él y, sin pedirle permiso, apoyé mi mejilla contra su pecho, todavía rodeándome con mis propios brazos. Cuando me devolvió el abrazo envolviéndome con fuerza, supe que pasara lo que pasase, Sebastian Moore me protegería, no dejaría que nada malo me pasase. Eso, sin yo llegar a entenderlo todavía, iba a significar absolutamente todo.

Sebastian habló con mi padre o al menos eso me dijo. No tenía ni idea de a qué se había referido Marcus cuando me dijo que se cobraría la deuda antes de lo planeado. Tampoco entendía cómo se había atrevido a hacerme lo que me había hecho sabiendo que su padre y el mío eran amigos, pero lo que más me sorprendió es que mi padre no me dijese nada al respecto. Yo, afectada como estaba, solo quería largarme lo antes posible. Le pedí a Lupe que se encargase de buscar dos vuelos y llamé a Tami para decirle que lamentaba cancelar mi invitación, pero que me marchaba a Nueva York al día siguiente.

Aquel viaje había resultado horrible y simplemente necesitaba volver a mi casa, a mi rutina, a intentar olvidarme de todo lo que había ocurrido y volver a sentir que tenía el control de lo que sucedía a mi alrededor.

Después de aquellas vacaciones podía decir que había tres cosas de las que estaba segura. Primero: mi vida corría verdadero peligro; segundo: mi padre ocultaba una lista inimaginable de secretos; y tercero: estaba totalmente enamorada de mi guardaespaldas.

23

MARFIL

Durante el vuelo de vuelta a Nueva York, Sebastian viajó en primera clase, sentado a mi lado. Sin que yo se lo pidiera, me cogió la mano y no me la soltó prácticamente durante todo el trayecto. Estaba nerviosa, aparte de por todo lo que había pasado desde mi secuestro, porque no tenía ni idea de qué tipo de relación tendríamos a partir de entonces. Si antes la convivencia con él había sido intensa, después de lo que habíamos vivido aquella última semana y de saber, con seguridad, que estaba enamorada de él, no tenía ni idea de cómo iba a comportarme en su presencia.

En mi interior se estaba batallando una guerra en toda regla. Mi vida, tal como la conocía, había cambiado para encabezar, en la lista de prioridades, no solo a mí misma y mi seguridad, sino la de aquel hombre que se sentaba a mi lado con los ojos cerrados mientras su pulgar me acariciaba la palma de la mano sin descanso. Quería girarme y enterrar la cabeza en su pecho, dormirme acurrucada contra él, que me acariciara el pelo hasta dormirme, tal y como había hecho en el viaje de ida, pero algo dentro de mí había cambiado también. Ya nada parecía ser como antes de viajar, no solo por haber vivido tan de cerca mi posible asesinato, sino por todo lo que Sebastian me había hecho y dicho durante aquellos días. Todo eso me había endurecido, me había hecho darme cuenta de que, si no cuidaba mi corazón, podría llegar a vivir en mis propias carnes lo que podía llegar a ser el mayor amor no correspondido de la historia.

No iba a soportar su aislamiento, su mutismo y su distancia; ya no podía. Cuando cerraba los ojos, lo veía delante de mí, con su boca en la mía y sus manos en mi cuerpo. Cuando cerraba los ojos, sentía su contacto, el latido de mi corazón y el placer más exquisito.

No hablamos mucho durante el camino de vuelta. Cuando Sebastian me condujo hasta el aparcamiento del aeropuerto, yo sabía que él iba a comportarse como si no pasara nada, que su actitud seguiría siendo la misma de siempre y eso, en vez de enojarme, me entristeció.

Ya montados en el coche, me limité a apoyar la barbilla en mi puño y a mirar por la ventanilla del coche los edificios que se alzaban imponentes. Daba igual cuánto tiempo llevase viviendo allí, siempre me sentiría una hormiga insignificante en aquella ciudad.

Tardé más de la cuenta en comprender que no nos estábamos dirigiendo a mi apartamento, sino que estábamos cruzando el puente de Brooklyn en dirección contraria. Cuando por fin despegué los ojos de la carretera y me giré hacia Sebastian, él ya estaba aparcando delante de un restaurante de ladrillo rojo. Estaba junto al Hudson y odié sentir esa inevitable sensación de alivio al ver que no se adentraba mucho en Brooklyn. Había ido interiorizando todos aquellos prejuicios debido a la gente con la que me había codeado desde que había llegado a la ciudad, pero Tami adoraba Brooklyn y en varias ocasiones habíamos recorrido las calles visitando galerías de arte en Bushwick, una zona preciosa y muy hípster rodeada de artistas poco conocidos, pero con mucho talento.

—¿Qué hacemos aquí?

Sebastian quitó las llaves del contacto y se giró hacia mí.

—Hemos venido a cenar las mejores hamburguesas de Nueva York.

Eso era lo último que podía llegar a esperar que saliera de su boca. Antes de que pudiese decir nada, se bajó del coche y empezó a caminar hacia la puerta.

Me bajé deprisa y lo alcancé justo cuando se detenía para abrirme la puerta.

—¿Por qué me traes aquí? —pregunté antes de entrar.

—¿Tú qué crees?

Parpadeé confusa.

—¿Porque quieres que engorde? —contesté notando que mi humor empezaba a cambiar poco a poco y una sonrisa asomaba a mis labios.

Sebastian me miró durante unos segundos efímeros.

—Te he traído aquí justamente porque necesitaba volver a verte sonreír.

Los labios se me congelaron y me sentí como si mil mariposas empezasen a bailar en mi interior. No esperó a que le contestase, me indicó con un gesto de la cabeza que entrase en el restaurante y así lo hice. Era una mezcla entre restaurante y establecimiento de comida rápida, pero tenía su encanto.

Nos sentamos a una mesa que estaba colocada en una esquina y, cuando el camarero vino a preguntarnos qué íbamos a pedir, le dije a Sebastian que me pidiese lo mismo que a él. Cuando nos trajeron la comida abrí los ojos con evidente espanto.

—¿Ser simpático por primera vez en tu vida ha afectado a tu capacidad de contar? —le dije mirando sin dar crédito a todo lo que colocaba el camarero delante de nosotros—. Solo somos dos.

—Yo como por cuatro —contestó colocando los platos minuciosamente delante de los dos. Me hacía gracia lo maniático que podía llegar a ser a veces. Lo había ido aprendiendo durante nuestra convivencia. No es que fuese un obseso de la limpieza, pero con ciertas cosas, como con la comida, hacía hincapié en que todo estuviese siempre perfecto.

Me divertí observando cómo colocaba la comida de forma extremadamente ordenada. Cogí una patata y me di cuenta de lo que faltaba. Me puse de pie con intención de ir al mostrador, pero Sebastian estiró la mano para agarrarme por la muñeca y me miró con los ojos entornados.

—¿Dónde vas?

—A comprar una cosa. Ahora vuelvo —dije con calma.

Sebastian vaciló unos segundos; repasó el restaurante con la mirada y después de pensarlo unos instantes me soltó.

Ese gesto me hizo revivirlo todo, pero hice lo posible por no dejar que volviese a dominar mi estado de ánimo.

Cuando regresé a nuestra mesa, él ya iba por la segunda hamburguesa.

Me miró con cara de pocos amigos cuando coloqué un bol de helado de vainilla entre los dos.

—¿Ni siquiera has probado la hamburguesa y ya vas directa a por el postre?

Me senté enfrente de él y, sin quitar los ojos de los suyos, cogí una patata frita y la mojé en el helado para después llevármela a la boca y comérmela feliz.

Sebastian se limitó a observarme con el ceño fruncido.

—Mmm... qué rico —dije sonriente, cogiendo otra patata y repitiendo el proceso.

—A veces pienso que no puedes ser más rara...

—Pruébalo —dije cogiendo una patata, untándola de helado y estirando la mano para llegar a sus labios.

—No, gracias —respondió ignorando mi patata y mi brazo extendido.

—Venga —dije notando que el helado se derretía ante el contacto de la patata caliente y me caía por los dedos.

Sebastian me miró un instante y luego miró la patata. Sus ojos brillaron de forma especial. Cuando se inclinó para morder la patata, lo hizo sin apartar sus ojos de los míos ni un instante. Sus labios rozaron deliberadamente mis dedos; llegué a sentir incluso la punta de su lengua contra mi piel y me quedé paralizada. Sus ojos oscuros llamearon antes de soltarme y echarse hacia atrás en su asiento.

Mi respiración se había entrecortado y mi corazón latía enloquecido en mi pecho.

Él cogió su vaso de plástico y bebió como si allí no hubiese pasado nada.

—¿Te ha gustado? —le pregunté como si lo que acababa de hacer no me hubiese afectado lo más mínimo, pero me maldije mentalmente cuando mi voz tembló sin que pudiera evitarlo.

Sebastian sonrió con la mirada.

—Muchísimo.

¿Estaba tonteando conmigo?

—Come —dijo entonces, volviendo a su estado serio natural.

Negué con la cabeza, pero hice lo que me ordenó. Sonreí mientras probaba la hamburguesa.

—Oye, ¡está muy rica! —exclamé relamiéndome los labios.

Sebastian asintió. Mientras seguíamos comiendo, yo no dejé de exprimirme el cerebro pensando en cómo podía hablar de nosotros sin provocar otra pelea, pero cuando me armé de valor para preguntárselo directamente ocurrió algo. Justo en ese instante, después de escuchar que volvía a sonar la campanita al abrirse la puerta, sus ojos se apartaron de mí, que había estado parloteando sin sentido sobre nada en concreto, y toda la diversión que había intentado disimular se evaporó como por arte de magia.

Seguí su mirada girando sobre mí misma lentamente y vi que una mujer joven se volvía hacia nosotros como si nuestras miradas la hubiesen estado llamando a gritos. Ella se quedó lívida, algo parecido a lo que le había ocurrido a Sebastian. Antes de que pudiese preguntar quién era, Sebastian se puso de pie y se acercó a ella. La chica pareció pensar lo mismo, porque se dirigió sin dudarlo ni un segundo hasta donde estaba yo sentada, y se encontraron a mitad de camino.

—¿Qué demonios crees que estás haciendo aquí? —espetó ella.

—Por favor, Samara... —escuché a Sebastian decirle en voz baja para que yo no me enterara.

Me giré otra vez para no parecer una entrometida, pero los seguí observando a través del reflejo del espejo que había justo en la pared opuesta.

¿Quién demonios era esa chica?

Vi que Sebastian le decía algo que no pude oír, que ella negaba con la cabeza y lo miraba con desprecio. Eso me llamo tanto la atención que por un instante no me di cuenta de que Sebastian estaba forcejeando con ella para que no viniera hacia donde yo estaba.

Ella se soltó, su pelo rubio se movió a uno y otro lado y su esbelta figura vino directa hacia mí.

—Joder, Samara —dijo Sebastian al mismo tiempo que la chica se detenía a mi lado y me miraba directamente a los ojos.

—Aléjate de él —dijo simplemente. Miró a Sebastian con asco y volvió la cabeza hacia mí—. Es peligroso, créeme, aléjate de él —repitió haciendo verdadero hincapié en las últimas palabras. Me estremecí de arriba abajo—. Cuando menos te lo esperes, habrá arruinado tu vida y habrá salido de ella sin que ni siquiera te hayas dado cuenta.

Sebastian pareció perder la paciencia que lo caracterizaba. Se acercó a ella y la cogió del brazo.

—¡Basta ya!

Pegué un salto sobre el asiento cuando lo oí gritarle de aquella manera en público. A Samara se le llenaron los ojos de lágrimas, pero tiró con fuerza de su brazo para liberarse de su agarre.

—Quedas avisada —dijo mirándome—. Y en cuanto a ti..., ojalá termines en el infierno.

Se marchó antes de que nadie pudiese añadir nada más. Sebastian la siguió con los ojos y se quedó mirando la puerta por donde ella había desaparecido. Después pareció darse cuenta de que yo seguía allí sentada con él y regresó a su lugar.

Me lo quedé mirando para discernir qué demonios acababa de ocurrir y por qué parecía haberle afectado tanto verla. ¿Era su novia? O bueno, mejor dicho, ¿había sido su novia?

—¿Quién es, Sebastian? —pregunté al ver que no pensaba decir nada.

Él no contestó enseguida, sino que pareció oírme al cabo de un rato, como si su cabeza estuviese trabajando a mil por hora y mi pregunta le hubiese llegado con retraso.

—Nadie —dijo escueto, poniéndose de pie—. ¿Has acabado?

Miré mi bandeja completamente llena y la de él, en la que aún le quedaba la mitad de la comida sin tocar.

—Nos vamos —agregó sin dejarme contestar.

No abrí la boca porque mi intuición me decía que era mejor quedarme callada, aunque tampoco iba a permitir que fingiese que allí no había pasado nada.

Lo seguí hasta el aparcamiento y me subí al asiento del copiloto. Sebastian metió primera y salimos disparados a la autovía. El muy listillo puso la radio a tope, tan alta que llegaba a molestarme. Estiré la mano para bajar el volumen y él se giró hacia mí completamente fuera de sí.

—Déjala como está.

—Deja de hablarme así —contesté yo apagándola directamente. El silencio se apoderó del espacio y me giré para hacerle frente.

—¿Quién demonios era esa mujer?

Sebastian no me contestó, aunque sí apretó con más fuerza el acelerador. Miré hacia fuera asustándome por lo rápido que íbamos.

—Sebastian, estás yendo demasiado deprisa.

Él ni se inmutó, es más, apretó con más fuerza el acelerador y la adrenalina se me disparó por todo el cuerpo. El que estaba al volante no era el Sebastian que yo conocía, parecía completamente fuera de sí, como si aquella chica hubiese removido algo dentro de él que lo había convertido en ese hombre oscuro, temeroso y de mirada completamente desquiciada.

—¡Sebastian, frena, joder! —grité cuando la velocidad ya rayaba el suicidio.

Era como si no me escuchase, como si no fuese capaz de oír más allá de lo que fuese que se estaba reproduciendo en su cabeza.

Le grité, pero fue como hablarle a una pared. Le di en el brazo, lo zarandeé, pero su mirada no se desvió de la carretera ni un instante; aunque estaba claro que no la veía.

Me entró el pánico. Se repetía la misma escena del accidente, volví a revivir las mismas sensaciones que unos días antes, pero ahora el que me ponía en peligro era la última persona que hubiese creído que podía hacerme daño. Chillé histérica cuando un camión nos pasó rozando, obligando a Sebastian a pegar un volantazo que salvó por los pelos.

Me cubrí la cara con las manos. No quería ni mirar, no quería ni respirar.

Las palabras de Samara se repitieron en mi cabeza sin parar: «Es peligroso, aléjate de él».

Noté que la velocidad disminuía y que el coche finalmente se detenía. Me quité las manos de la cara y sin ni siquiera detenerme a mirar fuera, abrí la puerta y salté del coche.

—¡Marfil!

Cuando lo escuché llamarme me giré hacia él echando fuego por los ojos. Lo empujé con todas mis fuerzas cuando se me acercó.

—¡¿A ti qué coño te pasa?! ¡¿Has perdido la cabeza?!

Sebastian ahora me miraba pesaroso, arrepentido; la culpabilidad pintada en su varonil rostro.

—Lo siento —dijo intentando atraerme hacia él, pero yo me solté de un fuerte tirón y di tres grandes pasos hacia atrás, alejándome de él. Los coches pasaban a lo lejos ya que Sebastian se había metido en una salida de emergencia. Las luces de los rascacielos se veían en el horizonte desde nuestra posición. ¿Dónde demonios estábamos? ¿Tanto nos habíamos alejado de la ciudad?

—No te me acerques, Sebastian —dije cuando intentó acabar con la distancia que nos separaba. Se detuvo y me miró compungido, con su rostro perfecto surcado de arrugas de preocupación.

—No sé qué me ha pasado... Lo siento, de verdad —dijo pasándose la mano por la cara.

—¿Quién es Samara? —pregunté con la voz fría como la nieve.

Sebastian se quitó la mano de la cara y me miró apretando la mandíbula.

—Nadie que deba preocuparte.

Lo miré con incredulidad.

—Acaba de decirme que vas a arruinarme la vida. ¿Quién demonios es para ti?

No tenía ni idea de dónde salía aquella actitud, pero verlo con ella me había trastocado, me había afectado más de lo que podía llegar a entender.

—Marfil..., por favor —casi me rogó. ¿Qué quería? ¿Que no le preguntase por ella?—. Nunca deberías haberla visto. Nunca deberías haber presenciado esto.

—Solo quiero saber quién es, si es una pirada de un parque que ni te conoce, si es tu hermana pequeña o si es tu jodida amante. Sebastian, simplemente dime quién es.

Él se quedó allí plantado, pero finalmente decidió contestarme.

—Te lo diré, y luego nos subiremos a ese coche y nos iremos a casa. No volveremos a sacar este tema. Nunca.

¿Qué?

—Prométemelo.

Parecía hablar completamente en serio.

—Muy bien —acepté, aunque en mi fuero interno sabía que aquello duraría poco.

Sebastian cogió aire y luego me miró directamente a los ojos.

—Es mi exmujer.

24

MARFIL

¿Sebastian había estado casado?

Os podéis imaginar mi cara cuando me soltó aquello. Tardé unos segundos en asimilarlo y luego pasé por su lado y me metí en el coche. No sé explicar por qué me sentía así en aquel momento; era una sensación encontrada entre el enfado y la traición. Lo sé, lo sé, era absurdo. Sebastian y yo no éramos nada, solo nos habíamos enrollado y él trabajaba para mi padre, pero en mi interior —más bien en mi corazón—, Sebastian era mío, así de simple. No concebía que en otro tiempo hubiese pertenecido a otra persona, que hubiese estado enamorado de otra, que hubiese decidido pasar el resto de su vida con ella y que hubiese creído que era el amor de su vida. Quién sabe, por la actitud de esa mujer a lo mejor había sido ella la que había decidido divorciarse, y tal vez Sebastian seguía perdidamente enamorado de esa rubia de piernas largas.

Sinceramente eso era lo último que necesitaba en aquel momento. Intenté rebobinar hasta ese pequeño acercamiento que habíamos tenido en la hamburguesería, hasta ese roce de sus labios en mi piel, hasta esa mirada cómplice que prometía... ¿qué? Pero de nada sirvió. Todo había quedado eclipsado por ese factor que yo había intentado ignorar desde que lo había conocido: que Sebastian, me gustase o no, tenía y había tenido una vida antes de conocerme.

Parecía alegrarse de que estuviese siguiendo tan a rajatabla la promesa de no hacerle preguntas. Es más, por primera vez desde que nos conocíamos hice lo que él quería y más valoraba: estarme callada.

Rompí el silencio cuando comprendí que aquella noche, después de todo lo que había ocurrido en casa de mi padre —con él, con Marcus, con su exmujer...—, no iba a querer estar a su lado. Necesitaba espacio.

—Llévame a casa de Liam, por favor —dije sin mirarlo, pero noté que me miraba un segundo antes de volver a fijar la vista en la carretera.

—No creo que sea una buena idea...

—Tengo llave de su apartamento, igual que él tenía una del mío antes de que se la quitaras. Es mi mejor amigo y necesito estar con él. Necesito... Lo siento, pero ahora mismo necesito alejarme de ti.

—Marfil, no puedes aleja...

—No saldré de allí —lo interrumpí.

Sebastian se apretó la sien un segundo y me lanzó una mirada entre desafiante y calculadora. Sus ojos se detuvieron unos instantes de más en mi rostro y luego, suspirando, volvió a centrarse en los coches que teníamos delante.

—Dame la dirección.

Se la di al mismo tiempo que le mandaba un mensaje a Liam diciéndole que necesitaba dormir hoy en su piso y que estaba de camino. No tenía ni idea de si estaba solo, de si había salido o de si simplemente ya se había metido en la cama a descansar, pero sabía que me recibiría con los brazos abiertos y eso era lo único que yo necesitaba.

Cuando llegamos a su edificio, que se encontraba en el distrito financiero, a unas cuantas calles de Wall Street, Sebastian se bajó del coche y vino a mi encuentro mientras yo salía del vehículo.

Lo observé unos segundos y aquella maldita advertencia volvió a reproducirse en mi cabeza.

«Es peligroso.»

¿Lo era? Estaba claro que podía llegar a serlo, pero no conmigo... Sebastian me protegía de los malos..., ¿no?

Cuando fui a darle la espalda para cruzar la calle y entrar en el portal, me retuvo por el brazo, impidiéndome que me alejara del coche.

Por un instante pensé que se abriría ante mí, que me explicaría qué había ocurrido hacía apenas veinte minutos, que me diría que ella ya no era nadie para él, que me confesaría que a pesar de todos sus intentos sentía por mí lo mismo que yo sentía por él. Pero nada parecido salió de sus labios cuando abrió la boca para hablarme.

—No hagas ninguna estupidez.

Pestañeé sin apartar mi mirada de la suya.

—¿Algo como pillarme por ti? —Lo solté sin pensar, aunque su reacción me la grabé en la retina para analizarla en la intimidad de mi habitación, cuando estuviese sola.

—Marfil...

—Tranquilo —lo corte, deseando largarme de allí, deseando poder borrar de mi cabeza la expresión de pánico que acababa de lanzarme—. Me has dejado bastante claro que solo te intereso para una cosa.

Esperé que me retuviera, que me volviese a tirar del brazo para decirme que me equivocaba, que esperaba que lo negara, que lo que acababa de decirle era la única realidad porque él también se estaba enamorando de mí.

Pero no me retuvo y sentí que palidecía. Corrí para desaparecer por el portal de mi amigo y, cuando me subí al ascensor, noté que empezaba a hiperventilar. Abrí la puerta del apartamento y vi que todo estaba en penumbra. Recorrí el largo pasillo hasta llegar a la habitación de Liam y vi que no estaba. Me quité la ropa, cogí una de sus camisetas y me metí en su cama. Tardé en conciliar el sueño, pero finalmente el cansancio pudo con todo lo demás.

Las pesadillas no fueron las de siempre. No tuvieron nada que ver con mi madre ni con su muerte, sino con un Sebastian que me abandonaba, un Sebastian que me daba la espalda. Daba igual cuántas veces lo llamara, él seguía caminando. Caminaba y caminaba hasta que una chica alta, rubia y preciosa lo cogía de la mano y se lo llevaba a la oscuridad.

Abrí los ojos bajo la luz deslumbrante de un nuevo día. Al principio no sabía dónde estaba. ¿En Luisiana? ¿En mi piso? ¿Dónde? Tardé más de lo normal en recordar lo que había ocurrido y por qué había decidido quedarme allí. Lo recordé cuando Liam entró en la habitación, en pijama, sin camiseta y con una taza de café humeante en las manos.

—He de admitir que me encanta verte entre mis sábanas —dijo caminando hacia mí, guapo como siempre, y sentándose a mi lado.

¿Por qué no podía enamorarme de él? Era perfecto para mí y, Dios, lo quería tanto...

—¿Por qué me miras así? —preguntó recostando su cabeza en la almohada y mirándome con curiosidad.

—¿Así cómo?

—Como si te plantearas cosas imposibles.

No pude evitar sonreír. Qué bien me conocía.

—¿Por qué has dormido en mi piso?

Tiré del edredón hasta el cuello.

—Me apetecía algo de normalidad.

Liam soltó una carcajada.

—¿En tu vida? —replicó sonriente—. Nena, esa palabra nunca te ha definido ni de cerca.

Suspiré.

—¿Puedo preguntarte por qué tu guardaespaldas está en la acera de enfrente, durmiendo en su coche y helado de frío?

Me incorporé como si hubiese tenido un resorte en el culo.

—¡¿De qué hablas?!

Liam se incorporó también, apoyando la espalda en el respaldo de su cama.

—Lo vi esta madrugada, cuando llegué de fiesta.

Me bajé de la cama y fui hasta la ventana, desde donde se veía el portal del edificio.

En efecto, el coche de Sebastian seguía allí aparcado, con él dentro, supuse. Me inundó la culpabilidad y empecé a buscar mi ropa para vestirme.

—¿Dónde vas?

—A casa... No tenía ni idea de que el muy... Da igual, maldita sea. Tienes razón, mi vida es una mierda.

Liam soltó una carcajada.

—¿Yo he dicho eso?

Lo ignoré mientras, enfadada, metía las piernas en los pantalones y daba saltitos para ponérmelos y cerrarlos a la altura del ombligo.

—Eh —dijo levantándose y acercándose a mí—, puedo bajar y decirle a ese capullo que se largue. Podemos pedir pizza y ver una peli. Te dejo elegir a ti.

Negué con la cabeza.

—En otra ocasión. Ahora será mejor que vaya a casa y afronte las consecuencias de... —Me callé en cuanto comprendí que me acababa de ir de la lengua.

—¿Consecuencias de qué?

Aparté la mirada de sus ojos azules y la fijé en la ventana.

Mi silencio me delató, supongo.

Liam suspiró profundamente.

—Marfil..., ¿de verdad te has enamorado de ese idiota?

¿Tanto se me notaba?

Me alejé de él y recogí mi bolso.

—No me des la tabarra, ¿vale? —repliqué enfadada.

Liam negó con la cabeza.

—Siempre temí que llegara este momento.

Me giré hacia él cuando dijo aquello.

—¿Qué?

—Sabía que terminarías enamorándote del único tío que pasaría de ti, del único tío que tu padre no aprobaría jamás, y que encima te enamorarías hasta los huesos. Lo sé desde hace tiempo, solo hace falta ver cómo lo miras.

—¿Y cómo lo miro, si se puede saber?

Liam se apoyó en la cómoda y se cruzó de brazos.

—Lo miras como si fuese a salvarte de la vida en la que naciste.

Me quedé ahí callada, procesando lo que acababa de decirme.

—No necesito que nadie me salve. ¿Cuándo os va a entrar en la cabeza?

Me giré sin esperar respuesta y me metí en el ascensor. Cuando salí del edificio, Sebastian abrió la puerta y se apeó del coche.

—¿Qué demonios haces aquí? —le dije en cuanto lo vi.

Parecía que mi actitud fuese lo que había estado esperando, porque me miró sin inmutarse.

—Que a estas alturas aún creas que te voy a dejar sin vigilancia me preocupa.

A pesar de que seguramente no había dormido una mierda, estaba guapísimo. Quería, necesitaba, ser suya, y la intensidad de ese pensamiento me golpeó como nunca.

—Me dijiste que me esperarías en mi piso.

—Yo no dije tal cosa.

Su autocontrol me enervaba, joder.

Resoplé enfadada y me metí en el coche.

Sebastian se subió después que lo hiciera yo. Me lanzó tal mirada que creí que iba a decirme algo, pero pareció pensárselo mejor, porque se centró en la carretera y emprendió el camino hacia el Upper East Side.

Cuando llegamos a casa y entramos en el edificio, había un ramo gigante de flores encima del mostrador que esperaba junto a Norman, que miró con seriedad a Sebastian.

—Señorita Marfil, han enviado estas flores para usted —dijo y a continuación se dirigió a Sebastian—. Señor Moore, ni las he tocado ni las he subido, tal y como usted me pidió que hiciera con cualquier cosa que le enviaran a la señorita Cortés.

—Muy bien, Norman. Gracias —dijo mientras yo me acercaba hasta las flores y, con las manos temblorosas, cogía la carta que había allí.

Lo siento. Por favor, perdóname y cena conmigo.

MARCUS

Antes de que rompiera la carta en mil pedazos, sentí a Sebastian detrás de mí. Su mano me arrancó la tarjetita de mis dedos y leyó la nota sin mi permiso.

No dijo nada, pero se metió la tarjeta en el bolsillo.

—Deshazte de ellas, Norman —le dijo al conserje. Luego me siguió.

Se colocó a mi espalda, por lo que no podía ver cuál era su expresión, aunque supongo que era tan oscura como la mía. Ese capullo de Marcus acababa de terminar de joderme el día y eso que eran las diez de la mañana.

Entramos en el piso y Sebastian cerró la puerta. Mi intención era encerrarme en mi habitación y estaba a punto de hacerlo cuando me detuvo con su voz de barítono.

—Marfil, espera un segundo.

Me giré lentamente hacia él.

—He sido muy injusto contigo al hacerte prometer que no me harías ningún tipo de pregunta sobre Samara —dijo pillándome totalmente desprevenida—, pero simplemente hay cosas de mi pasado que prefiero que se queden allí, ¿lo entiendes?

No contesté ni hice ningún tipo de gesto. La manera en que había pronunciado su nombre me descolocó porque lo dijo con una cercanía, una familiaridad...

—¿La quieres?

—Sí.

Mi corazón dejó de latir.

—Pero no estoy enamorado de ella.

Esa frase, esa aclaración por su parte, podía significar muchísimas cosas.

—¿Qué ocurrió entre vosotros?

Sebastian se acercó a mí.

—No puedo decírtelo —dijo mirándome como si con esa frase quisiese decirme mil cosas más.

Apreté los labios con fuerza. Ya estábamos con los secretitos.

—Pero quiero aclararte una cosa —dijo levantando la mano para acariciarme la mejilla, como ya había hecho en contadas ocasiones—: yo nunca te haría daño ni te pondría en peligro. Eso lo sabes, ¿verdad?

Asentí unos segundos después. Sus dedos seguían en mi mejilla. Parecía querer decirme muchas cosas, pero algo le impedía seguir hablando, lo podía ver en su rostro y me moría de ganas de saber por qué.

Sus dedos se dirigieron hacia mi nuca y mi piel se erizó en respuesta. Por un instante solo se escuchó el ruido de nuestras respiraciones y el palpitar de nuestros corazones.

—La he cagado, Marfil... Todo lo que me prometí no hacer... —Su boca se acercó peligrosamente a la mía cuando dijo aquello—. Juré mantenerme al margen. Juré...

—¿De qué estás hablando?

Su frente se apoyó en la mía y cerró los ojos como si lo que estuviese diciendo le doliese en el alma.

—¿Cómo voy a seguir con esto si...?

—Sebastian...

Abrió los ojos al oírme decir su nombre en voz alta.

—¿De qué estás hablando? —repetí angustiada al verlo así.

—Nada, no me hagas caso —dijo apartándose de mí y recuperando la compostura.

Lo observé durante unos instantes, sopesando si insistir era lo correcto viéndolo tan angustiado.

—Tengo miedo —le confesé entonces y conseguí que volviese a prestarme atención—. Están pasando demasiadas cosas. A veces siento que voy a explotar, pero solo me basta saber que estás aquí para que ese miedo desaparezca.

Mis palabras calaron en él de una forma extraña.

—No deberías sentir eso —dijo en voz tan baja que pude haberlo oído mal.

—Algo me dice que todo lo que me ha ocurrido estos últimos meses solo es el augurio de algo horrible que está a punto de pasar.

Sus ojos brillaron con conflicto y volvió a acunar mi rostro entre sus manos.

—Escúchame, Marfil —dijo mirándome directamente a los ojos—. No debes fiarte de nadie, ni siquiera de mí.

De todas las cosas que podría haberme dicho, esa era la última que esperaba oír salir de sus labios.

—No puedes decirme que nunca me harás daño y luego añadir que no eres de fiar.

Sebastian apretó la mandíbula y vi que durante un segundo se le marcaban las venas del cuello.

—Son conceptos diferentes —me dijo muy serio, sin apenas mover los labios.

Fue entonces cuando recordé las palabras de Samara.

—¿Eres peligroso?

Cerró los ojos un segundo antes de contestar.

—No para ti... Nunca te haría daño.

Sus palabras me reconfortaron. Sonreí al caer en la cuenta de que sus manos seguían en mi cara y su boca se hallaba a tan solo unos centímetros de la mía.

—¿De verdad has pasado la noche metido en el coche?

Pareció relajarse al notar que la intensidad bajaba varios niveles. No quería seguir escuchándolo hablar sobre secretos, confianza y exmujeres rencorosas.

—Mi espalda te da las gracias —dijo bajando sus manos e irguiéndose todo lo alto era.

—¿Te duele? —pregunté con curiosidad.

—¿Tú qué crees?

Lo observé con ganas de comérmelo a besos.

—Creo que podría darte el mejor masaje de tu vida y dejarte como nuevo.

—Ah, ¿sí? —contestó, siguiéndome el juego por primera vez desde que nos habíamos conocido.

—Puedo demostrártelo cuando quieras y donde quieras.

—Creo que ya hemos tentado demasiado a la suerte.

Sin poder evitarlo, mis ojos se dirigieron al cabestrillo que aún llevaba en la mano izquierda, la misma que se había lastimado en el accidente de coche.

—¿Vas a poder hacer tu trabajo solo con una mano? —pregunté más por curiosidad que por otra cosa.

Sebastian miró la venda con el ceño fruncido.

—En unos días estaré como nuevo... Pero puedo llamar a un compañero si crees que... —empezó a decir muy serio.

—¡No! Dios, no quiero a nadie más.

Sebastian sonrió a medias al notar el pánico en mi voz ante la idea de tener un doble suyo pululando por mi piso.

—¿Tienes hambre?

Asentí notando que la angustia que había sentido desde la noche pasada se iba evaporando lentamente.

—Pues ayúdame.

Lo seguí a la cocina y nos turnamos para lavarnos las manos, él solo la derecha.

—Empieza tamizando la harina —dijo mientras abría la nevera.

Parpadeé varias veces.

—Perdona, ¿qué? —pregunté como si me hubiese hablado en chino mandarín.

Sebastian puso los ojos en blanco y sacó la caja de huevos de la nevera.

—Tienes que colar la harina antes de usarla para hacer la masa de las tortitas. Ven, yo iré echándola mientras tú le das golpecitos al colador.

Me acerqué a él sintiéndome una inútil total.

—Era más divertido cuando cocinabas tú —dije mirándole la mano con el ceño fruncido—. ¿Estás seguro de que lo que te hiciste es para tanto? Juro que te he visto mover los dedos unas cuantas veces.

—No tengo una parálisis, solo un esguince. Haz lo que te digo, ¿quieres?

Escuché atentamente todas sus instrucciones y juntos hicimos unas tortitas bastante decentes.

—Quiero que tenga forma de Estados Unidos... ¡Espera! —dije al rato, cuando al echar la masa en la sartén esta se había convertido en algo demasiado divertido como para no ponerme a jugar.

—Marfil, has intentado cuatro veces hacer una con forma de Mickey Mouse, ¿de verdad crees que una con forma de país va a resultarte más fácil?

Su tono era duro. Ya había tenido suficiente, estaba claro.

—Dame eso —me arrancó la sartén de la mano y, cuando fue a tirar el menjunje que había hecho, no pude evitar reírme al vernos a los dos llenos de harina, restos de huevo y manchas de masa por todas partes.

Cuando él cocinaba no se le movía ni un pelo de su sitio.

—¿Qué te parece tan gracioso?

Solté una carcajada y al taparme la boca con la mano me manché aún más con los restos de la tortita.

Sebastian se me quedó mirando y al final una sonrisa divertida surcó su rostro.

—A partir de ahora este es mi territorio. No te quiero cerca de aquí ni en broma, ¿me has oído?

—¡De eso nada! He descubierto que me encanta cocinar.

Sebastian negó con la cabeza, cogió la sartén que aún estaba en el fuego, echó los últimos restos de masa que quedaba en el bol y siguió cocinando un rato más. Cuando se acercó a mí con dos platos apoyados estratégicamente sobre su brazo derecho y colocó el mío delante de mí sobre la mesa, no pude evitar sentir cómo una calidez me invadía todo el cuerpo.

La tortita que me había hecho tenía forma de elefante, con su trompa y todo, y le había salido casi perfecta.

Lo miré de reojo y vi que apenas me miraba. Comía su tortita como si no acabase de tener el gesto más tierno del mundo entero.

Sonreí en silencio y empecé a desayunar.

25

SEBASTIAN

Se avecinaba tormenta, literalmente. Estaba apoyado contra la encimera de la cocina mientras esperaba que Marfil terminara de arreglarse para llevarla a la facultad. Ya había pasado una semana desde que habíamos vuelto de ese maldito infierno al que ella llamaba hogar.

Pocas cosas puedo decir de lo que sucedió en casa de Alejandro Cortés. Aunque no me sorprendió encontrarme con un gilipollas como Marcus Kozel, sí he de admitir que nunca creí que yo terminaría intimando con Marfil como había ocurrido en aquella granja abandonada.

Intentaba todos los días comportarme como si aquello nunca hubiese ocurrido, intentaba con todas mis fuerzas no dejarme llevar y mantener mis manos y mi cuerpo alejados de ella, pero cada vez era más complicado. Cada maldito día que pasaba y veía que el gilipollas de Kozel seguía acosándola con flores, temía que mi antiguo yo volviese a salir a la luz. Ya había dejado que Marfil viese mucho más de lo que nunca quise haberle enseñado y, aunque el encuentro con Samara fue peor de lo que había imaginado, no fue ella sino mi estupidez lo que me sacó de mis casillas.

Ahí estaba ella, tan radiante como siempre, y yo no podía evitar sentir que a pesar de la realidad en la que vivíamos, en alguna dimensión, Marfil Cortés era mía y de nadie más. Me sonrió vestida con una minifalda, medias y un jersey ancho que al moverse dejaba su hombro izquierdo al descubierto. Mis ganas de besarla aumentaban a cada segundo que pasaba; mis ganas de tocarla conseguían que mi temperamento, ya de por sí malo, empeorase hasta provocar que ella pagase las consecuencias.

—La temperatura ahí fuera es de tres grados —dije mirando su atuendo con ojos taciturnos.

—¿Ahora eres el hombre del tiempo? —contestó, rápida como siempre, pero sin llegar a perder del todo la sonrisa. No se maquillaba mucho, aunque sus labios siempre llevaban una capa de algo que hacía que pareciese que se los acababa de humedecer con la lengua.

—Soy el hombre que no se va de aquí hasta que te pongas algo de abrigo encima —contesté sacándome el móvil del bolsillo y mirando la pantalla con tal de tomarme un segundo para no seguir comiéndomela con los ojos.

—A veces eres incluso peor que mi padre —dijo dándome la espalda y entrando otra vez en su leonera.

«Si tú supieras...», pensé en mi fuero interno.

Salió al minuto con un gorro de lana rosa, una bufanda a juego y una chaqueta de cuero encima.

—¿Contento?

No le contesté, me dirigí hasta la puerta y la mantuve abierta para que ella pasara. Cuando lo hizo, se detuvo un segundo a mi lado.

—Gracias por preocuparte por mi salud —dijo poniéndose de puntillas y besándome en la mejilla.

Sentí que todo mi cuerpo se contraía ante ese simple contacto. Esa era otra, ahora Marfil se tomaba ciertas libertades que me tenían en un sinvivir constante. No me veía capaz de apartarla cuando tenía esa clase de gestos aparentemente inocentes, pero ambos sabíamos que buscaban algo más. Un roce, una caricia, un beso en la mejilla no eran nada, ¿verdad?

Gruñí en respuesta y, como siempre, ella simplemente siguió a lo suyo.

Ya en el coche puse la calefacción y encendí la radio para escuchar las noticias. Al parecer yo no era el único preocupado por la tormenta que se avecinaba. Las temperaturas habían descendido drásticamente en apenas unas horas y no era algo normal teniendo en cuenta que estábamos casi en mayo.

—Rogamos a todos los ciudadanos que se queden en sus casas y que eviten salir. Se avecinan lluvias que podrían derivar en tormentas de nieve.

—El tiempo está loco —dijo Marfil a mi lado con cara de preocupación. La vi sacar su móvil y empezar a teclear de forma acelerada. Me hubiese gustado preguntarle con quién hablaba con tanta insistencia, pero me mantuve callado y seguí conduciendo.

Ya en la universidad, llegó el momento en que nos debíamos separar, en que supuestamente ella no quería que nadie nos relacionara. Yo la observaba desde la distancia, sentado al final de las clases y admirando su forma de ser, su sonrisa constante, la manera en que a pesar de lo femenina que era, podía también ser dura si hacía falta.

Llevaba casi diez minutos discutiendo con el profesor sobre cómo se debía proceder ante una crisis económica y sobre que los errores que se cometieron durante la burbuja inmobiliaria podrían haberse evitado perfectamente.

—El problema está en la avaricia y en que las entidades bancarias más importantes del país asumieron riesgos sin tener un colchón de capital suficientemente grande como para poder soportarlos.

Sonreí ante la cara del profesor, que era banquero, y agradecí que en ese instante sonara la campana que indicaba el final de la clase, antes de que se la comiera viva y me viese en la necesidad de intervenir.

Marfil recogió sus libros, los metió en su bolso de Prada y le sonrió a un compañero que se había sentado a su lado. Mientras la esperaba apoyado en la pared que había enfrente de la puerta, muchas de sus compañeras se me quedaron mirando a la vez que cuchicheaban como niñas. Ya se me habían presentado más de la mitad con intenciones nada sutiles, aunque les habían bastado mis monosílabos para dejar de intentarlo.

Marfil salió de la clase y, al igual que llevaba haciendo toda la semana, en vez de avanzar delante de mí se colocó a mi lado como si fuésemos colegas.

—¿Qué te ha parecido la clase de hoy?

—Muy instructiva —dije mirando hacia delante, hacia las puertas, hacia las esquinas oscuras, hacia cualquiera que me pareciese rematadamente sospechoso.

—El profesor Benet es hermético, como tú, solo que en el fondo sabe que tengo razón.

Asentí mientras seguíamos andando hacia la cafetería y, antes de llegar a la puerta, un grupo de chicas se detuvo para entablar una conversación agitada con ella.

—Ya hemos hablado con casi todas las clases de segundo y te sorprendería descubrir la de gente que quiere participar.

—¡Excelente! —contestó ella colocándose un mechón de pelo oscuro detrás de la oreja—. Cuantas más personas mejor, ¿les habéis dicho dónde vamos a reunirnos?

—Proponen quedar en las escaleras del Met y empezar por ahí.

—Me parece bien —asintió—. No os olvidéis de salir bien abrigadas. Si mi iPhone está en lo cierto, se van a alcanzar temperaturas por debajo de los cero grados.

Fruncí el ceño al escuchar la conversación y, contra todo pronóstico, intervine a pesar de que las amigas seguían allí.

—¿Qué piensas hacer hoy en el Met? —le pregunté ignorando las miraditas de las chicas.

Marfil se removió un poco inquieta.

—Vamos a realizar una partida de ayuda. Con el frío que hará esta noche y la tormenta que se avecina, mucha gente de la calle lo va a pasar muy mal... —empezó diciendo a la vez que mi ceño se iba frunciendo cada vez más—. Estamos pidiendo voluntarios que se ofrezcan a salir con nosotras a repartir mantas y termos con sopa caliente.

No era lo que hubiese esperado ni en un millón de años, pero, aunque la intención era buena, Marfil Cortés no iba a salir a la calle en esas condiciones meteorológicas, mucho menos a pasearse por barrios y a relacionarse con vagabundos.

No dije nada porque sabía que tendríamos un enfrentamiento y no quería causar ningún escándalo en medio de la facultad, pero nada más montarnos en el coche le dije lo que pensaba al respecto:

—No vas a ir.

—Claro que sí.

—Te digo que no.

—¡Sebastian! —gritó soltando las manos contra sus piernas, frustrada—. Soy yo la que lo ha organizado, claro que voy a ir. Es lo que hago, al igual que con JSMF. Me dirigía a la asociación la misma mañana que manipularon mi coche y no pude colaborar con la feria que organizamos todos los años para recaudar fondos.

—Tú misma te has respondido: te dirigías a la asociación cuando casi te matan. No vamos a repetir la experiencia —contesté manteniendo la calma.

—¿No te cansa tener siempre la misma discusión? —dijo mirando hacia delante para después continuar sin esperar respuesta—. Yo te digo que voy a hacer una cosa, tú sueltas algún monosílabo negativo, yo te insisto, tú vuelves a decir que no, yo termino saltando por una ventana y...

—No vas a ir —la corté.

Noté su mirada clavada en mi perfil.

—¿Podemos intentar llegar a un acuerdo al menos? —me preguntó cabreada, aunque sin quitarme los ojos de encima.

Doblé bruscamente hasta meterme en nuestra calle.

—No.

—Iremos en el primer turno, aún habrá sol. Además, es el turno en el que más gente vendrá, por lo que en realidad será como hacer una excursión de clase. Tú estarás conmigo en todo momento y yo podré repartir algo de humanidad a la sociedad.

Aparqué el coche, saqué la llave del contacto y me giré hacia ella.

—Una hora —dije cabreado conmigo mismo; cabreado por no saber decirle que no y cabreado porque siempre encontraba una manera de sacarme de quicio—. Una hora, Marfil, ¿me has oído? No te quiero fuera de casa esta noche, va a caer la de Dios.

Sonrió con dulzura.

—Por eso mismo merecerá la pena correr el riesgo.

Dos horas más tarde estábamos en el estudio de arte de Tami, la amiga de Marfil. La gente entraba y salía llevando mantas, comida, guantes, paraguas y todo tipo de ropa térmica para poder repartir durante lo que quedaba de tarde y parte de la noche.

Marfil no había dejado de moverse desde que llegamos allí. La estancia era grande, rodeada de cuadros, pinturas amontonadas en una esquina y sin apenas mobiliario. Tami llevaba media hora intentando organizar los grupos de personas que iban a empezar a salir mientras que Marfil les indicaba en el mapa las zonas que debían recorrer.

Yo cargaba con las cajas que algunas personas se habían acercado a llevar sin perder de vista la entrada principal ni a ninguno de los presentes. A eso de las siete llegó el gilipollas de Liam. No trajo nada, pero al rato se llevó a Marfil a una esquina y, después de decirle algo, ella se lanzó a sus brazos. Él la levantó, la hizo girar y luego la volvió a dejar en el suelo.

Noté que todo mi cuerpo se tensaba y que una rabia irracional me hacía desviar la mirada, intentando controlar esos malditos celos que no podía evitar sentir cada vez que la veía con él. Justo entonces mis ojos se detuvieron en la otra punta de la sala, donde Tami fijaba la mirada en Liam y Marfil. Por su expresión, a ella tampoco parecía hacerle mucha gracia aquella demostración de cariño en público.

Se dio cuenta de que la observaba y enseguida se puso a seguir doblando mantas.

Había tenido que estudiar el pasado de Tami —al igual que el de todas las personas que formaban parte de la vida de Marfil—, y tengo que admitir que al leer el informe que me habían pasado mis compañeros sentí verdadera lástima por aquella chica rubia de aspecto angelical.

Vi que tenía problemas para colocar la caja con mantas en lo alto de la estantería y decidí acercarme a echarle una mano.

—Gracias, Sebastian —dijo con las mejillas muy rojas por el esfuerzo. Era muy pequeña, no mediría más de uno cincuenta y cuatro, y odié saber todo lo que le habían hecho.

¿Marfil conocía el pasado de su mejor amiga?

—Tranquila, dime en qué más puedo ayudarte —me ofrecí temiendo por ella, se la veía tan frágil...

—Eso, Tami, dinos en qué más podemos ayudarte —dijo la voz de Liam a mi espalda.

Tami lo miró como quien mira un insecto.

—No quiero tu ayuda, es más, ni siquiera te he dado permiso para entrar aquí.

—¿Cuando dices «aquí», te refieres a este cuartucho al que llamas estudio?

Tami se quedó quieta y Liam y yo, perplejos, vimos que sus ojos se humedecían sin que ella pudiese hacer nada para evitarlo.

—¡Eh, idiota! Déjala en paz —dije colocándome delante de ella.

Liam me miró de arriba abajo.

—Mira quién es: el soldadito de plomo.

No dejé que ese gilipollas consiguiera perturbar mi autocontrol. Demasiados años de entrenamiento como para perderlo por un imbécil.

—Liam, ¡¿no te das cuenta de que no quiero que estés aquí?! —le dijo Tami colocándose a mi lado.

Liam la observó y me sorprendió ver en sus ojos que las palabras de Tami le afectaban más de lo que nunca admitiría, incluso diría que le habían hecho daño.

Hum...

Controló su expresión antes de volver a hablar.

—Pensaba que aquí era donde habíamos quedado para poder ayudar a los más necesitados...

—¿Qué pasa aquí? —Marfil se acercó entonces y la sonrisa se congeló al ver lo tensos que estábamos los tres. Su mirada pasó de la de Tami a la mía y después se fijó en el ceño fruncido de Liam.

—Tu amiguita quiere que me largue.

—¡Tami! —exclamó indignada—. Liam acaba de traer diez cajas con provisiones y sus compañeros de trabajo se han ofrecido a repartirlas por la ciudad...

Tami parecía querer que se la tragase la tierra. Sentí rabia porque yo había escuchado el modo en que Liam le había hablado para molestarla. Tami no sabía lo de las cajas, pero tenía todo el derecho del mundo a no permitir ciertas actitudes.

—Si quieres les vuelvo a decir que se las lleven... —insistió Liam sin quitarle los ojos de encima.

Le gustaba, estaba claro. Y era tan imbécil que la perdería si seguía comportándose como un machito orgulloso.

—¡No! —casi gritó Tami, moviéndose inquieta.

Liam sonrió de forma diabólica.

—Liam, basta ya —dijo Marfil, interviniendo por fin—. Te agradecemos la ayuda, pero ahora ve a echarles una mano a tus amigos y sube las cajas.

Liam asintió, sin apartar todavía la mirada de Tami.

—¿No me vas a dar las gracias?

Quise partirle la cara.

—Te las darán los más necesitados, no te preocupes —dijo Tami.

Liam sonrió como si lo que acababa de decir fuese muy divertido.

—Si hablamos de gente necesitada, Tami...

Tuve que intervenir.

—Lárgate de aquí —dije tan cerca de él que nuestras narices casi se rozaron.

Fue a empujarme y actué tan deprisa que, cuando la parte izquierda de su cara chocó contra el suelo, solo Marfil y Tami fueron conscientes de lo que ocurría en esa esquina de la habitación.

—Déjala en paz, ¿me has oído? —le dije muy bajo cerca de su oreja—. Ni aunque los planetas se alinearan conseguirías estar con ella.

Se removió inquieto y lo solté.

No tardó ni un segundo en ponerse de pie.

—Por lo que veo te lo pasas pipa en tu trabajo, ¿eh, guardaespaldas? —continuó. Al parecer no era consciente de que podía matarlo usando solo una mano—. Mar..., ten cuidado. Al parecer tu mejor amiga y tu soldado se traen algo entre manos.

Marfil nos miró a ambos y maldije entre dientes cuando por su rostro cruzó una sombra de celos.

¿Cómo coño había acabado metido en estas gilipolleces?

Liam nos dio la espalda y cruzó la habitación para salir por la puerta. Marfil nos lanzó una mirada que no supe bien cómo interpretar y también se giró para seguir ayudando con las cajas.

—Gracias por defenderme —dijo una vocecita a mi espalda.

Me volví hacia ella.

—No tienes que darme las gracias por nada —dije observando la manera en que sus ojos azules aún seguían detrás de ese idiota—. Tami..., le gustas, lo sabes, ¿no?

Tami parpadeó y volvió a fijarse en mí. Cuando comprendió lo que le acababa de decir sus mejillas se pusieron muy rojas y negó con la cabeza.

—No le gusto... Me odia. Nunca me ha soportado... Ni yo a él, de hecho —dijo atropelladamente.

Asentí.

Mi papel en esa historia acababa de terminar.

Seguí ayudándola con las cajas sin perder de vista al elefante rabioso que parecía evitarnos a toda costa.

Cuando por fin llegó el momento de hacer nuestra ronda —ronda que sería corta por una zona que había elegido yo mismo—, no pude evitar divertirme al verla tan enfadada y tan celosa por algo tan estúpido como que creyera que me gustaba su amiga.

En nuestro grupo éramos diez y, cuando llegamos a nuestra zona, nos dividimos en parejas para recorrer las manzanas y proporcionar abrigo y comida caliente a los que lo necesitaran.

El frío en la calle era tan espantoso que ni con el abrigo que llevaba puesto conseguía mantener el calor. Marfil caminaba a mi lado; su abrigo de color rojo y su gorro a juego eran como una diana que llamaba la atención de cualquiera que pasase por nuestro lado.

Yo la observaba de cerca mientras se acercaba a los vagabundos borrachos y les alegraba la noche con una sonrisa. No solo por las mantas y la comida, sino simplemente por su presencia. ¿Quién no se quedaría embobado mirándola?

—Señora... —empezó diciéndole a una mujer mayor que intentaba pasar aquella noche de la mejor manera posible recostada en el suelo sobre unos cartones. Cuando abrió sus ojos y nos vio, algo cruzó por su semblante... ¿Esperanza?

Sentí que se me encogía el corazón.

—Tenemos mantas y una sopa muy rica que ha cocinado una muy amiga mía —le dijo, inclinándose y ofreciéndole el termo caliente.

—Oh, niña... —dijo la señora, aceptando la manta como si le estuviésemos dando vida.

—Tome otra, no se preocupe —dijo Marfil cogiendo otra manta, un gorro, una bufanda y unos calcetines térmicos—. Póngase esto, la ayudará a pasar la noche.

La señora se movió despacio, pero terminó aceptando y poniéndose todo lo que ella le dio.

—¿Está mejor así? —preguntó Marfil y noté que su voz temblaba.

Fruncí el ceño, pero me mantuve donde estaba.

—Sí, muchas gracias, niña. Muchas gracias —le agradeció cogiéndole las manos enguantadas y sonriendo agradecida.

Marfil asintió y se puso de pie.

Cuando nos despedimos y seguimos con nuestro recorrido, noté que se quedaba muy callada. Empezó a nevar y la retuve unos instantes debajo de un portal.

Estaba llorando.

—Eh... —dije acercándome a ella y limpiándole las lágrimas con la punta de mis dedos enguantados.

—Es tan injusto... —dijo con la voz entrecortada.

—¿El qué es injusto?

Negó con la cabeza y cerró los ojos para aclararse la vista.

—Yo tengo tanto y ella...

—No elegimos dónde nacemos, Marfil —dije entendiendo cómo se sentía—. Lo que estás haciendo hoy es lo que marca la diferencia...

Se rio amargamente.

—Da igual lo que haga, las mantas y comida que traiga, ¿qué hay de toda la gente que no tendrá nada esta noche? ¿Qué hay de todo lo que podría hacer y no hago...?

—No puedes cambiar el mundo... ni salvarlo.

—Soy egoísta... y caprichosa, en eso tienes razón. Y también soy mala persona... Soy...

—Para —le dije cogiéndole la barbilla para que dejara de saltar estupideces—. ¿Por qué dices esas cosas?

Levantó los ojos y los clavó en los míos.

Sentí que un escalofrío me recorría todo el cuerpo. Era tan hermosa...

—Antes... he odiado a Tami durante unos segundos, la he odiado porque pensé...

Asentí en silencio.

—Sé que no tienes nada con ella, pero solo imaginarlo...

—Eres humana, Marfil, y aún muy joven para entender que a veces el hecho de tener sentimientos oscuros en nuestro interior no nos convierte en malas personas.

—Lo que estamos haciendo esta noche... lo hacemos en parte para sentirnos mejor con nosotros mismos... ¿No es horrible?

Negué con la cabeza y me fijé en su nariz roja por el frío.

—No hay nada que se haga totalmente de forma desinteresada, elefante —dije acariciando su mejilla—. Lo que importa es lo que conseguimos con nuestros actos. Muchas personas te tendrán esta noche en sus oraciones y eso nunca puede ser algo malo.

Marfil suspiró unos segundos después.

—Me la llevaría a casa, ¿sabes?

Fruncí el ceño.

—¿A quién?

—A la ancianita.

Ay Dios...

—Lo sé, lo sé...

—Muchas de las personas que están en la calle no están ahí por mala suerte, Marfil. La gente a veces toma caminos equivocados y finalmente paga las consecuencias. Por favor, prométeme que no vas a meter desconocidos en tu apartamento, por mucha pena que te den...

Ya me la estaba imaginando...

Puso los ojos en blanco, pero al menos me lo prometió.

26

MARFIL

Seguimos recorriendo las calles durante otra hora y media. Tuve que insistirle para que dejase que me quedara más tiempo, pero cuando vio que me empezaban a castañear los dientes y los labios se me ponían azules me obligó a meterme en un taxi. Cuando nos dejó donde habíamos aparcado y nos encaminamos hacia el coche, estaba realmente congelada. Y entonces lo vi.

Un perrito, de tamaño mediano, estaba acurrucado en la acera, su pelo todo cubierto de nieve y escarcha.

Se me encogió el alma.

—Sebastian —dije tirando de su chaqueta para que se detuviera.

Siguió la dirección de mi mirada y se detuvo.

—Marfil. No.

Lo ignoré y me acerqué a él con cuidado. Temblaba. Temblaba tanto que apenas se sobresaltó cuando me acerqué a él y me detuve a su lado.

—Hola, amiguito —dije, y él me devolvió la mirada con ojos tristes.

—Marfil —dijo Sebastian acercándose—, estos perros están acostumbrados a este frío, ¿ves todo ese pelo? Es como si tuviese un abrigo de piel encima. De hecho, es eso lo que tiene.

—No podemos dejarlo aquí —dije acariciándole la cabecita. Su cola empezó a moverse despacio y sacó la lengua para chuparme la mano—. ¡Pobrecito!

Sebastian maldijo en voz alta y, cuando me puse de pie, el perro me imitó. El pobre estaba todo sucio, congelado y desnutrido.

—Por favor, Sebastian —dije girándome hacia él—. No le pongas pegas a esto. No puedo dejarlo aquí, dijiste que no podía meter extraños vagabundos en el piso, ¡y no me he quejado! Pero este perrito me necesita.

—Maldita sea, Marfil —agregó y unos segundos después encaminó, cabreado, la marcha hacia el coche.

Me subí detrás y el perro me siguió con un poco de torpeza. Ya dentro del vehículo, Sebastian puso la calefacción y el perro empezó a lamerme la mano sin parar.

—No dejes que te chupe, puede tener alguna enfermedad —me regañó él, pero yo lo ignoré.

Era un perro precioso, de pelaje no muy largo, de color blanco y con las cuatro patas negras. Una de sus orejas caídas era también oscura y me encantó ese detalle. Era una lástima que su pelaje estuviese tan sucio y él tan delgaducho.

—Voy a darte tanta comida que me pedirás que pare —dije sintiendo en mi corazón una calidez que hasta entonces no me había dado cuenta de que necesitaba con tanta urgencia. Ver a toda aquella gente en la calle y saber que había muy poco que yo podía hacer me había afectado profundamente. Sebastian tenía razón, no podía salvar el mundo ni cambiarlo, tampoco podía meter extraños en mi casa, pero sí podía salvar a ese perrito de morir solo y congelado en la calle.

Me vinieron a la mente todas aquellas veces que mi padre nos regañaba cuando mi hermana y yo llevábamos animales heridos a casa. En una ocasión nos encontramos con un cerdito herido, se había escapado de la granja que colindaba con nuestra casa y estaba herido en una pata. Mi hermana y yo lo rescatamos y quisimos quedárnoslo como mascota.

Mi padre lo sacrificó, mandó cocinarlo y nos obligó a sentarnos a la mesa después. Aún recuerdo la sensación de las arcadas y los vómitos que me duraron durante toda la noche.

Cuando llegamos al piso, Norman nos miró con cara de pocos amigos.

—Señorita Cortés..., ¿es esa su mascota? —preguntó mirando con asco a mi perro.

—A partir de ahora lo será, sí —contesté levantando dignamente la barbilla.

Maldito edificio de pijos.

Sebastian entró detrás de nosotros y los tres subimos en el ascensor hasta llegar a mi apartamento.

Dentro se estaba calentito, pues la calefacción se encendía sola cuando la temperatura bajaba de los dieciocho grados. Comprendí entonces lo afortunada que era por tener todo lo que tenía. Mi padre podía ser un cabrón, pero siempre nos lo había dado todo a mi hermana y a mí.

Sebastian colgó su abrigo sin quitarle los ojos de encima al perro, que había entrado en el piso como si fuese suyo. Lo observé con una sonrisa. Lo olió todo —su hocico no se despegaba del suelo— y después de dar tres vueltas sobre sí mismo se echó sobre la alfombra que había junto a la pequeña chimenea eléctrica del salón.

—¿Has visto qué listo es? —dije acercándome a él y dándole al botón de la chimenea para encenderla.

Sebastian gruñó algo en respuesta y nos observó.

—Tenemos que ponerle nombre.

—¿Le vas a poner...?

—¿Qué te parece Rico?

—¿Por qué ibas a llamarlo Rico?

—No sé... Es el primero que me ha venido a la mente.

Sebastian se acercó a nosotros y evaluó al perro con mirada seria. Rico se puso de pie y se acercó a olisquearlo.

—Es un poco feo.

—¡No es feo! Es diferente.

Rico ladró, como dándome la razón, y Sebastian sonrió por primera vez aquel día.

—Deberás llevarlo al veterinario, está desnutrido. Y deberás adiestrarlo y hacerte cargo de él...

Puse los ojos en blanco.

—Sé los cuidados que necesita un perro, gracias.

Me puse de pie y Rico me siguió hasta la cocina.

—¿Qué le doy de comer?

Sebastian levantó las cejas como dándose la razón a sí mismo y se acercó hasta donde estábamos.

—No puedes darle demasiado porque su estómago debe de tener el tamaño de una canica. Le daremos un poco de pollo, a ver qué tal lo digiere, pero mañana debes llevarlo al veterinario.

Asentí mirando a Rico con ternura.

—¿Quieres que te dé un baño mientras el tío Sebastian te prepara algo de comer? —le pregunté con voz cantarina.

—El tío Sebastian se va a la cama, ya me has dado el día, no tientes a la suerte.

Me dio la espalda y empezó a caminar en dirección al pasillo.

—Vengaaa, Sebastian —le pedí mirando a Rico, que ladró apoyando la moción—. ¿De verdad vas a dejarme sola en la cocina?

Eso le hizo replantearse su posición. Se detuvo y me lanzó una mirada envenenada.

—Le preparo una pechuga de pollo y me largo.

Sonreí mientras me dirigía a mi habitación con Rico pisándome los talones.

—Yo también quiero una, ¿vale?

No escuché lo que dijo porque me apresuré en cerrar la puerta a mi espalda. Me quité el abrigo y llevé a Rico hasta mi baño.

Madre mía, ¿de verdad iba a bañarlo en mi bañera? No era muy higiénico que digamos, pero como le pidiese a Sebastian que me dejase bañarlo en la suya sabía que terminaría deshaciéndose de mí y de mi nuevo amigo con patas.

Abrí el grifo de agua caliente, pero controlé la temperatura para no quemarlo. Me ladró cuando lo metí en la bañera y cogí la alcachofa para mojarlo.

El muy endemoniado se sacudió y me salpicó entera de agua y mugre.

Gasté casi todo mi bote de champú hasta que finalmente el agua que corría dejó de ser negra. Su pelaje era superblanco ahora que estaba limpio y sonreí contenta con el resultado. Cogí el secador y empecé a secarlo mientras él se intentaba escapar, abría la boca para recibir el aire y ladraba como un loco.

La puerta se abrió cuando Rico trataba de escabullirse de mis brazos.

—¿Qué demonios le estás haciendo al perro?

Sebastian entró en el baño y lo cogió antes de que saliera despedido por la puerta.

—¡Ayúdame, porfa!

Entre los dos conseguimos secarlo y cepillarlo —con mi cepillo— y el resultado fue increíble.

—¡Rico, estás precioso! —dije observando su pelaje blanco medio rizado medio liso. Lo cierto es que no tenía ni idea de qué raza era, pero era hermoso a mis ojos.

Fuimos a la cocina mientras Rico iba dando saltitos. Sebastian le puso el pollo en un cuenco que usaba para los cereales y Rico lo olisqueó con dudas al principio, pero después empezó a comer despacio. Me dio tristeza pensar en las cosas que seguramente habría vivido y el miedo y el frío que debía de haber pasado.

Sonreí al ver que había un plato en la encimera para mí: una pechuga de pollo a la plancha con un tomate aliñado y unas zanahorias hervidas.

Me giré hacia él con una sonrisita en los labios.

—¿Qué haría yo sin ti, Sebastian?

Me ignoró, pero se apoyó contra la encimera de la cocina a observarme mientras comía.

Al acabar, recogió mi plato y lo puso en el lavavajillas.

Rico se había acercado a la chimenea y dormitaba junto al fuego.

Me sentí feliz de haberlo ayudado.

—Deberías irte a la cama —me ordenó más que sugirió cuando me acerqué a Rico para acariciarlo.

—Puede que se asuste al estar en un lugar desconocido —dije con dudas, aunque parecía estar muy a gusto.

—Créeme que cualquier lugar es mejor que la calle, Marfil. —Y lo dijo de una manera que me obligó a levantar la cabeza para mirarlo.

Lo observé durante unos segundos deseando poder tener un superpoder que me permitiese leerle la mente.

—¿Puedo ducharme en tu cuarto de baño? —solté de repente.

Sebastian frunció el ceño de inmediato.

—Ya sabes, el mío está lleno de gérmenes de Rico —me expliqué enseguida.

—Dúchate donde quieras, yo me voy a la cama.

Qué simpático. Ya echaba de menos a ese otro Sebastian.

Fui a buscar mi pijama y me sentí extraña al cruzar su territorio después de lo que habíamos compartido. Llamé a la puerta de su salita y me dijo que entrara, pero cuando lo hice no lo vi por ninguna parte. Había dejado la puerta del dormitorio abierta y vi que se estaba pasando una camiseta blanca de algodón por la cabeza.

Vino hacia mí cuando vio que me quedaba ahí quieta junto al sofá.

—¿Necesitas que te explique cómo se abre el grifo? Porque es igual que el tuyo.

Puse los ojos en blanco y lo rodeé para meterme en el baño.

Me quité la ropa, muy nerviosa al saber que él estaba detrás de aquella puerta y abrí el grifo de agua caliente. Al igual que todo lo que hacía, tenía absolutamente todo muy ordenado. Utilizaba el champú y también el gel de baño de la marca de Dove Men. Lo olisqueé y toda mi piel se puso de gallina; era como olerlo directamente a él, aunque le faltaba su toque personal.

«Ay, Marfil... Qué mal lo vas a pasar», pensé cuando empecé a enjabonarme el cuerpo y el pelo.

Salí de la ducha rodeada por una nube de vapor —me encantaba ducharme con el agua supercaliente—, me sequé, me pasé por la cabeza la camiseta que utilizaba para dormir —una camiseta sencilla de tirantes de color blanco— y me puse un pantalón rosa de algodón. Me sequé el pelo frotándolo con la toalla porque me daba pereza detenerme a usar el secador. Cuando terminé, abrí la puerta y salí del baño.

No estaba en su habitación —la puerta abierta me dejaba entrever su cama—, sino que volvía a estar sentado en el sofá de la salita con el portátil sobre las rodillas.

Lo cerró en cuanto me vio.

—Siempre haces lo mismo, ¿acaso estás viendo porno y no quieres que te vea?

—Vete a la cama, por favor.

—Pensaba que estarías durmiendo.

Colocó el portátil sobre la mesita, suspirando.

—Yo no me duermo hasta que tú lo haces.

Me acerqué a él despacio hasta que me senté a su lado en el sofá.

—¿Cómo sabes cuándo me duermo?

—Me basta con que te quedes en tu habitación.

Sonreí recordando mi escapada por la ventana. Seguramente le hice pasar un mal rato y al pensarlo la sonrisa se me borró de la cara.

—Me gusta tu champú —dije muy quieta en el sofá. Él me miró a los ojos por primera vez desde que había salido del baño—. Huelo a ti.

Vi que su pecho se llenaba de aire y luego que desviaba la mirada hacia delante. Se pasó la mano por la cara y cerró los ojos un instante.

—¿Te molesta que te diga esas cosas?

—Me molesta más lo que me provocas cuando las dices.

Mi corazón se aceleró en respuesta.

Él siguió con los ojos cerrados y yo aproveché que no estaba mirando para acercarme más a él.

—¿Por qué haces que piense que tocarte o sentir algo por ti es algo malo?

Abrió los ojos y volvió a fijarse en mí.

—Porque lo es.

Lo decía en serio.

—¿Por qué?

Sebastian suspiró de nuevo.

—Marfil, no puedo hacer mi trabajo como es debido si seguimos con esto.

—¿En qué cambia tu trabajo que quiera besarte?

Sebastian desvió la mirada a mis labios y luego a mis ojos otra vez.

—Sería una distracción.

—Puedo besarte solo cuando estemos en casa y así fuera podrás concentrarte todo lo que quieras.

Sebastian se rio y mi corazón se aceleró como las alas de un colibrí.

—No funciona así, elefante —dijo reteniendo mi mano contra el sofá cuando hice el amago de cogérsela—. No podemos, es así de simple.

Apreté los labios con fuerza, me molestaban sus palabras, pero además me entristecían.

—Deberías salir con alguien de tu edad —agregó un instante después.

—No lo dices en serio —repliqué sin llegar a creerme lo que decía.

Se puso de pie, caminó hasta la puerta y la abrió para mí.

—Lo digo muy en serio.

Me sentí sola en aquel sofá sin él a mi lado.

—¿Insinúas que no te importaría verme con otros chicos?

—No insinúo nada, Marfil. Yo no estoy aquí para sumar en tu vida, sino para protegerla. No hay más.

Me puse de pie y fui hasta él.

—Hay mucho más y lo sabes perfectamente, pero no voy a seguir insistiendo.

—Me alegra que lo hayas captado por fin.

—Soy de aprendizaje lento, al parecer —contesté en el mismo tono que estaba utilizando él.

—Vete a la cama.

—Claro, señor Moore.

Crucé el pasillo enfadada y dolida, todo al mismo tiempo. Rico levantó la cabeza y me observó desde su lugar en la chimenea.

—¿Quieres dormir conmigo?

Se puso de pie, moviendo la cola muy feliz. Parecía haberme entendido.

Escuché la puerta de Sebastian cerrarse tras de mí y, sin llegar a mi habitación, me senté en el sofá con Rico a mi lado.

Lo abracé con fuerza mientras lloraba sin poder hacer nada para evitarlo. ¿Por qué de repente todo parecía girar en torno a lo que sentía por Sebastian? ¿Por qué no podía comportarme como si no pasara nada? Él lo hacía. Supongo que estar enamorada significaba eso: sufrir, sufrir como una idiota a la que nadie nunca había tomado lo suficientemente en serio como para corresponderla.

Finalmente, Rico me siguió a mi habitación, donde en contra de lo que esperaba, dormí sin tener pesadillas. Llorar resultaba agotador.

27

MARFIL

Llevamos a Rico al veterinario, le pusieron algunas vacunas —entre ellas, por supuesto, la de la rabia—, lo desparasitaron y me dijeron exactamente la dieta que iba a tener que seguir aquel mes. Después regresamos a casa para que pudiese cambiarme de ropa, dejar al perro y reunirnos con Tami en la quinta avenida con la excusa de ver algunas tiendas. Las dos necesitábamos pasar más tiempo juntas; no me había gustado lo que había visto la noche anterior entre ella y Liam y quería preguntarle si estaba bien.

A pesar de habernos criado juntas —ya que ella llevaba desde los nueve años interna en el colegio de Inglaterra—, de haber pasado todos los siguientes años de escolarización compartiendo la misma habitación y los mismos sueños, de ser la una para la otra la familia que necesitábamos, siempre supe que Tami tenía algo guardado dentro de ella que no había dejado ver a nadie.

Una vez intenté preguntarle al respecto después de confesarle entre lágrimas lo que había vivido de pequeña —lo mucho que había anhelado tener a mi madre conmigo, que aún seguía teniendo pesadillas sobre la noche que la mataron delante de mí, la mala relación que tenía con mi padre—. Pero me dijo que no había nada que contar. Simplemente era la hija única de una familia rica de Londres y su familia la había mandado interna como a muchas hijas de ingleses que preferían ceder la educación de sus hijos a una buena institución como nuestro colegio.

Sabía que mentía y al principio me dolió que no se abriera a mí, pero yo no era nadie para obligarla a confesarme sus secretos más oscuros. Aunque sabía que existía un muro entre las dos y también estaba segura de que por eso no terminaba de confiar en mí, la seguía queriendo igual. Tami era una chica que simplemente con mirarla ya querías abrazarla, querías hacerla reír o querías formar parte de ese aura especial que siempre la rodeaba.

Por eso no comprendía qué demonios sucedía entre Liam y ella. Liam era un buen tío, de verdad, era mi mejor amigo y conmigo se portaba de diez. Muchas veces me había preguntado qué habría hecho yo de no haberlo conocido en mi primer año de carrera. Nosotros éramos un todo, él sabía todo de mi vida y yo de la suya. Podía llegar a ser bastante presuntuoso a veces y un poquito capullo, pero yo sabía que simplemente era una fachada que utilizaba para llevarse a todas las tías de calle. Lo entendía, era su arma secreta, y, joder, le funcionaba.

Cuando los presenté tuve la fantasía de que a lo mejor se gustaban y podían llegar a enamorarse. Por aquel entonces yo aún salía con el gilipollas de Regan, así que veía todo de color de rosa. Creía en el amor verdadero y todas esas gilipolleces, pero pronto descubrí que el amor es una mierda y que solo te hace sufrir. Si no, que me lo dijeran a mí.

Sin pretenderlo mis ojos se desviaron hacia el fondo de la cafetería, donde Sebastian tomaba un café mientras vigilaba las puertas y las ventanas del Pret a Manger, una cafetería inglesa que Tami y yo adorábamos por sus pastelitos de plátano y que había abierto hacía poco en Nueva York. Apenas había intercambiado dos frases con él desde nuestra breve conversación de la noche anterior y tampoco es que él estuviese dispuesto a hacer nada al respecto. Me había rechazado, así de simple, y yo no lo llevaba muy bien.

—Estoy bien, de verdad —me dijo por cuarta vez Tami mientras se llevaba la taza de café a los labios—. Que sea tu mejor amigo y que vosotros os llevéis tan bien no implica que tenga que ser así conmigo. Es muy diferente a mí y su personalidad me saca de mis casillas.

—Nunca creí que fuera posible sacarte de tus casillas, si te soy sincera.

—Bueno, siempre hay una primera vez para algo o una primera persona, mejor dicho —agregó desviando la mirada a las cristaleras que daban a Central Park.

Habíamos pasado gran parte de la tarde comprando ropa, zapatos y complementos. Hacía ya una eternidad que no renovaba mi armario, hasta había olvidado el gustillo que le tenía a aquellas salidas. Conocíamos a una *personal shopper*, Tina, que nos adoraba y que siempre nos enseñaba cuáles eran las últimas tendencias.

Sebastian parecía haber pasado horas en un manicomio en vez de en tiendas de alta costura y en mi fuero interno disfruté torturándolo de aquella manera tan sutil.

Estábamos rodeadas de bolsas y la conversación por fin había terminado donde yo quería.

—Si Liam te ha dicho o hecho algo que no te ha gustado..., sabes que puedes contármelo, ¿verdad? Le daría un buen rapapolvo en tu nombre. No me costaría nada ahora que Sebastian me enseña defensa personal y chorradas de esas japonesas.

Tami sonrió y se le marcaron dos hoyuelos en sus mejillas de porcelana.

—Estoy segura de que herí su precioso orgullo al echarlo de mi estudio.

Abrí los ojos sorprendida y solté una carcajada.

—¿Quién eres tú y qué has hecho con Tami Hamilton?

Ella se encogió de hombros y se fijó en Sebastian.

—¿De verdad no hay nada entre vosotros?

Suspiré.

—Ojalá..., pero no. —No le había contado nada de lo que había sucedido entre nosotros y, aunque Liam hubiese adivinado que me gustaba, tampoco había querido entrar en detalles con él.

—Ayer me defendió —dijo ella volviendo la mirada a su taza—. Me gustó la sensación de que alguien cuidase de mí. Tienes suerte de tenerlo.

Mi cerebro apuntó su último comentario, al igual que lo llevaba haciendo desde que nos conocíamos. Era tan reservada que tenía que tirar de comentarios así para poder intentar descubrir qué demonios le había ocurrido, o al menos, entender por qué tenía esa personalidad tan hermética.

—Lo sé —contesté pegándole un pellizco a mi pastelito—. Y, si te soy sincera, sentí celos al ver cómo te trataba —admití mientras masticaba.

Tami pareció sorprendida y luego arrepentida al haberme confesado aquello.

—Oye, ¡que a mí no me gusta ni nada de eso!

Sonreí.

—Lo sé, no te preocupes. El problema soy yo, que me he obsesionado con él.

—El problema no es ese, sino que no estás acostumbrada a que te digan que no.

—¿Tengo el pelo verde? —contesté.

Tami frunció el ceño y me miró como si de repente se me hubiese ido la pinza.

—No.

—¿Ves? Puedo recibir un no por respuesta perfectamente. No me convierto en piedra ni nada parecido. —Mi tono había sido bastante frío.

Tami suspiró.

—Ahora te has enfadado. No debería haberte dicho nada.

—No, no, joder. Lo siento, es que a veces creo que Sebastian tiene razón y sí que soy una caprichosa que no sabe encajar una negativa.

—No eres caprichosa, simplemente has nacido con las armas que te facilitan conseguir casi todo lo que quieres.

—Eso no es verdad —contesté en voz baja, casi en un susurro.

—Me encantó lo que hicimos ayer. Deberíamos hacerlo más a menudo —agregó ella cambiando sutilmente de tema—. La gente se volcó de una manera increíble, no lo esperaba.

Sonreí.

—Estaba pensando abrir una sede de JSMF aquí, en Nueva York. ¿No sería genial?

Seguimos hablando de aquel proyecto durante media hora más; a las dos siempre nos había interesado mucho ayudar al prójimo. Por alguna extraña razón, siempre nos sentimos culpables por tener tanto y éramos las primeras en levantar la mano cuando había que ofrecerse voluntaria para las campañas de beneficencia del colegio. Las dos impulsamos la idea «Una caja, una sonrisa». Todas las niñas del internado debían forrar una caja de zapatos y llenarla de regalos acordes con un rango de edad preestablecido. Esas cajas luego se repartían en Navidad entre niños huérfanos o niños de países en desarrollo. Nuestra idea salió tan bien que recibimos un diploma y todo. Desde entonces «Una caja, una sonrisa» se realizaba todas las Navidades.

Cuando terminamos, Tami se pidió un taxi y Sebastian y yo nos volvimos a quedar solos otra vez. Empezamos a caminar hacia el coche.

—Es un coñazo ir siempre con el coche. Deberíamos usar más los taxis o pedir un Uber —me quejé. Sebastian siguió mirando el móvil, supongo que tenía la aplicación esa que te indicaba dónde habías aparcado.

Eran las siete y media y tenía que sacar a Rico para que hiciese sus necesidades. Además, quería enseñarle todos los juguetes que le había comprado en una tienda supercuca para perros.

Cuando por fin llegamos a casa casi sin dirigirnos la palabra —aunque yo había soltado alguna frase, pero no porque quisiera hablar con él, sino porque era incapaz de quedarme callada—, recibí una llamada de mi padre.

Para mi sorpresa, me llamaba para decirme que estaba en Nueva York y que me recogería al día siguiente sobre las diez para ir juntos a tomar el *brunch*.

—¿Pero ya estás aquí? —le pregunté entrando en pánico.

—Llegué hace una hora. Iba ir a recogerte para salir a cenar, pero estoy agotado. Nos vemos mañana, ¿de acuerdo?

Asentí mientras dejaba las bolsas sobre el sofá y miraba el teléfono con el ceño fruncido.

—¿Qué es lo que va mal? —me preguntó entonces Sebastian, rompiendo el mutismo después de todo el día.

—Nada —contesté y me encerré en mi habitación.

Ese sábado me desperté temprano porque sabía que mi padre me estaría esperando a las diez en el restaurante del hotel Plaza. Siempre se quedaba ahí, pues uno de sus mejores amigos era el hijo del dueño y futuro heredero, así que siempre le daban la mejor suite.

Me di una ducha rápida sabiendo que Sebastian ya llevaría despierto al menos desde las siete y media. Salía a correr a esa hora y luego repetía si a mí me apetecía salir por las tardes, que es cuando yo solía correr. Cuando entraba en la cocina ya había hecho mil cosas.

Me pasé por la cabeza uno de los vestidos que había comprado la tarde anterior. Era de un color crema muy bonito, aunque con lo caprichoso que estaba el tiempo, me puse medias y cogí mi abrigo largo y la bufanda. En los pies me calcé unas sandalias con un poco de tacón.

Sebastián frunció el ceño al verme tan arreglada.

—¿Dónde vamos? —preguntó mientras Rico revoloteaba a su alrededor rogándole que le diera comida.

Me acerqué a él y lo acaricié detrás de las orejas.

—A un *brunch*, mi padre quiere verme.

—¿Tu padre está aquí? —preguntó sorprendido.

—¿No lo sabías? —dije con retintín. Se suponía que eran colegas, ¿no?

No me contestó, pero desapareció por el pasillo. Como yo había predicho, estaba vestido con unos simples pantalones de chándal y una camiseta de deporte —de simple nada, en realidad; Sebastian vestido de Adidas de la cabeza a los pies me causaba cortocircuitos cerebrales, pero mejor no centrarnos mucho en eso.

Apareció quince minutos después, duchado y vestido como odiaba verlo: traje, camisa, corbata... No lo odiaba, pero sí que creaba distancia entre los dos. Así era un guardaespaldas, nada más.

—Te falta el pinganillo —dije para picarlo.

—No voy a estar conectado con nadie, no me hace falta.

—Lo decía de coña —contesté seca, dándole la espalda y saliendo por la puerta.

Rico ladró para llamar mi atención.

—¡Oh, mierda! Tengo que sacarlo —dije fijándome en que no tendría tiempo de pasearlo y llegar al hotel a la hora establecida.

—Ya lo he sacado yo esta mañana —me informó Sebastian.

—No tenías por qué —contesté mientras lo seguía para subirnos al ascensor.

—Hago muchas cosas que no tengo que hacer, Marfil. No pasa nada por añadir una más a la lista.

¿Eso era una queja?

—Sí que haces cosas que no deberías, sí. Como meterme mano, por ejemplo.

Sebastian detuvo el ascensor dándole al botón de stop.

Lo tuve delante de mí en cuestión de segundos.

—Basta —dijo entre dientes, cabreadísimo.

Tenía su cuello a cinco centímetros de mi boca; veía cómo su nuez subía y bajaba al compás de su rabia.

Levanté los párpados y fijé mis ojos en los de él.

—¿Por qué te molesta tanto que lo mencione? Que tú seas capaz de borrar lo que pasó entre nosotros no significa que yo vaya a hacerlo.

—Pues deberías.

—Tengo una memoria privilegiada.

Al decirlo, mi mano subió para acariciarle el cuello. En realidad, lo estaba provocando, no quería tocarlo. Bueno, sí, pero seguía enfadada con él.

Antes de que pudiera hacerlo, me la retuvo contra la pared.

—Vas a conseguir que un Sebastian nada simpático sea quien te proteja de ahora en adelante, Marfil, y te aseguro que no quieres sacar a mi antiguo yo.

Su aliento me rozó la mejilla y me estremecí.

—¿Ese Sebastian que rompe corazones, se vuelve loco y pisa el acelerador hasta alcanzar los ciento cuarenta kilómetros por hora? ¿Ese Sebastian que no tiene miedo de tocarme ni de besarme ni de decirme guarradas al oído? Porque ese es el Sebastian que me gusta.

—Créeme —dijo rozando sus labios con los míos al hablar—. No podrías con ese Sebastian ni aunque te dieran clases particulares.

Se apartó bruscamente y me soltó.

Le dio nuevamente al botón de stop y el ascensor volvió a moverse.

Yo me quedé jadeando detrás de él, intentando que mi corazón dejase de latir enloquecido.

No me esperó ni tampoco me abrió la puerta. Me monté en el asiento del acompañante y tuve que pasar los veinte minutos que tardamos en llegar con un Sebastian malhumorado y distante.

En el Plaza ya me conocían; solía reunirme allí con mi padre cuando venía a la ciudad. El *brunch* se servía en la azotea —aunque dentro, no fuera, ya que hacía frío—. Desde allí teníamos unas vistas espectaculares de Central Park y los edificios colindantes. Precioso, ostentoso, ¿innecesario? Posiblemente, pero así era mi vida. Estaba acostumbrada.

Mi padre me divisó nada más bajarme del ascensor y entrar en el restaurante. Vino hacia mí con una gran sonrisa. ¿Por qué demonios estaba tan feliz?

—Estás preciosa, como siempre —dijo dándome dos besos en las mejillas.

Sonreí en respuesta, mientras mi padre asentía secamente en dirección a Sebastian.

Le lancé a Sebastian una mirada, pero él estaba en modo cara de póquer: nada, no trasmitía nada.

Mi padre me pasó el brazo por los hombros y me guio hasta nuestra mesa.

Me paré en seco cuando vi quién estaba esperándome allí.

Pum, pum, pum. El corazón empezó a latirme contra el oído, como si quisiese hacerme partícipe de su fuerza y su estado de salud.

—¿Te acuerdas de Marcus?

Seguí caminando porque mis piernas lo decidieron sin consultarme. Marcus Kozel apartó la silla y se levantó con una sonrisa para acercarse a saludarme.

¿Qué demonios estaba haciendo él aquí? ¿Por qué mi padre lo había traído con él? ¿Por qué si supuestamente sabía lo que me había intentado hacer? ¿O es que no lo sabía?

Miré a Sebastian, que solo en los ojos demostraba lo que sentía: cólera. Mantenía los puños fuertemente cerrados contra sus costados y apretaba los labios con firmeza, pero no hizo nada. Se quedó allí, apartado de nosotros, simplemente observando.

—Estás incluso más guapa que la última vez que te vi —me susurró al oído y juro que casi vomito allí mismo, sobre la reluciente alfombra de color marfil.

Mi evidente estupefacción y mi incomodidad eran palpables para todos, pero mi padre no me dio la oportunidad de pensar mucho. Me apartó la silla y no se sentó hasta que no lo hice yo. Los platos estaban vacíos delante de nosotros, aunque con sus vasos pasaba todo lo contrario; habían estado bebiendo whisky.

—Qué alegría verte, Marfil, hija. ¿Qué tal la universidad? —empezó cordialmente mi padre.

Estaba tan en shock que contesté con un simple «bien» mientras un camarero nos preguntaba qué íbamos a comer.

—No tengo hambre —dije con frialdad, recuperándome poco a poco de la desagradable sensación de volver a ver a ese cabrón; el mismo que había intentado forzarme semanas atrás, el mismo que no había dejado de acosarme con flores todos los malditos días desde que había regresado a Nueva York.

—Tráigale unas tortitas con arándanos —dijo Marcus por mí—. Tienes que comer —añadió volviéndose hacia mí y penetrándome con su mirada azul glaciar.

Justo en ese instante, mi padre sacó el teléfono móvil del bolsillo.

—Necesito hacer una llamada urgente. Empezad sin mí, vuelvo enseguida —dijo marchándose del comedor.

Lo seguí con la mirada y vi que se detenía junto a Sebastian. Intercambiaron un par de frases y después él, no sin antes lanzarme una mirada que no supe cómo interpretar, lo siguió fuera de la estancia.

—¿Te han gustado las flores que te he estado enviando? —preguntó cogiéndome la mano.

La liberé de un tirón.

—No me toques.

Marcus sonrió, mi hostilidad no le sorprendió en absoluto. Claro que no, sabía lo que había hecho, aunque no parecía importarle mucho.

—Venga, Marfil —dijo llevándose la copa a los labios y mirándome por encima del cristal—. Creo que ya es hora de que me perdones, ¿no?

—Me forzaste —dije con voz firme.

—No hice tal cosa —dijo con tranquilidad—. Te besé. No es el fin del mundo.

—Me rompiste la blusa, me inmovilizaste e intentaste violarme.

Ahí sí que pareció afectado por mis palabras.

—No seas niña —dijo con voz grave—. ¿Piensas que te haría algo así? Simplemente quería mirar... No es para tanto. Es como cuando pruebas un coche antes de comprarlo.

Abrí los ojos e, indignada, hice el amago de levantarme.

Me clavó los dedos en la muñeca.

—Siéntate —dijo furioso, aunque vi que intentaba disimularlo.

Lo hice más que nada porque sabía que mi padre estaría al llegar y necesitaba entender qué demonios estaba ocurriendo para que ese hijo de puta se creyese con derecho a tratarme como si fuese un maldito pedazo de carne.

Me soltó al ver que le hacía caso y volvió a llevarse la copa a los labios.

—Voy a serte muy claro —dijo colocando la copa otra vez sobre la mesa—. Te quiero para mí.

Habría soltado una carcajada escandalosa si no hubiese visto la seriedad con la que lo decía.

¿Ese hombre tenía un problema mental?

—Me parece muy bien que quieras cosas, gilipollas, pero bienvenido al siglo XXI. Las mujeres ya no somos mercancía que podáis comprar, ¿entiendes?

No pareció ofendido por mi insulto, al contrario. A veces me daba la sensación de que le divertía que le hiciese frente, como si en toda su vida nadie se hubiese atrevido a decirle esta boca es mía.

—Todo se puede comprar con dinero, Marfil.

—¿Te crees que necesito o quiero tu estúpido dinero?

—Tú no, pero tu padre sí.

Me lo quedé mirando intentando comprender lo que decía. Justo entonces trajeron la comida y tuve que tragarme la bilis antes de vomitar de verdad sobre la mesa. Miré a mi lado, buscando a Sebastian, a mi padre, a quien fuese. Quería largarme de allí, quería borrar esa conversación de mi cabeza, pero otra parte de mí quería saber más.

—Mi padre es multimillonario, nunca pretendería conseguir nada a través de mí. Estás diciendo ridiculeces.

—¿Acaso sabes quién soy yo? —me preguntó entonces.

—¿Un cabrón machista que se cree el rey del mundo?

Estaría orgullosa de mi contestación si no hubiese sido por las consecuencias.

Su mano cogió la mía y la llevó debajo del mantel.

—Si vuelves a insultarme —dijo retorciéndome dos de mis dedos hasta hacerme ahogar un grito de dolor—, tendrás ocho dedos en vez de diez para el resto de tu vida.

—Suéltame —dije al tiempo que se me saltaban las lágrimas, preguntándome a mí misma por qué demonios no gritaba, por qué no pedía auxilio, por qué no salía corriendo.

Sebastian lo mataría... Sebastian, ¿dónde demonios estaba?

—No busques a nadie. Ahora soy yo el que se encarga de ti, ¿me entiendes?

Siguió retorciéndome el dedo y tuve que morderme el labio para no gritar.

—No p...

—Cuando se tiene mucho dinero, también se tienen muchas deudas que pueden hacer enemigos peligrosos —siguió explicándome como quien cuenta una anécdota simpática en un desayuno con amigos—. Es como si la vida fuese un castillo de naipes: cuando una carta falla, todo se derrumba; y tú no quieres que eso pase, ¿a que no?

—Quiero que dejes de hacerme daño —dije entre dientes.

—Lo siento, solo tenías que pedírmelo.

Solté el aire que estaba conteniendo y me llevé la mano al regazo donde la otra la acunó contra mi cuerpo.

—Tu vida, la de tu padre, la de tu adorable hermanita, ahora dependen de mí —siguió explicándome—. Lo hago de corazón. Tu padre y el mío son amigos de toda la vida, llevan haciendo negocios juntos tanto tiempo que ni siquiera sabría decirte cuándo empezaron, y ¿sabes lo mejor? Que yo solo he pedido una cosa a cambio —agregó girándose hacia mí—. A ti.

—Mi padre nunca per...

—Oh, ¡por favor! No hablemos de tu padre, nena, estaríamos aquí siglos.

—¿Qué quieres decir con eso?

Justo entonces, antes de que pudiese contestarme, mi padre volvió a sentarse en su lugar, junto a mí y sonrió como si viniese de cerrar el mejor trato de su vida.

—¿Aún no habéis empezado?

—Papá... —dije con voz temblorosa girándome hacia él.

La mirada que me lanzó me dejó claro que él sabía perfectamente lo que ocurría en aquella mesa.

—Supongo que Marcus te habrá puesto al corriente sobre el nuevo negocio que vamos a empezar juntos.

—Oh, sí —dijo Marcus cortando con el tenedor sus huevos a la benedictina y llevándoselos a la boca para saborearlos despacio—. Aunque aún queda tiempo para tenerlo todo bien atado, ya me entiendes. Estas cosas pueden llevar años...

—Eso es cierto, no queremos precipitarnos y que las cosas salgan mal y terminen quedando en nada...

Sentí que la habitación empezaba a darme vueltas.

—Marcus se ha ofrecido a cubrir todos tus gastos mientras sigas viviendo en Nueva York, Marfil —continuó diciendo mi padre—. Ahora mismo las cosas son un poco complicadas en el negocio familiar, por eso, que un amigo de toda la vida nos eche una mano es algo que tenemos que agradecer.

—No quiero que me pagues nada. Soy perfectamente capaz de mantenerme yo sola.

Marcus miró a mi padre sin decir nada en absoluto.

—No seas ridícula, niña —dijo él en tono jovial—. ¿Sabes lo que cuesta un alquiler en Nueva York o lo que me cuesta pagar tu facultad, tus caprichos, tus compras...?

Mi mundo se venía abajo. De repente sentí asco de mí misma, de lo que tenía, de lo que estaba ocurriendo delante de mis narices.

—No quiero nada de eso, yo...

—Basta, Marfil —dijo entonces Marcus—. Me estás insultando. He venido aquí a ofrecer mi ayuda a tu familia y parece que antes de aceptarla te tirarías por el décimo piso de este edificio.

Exacto.

—Tú no decides en esto —añadió mi padre—. Si te lo hemos contado ha sido para que supieras lo generosos que están siendo al ayudarnos en estos complicados momentos. Además, no debemos olvidarnos de que sigues corriendo mucho peligro y eso es un problema.

—¡Pues arréglalo de una maldita vez! No me arrastres contigo.

—Baja la voz —dijo mi padre entre dientes.

—Te aseguro que estarás más a salvo que nunca.

Negué con la cabeza al oír las palabras de Marcus. Necesitaba salir de allí. Necesitaba largarme de aquella pesadilla, volver a la realidad.

—¿Qué demonios queréis de mí? Decídmelo claro de una maldita vez.

Marcus se inclinó sobre la mesa y buscó mi mirada con la suya.

—Otra oportunidad. Que me perdones, que volvamos a empezar desde cero —dijo delante de mi padre.

—No —dije y la voz se me quedó atascada en la garganta, saliendo como un susurro ronco.

—Marfil, Marcus me ha expresado los sentimientos que tiene por ti. Esa es una de las razones principales por las que quiere ayudarnos. Solo te está pidiendo que le dejes conocerte y tú a él.

Respiré hondo sabiendo que no iba a conseguir absolutamente nada en aquella terrorífica reunión. Lo único que podía lograr es que se acabase lo antes posible.

—¿Puedo pensármelo?

Mi padre fue a replicar, pero Marcus se le adelantó.

—Por supuesto que puedes —dijo con una sonrisa amistosa que me dio ganas de arañarme la cara—. Hablaremos pronto y las cosas irán mejorando, ya lo verás. Lo de tu padre es un simple bache, saldréis adelante. Alejandro, no te preocupes —siguió hablando, ahora dirigiéndose a él.

A partir de ese momento se enzarzaron en una charla sobre negocios, sobre la bolsa y sobre un futuro viaje a Latinoamérica. Yo no volví a abrir la boca ni probé bocado de lo que tenía delante.

En un momento dado, mis ojos buscaron a Sebastian y lo encontraron junto a la puerta, observándome como si para él también fuese una tortura permanecer allí.

Cuando acabaron de comer, decidí abrir la boca por vez primera después de una hora de mutismo.

—No me encuentro muy bien, ¿puedo irme?

Esta vez fue mi padre quien no dejó hablar a Marcus.

—Sí, puedes irte —dijo levantándose e inclinándose para darme un beso en la mejilla. Marcus también se levantó y se ofreció a ponerme el abrigo; me sentí sucia cuando sus dedos rozaron accidentalmente la piel desnuda de mi cuello.

Salí de allí como si el edificio estuviese en llamas. Pasé delante de Sebastian sin ni siquiera dirigirle una mirada.

Las lágrimas empezaron a caer antes de haber llegado a la primera planta.

—Marfil...

—No —dije dando un paso hacia atrás cuando intentó tocarme—. No me hables. No me toques. Déjame en paz.

28

MARFIL

Llegamos a casa rodeados de un completo silencio solo interrumpido por las estúpidas lágrimas que no dejaban de caer por mis mejillas y la rabia que latía en mis oídos a medida que iba aumentando con cada segundo que pasaba. Quería gritarle al mundo, quería llorar, quería romper cosas. Me sentía humillada, como si de verdad fuese un trozo de carne, un objeto intercambiado para cerrar un trato; alguien sin opinión, sin sentimientos, alguien que solo importaba para una cosa.

Cuando cruzamos la puerta, pasé hecha una furia delante de Sebastian, pero antes de poder dar tres pasos, tiró de mi brazo y me frenó, colocándome delante de él.

—Marfil...

—¡Suéltame! —le grité entonces, perdiendo completamente el control—. ¡Me dejaste sola! ¡Con él! ¿Cómo has podido! —seguí gritando mientras mis manos lo empujaban una y otra vez.

Se irguió cuan alto era, con la mandíbula apretada, pero sin detenerme en ningún momento.

—¡Dijiste que si volvía a tocarme lo matarías!

El siguiente empujón me hizo ahogar un grito de dolor. Ahora los dedos me dolían mucho más que antes debido a aquel ángulo antinatural en que los había retorcido.

Sebastian bajó la mirada a mi mano y sus ojos se abrieron con horror. Su respiración se aceleró más que antes. Su rabia era latente, pero no me importaba, ¡me había dejado allí!

—¿Te lo ha hecho él? —dijo furioso, perdiendo su careta de autocontrol.

—¡Sí! —le grité apartándome de él cuando intentó volver a tocarme—. Me retorció los dedos por haberlo llamado gilipollas. ¿Qué te parece?

—Deja que te vea la mano —me pidió en un tono tan controlado que consiguió cabrearme aún más.

—¡No! —volví a gritar.

No me importaba, ¡qué más daba! Acababa de sufrir en mis propias carnes todo aquello que odiaba de los hombres y encima había traicionado todas y cada una de mis creencias al no haberme puesto a gritar cuando ese hijo de puta me hizo daño, al no haberme lanzado contra su cuello cuando empezó a soltar todas aquellas barbaridades por la boca. ¿Que por qué no lo había hecho? ¡Por miedo! Estúpido miedo, estúpida desventaja física. Ojalá tuviese la fuerza como para poder cargármelo yo misma, pero no la tenía...

¡Aunque sí tenía un maldito guardaespaldas!

—¡¿Por qué te fuiste?! —grité con voz débil empujándolo una vez más.

Esta vez sus brazos me cogieron, me hicieron girar y entonces me quedé recostada contra su pecho, con los brazos inmovilizados y su aliento en mi oído. Ahora sé que lo hizo para que no siguiera haciéndome daño a mí misma. Estaba segura de que podría haber seguido golpeándolo durante horas y él no habría rechistado...

—No podía hacer otra cosa —dijo entonces contra mi oreja—. Ahora trabajo para él, ¿lo entiendes?

Dejé de moverme en cuanto soltó aquello.

—¿Crees que no lo mataría con mis propias manos si no supiese que enfrentándome a él perdería el trabajo y ya no podría protegerte?

Respiré hondo intentando tranquilizar a mi corazón.

—¿Crees que no tuve que contener las ganas de desenfundar mi pistola cada segundo que permanecí fuera de ese restaurante?

Sus labios bajaron hasta posarse en el punto intermedio entre el cuello y mi oído.

—Dime exactamente qué ha pasado —exigió acariciándome con sus labios al notar que la rabia dejaba paso a la derrota.

Respiré hondo intentando encontrar las palabras.

—Me ha comprado, eso es lo que ha pasado.

Mis palabras le tensaron absolutamente todo el cuerpo.

—¿Qué demonios quieres decir con eso?

Sentí que todo el peso de mi cuerpo caía sobre él. Sebastian me sostuvo con sus brazos y yo noté que la adrenalina empezaba a desaparecer de mi sistema, dejándome agotada.

—Mi padre ha hecho un trato con él para que lo ayude con unas deudas...

—¿Qué trato?

Negué con la cabeza.

—Marcus insistió en que lo hacía para ayudar a mi familia, que eran amigos desde hacía demasiados años y que solo quería una cosa a cambio: que le diera otra oportunidad.

Sebastian se mantuvo en silencio.

—Todo esto es tan surrealista. Ahora es él quien paga mi alquiler, mi universidad, mis gastos... Es como si...

—Le pertenecieras —dijo Sebastian entre dientes.

Me deshice de su abrazo y me giré para poder mirarlo a la cara.

—Yo no le pertenezco a nadie —dije entrando en cólera.

Sebastian se acercó a mí y sus dedos me apartaron el pelo de la frente en un gesto que mi piel recibió como un bálsamo.

—Claro que no —dijo mirándome a los ojos—. ¿Me dejas que les eche un vistazo a tus dedos? Por favor.

Asentí unos segundos después.

Me llevó hasta la cocina y me obligó a sentarme en la isla mientras él buscaba el botiquín de primeros auxilios.

Me inspeccionó la mano con mucho cuidado, parecía saber lo que estaba haciendo.

—Seguramente tienes un pequeño esguince —dijo rebuscando en el cajón de los cubiertos hasta que sacó un pequeño palito de madera, de esos que se usan para los helados—. Puedo llevarte al hospital o entablillártelo yo mismo, lo he hecho más de una vez.

Asentí mientras la impotencia de haber sido maltratada me embargaba y me hundía como nada lo había hecho en toda mi vida. Rico permaneció sentado junto a Sebastian durante todo el proceso, sin quitarme los ojos de encima. Era como si supiese que algo horrible había pasado y necesitase estar cerca para protegerme o asegurarse de que estaba bien.

Cuando Sebastian terminó, me trajo un vaso de agua y un paracetamol.

—Bébete esto —me ordenó colándose delante de mí—, te aliviará el dolor.

Asentí en silencio y me tragué la pastilla.

Sebastian parecía estar librando una batalla en su interior. Cuando nuestras miradas se encontraron, fue como si pudiese entenderme, como si pudiese ver lo destrozada que me habían dejado los últimos acontecimientos.

—Perdóname —dijo muy serio—, por todo. Necesito que me perdones.

No dije nada, ni tampoco me moví.

—No creí que fuese a tocarte en un lugar público y tu padre salió para...

—Da igual —lo corté clavando la mirada en mis rodillas.

—No, no da igual —insistió levantándome suavemente la barbilla y así poder mirarme a los ojos—. No volverá a repetirse, Marfil. Te lo prometo.

Asentí a la vez que sus ojos me cautivaban despacio, como si en ellos intentase hacerme leer todos sus secretos. Cuando creí ver algo que no esperaba, sus labios estuvieron sobre los míos. Rompió con lo que fuera que había estado teniendo lugar, pero como siempre, cuando su boca rozó la mía, me olvidé de todo lo demás. El beso que me dio empezó siendo tierno, reconfortante.

Mis manos se movieron solas y lo atrajeron hacia mí porque necesitaba más. Todo era diferente. No fue como los besos que habíamos compartido antes, esto fue de verdad. Pero no solo eso, fue el primer beso que Sebastian me dio sin tener que pedírselo. Sus manos bajaron por mi espalada y me atrajeron hacia él de manera que mis pechos chocaron con el suyo. Su lengua se abrió paso y se enroscó con la mía consiguiendo que pasáramos a otro nivel casi sin darnos cuenta. Sus manos siguieron acariciándome la espalda y luego se colocaron en mis rodillas para acariciarme los muslos. Su boca seguía sobre la mía. Sus dientes tiraron de mi labio inferior. Cuando mi mano buena se coló por su camiseta, soltó un gruñido que me calentó absolutamente todo el cuerpo.

—Quiero matarlo —dijo contra mis labios en un susurro que me hizo estremecer—. Podría hacerlo... —siguió diciendo mientras su lengua saboreaba la mía con penetraciones suaves pero firmes.

Sentí que las lágrimas se deslizaban por mis mejillas y él me las limpió con sus labios.

—No llores, por favor —me pidió aferrándose a mi nuca con si fuese un ancla.

Fue a apartarse cuando notó que se me escapaba un sollozo de la garganta, pero no lo dejé. Tiré de él y nuestras bocas volvieron a unirse. Parecían estar en sintonía, como si hubiésemos sido creados para besarnos el resto de nuestras vidas.

Entendió lo que le pedía sin necesidad de abrir la boca y hablar. Sus dedos se clavaron en mis muslos y jadeé. Necesitaba que siguiera, que siguiera por ese camino. Enterró la cabeza en mi cuello y empezó a regalarme besos húmedos hasta llegar al hombro y luego vuelta a empezar. Empecé a temblar en cuanto sus dedos se colaron por debajo de mi vestido y empezaron a acariciarme lentamente.

—Así es como se te debe tocar, Marfil. Como si fueses un puto jarrón de cristal —dijo acariciándome con una lentitud asombrosa.

Cerré los ojos cuando empezó a trazar círculos contra mi piel sensible. Lo necesitaba, necesitaba eso como el aire para respirar. Solté un gemido entrecortado cuando el placer aumentó y mis caderas empezaron a moverse contra sus dedos. Era como si nos hubiesen metido en una burbuja. Y ahí me sentí a salvo, con él, entre sus brazos, rodeada de sentimientos a los que me estaba volviendo adicta.

—¿Por qué estás tan callada? —dijo besándome la mandíbula y aumentando el ritmo.

Mi mano se aferró a su gruesa muñeca. No sabía lo que quería. ¿Que se detuviera?, ¿que fuera más rápido? Mi cuerpo no lo tenía claro, solo sabía que el orgasmo se avecinaba grandioso.

—Para una vez... que hablas tú... —dije entre jadeos. Me notaba húmeda y sabía que él también era consciente de ello.

—Debería hacerte esto todos los putos días —dijo apartándose de mis labios y mirándome a los ojos.

Estaba a punto de correrme y cerré los ojos.

Su mano se detuvo y la otra me cogió firmemente por la barbilla.

—Mírame —me exigió.

—No pares —gruñí enfadada.

—Abre los ojos.

Y entonces lo hice y me bastó verlo para llegar al orgasmo. Me sujetó con su brazo mientras emitía un grito que había retenido durante demasiado tiempo. Las oleadas de placer duraron segundos infinitos hasta que me dejé caer contra su hombro, exhausta y jadeante.

Su nariz me acarició el cuello lentamente. Sabía por qué lo había hecho. Quería compensarme, compensarme por todo: por pasar de mí, por no darme lo que le había estado rogando todo este tiempo. Pero sobre todo sabía que la culpa lo estaba carcomiendo por no haberme sacado de aquel restaurante antes de que me hubiesen hecho daño.

—Ahora es cuando sueles pasar de mí —susurré cuando ambos recuperamos la respiración.

—Yo no paso de ti.

Me separé de él para poder mirarlo directamente.

—Es complicado, Marfil —dijo entonces, cambiando de actitud, aunque sin dejar de acariciarme la espalda.

Sí que lo era. Si era verdad que Sebastian trabajaba ahora para Marcus, sabía que el despido sería el menor de sus problemas cuando ese cabrón averiguara lo que había entre nosotros. Me dio miedo pensar en lo que podría ocurrirle. Marcus era peligroso, ahora lo sabía, y mi padre...

—¿En qué negocios está metido mi padre, Sebastian?

Sus dedos se detuvieron y sus ojos se oscurecieron.

—No voy a responder a eso.

Se apartó de mi y sentí frío.

Me bajé de la encimera con las piernas aún temblorosas y le hice frente.

—Tengo que saberlo. Esto ya ha superado cualquier cosa que hubiese podido imaginar. ¿Crees que soy idiota? ¿Que no he visto el trato de Marcus esta noche?

—Por eso mismo, Marfil. Son gente peligrosa y es mejor que tú te quedes al margen.

—¿Incluyes a mi padre en esa categoría?

Sebastian me lanzó una mirada envenenada.

—Es tu padre, dímelo tú.

Claro que no era peligroso. Era exigente, autoritario y un hombre complicado, pero no era peligroso. No al menos en cuanto a las imágenes a las que creía que se estaba refiriendo Sebastian.

—Es mi padre, sí, y lo quiero a pesar de que sepa que está metido en problemas. Pero no creo que deba temerle en ese sentido.

Sebastian apoyó las manos en la encimera de la cocina y me miró durante unos segundos sin decir nada en absoluto.

—Me parece bien que creas en él. Es normal, es tu padre.

No me gustó su tono ni sus palabras.

—No me hables con condescendencia —dije apartándome de él hasta llegar a la otra encimera.

Vino hacia mí y me acunó la cara entre sus manos.

—No lo hago —dijo en un tono apaciguador—. Lo digo muy en serio.

Desvié la mirada de sus ojos y la clavé en la pared que había detrás de él.

—Hay una diferencia entre ser peligroso y estar metido en asuntos que lo son —dije.

Algo brilló en sus ojos marrones.

—Te doy toda la razón.

Nos miramos durante unos instantes hasta que cogió mi mano vendada y me besó la parte donde me habían lastimado.

—Todo saldrá bien —dijo transmitiéndome una calma que ahora sé que no sentía.

—No quiero volver a verlo, Sebastian —dije con la voz temblorosa—. No quiero que vuelva a tocarme ni a mirarme siquiera. Cómo me hablaba...

Sebastian controló sus emociones y me abrazó como sabía que necesitaba.

—Tranquila —dijo acariciándome el pelo—, todo se arreglará.

Pasamos el resto del día metidos en mi piso. Yo intenté adelantar un poco un trabajo para la facultad mientras me turnaba para jugar con Rico a tirarle la pelota. Sebastian parecía más sombrío que nunca y lo entendía. Yo también me sentía un poco así, aunque al menos me alegraba saber que habíamos dado otro pasito en nuestra relación. Aún sentía una mezcla desconocida de asco y miedo cada vez que pensaba en Marcus, pero ahora Sebastian me abrazaba cada vez que sentía que me iba a derrumbar.

Cuando llegó la noche fui a buscarlo. Abrí la puerta cuando me indicó que pasara y me lo encontré dándole al saco de boxeo, sin guantes, sin camiseta, pero sobre todo con una rabia que me hizo replantearme si haber ido a buscarlo había sido una buena idea...

Sin comerlo ni beberlo, al verme, cogió una toalla y sin quitarme los ojos de encima se la pasó por la cara y vino hasta donde yo estaba. Tuve su lengua en mi garganta sin ni siquiera haberlo pretendido. Sus manos me tocaron con fiereza y me empujaron contra la pared. Estaba furioso y yo no entendía qué había ocurrido, aparte de lo de esa mañana, para que se pusiera así.

Su cuerpo me aprisionó y sentí lo excitado que estaba. Sus manos descendieron hasta alcanzar la parte baja de mi camisón y tiraron de él hacia arriba, dejándome desnuda, salvo por las braguitas negras que llevaba puestas. Mi respiración se aceleró cuando tuve sus manos sobre mi piel.

—¿Qué ha pasado? —pregunté entre jadeos mientras su boca me llenaba de besos el cuello y la mandíbula—. Sebastian —susurré cuando su mano izquierda rozó por encima mi ropa interior empapada.

—No hables, Marfil —dijo callándome con un beso profundo.

Mis manos viajaron por su espalda y su pecho hasta llegar a su cuello. Lo atraje hacia mí y disfruté de la calidez de sus labios, de su lengua acariciándome de una forma tan íntima que me derretía entre sus brazos.

Me levantó y me llevó hasta el sofá. Se sentó conmigo encima y siguió besándome, aunque a un ritmo un poco más sosegado. Sus manos dejaron de amasarme con fuerza y se dominaron para simplemente acariciarme con ternura.

No sé si me gustó el cambio de intensidad.

—¿Puedo hablar ya? —pregunté y le besé en la oreja, justo donde le había susurrado.

Gruñó cuando lo rocé con mi lengua, llevándome conmigo el sabor salado de su piel.

—Hoy te doy tregua para que hagas lo que quieras, elefante —dijo suspirando y enroscándose mi melena, oscura y larga, alrededor de su muñeca. Tiró de ella para buscarme con la mirada—. ¿Sabes que me pasaría los días haciéndote de todo, ¿verdad? —me preguntó incorporándose hasta que las puntas de mis pechos rozaron sus increíbles pectorales.

—Te doy permiso para que lo hagas —dije admirando lo guapo que era, lo masculino, lo fuerte...

Me encantaba, me enloquecía... ¡Ay, Dios! Me tenía enamorada.

Se echó hacia atrás, dejando caer la cabeza y clavando la mirada en el techo. Admiré lo masculina que era su mandíbula, la nuez se le marcaba en aquella posición y me entraron ganas de besarlo y no detenerme jamás.

—¿Qué tal tienes la mano? —preguntó después de soltar un hondo suspiro.

Bajé la mirada a la venda y empecé a toquetearla.

—En realidad ya apenas me duele —dije buscando la abertura. Su mano se posó encima.

—Para, no la toques —me riñó— y ponte esto.

Me tendió su camiseta, que estaba tirada en el sofá.

—¿Me desnudas y ahora me vuelves a vestir? —pregunté a ciegas cuando me pasó la camiseta por la cabeza sin importarle mis débiles intentos por apartarlo.

—Se me fue la cabeza, perdóname —dijo ahora ayudándome con los brazos.

Lo observé y un sentimiento muy diferente al deseo me embargó por dentro. Dios mío, lo quería. Lo quería y no podía hacer nada al respecto para poder protegerme de ese sentimiento.

—¿Puedo preguntarte una cosa?

Sebastian medio suspiró, pero asintió en silencio.

—¿Cuántos años tenías cuando te casaste con Samara?

Mi pregunta lo pilló por sorpresa, incluso a mí me pilló por sorpresa, para ser sincera. Pero necesitaba saber algo de esa historia. Necesitaba saber qué había impulsado a Sebastian a casarse con alguien. Necesitaba entender si lo había superado, si seguía enamorado, qué demonios había ocurrido...

—Yo tenía veinte y ella dieciocho —me contestó.

Vaya... Él tenía entonces la misma edad que yo en ese momento.

—¿Por qué no funcionó?

Sebastian se pasó la mano por la cara, frustrado.

—¿Aparte de porque éramos muy jóvenes? —me preguntó sin esperar respuesta—. No lo sé, Marfil, hice cosas... Tomé decisiones que nos afectaron a ambos y simplemente todo se fue a la mierda...

Pensé durante unos segundos en su respuesta.

—¿Por qué cree que eres peligroso?

Sebastian fijó sus ojos en los míos.

—Ya te conté que me crie en casas de acogida y Samara también, así que pasamos por cosas... —se trabó un segundo y luego continuó—: Se podría decir que hubo un tiempo en que me moví por ambientes que no eran los adecuados para unos críos... Eso deja algunas marcas... que pueden influir en el carácter —continuó y me alivió notar que sus dedos me acariciaban las piernas distraídos—. Aquí donde me ves, cuando era joven tuve que hacer mucha terapia personal para tener el dominio y el autocontrol que poseo...

—Me cuesta imaginarte en aquel entonces —dije después de que se quedara callado—. El Sebastian que conozco es un obseso del control y el dominio...

—El ejército me ayudó a domar esa parte de mí, aunque no te miento si te digo que muchas veces pierdo el control y vuelvo a...

Solo tuve que recordar la escenita del coche para entender lo que decía.

—¿Dar miedo?

Nuestras miradas se encontraron.

—¿Te doy miedo? —preguntó preocupado.

Negué con la cabeza, aunque en el fondo sabía que mentía un poco... Aquella vez me había asustado.

—Saber que puedes matar a alguien con una sola mano acojona un poco —dije en broma.

Él sonrió.

—¡Podrías enseñarme! —agregué al instante.

La sonrisa se le borró del rostro.

—Aún me replanteo si lo que te he enseñado ha sido buena idea.

—¿Y si alguien vuelve a intentar algo parecido? —dije levantando la mano vendada con una mueca.

Sebastian apretó la mandíbula un segundo y luego siguió hablando.

—Ve a por los ojos —dijo simplemente. Después continuó—: Métele los pulgares en las cuencas hasta que le perfores el cerebro.

Sentí un escalofrío y él se dio cuenta.

—¿Demasiado para ti?

—Hombre... —empecé y él sonrió de nuevo.

—Deberías irte a la cama, es tarde.

Puse los ojos en blanco.

—Mañana es domingo, no seas aguafiestas —contesté—. ¿Vemos una película?

Sebastian me miró como si se estuviese preguntando cómo habíamos llegado a aquella situación. Algo tan simple como sentarnos en un sofá y ver la tele significaba un cambio enorme en nuestra relación.

—¿Y luego te vas a la cama?

Me lo pensé.

—Solo si me dejas elegir.

Me bajé de su regazo —me costó, tengo que admitirlo— y estiré la mano para coger su portátil, que reposaba sobre la mesita.

Se estiró antes de que pudiera cogerlo.

—Dame un segundo. —Cerró algunas cosas con tanta rapidez que no fui capaz de ver nada. Bueno, sí, un nombre: Lucas Miranda—. ¿Qué quieres ver?

Me lo pensé un segundo hasta que cogí su portátil sonriendo y me metí en Netflix.

—Seguro que te encanta...

Nos acomodamos en el sofá. Él no parecía muy por la labor de acurrucarse junto a mí, por lo que fui yo la que invadí su espacio personal sin pensármelo dos veces. Dejé el portátil sobre la mesita asegurándome que los dos podíamos ver bien y luego lo abracé apoyando la cabeza en su pecho.

La música empezó a sonar y los pelos se me pusieron de punta al instante.

—¿En serio, Marfil? —me preguntó y no pude evitar sonreír—. ¿*El guardaespaldas*?

—No irás a decirme que no tiene gracia... —comenté aguantándome la risa—. Es una de mis pelis preferidas.

Sebastian se quedó callado y al rato empezó a acariciarme el pelo. Sus dedos se perdían en mi melena y bajaban hasta las puntas... Cerré los ojos notando cada caricia en el centro de mi alma.

¿Qué pasaría entre ambos? ¿Podríamos seguir con esto que estábamos empezando? No me gustó nada que fuese la cara de Marcus y no la de mi padre la que se me apareció en la cabeza cuando sopesaba tener una relación con Sebastian.

Maldito Marcus... Lo odiaba por lo que me había hecho, por cómo me había hablado, por cómo me había forzado y lastimado, pero sobre todo lo odiaba porque el miedo que le tenía amenazaba con dominar todos los aspectos importantes de mi vida.

29

SEBASTIAN

Marfil se quedó dormida a los veinte minutos y yo me quedé mirando la película mientras miles de pensamientos inconexos se peleaban entre sí para ocupar un lugar predominante en mi cerebro. No dejé de observar a Marfil durante las dos horas y los diez minutos que duraba aquella trama ridícula y me quedé prendado de lo bonita que era. En realidad, la palabra «bonita» se quedaba corta, pero había comprendido en las últimas semanas que no era solo su apariencia lo que conseguía que perdiera la razón, sino toda ella. Su dulzura, sus salidas de tono, su interés por ayudar a los necesitados, pero sobre todo su manera de ver el mundo.

La habían lastimado, la habían tratado como un puto objeto, había tenido que aguantar que su propio padre le dejara el camino libre a un hombre que sabía que había intentado forzarla y, aun así, Marfil Cortés era capaz de volver a sonreír.

Sabía que me estaba metiendo en un infierno, que las consecuencias de estar con ella podían costarnos tanto a ambos que me daba miedo incluso pensarlo, pero algo en mí me empujaba a protegerla a niveles que se escapaban de un trabajo como el de guardaespaldas. Los que hacíamos este trabajo sabíamos que, en caso de presentarse la ocasión, debíamos dar nuestra vida a cambio de salvar a nuestros protegidos. Ese aspecto nunca me había convencido del todo. Lo haría —claro que lo haría— porque era mi deber, pero con Marfil ni siquiera me lo cuestionaba. No existía otra posibilidad: si tenía que interceptar una bala para salvarla, lo haría sin dudar y moriría feliz.

Y eso era preocupante.

Cuando la película terminó, la cogí en brazos para llevarla a su dormitorio. Era delgada, esbelta y no le vendría mal añadirle unos kilos de más a su cuerpo de bailarina, pero ya había comprendido que para ella la comida era algo a lo que no le daba mucha importancia. Abrió los ojos cuando crucé la puerta de su habitación.

—¿Estás poniendo en práctica lo que has aprendido de Kevin Costner? —dijo bostezando y aferrándose con fuerza a mi cuello.

—Chist —contesté queriendo que se volviese a dormir. Cuando estaba despierta y nos quedábamos a solas... las cosas tendían a desmadrarse más de lo que me gustaría.

La deposité en la cama, pero no me soltó. Se aferró a mi cuello y me obligó a quedar a su misma altura.

—Duerme conmigo —me propuso tan cerca de mis labios que pude sentir el olor exquisito de su piel, su aliento entrando en mi boca y unas ganas irrefrenables de morderle el labio inferior con tanta fuerza que le haría daño.

—Marfil... —empecé, pero me interrumpió.

—Solo quiero dormir, de verdad.

«Ya, nena, si el problema no eres tú, soy yo...», pensé en mi fuero interno.

—No.

Le cogí las manos y las separé de mi piel. Necesitaba alejarme de ella, pensar con claridad, poner mis pensamientos en orden...

Me alejé de su dormitorio sin ser consciente de lo que me estaba perdiendo. Si pudiese regresar a ese instante, os aseguro que nadie me hubiese movido de esa maldita habitación.

Me desperté temprano como siempre y salí a correr aprovechando que Marfil seguía durmiendo; seguía vigilándola gracias a la aplicación que me permitía ver las cámaras del piso. Aquella mañana Central Park se encontraba lleno de madrugadores como yo, gente que quería aprovechar las primeras horas antes de que el parque se llenara de turistas o de niños. Me había llevado a Rico conmigo. El perro parecía estar recuperándose y, por la energía que demostraba tener, se confirmaba la edad que el veterinario nos había dicho que tenía: poco más de un año.

Al llegar al lago decidí detenerme y jugar un poco con él, lanzándole la pelota mientras meditaba sobre lo que había ocurrido con Marcus Kozel. La rabia me cegó y la pelota acabó mucho más lejos de lo que pretendía. Rico salió disparado como una bala y tuve que ir detrás de él para no perderlo de vista. Lo último que me faltaba ahora era perderle el perro a Marfil.

Estaba volviendo a casa cuando vi un coche negro parecido al mío, el que me había dado el padre de Marfil para ejercer mi trabajo, aparcado enfrente de la puerta del edificio.

Justo entonces empezó a sonarme el teléfono móvil.

Era Marcus.

Respiré hondo intentando tranquilizarme antes de coger la llamada.

—¿Moore? —preguntó con tranquilidad mientras se filtraban de fondo los sonidos que se podrían oír en un bar—. No tengo mucho tiempo. Solo te llamo para informarte de que a partir de ahora tendrás a otros dos hombres trabajando contigo en la protección de Marfil.

Mierda.

—No es necesario, yo...

—Me da igual lo que tú creas —me cortó—. Aquí mando yo, ¿recuerdas? Y esa chica vale demasiado como para permitir que la maten.

Apreté los labios al ver que dos hombres bien trajeados se bajaban del Audi gris.

—Y Sebastian... —dijo ahora cambiando el tono—, espero que Cortés te haya puesto al día sobre los cambios. Si la cagas..., te mato.

Apreté con tanta fuerza el teléfono que temí que se partiera entre mis dedos.

30

MARFIL

Me desperté con una sonrisa en la cara. Tenía muchísimas razones para no haberme despertado de esa guisa, pero Sebastian Moore causaba ese efecto en mí. Siempre había leído que cuando se está enamorado todo se ve de color de rosa. Bueno, aún no me había colocado un filtro en la retina, pero sí que estaba feliz. La noche pasada, aunque no cruzamos ninguna barrera nueva, había sido superespecial. Poder estar juntos viendo una película, como si fuésemos una pareja, me había hecho soñar ciertas cosas... Bueno, ya me entendéis. Lo malo de esos sueños es que siempre te despiertas justo cuando estás a punto de alcanzar ese momento feliz y, aunque tenía una sonrisa en la cara, mi cuerpo estaba de un humor un tanto diferente.

Sebastian era dado a cambiar de opinión según la dirección del viento, pero yo no pensaba seguir jugando al mismo juego de siempre, por lo que me duché deprisa solo con una cosa en mente: quería acostarme con él.

Dicho así podía parecer frío, pero mi cuerpo me pedía una cosa y, aunque mi mente siempre había luchado en mi contra respecto a ese tema, el encontronazo con Marcus y mi padre me había hecho darme cuenta de que no podía seguir viviendo bajo la premisa de lo que Alejandro Cortés creía que era correcto. Tenía veinte años, era una mujer independiente que no pensaba seguir esperando... ¿a qué? Era ridículo...

Volví a acallar esa vocecita que me decía que si perdía la virginidad mi padre me mataría y salí de mi habitación desnuda, solo cubierta con una toalla blanca.

Sebastian estaba al teléfono, tardé unos segundos de más en comprender que estaba discutiendo por algo. Cuando me vio creí ver tres sentimientos cruzar sus ojos. El primero, sorpresa; el segundo, miedo; y el tercero, enfado.

—¿Qué coño haces? —soltó en vez del común «buenos días».

Me sorprendió tanto su tono y sus palabras que me quedé paralizada como si hubiese chocado contra un muro.

—Ahora te llamo —le dijo al teléfono para después acercarse a mí con los ojos negros de ira.

—Entra ahora mismo en tu habitación y ponte algo.

Pues sí que acababa de conseguir el efecto deseado.

—¿De qué vas, Sebastian?

—Vístete, Marfil —dijo mirándome de una manera extraña.

Me sentí tan ridícula y humillada que me giré y entré en mi habitación.

Pero ¿de qué coño iba?

Me puse mis leggins y mi sudadera negra preferida y salí de mi habitación echando humo. Vale que Sebastian nunca había sido dado a caer rendido ante mis encantos naturales, pero ¿tenía que ser así de grosero? Le eché un vistazo rápido al salir del cuarto; esta vez no hablaba con nadie, sino que aguardaba, sentado a que yo saliera, o bueno, eso parecía.

—¿Vas a salir a correr? —me preguntó esta vez en un tono normal, cordial, frío.

—Ese es el plan, sí —contesté cruzándome de brazos y encarándome con él—. ¿Y el tuyo? ¿Piensas seguir tratándome así? ¿No te cansas de esa bipolaridad que te caracteriza?

—Ahora no, Marfil —dijo clavándome los ojos fijamente.

Fruncí el ceño y mi enfado alcanzó otro nivel. Sebastian se levantó y pasó a mi lado, cruzando toda la habitación, obligándome a girarme para poder seguirlo, cosa que hizo solo para volver a apoyar su espalda contra la pared y mirarme con la seriedad a la que me tenía acostumbrada.

—¿Por qué tienes que ser así, Sebastian? —le dije dolida—. Nunca sé a qué debo atenerme contigo. ¡Estoy cansada de que un día me beses y al siguiente me ignores!

No dijo nada.

—¡¿Ayer me arrancas el vestido y hoy me ordenas que me vista simplemente por salir tapada con una toalla?! —seguí alzando la voz—. ¡No soy un puñetero juguete!

—Claro que no lo eres —dijo muy bajo, apenas moviendo los labios.

—Pues lo parece —contesté odiando su actitud—. Ayer te pedí que te quedases conmigo, que durmiésemos juntos y te largaste después de soltar un monosílabo.

—Tenía algo que hacer.

—¿El qué?

No me contestó, simplemente me observó como si fuese una estatua que a veces pestañeaba.

¡Aquello era ridículo! Necesitaba salir de allí.

—¿Dónde está Rico?

—Lo saqué antes, estará durmiendo.

Lo fulminé con la mirada y salí de casa hecha una furia.

Vino detrás de mí y aguardamos a que llegase el ascensor sin ni siquiera mirarnos. Entonces, cuando las puertas se abrieron y entré, me cogió por el brazo y me obligó suavemente a apoyarme contra el espejo.

—No podía hablar en casa —dijo acariciándome fugazmente la mejilla, dejándome descolocada—. No eres un juguete, joder. ¿Acaso no te he dejado claro lo que me importas? Pero algo ha cambiado.

—¿Qué? —pregunté parpadeando sin entender nada—. ¿De qué estás hablando?

El ascensor se detuvo y las puertas empezaron a abrirse.

Sebastian se apartó de mí como si mi piel le quemara y lo seguí fuera aún más confusa que antes.

Enfrente de Norman, sentados en las sillas del vestíbulo, había dos hombres bien trajeados que captaron mi atención debido a su corpulencia. Ambos se levantaron nada más verme e instintivamente me detuve.

Sebastian no se alejó mucho de mí, pero cuando abrió la boca mi estómago dio un vuelco.

—Marfil, ellos son Jakov y Egor —dijo señalándolos con un ademán de su mano izquierda. Ambos me miraron sin expresión—. A partir de ahora trabajarán conmigo en tu protección personal.

Apreté los labios con fuerza y fulminé a Sebastian con una rabia que estaba segura de que no debía ir dirigida a él.

—Ni de coña —dije dando un paso hacia atrás y sacando mi teléfono móvil.

Sebastian vino hacia mí y se colocó delante tapándome a aquellos dos gorilas.

—Marfil —dijo en voz baja—, es lo que hay. Lo ha ordenado él.

—Él no es nadie, joder —dije empujándolo para apartarlo de mí y salir corriendo hacia la puerta. No miré hacia atrás, corrí hacia Central Park y casi consigo que me atropellen. Al mirar hacia atrás vi a Sebastian y a los otros dos fulminándome con la mirada mientras yo me alejaba y ellos se veían obligados a detenerse ante el tráfico.

Mi cabeza no dejaba de dar vueltas. Todo estaba cambiando. Todo estaba sucediendo demasiado rápido y yo seguía sin entender absolutamente nada.

«Si fueras mía tendrías a cinco hombres tras tus pasos.»

Corrí aún más rápido. La adrenalina se había disparado en mi sistema y yo me sentía como si mi mundo se tambaleara y no pudiese controlarlo. Me detuve en uno de los muchos puentes y me subí a las piedras que había debajo, escondiéndome.

No quería verlos, no quería ni siquiera cruzarme con Sebastian. ¿Él apoyaba esto? ¿Él había aprobado o solicitado más hombres para llevar a cabo su trabajo?

¿Desde cuándo lo sabía?

Al final me encontró, ni siquiera supe cómo. No me miró enfadado esta vez, sino más bien aliviado.

—Baja de ahí, por favor —dijo con la respiración agitada tras haber venido corriendo.

—Quiero estar sola, Sebastian —dije mirándolo desde mi altura.

—Les he dicho que esperen en casa, tú y yo tenemos que hablar.

—¿Ahora quieres hablar? —dije sin ninguna intención de moverme de allí—. Muy bien, empecemos por cómo me has encontrado aquí —dije sospechando cosas que no me gustaban ni un pelo.

Sebastian suspiró y sacó su teléfono móvil.

—Tienes un chip de seguimiento en tu teléfono —dijo con calma—. Lo sigo desde una aplicación que solo controlo yo.

Joder. Ahora entendía muchas cosas.

—Así fue como supiste dónde estaba el día del concierto, ¿verdad?

No dijo nada, pero eso me bastaba.

Me bajé de las piedras y me coloqué frente a él.

—¿Pensabas decírmelo?

—Si lo hubiese hecho y tu intención hubiese sido escaparte de mí, lo habrías tenido demasiado fácil, ¿no crees?

Miré hacia otro lado... Es verdad que había intentado escaparme de él... Si lo hubiese sabido, simplemente habría dejado el teléfono en casa y él nunca habría sabido dónde estaba. Además, teniendo en cuenta los últimos acontecimientos, mi escapada de aquella noche podría haber terminado mucho peor.

—¿Por qué más guardaespaldas?

—Marcus quiere tenerte controlada y a mí también.

Mis ojos volvieron a los de él.

—¿A ti? ¿Por qué?

Sebastian parecía debatir si hablar o no.

—Nos conocemos desde hace tiempo... No nos llevamos muy bien, para resumirlo en una frase.

—¿De qué lo conoces? ¿Habías trabajado con él como guardaespaldas?

—Cuanto menos sepas mejor, Marfil.

—¡Dios! —gruñí frustrada—. ¿Cuándo tiempo más piensas seguir ocultándome cosas? ¿Y a qué ha venido tu actitud de esta mañana? ¡Podrías haberme advertido sobre ellos dos! Pero en vez de eso te has comportado como un cabrón que apenas puede soltar tres palabras por la boca y...

Mi mente intentó unir los acontecimientos con lo que me acababa de contar y algo en mi cerebro hizo clic.

«No podía hablar en casa.»

Sebastian me observó con cara de póquer.

—¿Había alguien más en el piso esta mañana? —pregunté con horror.

Dios mío. ¡¿Marcus estaba allí??!

Sebastian se adelantó y me cogió por el brazo, acercándose a mí.

—Físicamente no había nadie en el piso, aparte de nosotros dos, pero eso no significa que no pudiesen vernos.

Abrí los ojos unos segundos después.

—¡¿Han puesto cámaras?!

Su silencio fue suficiente. Me solté de su agarre e intenté controlar el ataque de pánico que estaba teniendo.

Pero ellos no podían haber puesto cámaras sin que yo me hubiera dado cuenta, ¡los habría oído!

Me giré con violencia hacia Sebastian.

—Las pusiste tú, ¿verdad? —le grité. Entonces lo comprendí todo—. ¡Por eso siempre has sabido lo que hacía o has entrado en el momento oportuno cada vez que te necesitaba! ¡Por eso supiste que me caí mientras bailaba! ¡Por eso siempre has podido adelantarte a todos mis movimientos!

Sebastian siguió sin decir nada y eso me cabreó aún más.

—¡¿Has estado espiándome?! —Era absurdo preguntar. ¡Dios mío, me sentía humillada! La otra noche, sin ir más lejos, me la había pasado llorando en el salón por cómo me había tratado. ¿Cuántas veces me había detenido en el pasillo que iba hasta su cuarto decidiendo si entrar o no? ¿Él había estado viéndome allí de pie, como una idiota y no había dicho nada?—. ¡Te odio, Sebastian! —le grité.

No me dejó marcharme. Me sostuvo antes de que pudiese escabullirme otra vez, aunque ¿de qué serviría si podía seguirme con mi teléfono?

—Suéltame, maldita sea —le grité sacudiéndome—. ¡Me has mentido!

—Hacía mi trabajo.

—¡Tu trabajo es una mierda! ¡No puedes invadir mi privacidad y no decírmelo!

—Era necesario poner cámaras, Marfil. El único lugar donde no las he puesto ha sido en tu habitación y el cuarto de baño, pero el resto de la casa tenía que tenerla controlada.

—¡Deberías habérmelo dicho!

Sebastian apretó la mandíbula con fuerza.

—Tienes razón —dijo finalmente mirándome a los ojos—. Iba a hacerlo, pero cuando te conocí y vi lo reacia que eras a la idea de tener un guardaespaldas supe que intentarías burlar mi vigilancia. Lo siento mucho, pero mi prioridad siempre ha sido mantenerte con vida.

Su mano subió hasta mi mejilla. Intenté girar la cara, pero me lo impidió.

—Solo ha sido mantenerte con vida, Marfil—repitió mirándome con intensidad.

Mi corazón latía desenfrenado. Estaba tan enfadada, tan asustada...

—¿Solo vigilabas? —lo reté, desafiándolo a mentirme a la cara.

Los dos sabíamos la verdad y quería que lo admitiera.

Sebastian titubeó, nervioso por primera vez desde que nos habíamos conocido.

Finalmente abrió la boca para hablar.

—Verte bailar ha sido un añadido que no esperaba.

Lo empujé con todas mis fuerzas.

—No tenías ningún derecho.

Bailar era algo privado para mí, algo tan importante que no podía creer que él me hubiese estado observando todo ese tiempo. Si lo hubiese sabido...

—Es verdad, no lo tenía —dijo mirándome con fiereza—, ni tampoco tenía ningún derecho a tocarte, ni a besarte ni a sentir nada de lo que siento por ti, pero las cosas han terminado siendo así.

No dejé que sus palabras me hiciesen olvidar la realidad. Por mucho que la noche anterior hubiese querido oír lo que acababa de decir, ya no me valía. No confiaba en él. Sebastian Moore tenía muchos secretos y lo peor es que sus secretos se relacionaban con los de mi familia y Marcus Kozel.

No quería tener nada que ver con eso.

—Esto se ha acabado —dije sintiendo cada palabra, pero notando que mi corazón se rompía en mil pedazos.

A Sebastian se le oscurecieron los ojos, pero por lo demás se mantuvo impasible.

—Por fin dices algo sensato.

Me reí sintiendo que moría.

—¿Y ahora qué? —pregunté intentando con éxito controlar las ganas de llorar.

—Marcus puede acceder a las cámaras —me explicó—, por eso te traté así esta mañana.

—Quiero que las quites, ¡todas! —grité furiosa. No pensaba tener ese psicópata observándome siempre que quisiera.

—No puedo hacerlo.

Negué con la cabeza mientras daba vueltas intentando asimilar todo aquello.

—Esto es una pesadilla —le dije deteniéndome.

—Solo será por un tiempo —me dijo a modo de consuelo.

Lo fulminé con la mirada, ¡no era a él a quien tenían vigilado!

—Quiero que quites la del estudio de baile.

Sebastian abrió la boca, pero lo interrumpí.

—¡Invéntate algo, Sebastian! —le grité—. No va a verme bailar: me niego.

Sebastian se lo pensó y tras unos segundos volvió a hablar:

—Puedo trucarla durante un tiempo, pero yo seguiré teniendo acceso —dijo sin dejar lugar a quejas—. Lo siento mucho, pero la habitación da a una ventana con escalera de incendios.

Apreté los labios con fuerza y contuve mis ganas de mandarlo a la mierda.

—Pues disfruta del espectáculo.

Me giré y empecé a correr hacia casa. Sebastian me siguió y, mientras el viento se llevaba mis lágrimas, mi mente empezó a trazar un plan para que todos y cada uno de mis guardaespaldas le rogaran a Dios haber elegido otra profesión.

31

SEBASTIAN

Aguantar a Marfil aquella semana fue una tortura. No solo desafiaba a Egor y Jakov, sino que a mí me volvía completamente loco. Al saber que en su casa había cámaras vigilándola, había decidido pasar allí el menor tiempo posible. Había alternado varias noches durmiendo en casa de Tami para luego coger sus cosas y mudarse con el gilipollas de Liam. Eso me había obligado a mí a quedarme fuera noche tras noche, con la compañía de aquellos imbéciles.

El poco tiempo que estábamos en el apartamento me complicaba no solo el hecho de protegerla, sino también mi trabajo. La vigilaba con las cámaras más que nunca y no solo porque llevábamos siete días sin apenas dirigirnos la palabra, sino porque su actitud rebelde parecía aumentar cada día que pasaba. Los cortes de manga a las cámaras eran diarios cuando descubrió dónde estaba cada una y cuando bailaba los repetía alternándolo con piruetas y pasos de baile que me volvían loco.

Parecía saber que me torturaba lentamente y también que la observaba desde que entraba hasta que salía. Era el único momento que teníamos de privacidad los dos y ella le sacaba partido solo con un propósito: cabrearme.

Aquel día, por ejemplo, veníamos de casa de Liam. Marfil sentada detrás y Egor y Jakov nos seguían con su coche a unos metros de distancia. No solo estaba hasta la polla de tener que pasar la noche en el coche, sino que saber que ella la pasaba con Liam me sacaba de mis casillas. Marfil lo sabía y, cuando al bajar del coche le vi la marca de un chupetón en su cuello de porcelana, casi rompo la puerta al cerrarla de un portazo.

Tenía que controlar los celos que amenazaban con delatarnos a ambos. No tenía ni idea de si Marcus Kozel estaba pegado a las cámaras las veinticuatro horas del día, pero sabía que podía observarnos siempre que le diera la gana.

Marfil entró en el piso sin percatarse siquiera de mi estado de ánimo y al rato volvió a aparecer por mi puerta llevando otra vez una de esas mallas negras que poco dejaban a la imaginación.

Me miró directamente a los ojos antes de cerrar la puerta y meterse dentro de su estudio de baile.

Abrí la cámara número diez y la observé. Ya no bailaba de cara al espejo, sino que lo hacía mirándome fijamente a mí. Empezó a moverse en lo que estaba seguro de que no era ningún estúpido baile de ballet clásico. Vi que sus piernas se abrían y se cerraban formando figuras imposibles en el suelo. Su cuerpo era una obra de arte, algo que podría haber causado estragos si de verdad la hubiesen dejado bailar para un teatro.

Se me aceleró la respiración cuando volví a ver el chupetón en su cuello. La forma en la que se había recogido el pelo parecía querer gritarme que me jodieran por ser tan gilipollas.

La observé dar piruetas de una manera imposible hasta que se detuvo. Se apoyó contra la barra que quedaba frente al objetivo de la cámara y, jadeando, aguardó sin quitarle los ojos de encima.

En un segundo apagué todas las cámaras y crucé la habitación.

32

MARFIL

Esperaba que entrase, pero estaba segura de que aguantaría. ¿Cómo? No lo sé, pero estaba claro que Sebastian Moore tenía un aguante que muchos envidiarían.

Provocarlo había sido mi objetivo número uno de la semana. Estaba superenfadada con él y con el mundo, no solo por haberme mentido, sino por dejar que Marcus pudiese estar observándome siempre que quisiera. Una parte de mí aún esperaba que Sebastian mandara a la mierda su trabajo y me sacase de allí... Pero nada más lejos de la realidad.

Dormir con Tami y con Liam había sido una putada. Sabía que él estaría en su coche, que no dormía bien desde hacía días, pero mi cabreo podía con todo lo demás. No pensaba dejar que Marcus me vigilara a través de las cámaras, ¡me negaba! Y, aunque sabía que me estaba comportando como una cría al provocar a Sebastian siempre que tenía ocasión, con lo del chupetón me había pasado de la raya.

Quería volverlo loco y romper su coraza de autocontrol, no había nada que desease más que eso. Habíamos roto con lo poco que había entre los dos y me jodía lo rápido que se había rendido, lo poco que había luchado por mí.

Entró dando un portazo y se detuvo en medio del estudio, con sus ojos fijos en los míos.

—¿Esto es lo que buscas? —preguntó con las pupilas dilatadas y su respiración agitada—. ¿Te gusta verme así?

Apenas pestañeé.

—Me encanta verte así.

Apretó los labios y en dos zancadas lo tuve delante de mí.

Cerré los ojos cuando su boca chocó con la mía y por unos instantes me olvidé hasta de respirar. Me cogió por la nuca con fuerza y con la otra mano me puso las manos detrás de la espalda.

Jadeé cuando sentí su erección clavándose contra mi estómago.

—Sebastian... —supliqué cuando se separó de mi boca, no sin antes chuparme el labio inferior con fuerza y dirigirse a mi cuello.

—Cállate —me ordenó mientras su boca me besaba hasta alcanzar el lugar donde Liam me había hecho el chupetón después de rogarle que me ayudara a darle celos a Sebastian. Se había negado al principio, no sabía qué le ocurría últimamente a mi amigo, pero después de insistir media hora y con la intención de que me callara, lo hizo.

La boca de Sebastian repitió la misma hazaña que aquella mañana Liam, y al contrario que con mi amigo, con el que me había reído durante todo el proceso, la succión de los labios de Sebastian en mi piel me humedeció en cuestión de segundos. Me rocé con su pantalón casi desesperada por sentir algo que me ayudase a calmar el dolor que sentía en el centro de mi cuerpo, pero Sebastian me inmovilizó con un movimiento brusco.

—Dile a tu amiguito que si vuelve a tocarte lo mato.

Me soltó cuando vio que me removía inquieta y dio dos pasos hacia atrás, jadeando igual que yo.

—No juegues conmigo, Marfil —dijo mientras su pecho, al igual que el mío, subía y bajaba sin descanso.

—El juego lo has empezado tú —contesté deseando tirarme a sus brazos, pero obligándome a controlar mis impulsos. Seguía furiosa con él, furiosa y decepcionada—. ¿Qué tal se duerme en el coche?

Sebastian me devolvió la mirada censurándome. Estaba comportándome como una cabrona y ambos lo sabíamos, pero mi orgullo me animaba a seguir provocándolo. ¡El mismo hombre que me había lastimado y había intentado abusar de mí tenía ahora las claves para poder vigilarme y Sebastian lo permitía!

—Cuando salga por esa puerta esto que estás haciendo se terminó —dijo acercándose a mí—. Soy tu único aliado aquí, no lo eches a perder.

Me besó con fuerza y luego me dio la espalda para marcharse.

En el fondo sabía que tenía razón. Me limpié la única lágrima de rabia que se deslizó por mi mejilla antes de que le diera tiempo a verla por las pantallas de su ordenador y retomé el baile donde lo había dejado.

Seguí bailando hacia la cámara.

Aunque finalmente tuve que dejar de invadir las camas de mis dos mejores amigos, los días fueron insoportables; no solo por verme obligada a llevar tres hombres detrás de mi espalda, sino porque en la facultad todos terminaron por darse cuenta de que no era normal que tres tíos que parecían armarios anduviesen siempre cerca de donde yo estaba. Además, Egor y Jakov no escucharon mis quejas sobre sus vestimentas y siguieron llevando aquellos trajes negros con corbata, incluso tenían un interfono para poder comunicarse entre ellos, incluyendo a Sebastian.

Sebastian estaba... irreconocible. Si antes lo había encontrado hermético, ahora era el Polo Norte metido en un congelador y no solo por cómo se comportaba conmigo, sino porque además estaba mucho más encima a la hora de dejarme libertad para ir y venir. Lo tenía siempre, literalmente, pegado a mí, y su costumbre de recorrer las habitaciones con mirada de preocupación había aumentado hasta el nivel de sospechar de todo aquel que se me acercase.

—Qué pena que aquí no puedas entrar, ¿verdad? —dije cerrándole la puerta del baño de mujeres en las narices.

Había salido a almorzar con Tami y pretendía convencerla para salir de fiesta aquella noche. Llevaba ya dos semanas viviendo aquel infierno y necesitaba emborracharme y bailar.

Al acabar, pasé por delante de Sebastian tras haberme retocado el pintalabios rojo y regresé a mi asiento.

Estábamos cenando en uno de los mejores restaurantes de sushi de la ciudad; se llamaba Catch y a las dos nos encantaba su comida.

—Bueno, ¿qué me dices? —insistí por cuarta vez—. El plan es el siguiente: vamos a PHD, bebemos champán a discreción, comemos palitos de mozzarella, que sé que te encantan, bailamos durante horas y luego regresamos a tu casa.

Tami suspiró.

—No lo sé... —dijo llevándose un maki a los labios—. ¿Va Liam?

Puse los ojos en blanco como respuesta.

—Trabaja esta noche, es él quien nos va a poner en la lista. Pero no te preocupes, lleva como tres mesas, no va a estar con nosotras casi nada, te lo prometo.

—A veces me pregunto por qué demonios trabaja de *promoter.*

—Porque le gustan la fiesta, las mujeres y el alcohol —aclaré encogiéndome de hombros a la vez que me llevaba mi taza a los labios—, y le pagan una pasta —añadí.

La cara de Tami me hizo gracia. Aunque tampoco es que yo defendiera mucho el trabajo de mi amigo, sí es verdad que lo hacía como algo extra a lo suyo y le gustaba, pero a veces...

—Creo que el plan ya no me apetece tanto —contestó con el ceño fruncido.

—¡Venga, Tami! Liam es genial, solo tienes que relajarte con él un poco. Lo juzgas demasiado y eso hace que quiera picarte. ¡No entres en su juego! ¿No ves que es eso lo que busca?

—¿Por qué? Explícame por qué maldita razón disfruta molestándome.

Lo pensé unos segundos.

—A lo mejor le gustas...

Decirlo en voz alta me dio que pensar... ¿A Liam le gustaba Tami? ¡Qué fuerte!

¿Y a ella?

No, a ella era imposible.

—No digas tonterías —me contestó muy seca. No insistí más en el tema porque necesitaba darle vueltas, además, pensaba preguntarle a Liam sobre aquello. ¡Como le gustase Tami y no me lo hubiese dicho lo iba a matar!

Terminamos de almorzar y nos despedimos en la puerta, con intención de vernos aquella noche a las doce en PHD, una discoteca situada en la azotea del hotel Dream, en el *downtown.*

En el coche, de camino de vuelta, decidí informarle a Sebastian sobre mis planes.

—¿Es necesario que salgas esta noche? —me preguntó con el ceño fruncido y la vista clavada en la carretera.

—Sí, es necesario para mi salud mental.

Negó con la cabeza, pero no añadió nada más. Cuando llegamos a casa me metí directamente en mi habitación, el único lugar que aún me pertenecía y donde podía hacer lo que me diera la gana sin tener que responder ante nadie. Aquella noche Marcus Kozel se iba a enterar de con qué mujer se había decidido encaprichar.

Me puse el vestido más sexi que tenía —supercorto, negro, ajustado a todas mis curvas— y unos tacones de color rojo sangre que me elevaban varios centímetros del suelo. Me habría encantado ver la cara de Marcus cuando sus lacayos le pasaran el informe de aquella noche.

Me recogí el pelo en una cola de caballo y me maquillé de forma muy sensual. Al salir de mi habitación, Sebastian me observó sin decir nada. Al menos no tenía que aguantar sus comentarios y, aunque una parte de mí se había vestido así también para él, seguíamos sin dirigirnos la palabra.

—¿Los gorilas están abajo? —pregunté mientras revisaba mi bolso y de paso me retocaba el pintalabios delante de él.

—Egor y Jakov nos están esperando, sí —me corrigió con paciencia deteniendo su mirada en mis piernas unos segundos de más.

Salimos de casa y nos subimos al ascensor. Ambos apoyados en paredes opuestas y mirándonos como si lo que nos queríamos decir a gritos nos estuviese prohibido.

—No me jodáis la noche, Sebastian.

—No hagas ninguna tontería y no tendremos por qué.

Me fijé en que ya no llevaba el cabestrillo. Estaba muy guapo, con sus vaqueros oscuros y una sudadera gris. Simple, pero así me gustaban a mí, o al menos hasta que lo conocí a él. Su manera de pasar absolutamente de la moda o de su aspecto hacía que lo viese aún más atractivo de lo que ya era. Me fijé en sus brazos, en lo que era capaz de hacer con sus manos, y noté que un calor repentino me recorría de arriba abajo. Lo noté llegar a mis mejillas.

—Quién pudiese leerte la mente... —dijo mirándome fijamente.

—No te gustaría lo que estoy pensando, créeme —contesté.

Se me acercó hasta colocar ambas manos junto a mi cabeza, contra la pared.

—Ah, ¿no? ¿Y eso por qué?

Sus labios estaban tan cerca de los míos que noté su aliento entrar en mi boca.

En ese momento las puertas se abrieron y se apartó de mí con toda la tranquilidad que lo caracterizaba. Me recompuse y pasé delante de él con paso firme. No volvería a caer, de ninguna manera.

Aquella noche no hacía nada de frío, la tormenta de hacía días había dejado paso a unas temperaturas más típicas de mayo y la ciudad estaba preciosa. No se me pasó el gesto de Sebastian de abrirme la puerta ni el leve roce de sus dedos en mi cintura antes de subirnos al coche.

Como no quería hablar con él y me encontraba mucho más nerviosa de lo normal, fingí que llamaba por teléfono a Tami. Me tiré así todo el trayecto desde casa hasta el hotel, hablando conmigo misma mientras él no apartaba la mirada de la carretera.

No tardamos mucho en llegar, lo que agradecí, y me apresuré en bajarme del coche porque necesitaba respirar aire fresco. Vi que Tami me esperaba junto a Stella y Lisa. Ambas se quedaron mirando al séquito que venía conmigo, pero yo me comporté como si nada y las saludé entusiasmada.

—¿Tenéis ganas de emborracharos esta noche? —pregunté resuelta.

Stella y Lisa se rieron a la vez que esperábamos a que Liam bajase a buscarnos. A Tami se la veía un poco nerviosa aquella noche, pero estaba increíblemente guapa. Su pelo rubio platino estaba peinado con tirabuzones desenfadados que le caían hasta casi tocarle el culo y se había puesto un top muy sexi de color blanco. Los vaqueros oscuros la hacían parecer aún más delgada de lo que ya era y, en contra de su costumbre, se había puesto tacones.

—Oye, estás increíble esta noche —le dije dándole un repaso.

—No sé yo... —dijo nerviosa.

Puse los ojos en blanco y sonreí de oreja a oreja al ver llegar a Liam. Me respondió con otra sonrisa y, al fijarse en quién me acompañaba, se detuvo un segundo, pero después se acercó con el ceño fruncido.

—¿Qué hace ella aquí? —preguntó de muy malas maneras.

—¡Liam! —le reñí y su cara cambió para demostrar que solo había estado fingiendo. Se rio al ver la cara blanca que se le había quedado a Tami.

—Venga, rarita, no me mires así —le dijo pegándole un repaso a la vez que sonreía.

Tami lo miró con rabia y se colocó junto a Stella, con la mirada fija en la dirección contraria.

Liam se rio y luego la risa se le borró de la cara al ver a Sebastian.

—¿Sigues por aquí? —le preguntó y después se fijó en mis gorilas. Le había contado todo —bueno, casi todo— a Liam, y sabía que ahora llevaba tres hombres a todos lados.

Sebastian no le contestó, estaba más centrado en mirar hacia todas partes. En ese instante miraba con el ceño fruncido hacia el final de la calle.

—Venga, entrad —nos dijo a las chicas y a mí.

Stella y Lisa pasaron felices y yo fui detrás. Me giré cuando vi que Liam se detenía delante de Tami para cortarle el paso.

Puse los ojos en blanco.

¿En serio?

—Dime algo bonito que te guste de mí y te dejo pasar —le pidió con chulería.

Tami apretó los labios y se cruzó de brazos.

—Eres insoportable.

Liam fue a girarse y a dejarla ahí, pero ella lo retuvo por la sudadera. Él se quedó mirando durante unos instantes la mano que le tocaba el brazo por encima de la ropa. Madre mía, ahí saltaban chispas. ¡¿Cómo no me había dado cuenta?!

Tami lo miró nerviosa... sin saber muy bien qué decir.

—Me gustan los cordones de tus zapatos.

Liam soltó una carcajada, se inclinó hacia ella y le susurró:

—No me vale.

Los observé alucinada.

—¡Vale, vale! ¡Espera! —dijo otra vez y Liam le volvió a prestar atención.

—Me gusta tu espalda —admitió poniéndose colorada.

Casi suelto una carcajada. Liam la soltó sin inmutarse.

—¿Mi espalda?

—Sí —repitió colorada como un tomate, pero intentando disimularlo—. Me gusta no tener que mirarte a la cara —agregó ella, molesta e irritada, lo sabía por cómo apretaba las manos con fuerza.

—¿Podemos entrar de una maldita vez? —dijo Sebastian interrumpiendo el numerito y yo se lo agradecí.

Liam desvió la mirada hacia él y abrió el cordón para dejar que Tami pasase. Le susurró algo al oído que no pude escuchar y Tami pasó delante de mí hecha una fiera.

—Podías cortarte un poco, ¿no? —le dije molesta.

Me giré con la intención de seguir a mis amigas hasta el ascensor, pero escuché que Sebastian se quejaba.

—Vamos con ella —dijo Sebastian muy serio.

—Mil dólares cada uno —dijo el segurata.

—¿Mil dólares por entrar?

Me acerqué a ellos. Liam pasaba del tema mientras dejaba entrar a otras chicas y las saludaba con besos en las mejillas.

—Sí, mil dólares por entrar —repitió de malas maneras.

—Vienen conmigo —le dije a John. Me conocía, no debería ponerme ningún problema.

—Tus amigas van contigo, ellos tienen que pagar —insistió el guardia con mala cara.

—¿Liam? —lo llamé intentando hacer algo cuando vi que Sebastian sacaba la tarjeta de crédito de mal humor. No pensaba dejar que pagase mil dólares por proteger mi vida, no era tan cabrona.

Liam vino hacia donde yo estaba, me cogió por la cintura y me besó en la mejilla muy cerca de mis labios.

—Dime, princesa —dijo mirándome solo a mí e ignorando la situación que estaba teniendo lugar ante sus ojos.

—Déjalo entrar, Liam —dije en voz baja para que solo él me oyera.

—¿Estás segura? —me preguntó con mala cara.

Asentí en silencio y Liam se giró hacia ellos sin quitarme las manos de encima.

—John, viene conmigo —dijo y Sebastian se guardó la cartera con hastío—. Los otros que esperen fuera, no pienso llenar la discoteca de seguratas, soldadito.

Sebastian pareció estar de acuerdo con aquello y yo casi salto de alegría. Si ellos no estaban..., ¿qué? Tampoco es que fuese a tirarme a su cuello, por mucho que me apeteciera. Mi cabreo prevalecía.

Vi que Sebastian les daba instrucciones y señalaba puntos de la calle que supuse tenían que vigilar. Me puso nerviosa lo en serio que hablaba. No quería sentir miedo, pero a veces era imposible no recordar los últimos acontecimientos, encima con lo que había averiguado de mi padre...

—Vamos a subir —me dijo Liam tirando de mí.

—Espera —le dije aguardando a que Sebastian acabase.

Cuando se giró hacia mí, vi en sus ojos que algo no iba bien. No tenía ni idea de qué, pero sentí que un escalofrío me recorría la columna vertebral.

Sin ni siquiera darme cuenta, cuando se acercó a nosotros me moví para colocarme junto a él. Me sentía segura si estaba a mi lado. Liam me observó con el ceño fruncido y juntos nos dirigimos hacia el ascensor que nos subiría a la azotea del hotel.

—¿Qué es lo que va mal? —le pregunté mientras subíamos.

—Este lugar tiene demasiadas entradas.

No me habló bien, estaba de mal humor, y supuse que tener a Liam pegado a mí tampoco parecía hacerle mucha gracia. No dije nada y, cuando las puertas del ascensor se abrieron, me fui directamente a nuestra mesa. Allí estaban las chicas, rodeadas de gente bailando. De vez en cuando alguna se inclinaba para servirse una copa de las bebidas que teníamos en la mesa junto a una cubeta llena de hielo: zumo de naranja y de frambuesa, tequila y vodka, lo que siempre bebíamos.

Yo prefería el tequila, al menos si mi intención era emborracharme de lo lindo.

Tami estaba sentada en uno de los sofás con un vaso que parecía ser solo zumo de naranja. Me acerqué a ella.

—Dime que ahí al menos hay un dedo de tequila —dije inclinándome para olisquear su bebida.

—Quita, pesada —dijo apartando la copa y luego llevándosela a los labios. Seguí la dirección de su mirada y vi que tenía los ojos clavados en Liam, que en ese momento tonteaba con una tía supertetuda en la barra.

—Ven, vamos a bailar —le dije tirando de ella y arrastrándola al centro de la pista.

Tami había cursado ballet en la escuela conmigo como asignatura extraescolar, además de esgrima y hockey. Era toda una deportista, por lo que sabía mover el cuerpo. Las dos nos habíamos encargado siempre de montar la coreografía del festival de Navidad de nuestra clase y las chicas siempre nos agradecían el trabajo y la ilusión que le poníamos.

Hacía muchísimo que no salíamos de fiesta juntas porque a ella no le gustaba; aún me preguntaba cómo la había convencido para salir, pero me sentía feliz de tenerla allí conmigo.

No tardamos en ser el centro de todas las miradas, bailábamos muy bien y éramos muy guapas. Éramos polos opuestos —ella rubia platina, yo morena; ella bajita, yo alta—, pero nos lo pasábamos tan bien que fue inevitable que los tíos se nos acercasen a incordiar. Tiré de ella por la cintura para apartarla de un baboso a la vez que ella fulminaba a otro que se me había acercado por detrás. Nos reímos las dos y finalmente la arrastré hacia la barra. Necesitaba otra copa, pero ya mismo.

—Dos chupitos de tequila, por favor —le dije al camarero mientras Tami negaba con la cabeza—. ¡No seas aburrida! —insistí, mientras le daba las gracias al chico de la barra por traernos sal y limón.

—Ya sabes cómo me pongo cuando bebo alcohol —dijo mirando con mala cara el chupito que tenía delante de sus narices.

—A mí me encanta la Tami borracha, se deja llevar por el momento —dije levantando el chupito en el aire—. Por todos los chupitos que hacen falta para que dejes de darle vueltas a la cabeza y te sueltes de una vez —dije en el aire antes de brindar y llevarnos rápidamente los vasos a los labios.

Nos reímos mientras nos metíamos el limón en la boca.

Sus ojos se desviaron entonces a un punto que se encontraba detrás de mi espalda y se le cambió la cara.

—¿A que no sabes quién acaba de entrar por la puerta?

Me giré para ver a quién se refería y allí, junto a dos de sus colegas, estaba Regan.

—Mierda —dije volviéndome a girar cuando nuestros ojos se encontraron en la distancia.

—Viene hacia aquí —dijo Tami con el ceño fruncido.

Y así fue, sentí una mano rodear mi cintura a los dos minutos.

—Hola, nena —dijo haciéndome girar.

—No me llames así —dije apartando sus manos de mi piel y dándole la espalda para pedir otra copa—. ¿Tú también quieres, Tami?

Tami asintió sin quitarle los ojos de encima a mi ex.

—Oye, venga ya, Marfil. ¿Cuándo piensas perdonarme?

Alcé las cejas como única respuesta.

—Sabes perfectamente que no era cierto, nunca me hubiese apostado nada que tuviese que ver contigo, pero como eres una desconfiada solo te crees los rumores.

—Los rumores y el vídeo que me enseñaron en el que salías tú diciéndolo, capullo —dije aceptando la copa del camarero—. Vámonos, Tam —dije alejándome de él.

—Menudo imbécil —dijo Tami, cuyas mejillas ya se habían empezado a enrojecer debido al alcohol.

Sin poder evitarlo, mis ojos empezaron a buscar a Sebastian. ¿Se habría dado cuenta de que el que se me había acercado había sido el mismo tío que me había forzado en aquella fiesta?

Por fin lo divisé junto a una de las ventanas. Una rubia estaba con él, muy cerca, además.

¿Así es como hacía su trabajo?

Me terminé la copa y fui a por más.

Cuando regresé a la mesa me fijé en que Liam se había sentado junto a mi amiga y hablaba con ella. Tami miraba hacia delante, su tercera copa ya estaba medio vacía y su enfado era latente en sus facciones.

Liam parecía estar haciéndola entrar en razón, de hecho, ya no tenía su careta de chico malo, pero le hablaba entre cabreado y molesto.

Tami vio que la observaba, le dijo algo a Liam y se levantó como si tuviese un resorte en el culo hasta llegar hasta donde estaba yo.

—Creo que necesito más de esto —dijo señalando su vaso.

La acompañé a la barra, donde volvimos a pedir un chupito. Si seguíamos así íbamos a acabar muy mal, lo veía venir.

—Oye... ¿Qué ocurre entre Liam y tú? —le pregunté muy seria, o bueno, todo lo seria que el alcohol me permitía estar.

Liam nos observaba desde el sofá con cara de pocos amigos.

—Nada —dijo apartando la mirada de él y dándole la espalda.

—Tami, he visto cómo lo miras. He tardado en darme cuenta, pero no soy tan idiota —dije intentando ignorar la escenita que estaba teniendo lugar ante mis ojos: Sebastian seguía hablando con la rubia esa y ella cada vez parecía estar más cerca de él.

—Mira, ahora mismo no quiero hablar de eso, ¿vale? Pero te prometo que lo haré cuando esté preparada.

Así era Tami, cerrada. Por eso Liam tenía esa cara. Llegar a Tami iba a costarle mucho más que un simple tonteo y cuatro piropos.

—Está bien, vamos a bailar —dije tirando de ella otra vez.

La música era muy buena, una mezcla entre los éxitos nacionales y música latina. Ninguna de las dos nos sabíamos las letras de las canciones, pero nos encantaba bailarlas. No sé cuánto tiempo pasó, pero sin darme cuenta, Liam se había sumado al baile que teníamos montado. El problema es que, en vez de bailar con mi amiga, se me pegó a la espalda y me apretó contra su cuerpo.

—Liam... —dije intentando apartarme, pero entonces su boca fue hasta mi cuello, al mismo lugar donde aún tenía la marca del chupetón que me había hecho Sebastian hacía días.

Tami se detuvo, me miró dolida y luego nos dio la espalda para marcharse.

Ambos, Liam y yo, estiramos la mano para tirar de ella hacia nosotros. Tami no tuvo más remedio que trastabillar hasta quedar enfrente de nosotros.

—¡No me metáis en vuestros líos! —les grité soltándome.

Los dejé discutiendo y armándome de un valor que no sentía fui directa hacia la esquina donde mi guardaespaldas estaba a punto de montárselo con otra.

Al llegar metí dos dedos en la hebilla de los vaqueros de la rubia y tiré de ella hacia atrás. Trastabilló y la copa se le volcó entre las manos y su vestido.

—¡Pero qué coño haces! —dijo sacudiéndose.

Me coloqué delante de Sebastian.

—Lárgate de aquí —dije mirándola a los ojos.

Era un poquito más alta que yo, pero eso me traía sin cuidado. Tenía nociones de artes marciales gracias a Sebastian o al menos eso me dije en mi fuero interno cuando fui a tirarle del pelo en el instante en que se abalanzó sobre mí.

Sebastian me cogió por la cintura y me arrastró hasta la otra punta de la discoteca.

—¿Te has vuelto loca? —gritó sobre el ruido de la música a la vez que me dejaba sobre el suelo.

—¡Estás trabajando! —le recriminé superfuriosa al ver que parecía estar de su parte.

—¿Desde cuándo te preocupa cómo hago mi trabajo?

Me crucé de brazos.

—Desde que mi vida está en tus manos, imbécil.

—Ahora mismo tu vida está en las manos del alcohol y te aseguro que no te he perdido de vista ni un segundo.

—Ah, ¿no? ¿Es que puedes mirar unas tetas y vigilarme a la vez? Menudo don.

Sebastian soltó el aire por la nariz.

—Ay, Marfil...

Fue a darme la espalda, pero tiré de su muñeca hacia mí.

—No te gusta, ¿verdad? —le pregunté en un tono de voz lastimero y patético.

Tenía que dejar de beber, pero ya.

Sebastian me miró a los ojos durante unos segundos y se inclinó para hablarme al oído.

—La única que me gusta eres tú.

Se marchó sin dejar que le comiera la boca, que había sido mi intención. Busqué a Tami por la discoteca, pero no la encontré, ni tampoco a Liam. Una sonrisa enorme se me dibujó en los labios ante la perspectiva de que aquellos dos pudiesen empezar algo... Aunque claro, conociendo a Liam... Temía que pudiese llegar a hacerle daño.

Tendría que tener una charla muy seria con él al respecto.

Me fui con Stella y Lisa, que bailaban en aquel momento en el centro de la pista con dos chicos muy guapos. Me uní al grupo y dejé que mi mente ebria tomase las riendas de mis movimientos. En un momento dado, me encontré sola en la pista; bueno, no exactamente sola. Había mucha gente bailando a mi alrededor, pero todos mis amigos se habían ido a morrearse por ahí con sus respectivos acompañantes. Busqué a Sebastian y deseé con todas mis fuerzas que no fuese mi guardaespaldas. Deseé poder ir hacia él con una sonrisa en los labios, susurrarle al oído que lo quería y abrazarlo mientras la música nos envolvía.

¿Por qué no se me acercaba y bailaba conmigo? ¿Qué mal podía hacer eso? En cambio, ahí estaba con otra chica que se le había acercado y, claro, era demasiado educado para decirle que se marchara... o tal vez le gustaba. Daba igual lo que me hubiese dicho antes, si de verdad le gustase habría hecho mucho más, habría dejado todo por protegerme. Siendo mi novio, no mi guardaespaldas, habría matado a golpes a ese imbécil de Marcus... Pero en cambio ahí estaba... Prefería su trabajo.

Noté que alguien me abrazaba por detrás. Cerré los ojos un instante y mi fantasía se hizo realidad.

—Es mirarte y se me pone dura, Marfil —dijo una voz que no se parecía en nada a la de Sebastian.

Me giré para comprobar que Regan se había vuelto a acercar.

—Qué romántico —contesté con hastío.

Su mano acarició mi mejilla despacio.

—Eres hermosa.

Titubeé por la intensidad con la que me habló, o a lo mejor era el alcohol.

—Siento lo que te hice —dijo acercándose más a mí—. No sabía lo que tenía hasta que te perdí.

Regan había sido el primer chico del que creí estar enamorada y me rompió el corazón. Que me pidiese disculpas significaba algo para mí, por mucho que intentase negarlo, o por mucho que yo afirmara que pasaba completamente de él. El primer amor siempre deja huella, aunque en realidad no hubiese sido amor, eso lo sabía con total seguridad.

Lo que yo sentía por Sebastian era diez mil veces más fuerte que lo que sentí por Regan en su momento y no era ni la mitad de lo que podría llegar a sentir por él en el futuro. El amor iba adueñándose de todo en mi interior; aún me quedaban partes que eran mías, pero sabía que, si seguía con él a mi lado las veinticuatro horas del día, sabía que, si volvía a tocarme, a besarme... Sebastian podía convertirse en el amor de mi vida, simplemente lo sabía.

Sin darme cuenta, Regan me arrastró hasta una zona con menos gente y me cogió la cara con sus manos.

—¿Recuerdas nuestro primer beso? —me preguntó muy cerca de mis labios.

¿Por qué dejaba que me tocara?

—Recuerdo el último —dije sintiendo un nudo en el estómago.

Había sido después de intimar por primera vez. Nos habíamos besado, desnudado y tocado después de meses saliendo. Creí posible perder la virginidad con él. Me lo planteé a pesar de todos mis reparos en cuanto a ese tema.

Me besó en el coche después de dejarme en la puerta de mi edificio y me dijo que me quería.

Al día siguiente me enteré de todo.

Su boca chocó contra la mía y sentí asco. Su lengua se movía de forma brusca, sus manos me tocaban sin cariño, sin nada.

Sebastian era el único que sabía tocarme, que sabía darme lo que necesitaba.

Lo empujé con fuerza y lo mismo de siempre volvió a repetirse. No me asusté, esta vez estaba preparada. Iba a poner en práctica lo que Sebastian me había enseñado...

Pero desapareció de mi vista.

Sebastian lo había apartado de un tirón y lo había lanzado al suelo con fuerza.

—¡Eh! —le grité enfadada. Le había dicho algo a Regan y después volvió a acercarse a mí con la cara desencajada—. ¡Podía sola! Si siempre intervienes, ¡¿cómo quieres que aprenda?!

—Nos vamos de aquí —dijo cogiéndome de la mano con fuerza y tirando de mí hacia los ascensores.

Intenté soltarme y me apretó con más fuerza, haciéndome daño.

—¡Suéltame! —grité clavando los pies en el suelo para que me dejase en paz.

No lo hizo y antes de que pudiese hacer nada, un guardia se acercó a él por detrás con la intención de apartarlo de mí.

Con un movimiento tan rápido que mis ojos no pudieron registrar, el guardia se había llevado la mano a la boca, que le sangraba.

Abrí los ojos como platos.

Sebastian perdió la paciencia ante mi estupefacción y mis exclamaciones de todo tipo. Me levantó con un brazo bien clavado en mi cadera y entró conmigo en el ascensor, donde me dejó en el suelo antes de que me hubiese dado cuenta de lo que acababa de pasar.

—Pero ¡¿tú estás loco?!

—He visto a alguien... tenemos que irnos de aquí.

Lo miré como si de verdad creyese que era tan estúpida.

—¡Estás celoso, ese es tu problema!

Sebastian me miró con incredulidad un segundo y luego con pánico cuando las puertas del ascensor se abrieron y dos tipos que nos esperaban desenfundaron una pistola cada uno al vernos.

Sebastian tiró de mí hacia atrás cubriéndome con su cuerpo y alguien disparó antes de que pudiese darme cuenta de lo que ocurría.

Grité con todas mis fuerzas mientras me caía al suelo y me encogía como un ovillo contra la pared.

Sebastian actuó deprisa. Con un golpe seco justo en la muñeca consiguió que uno de los atacantes perdiera el control de la pistola, que cayó al suelo y se deslizó fuera de su alcance. Sebastian lo noqueó con otro golpe seco de su puño izquierdo, mientras que el otro tipo levantaba la pistola para apuntarme.

—¡Sebastian! —grité con todas mis fuerzas, horrorizada.

Lo siguiente que escuché fue un alarido de dolor, un golpe contra algo sordo, y después unos brazos que me levantaban del suelo. Sebastian me cogió de la mano y tiró de mí hacia la calle como alma que lleva el diablo.

—¡Marfil! —gritó una voz a mis espaldas.

Me volví y vi a Tami corriendo hacia nosotros. Liam venía detrás con los ojos abiertos de puro espanto. No tenía ni idea de qué estaban haciendo allí, lo último que sabía de ellos era que los había visto desaparecer una media hora antes. Sebastian se detuvo un instante para mirar en ambas direcciones y entonces los vi. Egor y Jakov estaban ambos en el suelo, muertos.

—¡Dios mío! —dije con horror llevándome la mano a la boca.

Entonces todo pasó como a cámara lenta. Un coche hizo chirriar las ruedas contra el asfalto, derrapando en la esquina y deteniéndose cerca de donde estábamos nosotros. Sebastian me empujó dentro del edificio, caí de espaldas contra el suelo mientras él apuntaba con la pistola hacia el hombre que nos apuntaba a nosotros.

Se escuchó el ruido de la pistola al detonarse y también los gritos de la gente que empezó a correr en todas las direcciones y el grito de alguien que yo conocía muy bien.

—¡TAMI! —grité con todas mis fuerzas a la vez que salía corriendo hacia ella y caía sobre el asfalto a su lado—. ¡Dios mío!, ¡Dios mío!

Mi amiga estaba en el suelo, sangrando. Le habían disparado en el costado y la sangre empezaba a formar un charco a su alrededor.

Liam se dejó caer a mi lado y con espanto apretó la herida con fuerza, mientras gritaba que alguien llamase a una ambulancia.

—¡Tami! —grité mientras las lágrimas me nublaban la vista.

Unas manos me levantaron del suelo.

—¡NO! —grité, revolviéndome con fuerza.

Mataría, mataría a la persona que había hecho eso.

Llegamos al coche antes de que me diera tiempo a reaccionar.

Sebastian me dejó en el asiento del copiloto y, al subirse tras el volante, salió pitando de allí, pisando el acelerador a fondo.

—¡Joder! —gritó contra el volante. Sus ojos volaban del espejo retrovisor a los espejos laterales mientras giraba el volante y se metía por calles que lo más seguro es que fueran contra dirección o estuviesen prohibidas.

—¡Quiero volver, llévame! —le grité horrorizada—. ¡Han disparado a Tami!

—Lo sé, lo sé —dijo sin despegar los ojos de la carretera—. Una ambulancia está en camino. No podías quedarte allí, Marfil, iban a matarte.

—¡Que me lleves! —grité como una histérica tirando de la manija para abrir la puerta, pero estaba bloqueada.

—¡Te matarán! —me gritó haciéndome callar.

Miré asustada por el espejo retrovisor y el temblor del coche me distrajo, obligando a mis manos a aferrarse contra el reposabrazos.

¿Por qué temblaba el coche? ¿Habíamos pinchado?

—Tranquila... —dijo Sebastian hablándome ahora con calma.

Al ver que sus ojos me miraban preocupados por unos instantes, comprendí que no era el coche el que temblaba, sino yo. Todo mi cuerpo sufría espasmos de una manera tan violenta que hasta los dientes me empezaron a castañear.

Habían intentado matarme y Tami había resultado herida. Quizá estaba muerta...

Vi que Sebastian se colaba por una rampa que nos llevó a un aparcamiento cuyas vistas de la ciudad podrían haber envidiado a cualquier rascacielos de renombre. Detuvo el coche y sacó el teléfono móvil de la guantera. Llamó a un número en marcación rápida y casi al instante le contestaron.

—Acaban de atacarnos... —dijo mirando hacia la despejada noche estrellada—. Tres hombres, no tendrían más de treinta años... Sí, en el hotel Dream... Ella está bien —dijo mirándome de forma fugaz—. Habla con Suárez, la cámara de seguridad nos ha grabado de lleno, la del ascensor de la izquierda... Muy bien.

Intenté sacar algo en claro de aquella conversación, pero mi cerebro solo tenía grabada la escena que acababa de presenciar y a mi amiga desangrándose en el suelo. Cogí el teléfono móvil y llamé a Liam. Me saltó el contestador.

—Toma —dijo Sebastian quitándose la sudadera y obligándome a pasar los brazos por ella. Olía a él—. Estás helada, tranquilízate. Tami se pondrá bien, estoy seguro —dijo poniendo la calefacción al máximo mientras miraba la hora en su reloj de pulsera y observaba fijamente el espejo retrovisor.

—¿Cómo lo sabes? —le pregunté.

—He visto muchas heridas de bala. La suya no era de las malas.

Lo miré horrorizada y entonces se movió, echó la palanca de su asiento hacia atrás y tiró de mí hasta sentarme en su regazo y abrazarme.

—Estás a salvo —me dijo mientras yo escondía la cabeza en su cuello y dejaba que las lágrimas manchasen su ropa—. Tranquila, todo saldrá bien. Te lo prometo.

Me acarició hasta que escuchamos un coche subir por la rampa y detenerse detrás de nosotros.

—Quédate aquí —me ordenó dejándome en mi asiento. Bajó del coche y cerró la puerta tras de sí.

Vi por el retrovisor de la derecha que un hombre tan alto como Sebastian lo recibía con el mismo talante de seriedad y autocontrol que presentaba siempre mi guardaespaldas.

¿Qué estaba ocurriendo?

Cinco minutos después el hombre se marchó y Sebastian volvió a subirse a mi lado.

—¿Quién era ese?

Sebastian puso el coche en marcha y emprendió el camino rampa abajo.

—Nadie.

—¡¿Nadie?! —chillé yo perdiendo los papeles.

Sebastian parecía mucho más preocupado por los mensajes que le estaban llegando al móvil que por darme explicaciones.

—Para el coche —dije mirándome las manos, que no dejaban de temblarme.

Me ignoró.

Me giré hacia la puerta y la abrí sin esperar que se detuviera.

Entonces se detuvo y me bajé de un salto. Acababa de ver a dos personas muertas a mis pies. Acababa de ver a mi mejor amiga desangrarse en el suelo por mi culpa. Acababa de sentir lo que seguramente había sentido mi madre antes de morir, lo que se siente cuando alguien te apunta con una pistola a la cabeza. Haber salido con vida solo me acojonaba más porque significaba que esto solo acababa de empezar...

Sebastian bajó del coche.

—¡¿Qué coño está pasando?! —chille girándome hacia él.

Sebastian levantó las manos procurando tranquilizarme, como si fuese un animal asustado al que hay que acercársele con cautela.

—Marfil, sé que estás asustada, pero tenemos que salir de la ciudad.

Lo miré boquiabierta.

—¡¿Qué?! ¡No!

—Hay muchas cosas que debes saber y te prometo que te las explicaré, pero debemos irnos.

—¿Adónde?

—Iremos a mi apartamento, está en New Jersey. Allí te lo explicaré todo.

Me limpié las lágrimas con el antebrazo mirándolo con desconfianza.

—Quiero hablar con mi padre —dije con voz lastimosa.

—Lo harás, te lo prometo, pero tenemos que irnos.

Miré hacia mi derecha, los rascacielos se alzaban hermosos contra el cielo estrellado. De repente Nueva York me traicionaba, se alzaba peligrosa y amenazaba con hacerme daño, una ciudad que me había cobijado dos años atrás, que me había recibido con amor, una ciudad donde había descubierto lo que era ser yo. No quería irme. No quería encerrarme en casa a la espera de... ¿qué? ¿Que ya no quisiesen intentar matarme?

Me terminé subiendo al coche y durante el trayecto a New Jersey pude hablar con Liam. Tami estaba en el quirófano, la bala le había perforado un vaso sanguíneo y estaban haciendo todo lo posible para salvarle la vida.

Lloré durante los cuarenta minutos que tardamos en llegar a casa de Sebastian. Y él, contra todo pronóstico, simplemente condujo nervioso, atento a todo y sin dejar de lanzarme miradas de vez en cuando.

Su edificio estaba situado en la esquina de una calle bastante silenciosa. Había un parque justo enfrente y una cafetería en la esquina.

Lo seguí escaleras arriba hasta que llegamos al 4 B.

El lugar no era nada del otro mundo, aunque estaba limpio.

Nunca había estado en New Jersey ni había mostrado interés por visitar la ciudad. Sebastian me abrió la puerta y entré a un loft bastante pequeño. Una cama de matrimonio ocupaba la pared frontal, a la derecha había una pequeña cocina americana y a la izquierda un sofá con un televisor de plasma.

Había muchas cajas desperdigadas, como si se acabase de mudar.

—¿Vives aquí? —le pregunté adentrándome en su espacio por primera vez.

—Vivía —dijo cortante mientras se metía en la cocina y cogía un vaso de agua y algo de un cajón.

Vino hacia mí y me obligó a sentarme en el sofá.

—Bébete esto —dijo tendiéndome una pastilla.

—¿Qué es? —pregunté con desconfianza.

—Un calmante —respondió mientras sus ojos se desviaban hacia mis rodillas ensangrentadas. Ni siquiera me había dado cuenta de que me había hecho dos heridas cuando me caí sobre el asfalto, junto a Tami—. Te las curaré, espera aquí —dijo levantándose y entrando en lo que supuse que era el cuarto de baño.

Vino con un botiquín y se puso a limpiarme la herida.

—No me habías dicho que eras de New Jersey —dije para distraerme, aunque el temblor que sentía no me dejaba relajarme.

Sebastian no me contestó, pero sí fue hasta el armario y cogió una manta de lana gruesa de color gris. Me la pasó por los hombros y siguió trabajando en mis rodillas.

—Tú sabes perfectamente lo que está pasando —dije después de que terminara de curarme la herida. Se sentó a mi lado y me miró mucho más serio de lo que lo había visto jamás—. Sabes quiénes son los que intentan matarme y también sabes en qué anda metido mi padre.

—Debes descansar, Marfil —dijo colocándome un mechón de pelo detrás de la oreja.

—¿Por qué siento que lo que sabes va a destrozarme?

Sebastian me miró sin apenas pestañear.

—Porque lo hará.

33

SEBASTIAN

Tardó horas en dormirse. No conseguí que cerrase los ojos hasta que Liam llamó para decirnos que su amiga estaba estable pero bien. La operación había sido un éxito y se recuperaría durante las próximas semanas.

Debería haber hecho caso a mis instintos. Debería haber cancelado aquella salida en cuanto vi aquel coche aparcado en la esquina y el hombre que miraba hacia nosotros. Debería haber arrastrado a Marfil a casa en cuanto supe que iba a ser complicado vigilar todas las entradas de aquel hotel. Pero no hice nada de eso porque no quería tener que enfrentarme a ella de nuevo. Quería que tuviese una vida lo más normal posible. Deseaba que pudiese salir a divertirse si le apetecía, pero hacía semanas que las cosas ya no eran como al principio.

Ahora Marcus era quien tenía el poder. A Alejandro yo podía controlarlo, pero a ese cabrón... y encima ahora Marfil era su nuevo capricho. Supe al instante que las cosas iban a terminar así la noche en que Marfil salió con él. Alejando Cortés sabía lo que hacía al presentarle a su hija mayor a una de las personas con más poder e influencia del país. Habría puesto la mano en el fuego que llevaba ese as en la manga desde que aquella niña abrió los ojos y vio cómo era. En el mundo en el que se movía su padre, Marfil era su gallina de los huevos de oro.

De lo fuerte que apreté la copa, esta estalló entre mis dedos y me cortó. Maldije entre dientes y metí la mano debajo del agua. La sangre fluyó e hizo que el corte pareciera peor de lo que era. Me envolví la mano con un trapo de cocina y me senté a observarla descansar.

En el momento que averiguase la verdad, me odiaría. Me odiaría tan profundamente que verla dormir era un privilegio que debía atesorar como algo único.

¿Qué iba a contarle? ¿Toda la verdad o solo una parte de ella?

Cerré los ojos recordando el momento en el que juré hacer mi trabajo.

No podía fallar.

Debía continuar con el plan.

34

MARFIL

Cuando abrí los ojos aún era de noche. Al principio me costó comprender dónde estaba, pero cuando mis ojos se encontraron con Sebastian, que dormitaba en el sofá junto a la cama, los recuerdos de la noche anterior volvieron para atormentarme.

Lo primero que hice fue mirar el móvil. Liam me había escrito diciendo que los padres de Tami llegarían al día siguiente y que él se quedaría con ella hasta entonces. Me preguntaba qué demonios había ocurrido y me informaba de que la policía estaba interrogando a todos los testigos y que Sebastian y yo debíamos ir a testificar.

Le contesté que hablaría con él y, al moverme, Sebastian abrió los ojos, atento a todos mis movimientos.

—No quería despertarte —dije viendo que se levantaba y venía hasta donde yo estaba. Se sentó en la cama enfrente de mí.

—Estaba despierto —dijo estirando la mano para coger uno de mis mechones de pelo y acariciarlo hasta llegar a las puntas—. Siento todo esto, elefante.

Cerré los ojos cuando sentí que sus labios rozaban mi mejilla. Me besó con ternura y luego se apartó para poder mirarme.

—¿Has podido descansar?

Pensé en las pesadillas que había tenido durante las horas que había estado durmiendo y supe que no. Estaba incluso más agotada que cuando me metí en la cama, pero tampoco creía necesario preocuparlo más de lo necesario. Asentí sabiendo que se avecinaba una charla que no quería tener, pero que sabía que me ayudaría a entender qué demonios estaba sucediendo en mi familia.

Sebastian suspiró y por un instante pareció como si me estuviese leyendo la mente. Buscó mi mirada y algo en mí se removió.

—Cuando te miro a los ojos, es como si estuviese mirando los ojos de un ángel —me dijo acariciando mi labio inferior despacio—. Ojalá no fueses tan hermosa.

Su comentario me resultó de lo más extraño.

Fui a replicar, pero sus labios apretaron los míos con suavidad.

Suspiré y aprovechó que mis labios se abrían para profundizar el beso y acariciarme de una forma que me aceleró el corazón. No me lo esperaba, pero tampoco me quejé. Me obligó a reclinarme y se colocó encima de mí. Era la primera vez que estábamos juntos en una cama y solos, solos completamente.

Él me había dejado una camiseta suya para poder dormir y era lo único que llevaba puesto. Su mano no tardó en subir por mi pierna hasta llegar a mi rodilla. Mi respiración se aceleró ante su contacto, ante su cercanía, ante todas las posibilidades.

—Lo que siento por ti me acojona, Marfil —confesó sobre mi boca para volver a besarme de nuevo.

Sentí que mi corazón alzaba el vuelo cuando lo oí admitir que sentía algo por mí.

Subí la mano para acariciarle el pelo desde la nuca. Enterré mis dedos allí y lo acerqué aún más a mí, arqueando mi cuerpo para estar en contacto con el suyo.

—A mí me asusta no saber nada de ti apenas y sentir lo que siento... —le dije con voz temblorosa.

—Sabes más de lo que deberías, créeme.

Me apretujó contra el colchón dándome exactamente lo que quería. Sentir su peso contra el mío —él tan grande yo tan pequeña en comparación— me hizo desearlo en todos los sentidos de la palabra.

Metí una de mis manos por su camiseta y acaricié su cuerpo como si fuese una estatua de mármol recién esculpida. Todos sus músculos se marcaban a la perfección y quise posar mis labios por todos los rincones de su piel. Me ayudó a quitársela cuando tiré de ella hacia arriba.

¿De verdad estábamos haciendo esto? ¿Justo entonces?

Algo me dijo que era su forma de tenerme antes de alejarme para siempre y eso me asustó tanto que lo abracé con fuerza porque no quería llegar nunca a tener que soltarlo.

Me abrumaba su masculinidad, su perfección. Me volvía loca saber que debía controlar su fuerza conmigo, que era capaz de matarme si así lo deseaba. Era extraño, pero me encantaba saber lo fuerte que era, todo lo que sabía hacer...

—Enséñame, Sebastian —dije separando nuestras bocas y buscándolo con la mirada—. Enséñame a darte placer.

La mirada que me dirigió fue lo único que necesitamos para que aquello pasase al siguiente nivel. Me cogió y me hizo dar la vuelta, de modo que terminé encima de él, a horcajadas.

—Bésame —me exigió desde su posición.

Me incliné e hice lo que deseaba. Primero besé sus labios y luego los posé sobre su escultural cuerpo y fui dejando besos húmedos por toda su piel, por cada uno de sus abdominales marcados hasta llegar a sus oblicuos.

Estaba tan serio viéndome allí, encima de él y acercándome a aquella parte que me moría por saborear... El miedo desapareció, me olvidé de los problemas, de lo que iba a pasar o de lo que estaba a punto de enterarme. En aquel instante lo único que deseaba era darle placer al hombre del que me había enamorado. Por primera vez no fui egoísta. Por primera vez pensé en él en vez de en mí y en lo que me hacía sentir cuando era él quien me besaba y me tocaba.

Le desabroché los botones de sus vaqueros y me ayudó a quitárselos. Su erección se marcaba en sus bóxeres captando toda mi atención. Me miró alentándome a seguir, como dándome permiso.

Al ver que no hacía nada, me cogió la mano con la suya y la llevó hasta allí. Estaba dura y apreté con fuerza por puro instinto.

Hizo una mueca y cerró los ojos.

—Despacio, nena —dijo soltando el aire por la nariz—. Así —me enseñó cómo tenía que tocarlo.

Mis ojos se abrieron alucinados cuando lo tuve en mi mano. Solo había podido tocar por encima a Regan y a Liam y de eso ya hacía por lo menos dos años... Tocar a Sebastian, ver su reacción, ver cómo se le entrecortaba la respiración.

No lo dudé.

Me lo metí en la boca e hice lo que creía que tenía que hacer. Lo escuché maldecir por lo bajo, temblaba bajo mi cuerpo y eso me volvió loca. Lo acaricié despacio con la lengua. No tenía prisa. Quería disfrutar de esa experiencia todo lo que mi cuerpo me permitiera.

Sebastian pensaba distinto.

Me cogió por los hombros y se colocó sobre mí. Tiró de mi camiseta hasta casi arrancármela y empezó a besarme por todas partes. No llevaba sujetador y mis pechos quedaron libres para que él les prestara atención. Me los besó y me los apretó con fuerza mientras su mano se metía entre mis bragas y jugaba con el punto más sensible de mi cuerpo.

—Eres exquisita —dijo contra mi ombligo. Sus pupilas dilatadas me miraban como queriéndome devorar.

Me revolví inquieta bajo su cuerpo cuando fue bajando poco a poco hasta colocar sus labios contra mi entrepierna.

—Dios... —dije cerrando los ojos cuando su lengua pasó a darme lo mejor.

Iba a estallar. Iba a estallar en mil pedazos y no podría volver a recomponerme. El placer era demasiado intenso.

Cuando vio que me revolvía sin poder quedarme quieta, maldijo en voz alta y me levantó las piernas hasta colocarlas sobre sus hombros.

Casi me da algo, pero tampoco pude darle muchas vueltas. Yo estaba demasiado excitada y él estaba demasiado dispuesto a darme lo que quería.

—Quieta —dijo apartándose un instante para regañarme.

—Sebastian... —dije en un susurro lastimero mientras él volvía a saborearme.

La forma en que su boca me tocaba, la manera en la que su lengua sabía exactamente qué hacer para volverme loca... No tuve mucho más tiempo para regodearme en el placer. El orgasmo llegó deprisa y grité su nombre en voz alta.

Sebastian se apartó de mí y me observó muy serio.

Tardé unos instantes en recuperarme, aunque mi cuerpo quería más. Necesitaba más.

—¿A qué esperas? —le pregunté esperando que me hiciera suya de una maldita vez. Lo quería dentro de mí.

Se pasó la mano por la cara en un gesto que yo ya conocía muy bien.

—Eres virgen, joder —dijo muy serio.

—¿Y? —dije incorporándome y atrayéndolo por la nuca.

Me besó con fiereza y noté su miembro rozar mi entrepierna de manera superficial.

Me estremecí.

—Es mejor esperar —dijo él y por su expresión parecía que lo estuviesen torturando.

—¿Estás de coña? —dije arqueándome contra él para que me hiciera suya.

—Para —dijo fijando mi cuerpo en el colchón con la presión de su mano contra mi estómago.

Bajé la mía hasta agarrar su miembro erecto con mis dedos.

—Fóllame, Sebastian —le ordené.

—No hables así —dijo mordiéndome el labio inferior, más como distracción que por otra cosa.

¿Qué demonios le pasaba?

—¿No quieres que hable así porque soy una estúpida princesita que no puede decirte lo que quiere?

Sebastian me apartó la mano y me sujetó ambas contra el colchón, por encima de mi cabeza.

—Sí, eres una princesita, mi puta princesita para ser exactos. Y, aunque me muera por follarte, no puedo hacerlo ahora mismo. No sin que sepas todo lo que soy, todo lo que hago...

Su «puta princesita» no es que fuese el término más romántico del mundo, ni con el que me sintiera más identificada. Yo no era ninguna princesa y odiaba que me llamasen así, pero que dijese en voz alta que era suya me volvió loca.

—Sé quién eres, Sebastian —dije mirándolo a sus ojos marrones—. Eres el hombre del que estoy enamorada. Eso eres.

Sebastian cerró los ojos al oírme decir eso y, en vez de responderme de la misma forma, se apartó de mí y se dejó caer a mi lado en el colchón.

—No sabes lo que dices... —dijo con la mirada clavada en el techo.

Mi declaración de amor parecía haber caído como un jarro de agua fría.

Se levantó de la cama y se puso el pantalón.

—Sé lo que digo porque soy yo la que lo siente —dije tirando de la sábana para cubrirme.

De repente sentía mucho frío.

—No tienes ni puta idea, Marfil —dijo lanzándome una mirada envenenada—. Estás enamorada de alguien que no existe.

—¿Eres un holograma y no me lo habías dicho? —le pregunté muy seria.

Me lanzó una mirada condescendiente y se alejó de la cama hasta apoyar ambas manos contra la mesa de la cocina.

—He hecho cosas que te horrorizarían —dijo después de que ninguno de los dos abriera la boca durante un rato.

Se giró hacia mí y me miró muy serio.

—Has estado en el ejército, es normal que pienses así. Lo que habrás tenido que afrontar... —empecé yo, pero soltó una carcajada.

—El tiempo que pasé en el ejército es lo que menos te debería preocupar.

Su actitud empezaba a asustarme. Sabía que Sebastian tenía un pasado oscuro, todo indicaba que había tenido que sufrir mucho hasta llegar a donde estaba, sobre todo por su infancia, pero eso no significaba que fuese mala persona.

—Deja de demonizarte.

Sebastian fue a decir algo, pero entonces su teléfono móvil empezó a sonar.

Me lanzó una mirada seria antes de darme la espalda e ir a por el teléfono.

Aproveché que se alejaba para colocarme la camiseta y mi ropa interior. ¿Por qué un momento tan íntimo entre los dos se había convertido en un estúpido debate sobre si Sebastian era buena o mala persona?

Era ridículo.

Lo oí discutir con alguien y, cuando colgó el teléfono, le dio un puñetazo a la ventana de la cocina. La hizo añicos y consiguió que el corazón se me subiese a la garganta.

Me levanté de la cama y me alejé hasta que mi espalada chocó con la pared.

Sebastian se giró hacia mí, con la mano ensangrentada y la máscara de odio que llevaba desapareció dejando lugar al arrepentimiento.

Vino hacia mí despacio.

—Lo siento —dijo. Después estiró la mano lentamente.

Le permití que me acariciara la mejilla sin quitarle los ojos de encima.

—Dime de una maldita vez la verdad, Sebastian.

Dudó, pero finalmente asintió con la cabeza.

—No te va gustar lo que te voy a decir, pero teniendo en cuenta los acontecimientos, no vas a tardar en averiguarlo. Eres una chica demasiado lista.

No dije nada esperando que continuara.

—Tu padre es narcotraficante, Marfil.

Lo dijo sin titubear, como cuando alguien te arranca una tirita del cuerpo. Mejor rápido que lento, así hace menos daño, o eso se suponía. Pero mi mundo se paró y la frase que acababa de salir de sus labios se repitió en mi mente hasta que conseguí procesarla.

—Eso es mentira —dije alejándome de él y cruzando toda la habitación hasta llegar a la pared opuesta.

Sebastian me observó desde la distancia.

—No, no lo es —dijo mirándome con lástima.

Odié aquella mirada con todas mis fuerzas.

—¿Cómo lo sabes?

Apretó los labios y soltó por la nariz el aire que estaba conteniendo.

—Porque yo también lo soy.

35

MARFIL

—Empecé en la calle, apenas teníamos para comer y pasar hierba era lo más fácil. Vivía en un barrio donde la droga era el pan de cada día e hice lo que tuve que hacer para alimentarme a mí y a los que vivían conmigo.

Lo escuché sin moverme del sitio. Él no se acercó y tampoco quise que lo hiciera.

—Empecé con catorce años. Samara siempre lo supo y me odiaba por ello, pero ella también comía gracias al dinero que llevaba a casa vendiendo droga. —Mientras hablaba, yo veía en sus ojos que recordar todo aquello le dolía—. Cuando entras en ese mundo es muy difícil salir, ¿sabes? Son mafias grandes, lo controlan todo: con quién hablas, con quién sales, a quién le vendes... y si te chivas o te largas, te matan.

Se acercó a mí y estiró su brazo tatuado para que lo viera.

—Fui drogadicto desde los dieciséis —admitió—. Heroína.

Cerré los ojos al notar que se me llenaban de lágrimas.

—Tu padre me encontró —dijo entonces y volví a fijar mis ojos en él—. Fue quien me ayudó a desintoxicarme. Vio potencial en mí, un potencial que nadie nunca quiso ver, pero siempre se me trató como escoria. Pagó a la mafia que me tenía atado de pies y manos y me metió en el ejército. Me pagaba dinero extra todos los meses y, cuando terminé mi servicio como uno de los mejores de mi promoción, pagó para enseñarme todo lo que sé. Yo era bueno, Marfil, el mejor.

Algo en mi interior quería dejar de escuchar. No quería saber nada más. No quería averiguar cosas que me harían odiarlo.

—Por primera vez desde que nací supe que tenía talento, que había encontrado mi lugar... y entonces tu padre me ofreció trabajar para él. No era como lo que yo había vivido. No era como trabajar en la calle. Tu padre maneja una de las rutas de droga más grandes del país. Tu tío es el puto jefe de uno de los cárteles más importantes de Colombia.

—Para —dije mandándolo callar.

No lo hizo, pero siguió guardando las distancias.

—Hace meses una de las mafias rusas afincadas en Miami intentó arrebatarle a tu padre una de sus rutas. Iniciamos una operativa para intervenir en el momento del intercambio. Yo era quien la lideraba, se me da muy bien la estrategia, pero todo salió mal. No sabíamos a quién nos estábamos enfrentando y el hijo de uno de los narcotraficantes rusos más importantes del mundo murió en uno de los tiroteos. Eso fue unas semanas antes de tu secuestro. Ni siquiera sabemos si lo matamos nosotros o lo hicieron ellos mismos, pero desde ese momento lo único que han querido hacer es vengarse de tu padre.

«Ojo por ojo.» Ahora lo entendía.

—Por eso quieren matarme...

Asintió en silencio y dio dos pasos hacia mí.

Levanté la mano para que se detuviera.

—No te me acerques.

Sebastian parecía estar preparado para mi rechazo, pero aun así vi en sus ojos que mis palabras le habían dolido.

—¿Fueron ellos quienes me secuestraron? —pregunté, aunque no tenia ningún sentido—. Podrían haberme matado sin problemas.

Algo cruzó por sus ojos, pero se apresuró en ocultarlo.

—Seguimos sin entender lo del secuestro. Hemos llegado a creer que no fueron ellos, pero no tiene sentido cómo procedieron ni qué es lo que buscaban. Sin embargo, como puedes ver, corres verdadero peligro y por eso tu padre se ha aliado con Marcus Kozel. Él es el único que puede hacerle frente a la mafia rusa.

Negué con la cabeza sin poderme creer de lo que estábamos hablando. Había llegado a pensar que mi padre había estafado a mucha gente, que les debía dinero y que, por esa razón, había necesitado pedirle ayuda a Marcus, pero ¿mafia rusa? ¿Narcotráfico?

—¿Qué coño me estás contando, Sebastian?

—La verdad.

—¡Y una mierda la verdad! —le dije entre lágrimas y cuando se acercó volví a gritarle—. ¡Ni se te ocurra tocarme, joder! —le dije girándome hacia la puerta.

Necesitaba salir de allí. Necesitaba alejarme de todo aquello. Me iría a Londres, sí. Allí nadie sabría nada de esto, nadie me reconocería. Podría pedirle a Tami que me dejase quedarme en su casa, sus padres me acogerían, sí...

Sus manos me detuvieron antes de que pudiese abrir la puerta y salir corriendo.

—Querías la verdad, Marfil. Esta es la verdad —me dijo sujetándome contra su pecho. Intenté zafarme de él. Quería irme de allí. Ya no confiaba en nadie. No creía lo que me decía ni mi padre ni Sebastian ni nadie de mi familia... Dios mío, ¡mi hermana!

—¡Gabriella! —grité completamente asustada.

—Tu hermana está bien. No sabe nada de esto. La cosa no va con ella.

—¡Suéltame, maldita sea! —le grité y lo hizo, aunque se colocó delante de la puerta para impedirme salir—. ¡¿Cómo puedes decirme todo esto y quedarte tan tranquilo?! ¡¿Cómo has podido mentirme así durante meses?!

—Hacía mi trabajo —dijo y sentí tanta rabia que mi mano salió disparada y le dio un bofetón que le cruzó la cara.

Se le cortó la respiración y apretó la mandíbula con todas sus fuerzas. Yo lo observé sin poderme creer lo que acababa de hacer.

—¿Quieres volver a hacerlo? —me preguntó.

Di un paso hacia atrás y un sollozo se me escapó de la garganta.

—No puedo creer que me mintieses así... Que dejaras que...

—Lo que siento por ti no es ninguna mentira.

—¡Pero si ni siquiera has sido capaz de decirme qué es lo que sientes por mí!

—¡Porque nunca debí haberte tocado, Marfil!

—¡Pero lo has hecho!

Sebastian estaba perdiendo la tranquilidad con la que había empezado a contármelo todo y yo sentía que me asfixiaba en mi propia vida.

—Nunca estuvo en mis planes enamorarme de ti, Marfil. Nunca.

A pesar de todo lo que acababa de decirme, su confesión me tocó el corazón. Era increíble que corazón y mente pudieran ir totalmente por caminos separados. Mi mente lo odiaba, lo despreciaba, aún estaba intentando asimilar todo lo que acababa de confesarme; pero, si de su boca salía la palabra amor, mi corazón se derretía y no había nada que yo pudiese hacer para evitarlo.

—Te odio —dije deseando que esas palabras fuesen ciertas.

Sebastian encajó el golpe con entereza.

—No esperaba menos.

Le di la espalda y me abracé a mí misma para intentar consolarme. ¿Por qué tenía que pasarme todo esto? ¿Por qué mi padre tenía que ser quien era? ¿Por qué no había nacido en una familia normal y corriente? ¿Por qué no podía tener una madre a la que recurrir, que hiciera pasteles de chocolate riquísimos, que hubiera sido amiga para confesarle mis miedos y mis ambiciones? ¿Por qué no podía tener un padre cariñoso, un padre que velara por mí, que me cuidara y que me protegiera más que a nadie?

Mi madre...

—Mi madre no murió en un robo, ¿verdad?

Noté que Sebastian se acercaba y se detenía detrás de mí. El calor que desprendía su cuerpo intentó descongelar el mío, aunque no lo consiguió.

—Eso vas a tener que preguntárselo a tu padre, Marfil..., pero lo dudo.

A mi madre la habían matado por haber estado casada con alguien como mi padre y yo terminaría siguiendo sus pasos.

—¿Por eso te dejó tu mujer? ¿Porque eras un maldito traficante? —le pregunté sin moverme.

—Por eso y por una lista enorme de motivos.

Me reí.

—De todas las cosas que podrían haber salido de tu boca...

—Esta era la única que te separaría de mi lado, lo sé.

Me giré para mirarlo a los ojos.

—Puedo entender que mi padre lo haga, ¿sabes? Nunca creí que estuviese metido en algo tan grande como esto, en algo tan horrible, pero siempre supe que era un mal hombre. En mi interior sabía que había algo que no cuadraba... —susurré, intentando buscar eso mismo en el hombre que tenía delante de mí, el hombre que había cuidado de mí, que había velado mis sueños...—, pero nunca pensé que tú podías ser como él.

Sebastian se mantuvo callado.

—Está clarísimo que no eres quien creía que eras. Me has hecho vivir una mentira y no pienso perdonártelo jamás.

—Siempre supe que eras una chica muy inteligente —dijo mirándome muy serio—, pero no me juzgues tan rápido. No todos hemos nacido en una cuna de oro.

—¿Una cuna de oro? Querrás decir una cuna robada.

—Ni tú ni yo podemos cambiar dónde nacimos, Marfil, ni quiénes son nuestros padres. A mí me abandonaron en un contenedor solo con veinticuatro horas de vida; tú naciste rodeada de narcotraficantes y asesinos, pero al menos has tenido veinte años para poder crecer y mirarnos a todos desde arriba. Yo no me pude permitir ese privilegio: todo lo que hice fue para sobrevivir.

—Siempre es posible elegir el camino correcto.

—Lo dice quien lleva cinco minutos viviendo en mi mundo.

—¡Perdona por no ser una maldita delincuente! —le grité, cabreada porque ahora se pusiese en mi contra. Fui a alejarme de él, pero me retuvo. Me acercó a él y lo miré con rabia.

—Algún día lo entenderás todo, te lo prometo.

—¿Y eso qué se supone que significa?

—No todos estamos cortados por el mismo patrón.

—¡Nadie te obliga a ser un maldito traficante! —le grité moviéndome para que me soltara.

—¿Te crees que salir de esto es así de fácil? ¿Sabes todo lo que sé? ¡Me matarían solo por planteármelo!

—Mi padre nunca...

—Tu padre es un asesino, Marfil, igual que todos.

—¡¿Te estás oyendo?!

Asintió sin soltarme. Me cogió por la nuca y acercó su boca a la mía.

—No hay día que no lamente todo lo que he hecho y te aseguro también que no hay día que no intente remediarlo.

Me quedé quieta y lo miré fijamente buscando verdad en su mirada.

—¿Cómo?

Sebastian cerró los ojos un instante, como si ahora mirarme directamente le resultase difícil por lo que pudiese llegar a averiguar.

—Sigo aquí, ¿no?

—¿Me estás diciendo que buscas redimirte metiéndote en mis bragas?

—¡Basta! —dijo mirándome furioso—. No hables así de lo nuestro, joder. Sabes perfectamente que no eres una más, por el amor de Dios. Podría haberte follado la primera semana que nos vimos, ¡y mira dónde estamos meses después!

—Insinúas que soy una chica fácil, ¿es eso lo que estás diciéndome ahora?

—Insinúo que lo que siento por ti es lo único que hace que aún siga aquí, arriesgando mi vida por ti, ¿entiendes?

—¡Pues lárgate! ¡No quiero que me protejas, ya lo hará otro, no te necesito! ¡Ya no!

Sebastian se tomó unos segundos para asimilar mis palabras y entonces me soltó.

—Pues tus deseos se van a hacer realidad porque ya no voy a seguir haciéndolo.

¿Qué?

No.

—¿Qué quieres decir con eso?

Sebastian sacó el teléfono móvil de su bolsillo.

—Tengo órdenes de llevarte a casa de Marcus. A partir de ahora será él quien decida sobre tu protección. Al parecer mi trabajo de anoche es inaceptable. Van a reemplazarme.

Negué con la cabeza al oírle pronunciar el nombre de Marcus.

—No puedes llevarme con él...

Sebastian apretó los labios con fuerza y entonces la rabia que sentíamos pareció desaparecer para dejar lugar a la alarma y el miedo. Me cogió la cara entre sus manos y acercó su frente a la mía.

—Será solo por un tiempo... Déjame buscar la forma de solucionar esto.

Mis ojos se llenaron de lágrimas y lo miré con terror.

—Me matará, Sebastian...

—No lo hará, te quiere para él.

—¡Me hará daño!

—Haz lo que te pida, Marfil. Te prometo que te sacaré de allí.

Lo miré como si me estuviese hablando en japonés.

—¡NO! —grité separándome de él y corriendo hasta donde estaba mi bolso. Cogí mi teléfono y marqué el 911—. Voy a llamar a la policía.

Sebastian me miró nervioso y levantó las manos acercándose a mí.

—No lo hagas, Marfil —dijo, pero apreté la tecla de llamar—. Descubrirán tu localización, vendrán a por ti. ¡Cuelga!

Me sobresalté cuando me gritó y el teléfono se me cayó de las manos. Sebastian lo cogió antes de que yo pudiese reaccionar y se lo metió en el bolsillo trasero de sus vaqueros.

—Nadie puede saber nada de esto. ¡Nos estarán buscando por lo de la discoteca! ¿No te das cuenta?

—¡No me incluyas en esto! ¡Yo no soy una traficante! ¡Contaré todo lo que sé y que sea lo que Dios quiera!

—Estarás muerta antes de contar hasta cinco.

—¡Deja de decir eso!

Me dejé caer en el suelo y me abracé las rodillas con los brazos.

«Dios mío..., despiértame de esta pesadilla.»

Se acercó hasta donde yo estaba y se puso de cuclillas a mi lado.

—Daría mi vida por ti, elefante —dijo en un tono conciliador—. No te llevaría con Marcus si supiera que puede hacerte un daño irreparable y, aunque odie decir esto, ahora mismo es el lugar más seguro para ti.

—¿Desde cuándo estar con un asesino narcotraficante y maltratador es un lugar seguro para mí?

Sebastian tardó unos instantes en contestar.

—Desde que la mafia rusa está deseando matarte.

Abrí los ojos y lo miré con horror.

—Sé que todo suena horrible, pero, aunque Marcus sea lo que es, tiene muchos recursos y no va a parar hasta acabar con todo aquel que desee matarte.

—¿Por qué va a molestarse?

Sebastian me miró como si fuese algo obvio.

—Porque está enamorado de ti —dijo con frialdad.

Solo de pensar en eso me entraban arcadas. Ese hombre no solo era todo lo que Sebastian decía, sino que era un maltratador y un hijo de puta.

—Tiene que haber otra forma. No me lleves con él, Sebastian. No te separes de mí, por favor —le rogué acercándome a él y dejando que me envolviese entre sus brazos. De repente todos eran enemigos y, de entre ellos, Sebastian era al único al que podía acudir.

Me abrazó durante lo que pudieron ser horas, pero finalmente me aparté de él como si me quemara.

Le lancé una mirada de odio y me metí en el cuarto de baño. Me tiré ahí como una hora y media, sentada en el suelo y pensando en mis posibilidades. No eran muchas teniendo en cuenta que no tenía a quién acudir.

Se me pasó por la cabeza ir a casa de Elisabeth, la madre de Gabriella, ¿sabría algo de todo esto? ¿Por eso acabó divorciándose de mi padre? Pero entonces recordé que Harold, su marido, era policía... Elisabeth no le ocultaría algo así a su marido, era imposible... Pero ¿cómo no pudo darse cuenta de nada? Mi padre era un mentiroso experto, claro está, y además era cierto que tenía empresas por todo el mundo. Estaba claro que de alguna forma tenía que blanquear el dinero que conseguía con el narcotráfico...

Madre mía...

Me decanté por no acudir a Elisabeth, no solo porque la pondría en peligro, sino porque corría el riesgo de que Gabriella se terminase enterando de todo esto y eso era lo último que desearía en la vida. Mi hermana quería muchísimo a mi padre. Debía quedarse en Londres, lejos de toda la mierda.

Me sentí como en trance, como si de repente me hubiesen robado mi vida. Llamé a Liam no solo para saber cómo estaba Tami, sino porque necesitaba oír su voz. Quise gritarle que viniese a buscarme, que me llevase lejos, pero sabía que no llegaría ni a media manzana.

Y luego estaba Sebastian... ¿Era posible que descubrir que formaba parte de ese mundo tan horrible me doliese más que haber averiguado que mi padre era uno de los narcotraficantes más peligrosos del país?

No solo me sentía traicionada, sino que me planteaba si algo de todo lo que habíamos compartido había sido verdad. Siempre me advirtió de que no era bueno para mí, pero siempre pensé que se refería a que él era guardaespaldas, a la edad, a que trabajaba para mi padre... Nunca creí que podía ser un asesino... Así se había llamado a sí mismo: «Tu padre es un asesino, Marfil, igual que todos».

Al final vino a por mí.

Miré la puerta cerrada mientras intentaba discernir qué clase de hombre me esperaba al otro lado.

—Abre de una vez, Marfil —dijo golpeando suavemente con los nudillos—. No me hagas tirar la puerta abajo...

Acabé levantándome del suelo y abriendo la puerta. Allí estaba él. Ya no tenía el pecho al descubierto, sino que se había puesto una sudadera de color negro que nunca le había visto hasta entonces.

Narcotraficante o no, seguía siendo increíblemente guapo y sexi.

Me lo quedé mirando y él hizo lo mismo. Cerré los ojos cuando me acarició la mejilla y después el cuello.

—Lo siento muchísimo —susurró contra mi oído y me estremecí—. Lo siento, elefante —repitió besándome la piel sensible de mi oreja.

Me reconfortó durante unos segundos. Después recordé lo que iba a hacer y lo aparté como si me quemara.

—No vuelvas a besarme, Sebastian.

Me alejé de él y me subí a su cama hasta hacerme un ovillo. No sabía a qué esperábamos ni cuáles eran sus órdenes. Sabía que iba a dejarme con Marcus porque nunca lo había visto tan destrozado ni preocupado.

—Bébete esto —me dijo un rato después, dándome un vaso de agua y una pastilla como la de antes.

—No quiero relajarme, estoy bien.

—Necesitas descansar.

—Lo que necesito es despertar de esta pesadilla.

Sebastian simplemente me miró con la pastilla aún en su mano. Finalmente la cogí y me la metí en la boca. Necesitaba dormir sin ver la cara de mis guardaespaldas muertos en el suelo o la de mi amiga desangrándose delante de mí o la de Marcus esperándome en sus mazmorras para devorarme.

Me adormeció enseguida y cuando me levantó en brazos para cargar conmigo, supe que no me había dado lo mismo que antes. No me llevaba hasta su cama, sino que me llevaba hasta su coche.

Lo último que vi antes de que mis ojos se cerraran sin poder hacer nada al respecto fue una lágrima caer por la mejilla de Sebastian.

A lo mejor solo fue un sueño.

Epílogo

SEBASTIAN

Durmió durante todo el trayecto hasta el aeropuerto de Newark. Esta vez no iría con ella, no le cogería la mano durante el despegue ni durante el aterrizaje. Pero no solo eso, tenía que separarme de ella, tenía que dejarla ir.

Llevaba más de media hora sentado a su lado en el coche, esperando pacientemente por fin a que despertara. Enfrente de nosotros se encontraba el avión privado de Marcus Kozel, todos estaban esperando a que yo diera el visto bueno y la subiese al avión que la llevaría a miles de kilómetros de mí.

A mi lado Marfil empezó a moverse y me preparé para lo que fuera a pasar. Primero sus ojos se abrieron despacio. Al verme a su lado un brillo único apareció en su mirada. Ese brillo que me había vuelto loco durante meses. Ese mismo brillo que me perseguiría hasta que pudiese volver a verlo. Pero no duró mucho, su cerebro debió de recordar las últimas horas, los últimos acontecimientos, y una sombra oscura se llevó de su rostro cualquier signo de felicidad, ilusión o alivio al verme a su lado.

—¿Dónde estamos? —preguntó mirando hacia todas partes y deteniéndose al ver el avión que había unos metros más allá. El avión era un Dassault Falcon 7X, uno de los mejores aviones privados del momento, con un alcance de 5.950 millas náuticas. Costaba casi cincuenta millones de dólares, dato que seguía demostrando la cantidad de dinero que generaba el mundo en el que estaba metido.

—En el aeropuerto de Newark —dije con temor a mirarla a los ojos. No quería ni saber lo que se le pasaba por la cabeza, lo asustada que tenía que estar. Saber que no podía hacer nada para cambiar ese hecho me daban ganas de matar, de matarlos a todos y llevármela lejos.

—¿Me has drogado?

La miré y, antes de que pudiese salir corriendo, eché los pestillos del coche. Necesitaba tener unos minutos con ella. Necesitaba asegurarme de que entendía lo que iba a pasar.

—Solo te di un calmante, necesitaba que estuvieses descansada...

—Y necesitabas traerme aquí a la fuerza.

Se giró para abrir la puerta y, al ver que estaba cerrada, me fulminó con sus preciosos ojos. A pesar del enfado, no podían ocultar el pánico que no los había abandonado desde hacía dos noches, cuando todo se fue a la mierda.

—Abre la maldita puerta, Sebastian.

—Lo haré, solo necesito que entiendas por qué te he traído aquí.

—No pienso subirme a ese avión.

Suspiré y giré completamente el cuerpo para quedar frente a ella.

—No será por mucho tiempo...

—No pienso subirme a ese avión —repitió con una seriedad y una determinación envidiables.

—Debes hacerlo, te esperan en Miami. Es el único lugar donde estarás a salvo, al menos hasta que sepamos cómo vamos a proceder...

—¡No pienso subirme a ese avión! —me gritó al mismo tiempo que se ponía a tirar de la manija de la puerta. La oí llorar y sentí asco de mí mismo.

—¡Marfil, escúchame! —grité al notar que empezaba a tener un ataque de pánico. Le cogí las manos con fuerza, obligándola a mirarme.

—Solo va a ser por un tiempo. Te sacaré de allí.

Mis palabras parecieron calar en ella muy lentamente.

—¿Por qué iba a creerte? Me has mentido desde que te conozco.

—Vas a creerme porque estoy enamorado de ti. Te quiero, ¿me oyes? —dije aferrándola por la nuca y atrayéndola hasta que mi frente chocó con la suya. Noté que su respiración se entrecortaba y mi corazón se aceleró en respuesta—. Si hubiese un lugar más seguro para ti ahora mismo, cogería este coche y nos largaríamos. Pero no lo hay y no voy a permitir que te maten, ¿me has entendido?

Marfil pestañeó varias veces intentando liberar sus ojos de las lágrimas que le bloqueaban la visión, las cuales cayeron humedeciéndole las mejillas y consiguiendo que a mí me sangrara el alma.

—Estás mintiéndome otra vez... —susurró contra mis labios, negando con la cabeza.

—¿De qué me sirve mentirte cuando podrían matarme por sentir lo que siento por ti?

Elevó la mirada hasta encontrarse con la mía y sentí un cosquilleo en el estómago.

—¿Por qué no me lo dijiste antes?

—Porque esperaba que desapareciera. Porque me negaba a enamorarme de ti, Marfil. Pero cuanto más me he resistido, más fuerte te he querido.

Cerró los ojos y deseé llevármela lejos, esconderla y contarle toda la verdad. Pero no hice nada de eso, simplemente esperé...

Respiró hondo y volvió a levantar la cabeza.

—No voy a responderte de la misma manera, Sebastian. No oirás esas palabras salir de mi boca... No lo harás jamás.

Fue como si me clavara una daga en el corazón, pero no esperaba otra cosa. La conocía lo suficiente para saber que Marfil Cortés nunca me perdonaría por lo que estaba a punto de hacer.

—Eres tan preciosa y fría como el marfil..., pero yo siempre seré ébano.

—Da igual lo que seamos. Tú siempre vas a ser el que me deja en manos de un asesino.

Sin que me diera cuenta, apretó el botón que desbloqueaba las puertas y abrió la suya para bajarse del coche y salir corriendo.

Conseguí alcanzarla a varios metros y la retuve con fuerza. Por muy rápida que fuese, yo siempre tendría las piernas más largas.

—¡Déjame! —gritó sin dejar de revolverse contra mis brazos, que la sujetaban por detrás con fuerza.

—¡No lo pongas más difícil, Marfil!

Intentó morderme el brazo y la sujeté para que no pudiese alcanzarme con los dientes.

—¡No pienso ir! —sollozó.

—No tienes opción... —le susurré contra su oreja.

Mis palabras parecieron calar en ella poco a poco y dejó de zarandearse.

Cuando vi que dejaba de resistirse, la deposité en el suelo y la giré para que pudiese mirarme de frente.

—Averiguaré la forma de cuidar de ti, solo tienes que darme tiempo...

Marfil respiraba aceleradamente y me dolió tanto ver sus ojos llenos de lágrimas que no pude evitar atraerla hacia mí para abrazarla.

Al principio se resistió, pero entonces pasó los brazos por debajo de mi chaqueta y noté que me devolvía el abrazo.

Un segundo después se apartó de un empujón y me apuntó con mi pistola directamente a la cabeza.

Maldije en voz alta y levanté las manos con cuidado.

Marfil lloraba y su mano temblaba mientras intentaba acostumbrarse al peso de la pistola.

—Mar...

—Vas a llevarme a casa...

—No puedo...

—¡Busca la forma!

Nos miramos durante lo que pudieron ser minutos u horas.

—No vas a dispararme —dije en voz baja, tranquilo.

No tenía miedo por mí, sino por ella. Ver a Marfil empuñando un arma era mi peor pesadilla convertida en realidad.

—Dame el arma, nena...

Pestañeó con fuerza para limpiarse las lágrimas y poder ver mejor. Entonces sujetó la pistola con ambas manos.

—No pienso irme con Marcus Kozel...

Di un paso hacia delante...

—¡No te muevas! —me gritó, pero la ignoré y seguí avanzando.

—¡Sebastian, como sigas...!

Llegué hasta ella y la pistola me rozó el pecho. La miré directamente a los ojos.

—No vas a disparar.

Marfil tardó solo unos segundos en derrumbarse del todo.

Cogí la pistola y la atraje hacia mí. Esta vez sí que me abrazó de verdad y tuve que armarme de todo mi autocontrol para no derrumbarme allí mismo igual que ella.

—Confía en mí, Marfil —le dije contra su pelo—. Te sacaré de allí, te lo prometo —dije mirándola a los ojos, intentando decirle miles de cosas y esperando que solo con una mirada fuese capaz de entenderme.

Al ver que no decía nada, me desesperé y la besé con fuerza. ¿Quién sabía cuándo iba a poder volver a hacerlo otra vez?

—Algún día lo entenderás todo, elefante. Te lo prometo.

—Deja de hacerme promesas que nunca vas a poder cumplir —me dijo muy seria. Se apartó de mí, me miró con dolor y luego sus ojos se desviaron hacia el avión que la esperaba.

Cogió aire varias veces y entonces volvió a hablar:

—Adiós, Sebastian.

Me rodeó y empezó a caminar hacia el avión. Vi su larga cabellera oscura caer por su espalda a la vez que el viento se la agitaba de forma continua. No miró atrás. No titubeó ni al llegar al avión. Se marchaba y no había nada que yo pudiese hacer.

Cogí el teléfono y escribí un mensaje rápidamente.

Ya estaba hecho. No había vuelta atrás. Y así fue como el amor de mi vida se marchó para adentrarse en las garras de mi peor enemigo.

Cuando vendes tu alma al diablo, enamorarte de un ángel puede llevarte derecho al infierno.

Agradecimientos

Aquí estoy otra vez, escribiendo los agradecimientos de una nueva novela a la que he cogido un cariño especial. No es fácil dejar personajes antiguos que te han acompañado durante años e intentar conectar con nuevos, pero Marfil y Sebastian me han robado el corazón, igual que lo hicieron Nick y Noah en su momento, y eso se lo debo a todas las personas que me empujaron a escribir algo nuevo, que me escribían todos los días diciéndome: «¿Cuándo vamos a tener nueva novela de Mercedes Ron?».

En primer lugar, quiero dar las gracias al equipo de Penguin Random House por seguir confiando en mí, por querer hacer de mis novelas algo increíble y por brindarme el apoyo que necesitaba para tocar el cielo con las manos. Gracias, Rosa, por haberme abierto las puertas de una casa tan grande y especial. Gracias, Ada, por ser mi editora estrella, por escucharme y darme ánimos siempre que los necesité. Espero tenerte siempre a mi lado a lo largo de este camino.

Podría decir muchos nombres de Penguin: gracias a Manuel, por soportar todas mis exigencias sobre las portadas y ajustar la imagen, el color, el tamaño... ¡Espero que no me odies! Gracias a Conxita y Alba, por querer expandir Culpables hacia nuevos horizontes, horizontes que estoy segura con el tiempo vamos a terminar alcanzando con éxito. ¡Cada vez que recibo un correo vuestro se me pone el corazón a mil! Gracias a todos, en general, porque si no fuera por vosotros, *Marfil* no estaría hoy en librerías.

Voy a darle las gracias a mi padre, por haberme ayudado en temas que no manejaba para nada, por haberse sentado conmigo en el salón, papel y lápiz en mano, a ayudarme a crear un mundo, pues a día de hoy esta tarea me sigue costando lo suyo.

A mi madre, mi mejor amiga, por estar ahí siempre, da igual la distancia, los problemas o los imprevistos de la vida. Eres mi ejemplo a seguir.

A mis hermanas, el pack de tres, por entusiasmarse con cada logro que alcanzo, por hablar de mí a todos sus conocidos con orgullo y por quererme como soy: loca, entusiasta y a veces un poco pesada.

A mi prima Bar, por ser mi mano derecha, un ejemplo de superación, de mujer maravilla. Eres increíble y que nadie te diga nunca lo contrario.

A Ana, por haber compartido ese viaje que ayudó a que este libro fuese aún más especial. Esos meses en Nueva York los llevo tatuados en la piel, literalmente, y no hubiesen sido los mismos sin ti. No sé cómo lo haces, pero nuestros viajes siempre tienen como resultado lo que, para mí, es una novela perfecta. Gracias, Wachi, por ayudarme también con la portada. Tu manejo del Photoshop me tiene impresionada, sobre todo cuando yo no sé ni insertar un título. A mis amigas, todas ellas: Alicia, Irene, Alba, Ana, Patri, Blanca, Gala, Laura, Eva, Andrea, Miriam, porque me inspiráis todos los días. Sois el ejemplo de mujeres fuertes, luchadoras y soñadoras. Que nadie os quite vuestros sueños, todos son especiales y merecen la pena. Gracias por ser como sois.

Gracias a mis «culpables», mi familia, por vuestro entusiasmo, vuestros memes, vuestros comentarios... Todo lo que hacéis me parece increíble. Gracias por haberme llevado a donde estoy. Sois lo mejor que me ha podido pasar y os quiero a todos y cada uno de vosotros.

Y por último, aunque seguro que me he dejado un montón de nombres, quiero darte las gracias a ti, que lees estas líneas. Gracias por haber confiado en mí, por haberte detenido en una librería, ya sea porque te llamó la atención el título, la portada o la historia. Espero haberte hecho disfrutar, enamorarte, reír y sufrir un poco porque, seamos sinceros, si no se sufriese un poco esta no sería una de mis novelas.

ENAMÓRATE DE LAS SAGAS DE MERCEDES RON

Culpables

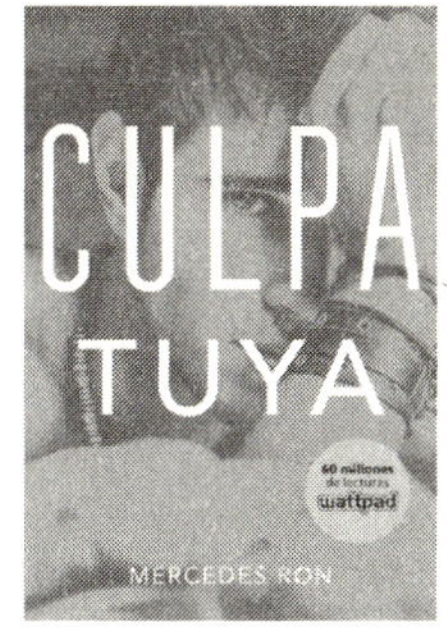

Enfrentados

Dímelo